四川省诸葛亮研究中心系列丛书

三國演義
研究论著索引
1950—2021

李洪　张芷萱　邢飞／编

巴蜀書社

图书在版编目（CIP）数据

《三国演义》研究论著索引：1950－2021/李洪，张芷萱，邢飞编.—成都：巴蜀书社，2023.11
ISBN 978-7-5531-2113-0

Ⅰ.①三… Ⅱ.①李…②张…③邢… Ⅲ.①《三国演义》研究 Ⅳ.①I207.413

中国国家版本馆 CIP 数据核字（2023）第 229845 号

《三国演义》研究论著索引：1950－2021
SANGUO YANYI YANJIU LUNZHU SUOYIN
李洪 张芷萱 邢飞 编

出 品 人	王祝英
总 编 辑	白 雅
责任编辑	李 媛
封面设计	冀帅吉
出 版	巴蜀书社
	成都市锦江区三色路 238 号新华之星 A 座 36 层
	邮政编码：610023
	总编室电话：(028) 86361843
网 址	www.bsbook.com
发 行	巴蜀书社
	发行科电话：(028) 86361851
经 销	新华书店
印 刷	成都新恒川印务有限公司
	电话：(028) 85412411
版 次	2024 年 3 月第 1 版
印 次	2024 年 3 月第 1 次印刷
成品尺寸	170mm×240mm
印 张	20.5
字 数	250 千
书 号	ISBN 978-7-5531-2113-0
定 价	80.00 元

本书如有印装质量问题，请与印刷厂调换

四川省诸葛亮研究中心系列丛书

编委会

主　编　梁满仓

副主编　艾　莲

编　委（按拼音排序）

何胜莉　李昊　施霞　邢飞

凡　例

一、本索引收录了1950年—2021年《三国演义》（包括少部分《三国志》和三国文化）研究的专著和论文，收录的范围主要是中国大陆地区，兼及港、台，还收有日本和韩国的部分研究论著。

二、索引的分类方式是经过反复研究最终定下来的，由于研究的多样性和交叉性，部分分类存在交叉的情况是在所难免的。

三、分类的交叉性造成了某些著作同时出现在两个甚至多个部分的情况，为了充分发挥索引作为工具书的易用、易查性能，允许同一论著出现在两个及以上分类的情况少量存在。

四、对于同一篇文章或同名文章的重复出现，编者用（A）（B）（C）（D）来表明其出现顺序，同时，也提醒读者，可能还有同类型或同名论著出现在索引中。

五、专著、论文集的顺序是按出版时间的先后排列，期刊论文的顺序是按照发表时间与期数先后排列。

目 录

甲、专著 专书 …………………（ 1 ）
  [一]专著 …………………………（ 3 ）
  [二]论文集 ………………………（ 17 ）
  [三]资料专集 工具书 …………（ 20 ）
  [四]相关著作 ……………………（ 21 ）

乙、论文 …………………………（ 23 ）
  [一]综述 …………………………（ 25 ）
  [二]总论 …………………………（ 31 ）
  [三]作者 …………………………（ 43 ）
  [四]成书过程 ……………………（ 52 ）
  [五]《三国志平话》与《三分事略》
    ………………………………（ 58 ）
  [六]版本 …………………………（ 61 ）
  [七]毛本研究 ……………………（ 68 ）
  [八]思想内涵与主题 ……………（ 74 ）
  [九]人物形象 ……………………（ 92 ）
    1. 概论 …………………………（ 92 ）
    2. 曹操 …………………………（104）
    3. 司马懿 ………………………（116）
    4. 曹魏其他人物 ………………（118）
    5. 诸葛亮 ………………………（122）
    6. 刘备 …………………………（137）
    7. 关羽 …………………………（144）
    8. 张飞 …………………………（153）
    9. 赵云 …………………………（155）
    10. 魏延 ………………………（157）
    11. 刘蜀其他人物 ……………（159）
    12. 孙坚 孙策 ………………（162）
    13. 孙权 ………………………（163）
    14. 周瑜 ………………………（164）
    15. 鲁肃 ………………………（166）
    16. 陆逊 ………………………（167）
    17. 孙吴其他人物 ……………（168）
    18. 其他集团人物 ……………（168）
      [1]袁绍 袁术 ………………（168）
      [2]吕布 ………………………（169）
      [3]貂蝉 ………………………（169）
      [4]陈宫 ………………………（171）
      [5]其他 ………………………（172）
  [十]情节赏析 ……………………（175）
    1. 桃园结义 ……………………（175）
    2. 怒鞭督邮 ……………………（176）
    3. 曹操刺董卓 …………………（176）
    4. 温酒斩华雄 …………………（176）

5. 煮酒论英雄 …………… (177)
6. 击鼓骂曹 ……………… (177)
7. 千里走单骑 …………… (177)
8. 官渡之战 ……………… (178)
9. 三顾草庐 ……………… (178)
10. 单骑救阿斗 ………… (180)
11. 威镇长坂桥 ………… (181)
12. 赤壁之战 …………… (181)
13. 舌战群儒 …………… (184)
14. 智激周瑜 …………… (184)
15. 蒋干盗书 …………… (184)
16. 草船借箭 …………… (186)
17. 横槊赋诗 …………… (186)
18. 火烧赤壁 …………… (187)
19. 华容道放曹 ………… (187)
20. 三气周瑜 …………… (188)
21. 裸衣斗马超 ………… (188)
22. 义释严颜 …………… (188)
23. 单刀赴会 …………… (189)
24. 杨修之死 …………… (190)
25. 刮骨疗毒 …………… (191)
26. 关羽走麦城 ………… (192)
27. 夷陵之战 …………… (192)
28. 安居平五路 ………… (193)
29. 七擒孟获 …………… (193)
30. 失街亭 ……………… (194)
31. 空城计 ……………… (196)
32. 遗恨五丈原 ………… (197)
33. 司马懿计赚曹爽 …… (197)
34. 三分归晋 …………… (198)

35. 其他情节 …………… (198)
[十一] 创作方法与艺术成就
　　………………………… (200)
　1. 概论 ………………… (200)
　2. 虚实关系 …………… (208)
　3. 战争描写 …………… (211)
　4. 结构艺术 …………… (215)
　5. 语言艺术 …………… (218)
　6. 其他艺术特色 ……… (221)
[十二] 杂论　随笔 ……… (224)
[十三] 比较研究 ………… (238)
[十四] "三国"与有关艺术 … (249)
　1. "三国"与戏曲 ……… (249)
　2. "三国"与说唱艺术 …… (254)
　3. "三国"与民族民间文学
　　………………………… (255)
　4. "三国"与电影电视广播剧
　　………………………… (259)
　5. "三国"与其他艺术 … (266)
[十五] 续书与新作 ……… (270)
[十六] 传播与影响 ……… (271)
[十七] "三国"与名胜古迹 … (292)
[十八] 应用研究 ………… (296)
[十九]《三国演义》的数字化
　　………………………… (309)
[二十] 书评　序跋 ……… (310)
[二一] 研究史 …………… (315)

后　记 …………………… (319)

甲、专著 专书

[一] 专 著

《三国演义》试论/董每戡/古典文学出版社1956年8月
怎样阅读《三国演义》/孙昌熙/山东人民出版社1957年2月
《三国演义》论集/鲁地/东海文艺出版社1957年8月
物语《三国志》/[日] 芦田孝昭/日本社会思想社1969年2月
谈谈《三国演义》(A)/赵齐平/北京人民出版社1973年7月
《三国演义》纵横谈 (A)/凌影/香港中华书局1976年
《三国演义》与比较文学的研究/[韩] 李庆善/韩国一志社1976年
诸葛孔明的兵法/[日] 守屋洋/日本德间书店1977年4月
诸葛孔明——中国英雄传/[日] 狩野直祯/日本新人物往来社1981年9月
漫话三国 (A)/史之余/广东人民出版社1982年10月
三国英雄/[日] 守屋洋/日本新人物往来社1982年11月
《三国演义》纵横谈 (B)/丘振声/漓江出版社1983年1月
《三国志》的魅力/[日] 桑原武夫、[日] 落合清彦/日本圣教新闻社出版局1984年1月
《三国演义》简说/李厚基、林骅/上海古籍出版社1984年6月
《三国演义》创作论/叶维四、冒炘/江苏人民出版社1984年9月
《三国志》的人才学/[日] 守屋洋/日本PHP研究所1984年9月
《三国志》的智慧 (A)/[日] 狩野直祯/日本讲谈社1985年1月
《三国演义》新论 (A)/刘知渐/重庆出版社1985年6月
闲话三分/陈迩冬/浙江人民出版社1986年6月
《三国演义》医学趣谈/严忠浩、薛宝恭编/山西科学教育出版社1986年8月
《三国演义》论稿/高明阁/辽宁大学出版社1986年12月

说三国，话权谋/李炳彦、孙兢/解放军出版社 1986 年 12 月

《三国演义》的用人艺术（A）/霍雨佳/海南人民出版社 1987 年 3 月

三国志行/[日] 立间祥介/日本潮出版社 1987 年 3 月

从"三国"故事谈现代管理/夏书章/湖南科学技术出版社 1987 年 8 月

理想与现实的碰撞——从《三国演义》看中国古代人才观/黄新亚/陕西人民出版社 1987 年 10 月

《三国演义》谋略新探/霍雨佳/海南人民出版社 1988 年 5 月

《三国演义》与经营谋略/郭济兴、李世俊/广西人民出版社 1988 年 6 月

《三国演义》与经营管理/李飞、周克西/北京体育学院出版社 1988 年 9 月

学习《三国志》的兴亡原理/[日] 守屋洋/日本パンリサーチインスティテュート 1988 年 9 月

诸葛孔明的世界/[日] 加地伸行/日本新人物往来社 1988 年 9 月

《花关索传》研究/[韩] 金文京、[日] 井上泰山、[日] 冰上正、[日] 古屋昭弘、[日] 大木康/日本汲古书院 1989 年 1 月

人才与谋略——《三国演义》启示录/胡世厚、卫绍生/中州古籍出版社 1989 年 4 月

读完三国志/[日] 井波律子/日本筑摩书房 1989 年 9 月

三国赤壁古战场新探/李儒科/武汉大学出版社 1990 年 5 月

实说诸葛孔明/[日] 守屋洋/日本 PHP 研究所 1990 年 7 月

刘备——《三国志》中最有德望的男人/[日] 守屋洋/日本プレジデント社 1990 年 11 月

诸葛孔明：三国英雄/[日] 立间祥介/日本岩波书店 1990 年 11 月

诸葛亮形象史研究/陈翔华/浙江古籍出版社 1990 年 12 月

《三国演义》考评/周兆新/北京大学出版社 1990 年 12 月

《三国志》的英杰/[日] 竹田晃/日本讲谈社 1990 年 12 月

《三国志》男性形象/[日] 松本一男/日本 PHP 研究所 1991 年 1 月

《三国演义》与市场竞争/周俊/南京大学出版社 1991 年 2 月

《三国演义》美学价值/霍雨佳/中州古籍出版社 1991 年 5 月

三国时代的战乱/[日] 狩野直祯/日本新人物往来社 1991 年 6 月

《三国演义》与现代商战/霍雨佳/中国经济出版社 1991 年 7 月

《三国演义》·谋略·领导艺术/谭洛非/巴蜀书社1991年8月

《三国演义》谋略三十种/陈辽/中国华侨出版公司1991年8月

《三国演义》新论（B）/王基/河南大学出版社1991年12月

《三国志》另一英雄传——乱世兴亡录/［日］守屋洋/日本大陆书房1991年12月

真假三国纵横谈/刘逸生/江苏古籍出版社、香港中华书局1992年1月

为人处世与《三国演义》（A）/严钦/广西民族出版社1992年1月

《三国演义》智谋荟萃/飞飞、苦艾/作家出版社1992年6月

《三国演义》艺术欣赏/郑铁生/中国国际广播出版社1992年7月

真说诸葛孔明/［日］立间祥介/日本三笠书房1992年9月

三国志——英雄们的战斗/［日］守屋洋/日本PHP研究所1992年9月

罗贯中与《三国演义》（A）/段启明/辽宁教育出版社1992年10月

《三国演义》与人才竞争/周俊/南京大学出版社1992年10月

《三国演义》散论/于洪江/香港国际展望出版社1992年

《三国演义》悲剧探源/陈伯辉/澳门文化司署1992年

《三国演义》中的悬案/李殿元、李绍先/四川人民出版社1993年5月

《三国演义》与人才学（A）/胡世厚、卫绍生/巴蜀书社1993年6月

司马仲达　《三国志》的霸者/［日］松本一男/日本PHP研究所1993年11月

《三国志》风、云、龙——曹操与诸葛孔明/［日］林田慎之助/日本集英社1994年3月

英雄们的三国志/［日］立间祥介/日本文艺社1994年4月

英雄豪杰话三国/傅隆基/华中理工大学出版社1994年5月

三国志事典/［日］立间祥介、［日］丹羽隼兵/日本岩波书店1994年6月

雄主霸业——三国首脑素质与领导艺术（"三国文化·传统与现代"丛书之一）/谭洛非/四川人民出版社1994年8月

卧龙辅霸——诸葛亮成功之谜（"三国文化·传统与现代"丛书之二）/谭良啸/四川人民出版社1994年8月

鹿鼎中原——三国战争与现代商战（"三国文化·传统与现代"丛书之三）/熊志冲/四川人民出版社1994年8月

运筹帷幄——三国智囊与策划术（"三国文化·传统与现代"丛书之四）/吕一飞/四川人民出版社1994年8月

审势攻心——三国管理之道（"三国文化·传统与现代"丛书之五）/谭豹、陈亚平/四川人民出版社1994年8月

折冲尊俎——三国外交与现代公关（"三国文化·传统与现代"丛书之六）/张立伟/四川人民出版社1994年8月

忠义春秋——关公崇拜与民族文化心理（"三国文化·传统与现代"丛书之七）/梅铮铮/四川人民出版社1994年8月

鹤鸣仙道——三国道教与东方人格（"三国文化·传统与现代"丛书之八）/郝勤/四川人民出版社1994年8月

吐哺归心——三国用人与现代人才观（"三国文化·传统与现代"丛书之九）/侯荔江、巫绍泉/四川人民出版社1994年8月

汉晋夕阳——三国旅游寻踪（"三国文化·传统与现代"丛书之十）/王家祐、梅铮铮、郝勤/四川人民出版社1994年8月

三国志演义/[日]井波律子/日本岩波书店1994年8月

真真假假话三国/许蓉生、林成西/四川大学出版社1994年9月

三国计谋鉴赏/李衡眉、赵康生主编/山东人民出版社1994年12月

三国智愚百态（"三国三书"之一）/霍雨佳/中国经济出版社1995年1月

三国智谋精粹（"三国三书"之二）/霍雨佳/中国经济出版社1995年1月

三国美的欣赏（"三国三书"之三）/霍雨佳/中国经济出版社1995年1月

三国漫谈/沈伯俊/巴蜀书社1995年2月

虚实话三国/刘文忠、刘元煌/人民文学出版社1995年2月

关公义勇录/刘济昆/香港昆仑制作公司1995年2月

《三国演义》诗词鉴赏/郑铁生/北京出版社1995年3月第1版/天津古籍出版社2003年1月修订版

《三国演义》评点本/沈伯俊/山西古籍出版社1995年4月

《三国演义》回评本/丘振声回评，沈伯俊校注/广西人民出版社1995年5月

夜话三国/刘世德/书目文献出版社1995年5月

三国志英杰 曹操传/[日]守屋洋/日本总合法令出版1995年5月

《三国演义》补正本/盛巽昌/上海画报出版社1995年6月

《三国演义》与经商谋略/蔡茂友、夏天阳/民族出版社 1995 年 7 月

智取天下——《三国演义》之魂/陈继征、吴宝玲/三秦出版社 1995 年 8 月

《三国演义》与领导心理学/季新山/沈阳出版社 1995 年 12 月

武圣关羽/柴继光、柴虹/山西古籍出版社 1996 年 1 月

《三国演义》版本考/［英］魏安/上海古籍出版社 1996 年 6 月

三国志演义大事典/［日］立间祥介/日本潮出版社 1996 年 7 月

八阵图与木牛流马——诸葛亮与三国研究文集/谭良啸/巴蜀书社 1996 年 11 月

说三国，话人生/于学彬/解放军出版社 1996 年 12 月

《三国演义》启示录/冯子礼、宋智/经济管理出版社 1997 年 1 月

《三国志》实录/［日］吉川幸次郎/日本筑摩书房 1997 年 3 月

铁马金戈话三国/周兆新/大象出版社 1997 年 4 月

《三国演义》与民间文学传统/［俄］李福清著，尹锡康、田大畏译/上海古籍出版社 1997 年 7 月

军师·诸葛孔明/［日］立间祥介/日本三笠书房 1998 年 1 月

诸葛孔明——其虚像与实像/［日］渡边义浩/日本新人物往来社 1998 年 2 月

《三国演义》艺术新论/刘永良/内蒙古教育出版社 1998 年 7 月

三国小札/刘逸生/广州出版社 1998 年 9 月

三国文化刍议/单长江/东方出版中心 1998 年 10 月

最近《三国志演义》研究动向/［韩］郑元基/韩国岭南大学中文出版社 1998 年 12 月

罗贯中和《三国演义》/沈伯俊/春风文艺出版社 1999 年 1 月

古老大地上的英雄史诗——《三国演义》/傅隆基/云南人民出版社 1999 年 6 月

联说三国/冯全生/四川文艺出版社 1999 年 10 月

"三"与《三国演义》/杜贵晨/中国文联出版社 1999 年 12 月

《三国演义》叙事艺术/郑铁生/新华出版社 2000 年 8 月

漫话三国演义/雷勇、孙勇进、蔡美云/河北人民出版社 2000 年 8 月

三国漫话/沈伯俊/四川人民出版社 2000 年 9 月

图解杂学《三国志》/［日］渡边义浩/日本ナツメ社 2000 年 12 月

《三国演义》的哲学艺术/刘向军/辽宁人民出版社2001年3月
历史与智谋——《三国演义》研究/汪大白/作家出版社2001年4月
三国百科谈/喻镇荣/陕西人民出版社2001年10月
《三国演义》源流研究/关四平/黑龙江教育出版社2001年11月
三国漫谈——人物·情节·名段/沈伯俊/台湾远流出版公司2002年2月
《三国演义》新探/沈伯俊/四川人民出版社2002年5月
图解杂学诸葛亮/[日]渡边义浩/日本ナツメ社2002年5月
《三国演义》《三国志》对照本/许盘清、周文业整理/江苏古籍出版社2002年9月
透视《三国演义》三大疑案/张志和/中国社会科学出版社2002年10月
三国漫话——知识·轶闻·胜迹/沈伯俊/台湾远流出版公司2003年1月
《三国志》抓住胜机的人间学——四大会战彻底检证/[日]守屋洋/日本ビジネス社2003年3月
诸葛孔明 三国时代的天才军师/[日]狩野直祯/日本PHP研究所2003年5月
三国政权结构与"名士"/[日]渡边义浩/日本汲古书院2004年3月
三国演义/(明)罗贯中著，郭广兰、蒋晓蕾改写/国际文化出版公司2005年1月
《三国演义》与诈/王振泰/辽海出版社2005年4月
三国演义/(明)罗贯中著，刘世德、郑铭点校/中华书局2005年4月
创造《三国志》历史的男人们/[日]竹田晃/日本明治书院2005年4月
韬略与权术：《三国演义》探幽/李建新/学苑出版社2005年6月
三国演义中的三十六计/王志刚/中国华侨出版社2005年6月
新概念连环画：三国演义/潘修范文、叶雄工作室图/上海画报出版社2005年7月
三国妙计/庞相彬/沈阳出版社2005年7月
北平旧藏周曰校刊本三国志通俗演义/陈翔华主编/全国图书馆文献缩微复制中心2005年7月
《三国志演义》全图/朱芝轩绘画，刘精民收藏/中国文联出版社2005年8月
三国风云人物正解 图文版/冯立鳌/陕西人民出版社2005年8月

《三国志》名言集/［日］井波律子/日本岩波书店2005年9月

全图绣像三国演义/（明）罗贯中著，（清）毛宗岗评/内蒙古人民出版社2005年12月

《三国志》选评/庄辉明/上海古籍出版社2005年12月

续三国演义/（明）酉阳野史/齐鲁书社2006年1月

《三国演义》中的自然科学/隋国庆、郭志敏、隋幸华/湖南少年儿童出版社2006年3月

《三国演义》格言智慧/马树全主编，吴海中编著/南方出版社2006年3月

读三国 话管理/童昌森/中国海洋大学出版社2006年3月

三国志攻略编年史/［日］立间祥介/日本世界文化社2006年3月

三国演义在日本/邱岭、吴芳龄/宁夏人民出版社2006年4月

《三国演义》之谜 插图珍藏版/李殿元、李绍先/中国广播电视出版社2006年4月

三国演义的人生智慧/乔力主编，周晴著/海潮出版社2006年5月

毛宗岗批评本 三国演义/（明）罗贯中著，（清）毛宗岗批评/岳麓书社2006年6月

还三国本来面目——评说《三国演义》/高恩源/中国文联出版社2006年6月

《三国演义》的文化解读/郭瑞林/上海古籍出版社2006年8月

《三国演义》与中国戏曲/张生筠、魏春萍/吉林大学出版社2006年8月

评书三国演义/连阔如传本，连丽如口述/中华书局2006年9月

闲品三国 三国风云人物的博弈规则/潘慧生/九州出版社2006年9月

毛批三国演义 上下/（明）罗贯中著，（清）毛宗岗评点/天津古籍出版社2006年10月

李国文新评《三国演义》/（明）罗贯中著，李国文评/作家出版社2006年11月

纵论三国演义/陈建功名誉主编，傅光明主编/山东画报出版社2006年11月

《三国演义》诗词歌赋试释/范文民、蔡庆中、叶玉清/作家出版社2006年11月

《三国演义》地名、人物略析/李水富/大众文艺出版社2006年12月

谋事的学问 《易经》《孙子兵法》《三国演义》的博弈之道/王少农/企业管

理出版社 2006 年 12 月

三国演义人物画传/李伟实、张淑蓉/吉林人民出版社 2007 年 1 月

图说《三国演义》——民间珍品遗产之一/王树村/百花文艺出版社 2007 年 1 月

图解杂学三国志演义/[日] 渡边义浩/日本ナツメ社 2007 年 1 月

为人处世与《三国演义》(B)/秦峰编著/新疆青少年出版社 2007 年 3 月

曾仕强剖析《三国演义》/曾仕强/鹭江出版社 2007 年 4 月

三国演义补证本/（明）罗贯中著，盛巽昌补证/上海人民出版社 2007 年 6 月

《三国志》研究入门/[日] 渡边义浩/日本日外アソシエーツ 2007 年 7 月

《三国演义》与传统文化/王前程/华中师范大学出版社 2007 年 8 月

百家汇评本《三国演义》/（明）罗贯中/长江文艺出版社 2007 年 11 月

《三国志演义》艺术新论/刘博仓/中国社会科学出版社 2008 年 1 月

三国赤壁之战新解/燕京晓林、土等民/中国广播电视出版社 2008 年 1 月

罗贯中与《三国演义》(B)/马艳著，李玉明总主编/山西春秋电子音像出版社 2008 年 3 月

漫话三国（B）/刘逸生/岭南美术出版社 2008 年 4 月

《三国志》军师 34 选/[日] 渡边义浩/日本 PHP 研究所 2008 年 4 月

悟读三国/古耜选编/京华出版社 2008 年 6 月

趣说三国人物/章义和主编/上海人民出版社 2008 年 7 月

三国演义人物对联集/野石/西泠印社出版社 2008 年 9 月

读三国演义悟做人之计/王峰/中国华侨出版社 2008 年 10 月

《三国志》武将 34 选/[日] 渡边义浩/日本 PHP 研究所 2009 年 4 月

毛泽东读《三国演义》/董志新/万卷出版公司 2009 年 6 月

曹魏文化与《三国演义》研究/王海升、张兰花主编/河南人民出版社 2009 年 9 月

《三国志》和乱世诗人/[日] 林田慎之助/日本讲谈社 2009 年 9 月

三国志通俗演义史传　影印本/[日] 井上泰山/上海古籍出版社 2009 年 10 月

《三国志》入门（A）/[日] 立间祥介/日本幻冬社 2009 年 10 月

三国演义前传/项钢雪/中国戏剧出版社 2009 年 12 月

学习《三国志》正史的生存术/[日] 守屋洋/日本明治书院 2009 年 12 月

三国志演义的世界/[韩] 金文京/日本东方书店 2010 年 5 月

[一] 专　著

《三国志》的女性们/[日] 渡边义浩、[日] 仙石知子/日本山川出版社 2010 年 6 月

三国儒家思想研究/梁满仓/湖北人民出版社 2010 年 7 月

《三国志》最高领导人是谁/[日] 渡边义浩/日本ダイヤモンド社 2010 年 8 月

胡适、鲁迅等解读《三国演义》/汉唐、贾雪威主编/辽海出版社 2010 年 9 月

三国史话/吕思勉/岳麓书社 2010 年 12 月

《三国志》曹操传/[日] 塚本青史/日本讲谈社 2011 年 2 月

《三国志》——从演义到正史，再到史实/[日] 渡边义浩/日本中央公论新社 2011 年 3 月

诸葛亮传其虚与实/[日] 渡边义浩/日本新人物往来社 2011 年 3 月

三国志全本今译注/方北辰译注/陕西人民出版社 2011 年 4 月

诸葛孔明/[日] 宫川尚志/日本讲谈社 2011 年 10 月

关羽——成为神的《三国志》英雄/[日] 渡边义浩/日本筑摩书房 2011 年 10 月

《魏志倭人传》之谜——从三国志看邪马台国/[日] 渡边义浩/日本中央公论新社 2012 年 5 月

《三国志》的政治思想/[日] 渡边义浩/日本讲谈社 2012 年 6 月

三国志集解/（晋）陈寿撰，（南朝宋）裴松之注，卢弼集解，钱剑夫整理/上海古籍出版社 2012 年 6 月

《三国志集解》初探/白帆/天津科学技术出版社 2013 年 1 月

毛本《三国演义》研究（A）/何晓苇/巴蜀书社 2013 年 2 月

全三国赋评注/龚克昌、周广璜、苏瑞隆评注/齐鲁书社 2013 年 6 月

三国南中与诸葛亮/罗开玉/四川科学技术出版社 2014 年 3 月

三国人物志/林榕杰/上海三联书店 2014 年 4 月

《三国志》外传/[日] 宫城谷昌光/日本文艺春秋 2014 年 5 月

《三国志》读本/[日] 宫城谷昌光/日本文艺春秋 2014 年 5 月

美国藏朱鼎臣辑本三国志史传（上下册）/陈翔华主编/国家图书馆出版社 2014 年 6 月

《三国志》姜维传/[日] 小前亮/日本朝日新闻出版 2014 年 12 月

《三国演义》评注本/（明）罗贯中著，郭皓政、陈文新评注/崇文书局2015年1月

黄昏《三国志》/[日]守屋洋/日本KADOKAWA2015年4月

英雄们的"志"　《三国志》的魅力/[日]渡边义浩/日本汲古书院2015年4月

精彩三国/方北辰/成都时代出版社2015年6月

《三国志》英雄与文学/[日]渡边义浩/日本人文书院2015年7月

毛纶、毛宗岗点评三国演义/（明）罗贯中著，（清）毛纶、（清）毛宗岗点评/中国言实出版社2016年1月

《三国演义》名家汇评本/（明）罗贯中著，王炜辑评/崇文书局2016年1月

李渔批阅《三国演义》/（明）罗贯中著，（清）李渔批阅/线装书局2016年3月

《三国演义》考论/张锦池/人民出版社2016年3月

从三国史到《三国演义》/符丽平/四川科学技术出版社2016年3月

《三国志》命运的十二大决战/[日]渡边义浩/日本祥传社2016年3月

邹梧冈参订本《三国演义》/（清）龙雾邹梧冈参订，张志和整理，张博校点/线装书局2016年4月

《三国演义》在东方/陈岗龙、张玉安/北京大学出版社2016年4月

《三国演义》的神话学阐释/李铁/中国社会科学出版社2016年4月

三国演义与中医/胡献国、罗新玉主编/湖北科学技术出版社2016年5月

从《三国志》看邪马台国——以国际关系和文化为中心/[日]渡边义浩/日本汲古书院2016年5月

图说吴国《三国志》/[日]渡边义浩/日本青春出版社2016年9月

毛宗岗评《三国演义》/（明）罗贯中著，（清）毛宗岗评/北京联合出版公司2017年1月

《三国演义》人物（A）/张顺忠、徐华铠编绘/中国林业出版社2017年1月

长篇叙事诗《三国演义》/吴开化/中国文联出版社2017年1月

《三国演义》蒙古文诸译本研究/聚宝/内蒙古大学出版社2017年3月

《三国志》的世界　孔明与仲达/[日]狩野直祯/日本清水书院2017年3月

胡适、鲁迅解读《三国演义》/于唐、李名山编/辽海出版社2017年4月

[一] 专 著

《三国演义》导读与赏析/葛小峰/现代教育出版社 2017 年 4 月

《三国演义》绣像全本（A）/（明）罗贯中/北京联合出版公司 2017 年 5 月

李国文说《三国演义》（A）/李国文/万卷出版公司 2017 年 5 月

《三国演义》诠释史研究/郭素媛/中国社会科学出版社 2017 年 5 月

《三国志》事典/[日] 渡边义浩/日本大修馆书店 2017 年 5 月

评书三国演义（一）汉末风云/连丽如口述，李滨声插图/中华书局 2017 年 6 月

足本珍藏《三国演义》/（明）罗贯中/郑州大学出版社 2017 年 7 月

《三国演义》与中国古典小说研究/卫绍生/大象出版社 2017 年 8 月

评书三国演义（二）群雄逐鹿/连丽如口述，李滨声插图/中华书局 2017 年 10 月

医说《三国演义》/严忠浩、张界红主编/复旦大学出版社 2017 年 10 月

《三国演义》全 12 册/（明）罗贯中/文物出版社 2017 年 10 月

颉颃圣叹：话说毛评《三国演义》/汝河/江苏人民出版社 2017 年 11 月

《三国志演义》面面观/刘博仓/辽宁大学出版社 2017 年 12 月

《三国演义》英译史研究/郭昱/清华大学出版社 2017 年 12 月

绣像全图《三国演义》/（明）罗贯中/辽宁美术出版社 2018 年 1 月

中国石印小说《三国演义》插图集成/韩廷强主编/吉林大学出版社 2018 年 3 月

《三国演义》人物（B）/赵明钧绘/天津杨柳青画社 2018 年 4 月

19 世纪《三国演义》英译文献研究/王燕/中国社会科学出版社 2018 年 4 月

周泽雄新批《三国演义》/（明）罗贯中著，周泽雄批评/岳麓书社 2018 年 4 月

精读《三国演义》/汤梅、胡维维解读/南京出版社 2018 年 4 月

名著视觉大发现《三国演义》/崔钟雷/黑龙江美术出版社 2018 年 4 月

《三国演义》绣像本全（珍藏版）/（明）罗贯中/郑州大学出版社 2018 年 4 月

《三国演义》我国历史演义小说的开山之作/（明）罗贯中著，齐克建演播/广东大音音像出版社 2018 年 5 月

毛宗岗批评《三国演义》（宣纸线装 2 函 16 册）/（清）毛宗岗批评/中州古

籍出版社 2018 年 5 月

刘备与诸葛亮账目中的《三国志》/［日］柿沼阳平/日本文艺春秋 2018 年 5 月

细说三国历史与《三国演义》/王东印/百花文艺出版社 2018 年 6 月

《三国演义》历代名家点评版/（明）罗贯中著，黎孟德导读/巴蜀书社 2018 年 6 月

《三国演义》中的文化密码/林成西、许蓉生/巴蜀书社 2018 年 7 月

《三国演义》全新注释绘图本/（明）罗贯中著，金协中绘图/中国工人出版社 2018 年 7 月

成长记忆　世界名著《三国演义》/（明）罗贯中/甘肃少年儿童出版社 2018 年 8 月

沈伯俊评点《三国演义》/（明）罗贯中著，沈伯俊评校/东方出版中心 2018 年 9 月

罗贯中与《三国演义》（C）/卫绍生/中州古籍出版社 2018 年 9 月

曹操孟德、刘备玄德的实像/［日］安藤昌季/日本まんがびと 2018 年 9 月

李国文陪读《三国演义》/（明）罗贯中著，李国文评点/四川文艺出版社 2019 年 1 月

马瑞芳话《三国演义》/马瑞芳/山东教育出版社 2019 年 2 月

三国演义大发现/刘学伦、刘葵/贵州人民出版社 2019 年 2 月

三国演义诗词赏析/张培芝、白芳/济南出版社 2019 年 3 月

评书三国演义（三）官渡之战/连丽如口述，李滨声插图/中华书局 2019 年 3 月

写给孩子的三国演义/（明）罗贯中著，过常宝主编，刘莎改写/化学工业出版社 2019 年 4 月

《三国志》英雄——曹操/［日］林田慎之助/日本清水书院 2019 年 4 月

彩绘全本三国演义/金协中绘，三希堂文/中国书店 2019 年 5 月

群雄逐鹿　彩绘三国演义/成长著，金协中绘/北京时代华文书局 2019 年 5 月

人事《三国志》/［日］渡边义浩/日本朝日新闻出版 2019 年 6 月

集中讲义《三国志》正史的英雄们/［日］渡边义浩/日本 NHK 出版 2019 年 6 月

[一] 专 著

《三国志》演义事典/[日] 渡边义浩、[日] 仙石知子/日本大修馆书店2019年6月

《三国志》考古学：从出土资料看三国志和三国时代/[日] 关尾史郎/日本东方书店2019年6月

《三国演义》：历史的智慧/张国风/商务印书馆2019年7月

插图本《三国演义》/（明）罗贯中/中州古籍出版社2019年7月

《三国演义》百家精评本/（明）罗贯中著，王炜辑评/崇文书局2019年7月

关键词读的《三国志》/[日] 井波律子/日本潮出版社2019年7月

《三国志》史实/[日] 渡边义浩/日本宝岛社2019年7月

《三国演义》英译与传播研究/陈甜/河南大学出版社2019年8月

揭秘三国演义/何大海、李雷雷文/未来出版社2019年10月

详解精评《三国演义》/（明）罗贯中著，赵振辉编著/河北美术出版社2019年11月

评书三国演义（四）三顾茅庐/连丽如口述，李滨声插图/中华书局2019年11月

《三国志》新读——从时代的变革者曹操开始/[日] 渡边义浩/日本筑摩书房2019年11月

《三国志》的智慧（B）/[日] 狩野直祯、[日] 井波律子/日本法藏馆2019年11月

《三国演义》一百二十回全本演播版/（明）罗贯中/时代文艺出版社2020年1月

《三国演义》古插图大字版/（明）罗贯中/时代文艺出版社2020年1月

熬通宵也要读完的三国史/覃仕勇/吉林文史出版社2020年1月

《三国演义》绣像注释版（全4册）/（明）罗贯中/黄山书社2020年3月

李国文说《三国演义》（B）/李国文/厦门大学出版社2020年3月

曾仕强点评三国之道/曾仕强/北京时代华文书局2020年3月

日本藏夷白堂刊本三国志传/陈翔华主编/国家图书馆出版社2020年3月

诗联书画印题咏三国人物集/冯全生、冯明生/成都时代出版社2020年4月

《三国演义》绣像全本（B）/（明）罗贯中/中国华侨出版社2020年6月

整本书思辨阅读《三国演义》/（明）罗贯中著，余党绪导读/上海教育出版

社2020年7月

葛饰北斋画三国/［日］葛饰北斋绘，殷占堂编译/成都时代出版社2020年7月

《三国演义》人物点评/王剑波编著/团结出版社2020年8月

评书三国演义（五）赤壁鏖兵/连丽如口述，李滨声插图/中华书局2020年9月

寻踪三国/中华世纪坛艺术馆主编/中信出版社2020年9月

百花三国志/［日］正子公也绘，［日］森下翠文，陈旻译/人民文学出版社2020年9月

《三国志》英雄——刘备玄德与孙权/［日］林田慎之助/日本清水书院2020年9月

《三国演义》青少年版/（明）罗贯中/人民文学出版社2020年10月

《三国演义》批注版/（明）罗贯中著，韶华评注，刘正林绘/吉林出版集团股份有限公司2020年11月

吕思勉讲读三国/吕思勉/华龄出版社2020年11月

三国志名臣列传 后汉篇/［日］宫城谷昌光/日本文艺春秋2020年12月

南门太守讲经典《三国演义》/南门太守编著/吉林出版集团股份有限公司2021年1月

《三国志》入门（B）/［日］宫城谷昌光/日本文艺春秋2021年3月

评书三国演义（六）三气周瑜/连丽如口述，李滨声插图/中华书局2021年4月

《三国志》诸葛孔明/［日］久松文雄/日本ゴマブックス2021年5月

经略天下 另眼看《三国》/王国猛/江西教育出版社2021年6月

李鹏飞给孩子讲三国演义：过关斩将/李鹏飞/天地出版社2021年7月

《史记》《三国志》英雄列传/［日］井波律子/日本潮出版社2021年9月

《三国志》名臣列传 魏篇/［日］宫城谷昌光/日本文艺春秋2021年9月

《三国志》英雄——诸葛孔明/［日］林田慎之助/日本清水书院2021年12月

[二] 论文集

《三国演义》研究论文集（A）/作家出版社编辑部编/作家出版社1957年3月

《三国演义》研究集/《社会科学研究丛刊》编辑部、四川省社会科学院文学研究所编/四川省社会科学院出版社1983年12月

三国演义学刊 第1辑/《三国演义学刊》编辑部编/四川省社会科学院出版社1985年7月

《三国演义》论文集/河南省社会科学院文学研究所编/中州古籍出版社1985年11月

三国演义学刊 第2辑/《三国演义学刊》编辑部编/四川省社会科学院出版社1986年8月

电视连续剧《诸葛亮》创评文集/中国电视艺术家协会编/中国文联出版公司1988年11月

《三国演义》研究论文集（B）/河南省社会科学院文学研究所编/中华书局1991年2月

《三国演义》与中国文化（第六届《三国演义》学术讨论会论文集）/谭洛非主编，沈伯俊、高显齐副主编/巴蜀书社1991年9月

罗贯中新探/河南省鹤壁市地方史志编纂委员会、山西省古典文学学会、山西省清徐县罗贯中研究会合编/中州古籍出版社1992年2月

《三国演义》与荆州/李悔吾、谭洛非主编，杨建文、萧旭、蔡仁杰副主编/中州古籍出版社1993年9月

诸葛亮与三国文化（含《三国》论文八篇）/谭良啸主编/成都出版社1993年9月

《明清小说研究》增刊：孙吴与三国文化（"孙吴与三国文化研讨会"论文

集）/谭洛非主编，沈伯俊、蒋增福副主编/《明清小说研究》编辑部 1993 年 10 月

《三国演义》研究（A）/镇江市《三国演义》学会、镇江市政协文史资料委员会编/江苏古籍出版社 1994 年 8 月

古典文学知识·《三国》专号/古典文学知识 1994 年第 6 期

《三国演义》丛考/周兆新主编/北京大学出版社 1995 年 7 月

名家解读《三国演义》/陈其欣选编/山东人民出版社 1998 年 1 月

《三国演义》新论（C）/杨建文主编，朱伟明副主编/华中理工大学出版社 1999 年 5 月

《三国演义》与罗贯中（第十二届《三国演义》学术讨论会论文集）/胡世厚主编/中州古籍出版社 2000 年 4 月

诸葛亮与三国文化（一）/成都市诸葛亮研究会、成都市武侯祠博物馆/四川大学出版社 2001 年 7 月

皖江侧畔论三国（第十三届《三国演义》学术讨论会论文集）/赵庆元主编/黄山书社 2001 年 10 月

新世纪《三国演义》论文集（第十四届《三国演义》学术讨论会论文集）/陈辽主编，李灵年、于平副主编/文教资料 2001 年增刊（2001 年 12 月）

诸葛亮与三国文化（二）/成都市诸葛亮研究会、成都市武侯祠博物馆/四川科技出版社 2004 年 10 月

2005 年全国《水浒》与明清小说研讨会暨大丰市施耐庵研究会成立 20 周年庆典专辑/中国水浒学会、江苏盐城水浒学会、大丰市施耐庵研究会、大丰市施耐庵纪念馆/2005 年

三国演义学刊 2004/沈伯俊、蒋志、黄晓林主编/四川大学出版社 2005 年 8 月

2006 中国山西·关公文化论坛论文汇编/山西省关公文化研究会/2006 年 9 月

东平与罗贯中《三国演义》《水浒传》研究/山东省东平县罗贯中与《三国演义》《水浒传》国际学术研讨会领导小组办公室/中国出版社 2006 年 10 月

《三国志》论集——狩野直祯先生伞寿纪念/[日]三国志学会/日本汲古书院 2008 年 9 月

魏晋南北朝史研究：回顾与探索——中国魏晋南北朝史学会第九届年会论文集 2007 年/中国魏晋南北朝史学会、武汉大学中国三至九世纪研究所编/湖北教育出版社 2009 年 8 月

诸葛亮与三国文化（三）/谢辉、罗开玉主编/四川科技出版社2009年9月

明代文学与科举文化国际学术研讨会论文集/陈文新、余来明主编/武汉大学出版社2010年7月

诸葛亮与三国文化（四）/谢辉、罗开玉、梅铮铮主编/四川科技出版社2011年8月

中国三国历史文化国际学术讨论会论文集/李凭、梁满仓、叶植主编/湖北人民出版社2012年8月

《三国志》论集——林田慎之助博士伞寿纪念/[日]三国志学会/日本汲古书院2012年10月

诸葛亮与三国文化（五）/谢辉、罗开玉、梅铮铮主编/四川科技出版社2012年12月

诸葛亮与三国文化（六）/谢辉、李加锋、罗开玉、梅铮铮主编/四川科技出版社2013年12月

"周瑜文化学术研讨会"论文集/孙晓主编/人民出版社2014年5月

孙权与三国研究 第9辑/王益庸主编/2014年12月

诸葛亮与三国文化（七）/谢辉、李加锋、罗开玉、梅铮铮主编/四川科技出版社2014年12月

罗学 第4辑/胡世厚、郑铁生主编/中州古籍出版社2015年8月

周瑜故里论三国：第二届周瑜文化暨第二十三届《三国演义》学术研讨会论文集/王玉国主编/安徽人民出版社2016年6月

罗学 第5辑/胡世厚、郑铁生主编/中州古籍出版社2016年8月

三国文化研究 第2辑/雷勇主编/西北大学出版社2018年1月

罗学 第6辑/胡世厚、郑铁生主编/中州古籍出版社2018年10月

《三国志》论集——狩野直祯先生追悼/[日]三国志学会编/日本汲古书院2019年9月

《三国志》东夷传 汉文《魏志》倭人传的解释论文集/[日]堀口一学/日本文芸社2020年9月

[三] 资料专集　工具书

三国演义词语汇释/荀春生/日本大东文化大学中国语大辞典编纂室 1983 年 3 月

《三国演义》资料汇编/朱一玄、刘毓忱/百花文艺出版社 1983 年 10 月

三国志演义人名索引/[日] 村上哲见校阅，[日] 中川谕编/日本朋友书店 1987 年

三国演义辞典/沈伯俊、谭良啸/巴蜀书社 1989 年 6 月

毛泽东和《三国》/盛巽昌/文汇出版社 1995 年 9 月

毛泽东与《三国演义》（A）/盛巽昌/广西人民出版社 1997 年 3 月

三国演义大辞典/沈伯俊、谭良啸/中华书局 2007 年 7 月

《三国志》武将大百科　魏卷/[日] 渡边义浩/日本ポプラ社 2008 年 3 月

34 位三国志军师小辞典/[日] 渡边义浩/日本商周出版社 2010 年 7 月

《三国志》谚语辞典/[日] 谚语俱乐部/日本扶桑社 2018 年 9 月

[四] 相关著作

《三国》、《水浒》与《西游》/李辰冬/台北大道出版社1946年5月

古典小说戏曲丛考（介绍"三国"版本五种）/刘修业/作家出版社1958年5月

论中国古典小说的艺术形象（含"三国"论文四篇）/李希凡/上海文艺出版社1961年4月第1版，1962年11月第2版

中国五大小说之研究/赵聪/台北时报文化出版事业有限公司1980年7月

古本稀见小说汇考（介绍万历本《三国志》三种）/谭正璧、谭寻/浙江文艺出版社1984年11月

说稗集（含"三国"论文二篇）/吴组缃/北京大学出版社1987年8月

汲古说林（含"三国"论文四篇）/何满子/重庆出版社1987年11月

中国古典小说新论集（含"三国"论文八篇）/段启明、陈周昌、沈伯俊/西南师范大学出版社1987年11月

古典文学论争集（含"三国"论文四篇）/张国光/武汉出版社1987年12月

古典小说漫话（含"三国"漫话六篇）/徐君慧/巴蜀书社1988年3月

中国古典小说戏曲名著在国外/王丽娜/学林出版社1988年8月

宿莽集（含"三国"论文、鉴赏十三篇）/常林炎/花山文艺出版社1990年1月

困惑的明清小说（含"三国"论文四篇）/刘敬圻/黑龙江人民出版社1990年12月

中国古典小说艺术鉴赏辞典（含"三国"鉴赏十二篇）/段启明主编/北京师范大学出版社1991年4月

四大奇书与中国大众文化/王齐洲/湖北教育出版社1991年6月

新竹集（含"三国"论文八篇）/丘振声/广西民族出版社 1992 年 2 月

明清小说鉴赏辞典（含"三国"鉴赏五十篇）/何满子、李时人主编/浙江古籍出版社 1992 年 9 月

古典小说考论（含"三国"论文四篇）/王枝忠/宁夏人民出版社 1992 年 11 月

《三国演义·西游记·水浒传》诗词注析/姜世栋、王惠民、衣殿臣主编/哈尔滨出版社 1993 年 2 月

中国四大古典小说论稿（含"三国"论文三篇）/张锦池/华艺出版社 1993 年 4 月

明代小说四大奇书/［美］浦安迪著，沈亨寿译/中国和平出版社 1993 年 10 月

三国大观/金良年主编/上海古籍出版社 1994 年 12 月

跋涉集（含"三国"论文八篇）/丘振声/接力出版社 1999 年 10 月

中国古代文学丛论（含"三国"论文九篇）/关四平/大连出版社 1999 年 12 月

传统文化与古典小说（含"三国"论文八篇）/杜贵晨/河北大学出版社 2001 年 7 月

关羽、关公与关圣——中国历史文化中的关羽学术研讨会论文集/卢晓衡主编/社会科学文献出版社 2002 年 1 月

何满子学术论文集（含"三国"论文七篇）/何满子/福建人民出版社 2002 年 9 月

成都旧城　刘备和孔明的《三国志》圣地/［日］亚洲城市案内制作委员会/日本まちごとパブリッシング 2019 年 7 月

唐耿良说演本：长篇苏州评话《三国》/唐耿良著述，唐力行、黄鹤英、张进整理，张进评点/商务印书馆 2021 年 4 月

三峡地区三国地名文化研究/王前程/武汉大学出版社 2021 年 6 月

乙、论文

[一] 综　述

记《三国演义》座谈会/周午/光明日报 1954 年 1 月 29 日

首届《三国演义》学术讨论会综述/胡邦炜、沈伯俊/社会科学研究 1983 年第 4 期/中国人民大学《复印报刊资料·中国古代、近代文学研究》1983 年第 8 期/新华文摘 1983 年第 9 期

近两年《三国演义》研究情况述评/沈伯俊、胡邦炜/光明日报 1984 年 3 月 13 日/中国人民大学《复印报刊资料·中国古代、近代文学研究》1984 年第 8 期

第二届《三国演义》学术讨论会简介/沈伯俊/社会科学研究 1984 年第 3 期

全国第二届《三国演义》学术讨论会观点综述/闻晴/中州学刊 1984 年第 4 期

有关《三国演义》主题的几种新观点/文学报 1984 年 6 月 14 日

《三国演义》研究中若干问题讨论综述/沈伯俊、胡邦炜/文史知识 1984 年第 7 期/中国人民大学《复印报刊资料·中国古代、近代文学研究》1984 年第 16 期

第三届《三国演义》学术讨论会综述/孟杰/社会科学研究 1986 年第 1 期

近五年《三国演义》研究综述/沈伯俊/成都大学学报（社会科学版）1986 年第 3 期/高等学校文科学报文摘 1987 年第 2 期

近年来有关诸葛亮研究综述/马强、冯述芳/文史知识 1986 年第 3 期

一九八五年《三国演义》研究综述/沈伯俊/明清小说研究年鉴 1986 卷（中国文联出版公司）

近五年《三国演义》研究再述/沈伯俊/成都大学学报（社会科学版）1987 年第 1 期/中国人民大学《复印报刊资料·中国古代、近代文学研究》1987 年第 4 期

《三国演义》讨论近况/沈伯俊/文艺学习 1987 年第 6 期/人民日报·海外版 1987 年 12 月 21 日转载/作品与争鸣 1988 年第 2 期转载/中国人民大学《复印报刊资料·中国古代、近代文学研究》1988 年第 1 期、第 4 期

第三届全国《三国演义》学术讨论会综述/王长友/明清小说研究第 5 辑（中国文联出版公司 1987 年 6 月）

第四次《三国演义》《水浒》学术讨论会提出对《三国》《水浒》的研究要打破稳态开拓新路/丁炳昌、邹远东/光明日报 1987 年 11 月 29 日

我国古典小说研究史上的一次盛会——第四届《三国演义》《水浒》讨论会在襄樊举行/曹裕江/文学报 1987 年 12 月 3 日

《三国演义》研究综述/沈伯俊/1986 年中国古代文学研究综述（中州古籍出版社 1987 年 12 月）

《三国演义》第四次全国学术讨论会综述/田荣/宝鸡师院学报（哲学社会科学版）1988 年第 2 期

《三国演义》、《水浒》第四次学术讨论会综述/长旭/湖北大学学报（哲学社会科学版）1988 年第 2 期

打破稳态　更新观念　开拓前进——全国第四次《三国演义》《水浒》学术讨论会综述/李悔吾/湖北社会科学 1988 年第 3 期

从纯文学研究到多元化研究——《三国演义》第五届全国学术研讨会综述/沈伯俊/海南大学学报（社会科学版）1988 年第 3 期

《三国演义》与中国文化学术讨论会综述（A）/孟彦/古典文学知识 1991 年第 1 期/海南大学学报（社会科学版）1991 年第 1 期/文学遗产 1991 年第 1 期/全国高校文科学报文摘 1991 年第 3 期/中国人民大学《复印报刊资料·中国古代、近代文学研究》1991 年第 3 期、第 8 期

《三国演义》与中国文化学术讨论会综述（B）/田荣/唐都学刊 1991 年第 1 期

《三国演义》与中国文化学术讨论会综述（C）/沈伯俊/成都大学学报（社会科学版）1991 年第 2 期

国际三国文化研讨会综述/孟彦/社会科学研究 1992 年第 1 期/新华文摘 1992 年第 5 期/中国人民大学《复印报刊资料·文化研究》1992 年第 2 期

三国文化研究的历史性盛会——"中国四川国际三国文化研讨会"综述/兆成/成都大学学报（社会科学版）1992 年第 2 期

'92 成都诸葛亮研讨会概述/谭良啸/天府新论 1993 年第 1 期

孙吴与三国文化研讨会综述/孟彦/明清小说研究 1993 年增刊（1993 年 10 月）

全国第八届《三国演义》暨首届三国文化学术讨论会上的新观点/实厚/社科

信息 1994 年第 1 期

全国第八届《三国演义》暨首届三国文化学术讨论会综述/实厚/许昌师专学报 1994 年第 1 期

长坂坡前话"三国"——全国第十次暨湖北省第五次《三国演义》学术讨论会学术观点综述/张蕊青/明清小说研究 1995 年第 3 期

中国第 11 届《三国演义》学术讨论会综述/石景全、王琼/汉中师范学院学报（社会科学）1998 年第 1 期

中国第十一届《三国演义》学术研讨会综述/雷勇/明清小说研究 1998 年第 2 期

一九九七年《三国演义》研究综述/沈伯俊/天府新论 1998 年第 3 期/中国人民大学《复印报刊资料·中国古代、近代文学研究》1998 年第 8 期

一九九八年《三国演义》研究综述/沈伯俊/天府新论 1999 年第 5 期

第 12 次《三国演义》学术讨论会综述/胡世厚/晋阳学刊 2000 年第 1 期

1999 年《三国演义》研究综述/沈伯俊/湖北大学学报（哲学社会科学版）2000 年第 4 期

"三国文化国际学术研讨会"综述/方北辰/中华文化论坛 2001 年第 4 期

近 20 年《三国演义》中的诸葛亮形象研究述略（A）/余兰兰/湖北大学学报（哲学社会科学版）2002 年第 6 期

关于《三国演义》著作权问题研究综述/王艳/许昌学院学报 2005 年第 3 期

新世纪《三国演义》作者、成书时间及版本问题的研究综述（A）/何红梅/泰山学院学报 2005 年第 5 期

20 世纪后二十年曹丕研究综述（A）/童瑜/哈尔滨学院学报 2005 年第 12 期

罗贯中与《三国演义》《水浒传》国际学术研讨会综述（A）/王平/明清小说研究 2006 年第 3 期

第五届中国古代小说文献与数字化研讨会综述/孟彦/明清小说研究 2006 年第 3 期

尘故庵藏《三国演义》版本述略（A）/宁稼雨/明清小说研究 2006 年第 4 期

罗贯中与《三国演义》《水浒传》国际学术研讨会综述（B）/王立、孙琳/辽东学院学报（社会科学版）2006 年第 5 期

《三国演义》与讲史平话渊源关系研究述评（A）/韩伟表/浙江海洋学院学报

（人文科学版）2007 年第 1 期

近十年来明清小说评点研究综述/赵国安/百色学院学报 2007 年第 5 期

近十年来"三顾茅庐"、《隆中对》研究综述（A）/余鹏飞/襄樊学院学报 2008 年第 1 期

第十八届"《三国演义》与三国文化学术研讨会"综述/孟彦、胡莲玉/明清小说研究 2008 年第 2 期

近三十年来《三国演义》作者籍贯、成书年代及主题研究综述（A）/张晓彭/社科纵横 2008 年第 2 期

新时期中国大陆周瑜研究综述/朱寅/南通纺织职业技术学院学报（综合版）2009 年第 3 期

首届曹魏文化暨第十九届《三国演义》学术研讨会综述/张兰花/明清小说研究 2009 年第 4 期

"东吴文化暨第二十届《三国演义》学术研讨会"综述/胡莲玉/明清小说研究 2010 年第 4 期

《三国演义》应用研究综述（A）/曾秀芳/天中学刊 2010 年第 4 期

第九届中国古代小说文献与数字化研讨会综述/王立、刘团妮、陈康泓/黄山学院学报 2010 年第 6 期

近三十年《三国演义》《水浒传》比较研究述略（A）/许勇强、李蕊芹/江汉大学学报（人文科学版）2010 年第 6 期

第二届东平罗贯中与《三国演义》《水浒传》学术研讨会暨罗贯中纪念馆开馆仪式综述（A）/任明华/泰山学院学报 2011 年第 5 期

《三国演义》人物形象塑造方法述评（A）/李栋辉/重庆科技学院学报（社会科学版）2011 年第 5 期

中国东平罗贯中与《三国演义》《水浒传》学术研讨会学术总结（A）/王平/现代语文（学术综合版）2011 年第 9 期

"文化视野中的中国古代小说国际学术研讨会"综述/曾良/明清小说研究 2012 年第 1 期

诸葛亮研究的回顾与展望——诸葛亮研究的心理传记学分析（A）/舒跃育/成都大学学报（社会科学版）2012 年第 1 期

罗贯中与《三国演义》《水浒传》学术研讨会综述（A）/刘卫英、骆玉佩/商

丘师范学院学报 2012 年第 2 期

《三国演义》生态批评写作综述/张鸣/江西广播电视大学学报 2012 年第 2 期

20 世纪曹操形象诠释综述（A）/郭素媛/廊坊师范学院学报（社会科学版）2012 年第 5 期

《三国演义》在美国的学术讨论——《〈三国演义〉与中国文化》述评（A）/骆海辉、王海燕/中华文化论坛 2012 年第 6 期

近十年元代三国文化研究综述/李帅/大众文艺 2012 年第 13 期

阅读经典　感悟人生——第四届南图阅读节《三国演义》主题系列活动综述（A）/郭倩倩/新世纪图书馆 2014 年第 2 期

河南温县司马懿得胜鼓研究综述（A）/范子泉/青年文学家 2015 年第 3 期

"京剧三国戏"研究综述（A）/郑春雨/唐山文学 2015 年第 5 期

"世代交替中的明清小说研究"讨论会会议综述/韩静/内江师范学院学报 2015 年第 7 期

《三国志平话》发现九十年来研究综述（A）/罗勇/鸡西大学学报 2015 年第 9 期

2015·汉中《三国演义》与三国文化国际学术研讨会综述/蒋丽、雷勇/陕西理工学院学报（社会科学版）2016 年第 1 期

近五年来湖北襄阳地区"三国历史文化研究"述评——以《湖北文理学院学报》"三国历史文化研究"栏目为蓝本/江河/文艺生活·文艺理论 2016 年第 1 期

《施耐庵传》《罗贯中传》作品北京研讨会综述（A）/浦海涅/水浒争鸣第 16 辑（中州古籍出版社 2016 年 3 月）

中国《三国演义》研究现状综述——以学位论文为中心/高桃桃/青春岁月 2016 年第 4 期

21 世纪《三国演义》军事谋略研究应用综述/石欣/湖北文理学院学报 2016 年第 4 期

2016 年日本"三国文化"研究论著目录/[日] 伊藤晋太郎/内江师范学院学报 2017 年第 9 期

《三国演义》中女性人物形象研究综述/张春雨/科教文汇（下旬刊）2017 年第 11 期

《三国志玉玺传》研究综述/李昕洁/辽宁工业大学学报（社会科学版）2018

年第 1 期

　　李春祥先生与他的《三国演义》研究述略/樊荣/开封大学学报 2018 年第 2 期

　　2017 年日本"三国文化"研究论著目录/[日] 伊藤晋太郎/内江师范学院学报 2018 年第 7 期

　　尹直《名相赞》与《三国演义》研究述评/宋克夫/湖北理工学院学报（人文社会科学版）2019 年第 5 期

　　2018 年日本"三国文化"研究论著目录/[日] 伊藤晋太郎/内江师范学院学报 2019 年第 11 期

　　2019 年日本"三国文化"研究论著目录/[日] 伊藤晋太郎/内江师范学院学报 2020 年第 7 期

　　诸葛亮的艺术评价与历史评价综述/王文浩/产业与科技论坛 2020 年第 19 期

[二] 总 论

读了鲁迅《小说旧闻钞》后关于《三国演义》的补充/陈登原/文史哲1952年第2期

《三国演义》的价值/李辰冬/学术季刊1953年第2卷第1期

谈《三国演义》（A）/褚斌杰/大公报1954年3月24日/读书月报1956年第5期/《三国演义》研究论文集（作家出版社1957年3月）

中国古典文学的两部杰作——《水浒》和《三国演义》/文东/中国青年1954年第13期

我们应该怎样看待《三国演义》/陈大远/河北日报1955年3月20日/《三国演义》研究论文集（作家出版社1957年3月）

谈《三国志演义》/周立波/文艺学习1955年第9—10期/《三国演义》研究论文集（作家出版社1957年3月）

略谈《三国演义》/霍松林/语文学习1955年第11期/《三国演义》研究论文集（作家出版社1957年3月）

关于《三国演义》的几个问题/顾肇仓/新建设1956年第3期/《三国演义》研究论文集（作家出版社1957年3月）

谈《三国演义》（B）/颜默/文艺报1956年第4期/《三国演义》研究论文集（作家出版社1957年3月）

谈谈《三国演义》（B）/张荣起/图书馆工作1957年第1期

谈罗贯中的《三国演义》/任钧泽/语文教学通讯1957年第3—4期

《三国志演义》刍论/冯沅君/山东大学学报（中国语言文学版）1959年第4期

读《三国演义》新感/周天/上海文学1962年第4期

《三国演义》简论/陈涌/文学研究集刊第 1 册（人民文学出版社 1964 年 6 月）

漫谈《三国演义》/岳骞/文学世界 1964 年第 9 期

罗贯中与《三国演义》（D）/苏墱基/史学通讯 1967 年第 2 期

谈罗贯中与《三国演义》/王止峻/醒狮 1968 年第 6 卷第 7 期

论《三国演义》/[美] 夏志清著，庄信正译/现代文学第 38 期（1968 年 7 月）

《三国演义》考/[韩] 金时俊/汉城大学校教养课程部论文集（人文社会科学篇 1969 年 5 月）

邪马台国/[日] 古田武彦/史学杂志 1969 年第 9 期

谈谈《三国演义》（《中国小说史稿》选登）/北大中文系中国古典文学组/北京大学学报（哲学社会科学版）1973 年第 4 期

评《三国演义》/何磊/四部古典小说评论（人民文学出版社 1973 年 7 月）

罗贯中的《三国演义》/蔡义忠/从施耐庵到徐志摩（清流出版社 1973 年 8 月）

试评《三国演义》/张力/图书通讯 1973 年第 12 期

评价《三国演义》的几个问题/陶松/理论学习 1977 年第 11 期

《三国志通俗演义》排印本前言/章培恒、马美信/三国志通俗演义（上海古籍出版社 1980 年 4 月）

重评《三国演义》——兼评《评〈三国演义〉的尊孔反法思想》/陈辽/文艺论丛第 10 辑（上海文艺出版社 1980 年 4 月）

重新评价《三国演义》/刘知渐/社会科学研究 1982 年第 4 期/《三国演义》研究集（四川省社会科学院出版社 1983 年 12 月）/《三国演义》新论（重庆出版社 1985 年 6 月）

《三国演义》构思基础质疑/李厚基/社会科学研究 1982 年第 4 期

艺术的珍品，智慧的宝库——读《三国演义》的体会/何道宏/江淮文艺 1983 年第 3 期

《三国演义》是一部伟大的作品/李希凡/成都晚报 1983 年 4 月 20 日

《三国演义》浅谈/范宁/中国古代通俗小说阅读提示（江苏人民出版社 1983 年 6 月）

且说《三国演义》/聂绀弩/文史知识 1984 年第 3 期

读《三国志演义》所想到的一些问题/范宁/光明日报 1984 年 3 月 13 日

眼界更开阔些，研究更深入些——《三国志演义》研究刍议/刘世德/光明日报 1984 年 4 月 3 日

关于《三国志演义》的研究方法/刘敬圻/文学评论 1984 年第 6 期

略论《三国演义》/郭豫适/中国古代小说论集（华东师范大学出版社 1985 年 1 月第 1 版，1992 年 2 月第 3 版）

关于《三国演义》/王修/语言文学 1985 年第 3 期

历史演义研究中不可忽视的一个方面——从《三国演义》谈起/戴燕/牡丹江师范学院学报（哲学社会科学版）1985 年第 4 期

关于《三国志演义》的研究方法——读《关于曹操形象的研究方法》所想到的/刘敬圻/《三国演义》论文集（中州古籍出版社 1985 年 11 月）

有关《三国演义》研究的两个问题的思考/欧阳健/明清小说研究第 2 辑（中国文联出版公司 1985 年 12 月）

关于《三国演义》研究的方法论问题/李玉铭/松辽学刊（社会科学版）1986 年第 1 期

简论文学系统原则与《三国演义》——中国古代小说文学系统论系列论文/乔先之/西北师大学报（社会科学版）1986 年第 1 期

传统文化心理结构与《三国演义》研究/鲁德才/三国演义学刊第 2 辑（四川省社会科学院出版社 1986 年 8 月）

《三国演义》研究和方法问题/何满子/三国演义学刊第 2 辑（四川省社会科学院出版社 1986 年 8 月）

《三国演义》及其作者/[苏] 李福清著，姚宇珍译/三国演义学刊第 2 辑（四川省社会科学院出版社 1986 年 8 月）

中国第一奇书——《三国演义》评介/王基/文学知识 1986 年第 12 期

对研究"三国"的研究/王振洲/长江日报 1987 年 7 月 31 日

怎样读《三国演义》——简谈《三国演义》的思想倾向和艺术特色/陈琢之/天外天 1988 年总 156 期

论《三国演义》的思维方式——兼及《三国演义》的研究方法/宋克夫/湖北大学学报（哲学社会科学版）1989 年第 6 期

90 年代：《三国演义》文化价值重放异彩/沈伯俊/社会科学报 1990 年 12 月 20 日

我看《三国演义》/沈伯俊/古典文学知识1991年第3期

《〈三国演义〉校理本》前言/沈伯俊/《三国演义》与中国文化（巴蜀书社1991年9月）

亚史诗：《三国演义》与中国文化/李时人/《三国演义》与中国文化（巴蜀书社1991年9月）

《三国演义》：中华民族智慧的结晶/霍雨佳/海南大学学报（社会科学版）1992年第1期

论《三国演义》的思想和艺术成就/王俊年/河北师院学报（社会科学版）1992年第2期

历史审视的道德化，人格建构的符号化——《三国演义》解读/冯文楼/明清小说研究1992年第2期

《三国志演义》研究中的几个问题/范宁/文学遗产1992年第4期

《三国演义》与中国传统文化（A）/谭洛非/《三国演义》与荆州（中州古籍出版社1993年9月）

面对回归与跨越的抉择——"三国演义文化"论略/杨建文/《三国演义》与荆州（中州古籍出版社1993年9月）

三国文化的源流与丰富内涵/谭洛非/明清小说研究1993年增刊（1993年10月）

《三国演义》的阅读效应与民族精神/许建平/河北师范大学学报（社会科学版）1994年第1期

《三国》《水浒》的创作/龚维英/合肥教育学院学报1994年第1期

"三国文化"概念初探/沈伯俊/中华文化论坛1994年第3期

论三国文化精神/谭洛非/中华文化论坛1994年第4期

《三国》文化形成探源/何满子/古典文学知识1994年第6期

《三国演义》文化品格论/赵伯陶/海南大学学报（社会科学版）1995年第1期

论四部中国古典小说的先锋意义/郭光华/江苏社会科学1995年第1期

三国历史与《三国演义》/朱大渭/光明日报1995年2月6日

话说《三国》的文化精神/谭洛非/炎黄世界1995年第3期

以当代意识反观《三国演义》/罗德荣/南开学报1998年第6期

关于三国文化研究的几个问题/沈伯俊/中华文化研究通讯（四川省社会科学

院）1998年第7—8期

浅说《三国演义》的源与流/苑容宏/文史杂志1999年第1期

"三国文化"概念初探（修订稿）/沈伯俊/成都大学学报（社会科学版）1999年第2期

论《三国志演义》的创作与接受（A）/关四平、陈墨/求是学刊1999年第4期

论《三国演义》文化在中国近代的历史走势/杨建文/新世纪《三国演义》论文集（文教资料2001年增刊，2001年12月）

《三国演义》：史诗性质和社会精神现象/李时人/求是学刊2002年第4期

演义文体的典范——《三国志演义》/欧阳健/中华文化论坛2003年第2期

《三国演义》与中国传统文化（B）/宋子俊/中国古代小说戏剧研究丛刊2006年第1期

清代的三国通俗文艺与《三国演义》/[日] 中川谕/中国文学研究（辑刊）2008年第1辑

略论文化变迁背景下《三国演义》中日常生活文化形态的缺失/胡继琼/贵州大学学报（社会科学版）2008年第3期

《三国志平话》的程度副词研究（A）/李锦/安徽文学（下半月）2009年第1期

《三国演义》小字注考索/胡以存/重庆交通大学学报（社会科学版）2009年第2期

《三国志平话》叙事的原则与视角（A）/涂秀虹/文史哲2009年第2期

再论《三国演义》的人民性/张安峰/人文杂志2009年第6期

论《三国演义》的效果历史真实性/张同胜/明清小说研究2010年第1期

《三国演义》中的领导艺术（A）/刘建军/刊授党校2011年第2期

《三国演义》动结式"V住"考察/潘思思/宁波大学学报（教育科学版）2011年第4期

古代小说考证同名交错之误及其对策——以《三国演义》、《西游记》考证为例/杜贵晨/学术研究2011年第10期

《三国演义》回目对偶的分类和表达效果研究（A）/邓煜/榆林学院学报2013年第5期

《全图三国》与三国文化（A）/沈伯俊/湖北文理学院学报2013年第7期

金文京的《三国演义》"综合"研究——日本中国古代小说研究系列之一/段江丽/明清小说研究2014年第3期

《三国演义》"被"字句的句法结构研究（A）/郑珊/湖北文理学院学报2015年第1期

史传文学与信史的联系与区隔——以"三国"为例/冯天瑜/华中师范大学学报（人文社会科学版）2015年第6期

汉末三国文化与诸葛亮之侠风/董国炎/广西师范学院学报（哲学社会科学版）2016年第1期

从《三国演义》"三绝"研究的三个视点说起/石麟/广西师范学院学报（哲学社会科学版）2016年第1期

《三国演义》中国传统道德文化/张铧/工业C2016年第1期

沈伯俊就《三国演义》与三国文化研究答学生问/沈伯俊/内江师范学院学报2016年第1期

文艺阐释学视域下的"第二性"浅析——以《三国演义》为例/蒿帆/广州广播电视大学学报2016年第1期

《周汝昌评说四大名著》正误/陈志伟、周西平/图书馆学研究2016年第1期

略论《三国演义》的史料延展之法——以关羽事迹为例/赵鹏程/佳木斯职业学院学报2016年第2期

"青梅煮酒"事实和语义演变考/程杰/江海学刊2016年第2期

明代长篇小说的文学经典性会消亡吗——以"四大奇书"为例/李建武/内江师范学院学报2016年第3期

《三国志通俗演义》中的积极口语修辞举隅/李文加/湖北师范学院学报（哲学社会科学版）2016年第3期

论"非三国故事"融入《三国演义》的方式及其效果/许中荣/聊城大学学报（社会科学版）2016年第6期

倾斜的伦理天平：中国古代四大小说中的身份叙事/傅修延、陈国女/江西社会科学2016年第6期

论《三国演义》与士文化/伍大福/湖北文理学院学报2016年第9期

古典文学的"前现代"问题平议——以《三国演义》"非人"说为个案/鲁小

俊/求索 2016 年第 12 期

浅谈评书话本中的艺术真实——以连派评书《三国演义》为例/梁彦/曲艺 2017 年第 1 期

《三国演义》千古风流天下闻/何明星、何抒扬/中外文化交流 2017 年第 1 期

《三国演义》中文臣籍贯的地理分布特征及其人文成因/陆渝凯、许盘清/三江高教 2017 年第 2 期

设置文学研讨题需注意的几个问题——关于《三国演义》《红楼梦》研究性学习的再思考/朱明秋/桂林师范高等专科学校学报 2017 年第 2 期

从"王霸之争"角度审视《三国演义》中的政治斗争/张博、施采彤/语文学刊 2017 年第 2 期

人文地理环境对《三国演义》中武将地理分布的影响/陈力、许盘清/三江高教 2017 年第 2 期

试析《三国演义》中的"择主而事"现象/姜淑芳/名作欣赏 2017 年第 2 期

《三国演义》中名与字的语义关系/王莉/青年文学家 2017 年第 2 期

《三国演义》中的赋学史料及其与小说之关联问题/王思豪/中山大学学报（社会科学版）2017 年第 3 期

《三国演义》与相术的相关性探析/叶根虎/陕西理工大学学报（社会科学版）2017 年第 3 期

三国演义其实是四国争霸/忠义/人生与伴侣（极品）2017 年第 3 期

《三国演义》中知识分子的命运与文化心态/郭文强/文学教育（下）2017 年第 4 期

明清讲史小说中的"志怪之史"——以《三国演义》为例/邬晓雅/福建质量管理 2017 年第 4 期

《三国演义》"睡眠"描写的三大作用/刘洪强/厦门广播电视大学学报 2017 年第 4 期

历史记载如何被塑造为通俗小说——漫谈《三国演义》/殷昊/青春岁月 2017 年第 6 期

《三国演义》的生命力/李国文/上海采风 2017 年第 6 期

三国地理杂俎/李庆西/书城 2017 年第 6 期

共词方法在三国人物关系分析中的应用研究/王一博、俞敬松、赵常煜/情报

探索 2017 年第 7 期

《三国演义》在封建社会的审美接受——以刘备的人物形象为例/毕研文/中国民族博览 2017 年第 8 期

浅析《三国演义》中的自身价值及其对后世的影响/刘雅丽/山西青年 2017 年第 8 期

《三国演义》与中华江河文化论纲/梁中效/中华文化论坛 2017 年第 10 期

一本《三国演义》的化学反应/连航/上海教育科研 2017 年第 11 期

《三国演义》明清序跋胜论/陈婧玥/湖北文理学院学报 2017 年第 12 期

《三国演义》：历史与极简主义/西元/解放军文艺 2017 年第 12 期

荡魂摄魄之读《三国演义》/黄铭胜/现代语文（教学研究版）2017 年第 13 期

《三国演义》中魏、蜀、吴"三足鼎立"和"分久必合"的原因/鹿家祯/电视指南 2017 年第 24 期

浅谈《三国演义》中雪景的意境/田苗苗/青年文学家 2017 年第 32 期

《三国演义》游说活动性质及意义初探/孙鑫博/晋中学院学报 2018 年第 1 期

明代文学主导文体的重新确认/陈文新/上海师范大学学报（哲学社会科学版）2018 年第 1 期

《三国志演义》童谣略说/廖瑜/红河学院学报 2018 年第 1 期

四大奇书经典演变与名实变迁/罗书华/河北学刊 2018 年第 1 期

论"非三国故事"素材与《三国演义资料汇编》之编纂/许中荣/中国古代小说戏剧研究丛刊 2018 年第 1 期

《三国演义》复仇书写论析/尹方红、王引萍/牡丹江教育学院学报 2018 年第 1 期

从《三国演义》中看中国的传统文化/李七一/课程教材教学研究（中教研究）2018 年第 1 期

《三国演义》与人生智慧（A）/谢子萱/环球市场信息导报 2018 年第 2 期

《三国演义》三题/刘永翔/中国文化 2018 年第 2 期

《三国演义》中诸葛亮与刘备父子"对手戏"的文化解读/许中荣/临沂大学学报 2018 年第 2 期

中国古典长篇小说间谍战之杰作——浅议《三国演义》的间谍与反间谍/巢

月/云南开放大学学报 2018 年第 3 期

中国四大古典文学名著：成书之谜、主题思想、现实意义/韩亚光/前沿 2018 年第 3 期

沈伯俊：浸在《三国》里半辈子，方悟透人生的读法/夏芯、邓苗苗/廉政瞭望（上半月）2018 年第 4 期

沈伯俊读《三国》（上）/沈伯俊/名作欣赏 2018 年第 4 期

《三国演义》地名相关问题辨正/宋婷、王胜明/内江师范学院学报 2018 年第 5 期

诸葛亮、周瑜"斗智"故事的演变与对手型"知音"文化/李春阳/河南师范大学学报（哲学社会科学版）2018 年第 5 期

"三国文化"概念研究的回顾与思考/郭的非/湖北文理学院学报 2018 年第 6 期

沈伯俊读《三国》（下）/沈伯俊/名作欣赏 2018 年第 7 期

《三国演义》中的谋士书写及其文化心态补论/许中荣/湖北文理学院学报 2018 年第 9 期

《三国演义》：史诗性质和社会精神现象初探/宋若辰/课外语文（上）2018 年第 10 期

浅析《三国演义》中的美的意象/王新蕾/记者摇篮 2018 年第 10 期

《三国演义》中地名采用的空间错误/宋婷、王胜明/中国地名 2018 年第 12 期

出自《三国演义》的成语/朱秀兰/初中生之友·青春号（中）2018 年第 12 期

赏析《三国演义》中的诗词艺术/张楚渝/参花 2018 年第 14 期

古今多少事，都付笑谈中——赏读《三国演义》的文化随想和审美撷拾/陆嘉明/教育界 2018 年第 14 期

《三国演义》中刘备的兄弟情义与君臣等级/朱钜/文教资料 2018 年第 18 期

论《三国演义》中"三"的运用/亓冠鹏/青年文学家 2018 年第 21 期

多层次多形式读《三国演义》/钱桂霞/教育文汇 2018 年第 22 期

刍议《三国演义》的成就与影响/张斓/祖国 2018 年第 22 期

浅析《三国演义》中对政治走向产生影响的女人们——以吕布妻严氏、吴国太为例/郭中明/魅力中国 2018 年第 28 期

讲史小说的兴起及其评点的产生/魏佳/名作欣赏 2018 年第 35 期

《三国演义》中地名的时间型错误/宋婷、王胜明/中国地名 2019 年第 1 期

《三国演义》中的气象书写及其意义/巫梦晓/济宁学院学报 2019 年第 1 期

中国文化视野中的"四大名著"/陈文新/文化软实力研究 2019 年第 2 期

四大名著中"四块奇石"的现世映照/程琳/文学教育（下）2019 年第 3 期

明人对历史演义小说的文体定位及启示/温庆新/内江师范学院学报 2019 年第 3 期

论《三国演义》巫术描写与功用/陈万博/六盘水师范学院学报 2019 年第 5 期

《三国演义》中隐士书写的文化解读/巫梦晓、许中荣/湖北文理学院学报 2019 年第 10 期

《三国演义》之深层阶级分析/李子鸣/青年文学家 2019 年第 36 期

论明清四部长篇小说中的悲剧性/王向峰/辽宁大学学报（哲学社会科学版）2020 年第 1 期

《三国演义》与中国古代谏诤文化/许中荣/西华师范大学学报（哲学社会科学版）2020 年第 1 期

明清"五大奇书""梯级演进"考论/张建华/兰州文理学院学报（社会科学版）2020 年第 3 期

《三国演义》中的谋士辨析/张晓敏/兰州教育学院学报 2020 年第 3 期

论《三国演义》的真实性——以曹操、诸葛亮、关羽等人为例/袁书会/吕梁学院学报 2020 年第 4 期

《三国演义》东吴君臣关系新论——以张昭与孙氏兄弟关系为中心/关四平/学术交流 2020 年第 9 期

关于《三国演义》争鸣问题的再思考/纪德君、陈新/内江师范学院学报 2020 年第 9 期

"家国同构"观念下刘备君臣关系的矛盾与建构/李宜蓬/湖北文理学院学报 2020 年第 9 期

论《三国演义》中气象描写的文学价值/韦双燕/参花 2020 年第 15 期

当断必断，敢于拍板——论《三国演义》中的取胜之道（A）/金岳/读写月报 2020 年第 17 期

从善不纵恶，由己不由天——《三国演义》意蕴主线解读/李庆华/名作欣赏

2020 年第 26 期

论《三国演义》中气象描写出现的原因/韦双燕/传奇故事 2021 年第 1 期

史实·虚构·影响——来龙去脉说"三国"/石麟/三峡大学学报（人文社会科学版）2021 年第 1 期

《三国演义》中诗词的题材、体裁艺术衍论/李新、唐运奇/保定学院学报 2021 年第 1 期

读《三国志》须把握的重点/张大可/秘书工作 2021 年第 1 期

化史为稗之秘——《三国演义》文学价值论略/陈洪/文学与文化 2021 年第 3 期

《三国演义》中气象描写的文学价值/吕瑛/中学语文教学参考 2021 年第 9 期

《三国演义》"草木"意象探赜/杨钰莹/大众文艺 2021 年第 21 期

浅谈《三国演义》/张晴/青年文学家 2021 年第 27 期

学位论文：

《三国演义》与封建政治/徐中伟/中国古代文学/山东大学 1990 年

《三国演义》研究（B）/张志合/中国古典文献学/北京师范大学 1995 年

《三国演义》与中国神秘文化/杨永林/文艺学/河北师范大学 2001 年

悖论（paradox）和反讽（irony）——《三国演义》的文化透视/王欣华/中国古代文学/曲阜师范大学 2002 年

论中国古代小说独特的心理描写艺术——以《三国演义》和《红楼梦》为例/夏曼丽/文艺学/南京师范大学 2002 年

《三国演义》的空间叙事/李艳蕾/中国古代文学/曲阜师范大学 2003 年

明清《三国演义》批评之研究/孙开东/中国古代文学/南京大学 2003 年

《三国演义》的情节结构分析（A）/李灿/中国古代文学/宁夏大学 2006 年

《三国演义》中诗词运用的艺术（A）/何东/中国古代文学/延边大学 2007 年

《三国演义》称谓词研究（A）/田顺芝/汉语言文字学/山东大学 2007 年

《三国演义》涉梦情节的文化学心理学阐释/宦书亮/中国古代文学/华中师范大学 2007 年

《三国演义》智谋描写初探/田静/中国古代文学/山东大学 2007 年

《元至治本全相平话三国志》异俗字研究/赵熊/汉语言文字学/四川师范大学 2008 年

《三国演义》诠释史论/郭素媛/中国古代文学/山东大学 2009 年

《三国演义》研究三题/古旭/中国古代文学/重庆工商大学 2010 年

近现代三国学研究（A）/李国帅/中国近现代史/山东师范大学 2010 年

《李卓吾先生批评三国志》研究/刘香/中国古代文学/福建师范大学 2010 年

《三国志》历史领域本体的构建与推理研究/廖作芳/中国古代史/华中师范大学 2011 年

对《三国演义》中武术器械之探析（A）/种松/民族传统体育/上海体育学院 2011 年

《三国演义》字频研究（A）/桑哲/中国古代文学/曲阜师范大学 2013 年

"三国"文本中的社会称谓语研究/陈婉怡/语言学及应用语言学/辽宁师范大学 2013 年

论《三国演义》中的江湖规则/盖宇/法学理论/山东财经大学 2017 年

《三国演义》与占星术研究/李文智/中国古代文学/重庆师范大学 2017 年

《三国演义》悲剧中的喜剧色彩解读/尹方红/中国古代文学/北方民族大学 2018 年

《三国演义》死亡叙事研究/刘梦瑶/中国古代文学/湖南师范大学 2020 年

[三] 作 者

关于罗贯中籍贯的异闻/山鹰/新民晚报 1959 年 11 月 18 日

论罗贯中的时代/冯其庸/江海学刊 1963 年第 7 期

罗贯中与《三国志演义》/方祖燊/中华文化复兴月刊（1976 年 6 月）

罗贯中讲史小说之真伪性质/[澳] 柳存仁/香港中文大学中国文化研究所学报 8 卷 1 期（1976 年 12 月）/和风堂读书记下册（柳存仁著，香港龙门书店 1977 年 6 月）/中国古代小说研究——台湾香港论文选辑（刘世德编，上海古籍出版社 1983 年 5 月）

论罗贯中/李修生/山西师院学报（社会科学版）1981 年第 1 期

小说小札（罗贯中的生卒年新证）/周楞伽/文学遗产 1981 年第 4 期

关于罗贯中的生卒年——答周楞伽同志/章培恒/文学遗产 1982 年第 3 期

罗贯中、高则诚两位大文学家是同学/王利器/社会科学战线 1983 年第 1 期

论《三国演义》作者的世界观和创作方法/陈辽/社会科学研究 1983 年第 1 期

罗贯中与《三国志通俗演义》（上、下）/王利器/社会科学研究 1983 年第 1—2 期/《三国演义》研究集（四川省社会科学院出版社 1983 年 12 月）

罗贯中与《风云会》/王晓家/戏曲艺术（河南）1983 年增刊第 2 期

罗贯中和高则诚不是同学/金宁芬/光明日报 1983 年 4 月 19 日

元末明初杰出的小说家——罗贯中/赵立军/辽宁日报 1983 年 9 月 21 日

高则诚生平及其作品考略——高则诚与罗贯中是同学酌一点补证/胡雪冈/温州师专学报（社会科学版）1984 年第 1 期

从诸葛亮六出祁山看《三国演义》作者的思想倾向和艺术才华/张梓灿/周口师专学报（社会科学版）1984 年第 1 期

漫话罗贯中/孟繁仁/太原日报 1984 年 5 月 22 日

从罗贯中《三遂平妖传》看《水浒传》著者和原本问题/罗尔纲/学术月刊1984年第10期

罗贯中笔下的疏漏（A）/璟石/吉林日报1985年6月24日

罗贯中"有志图王者"辨/李灵年/三国演义学刊第1辑（四川省社会科学院出版社1985年7月）

罗贯中试论/孟繁仁/《三国演义》论文集（中州古籍出版社1985年11月）

罗贯中的政治观及《三国志演义》创作思想管窥/赵清永/《三国演义》论文集（中州古籍出版社1985年11月）

罗贯中与莎士比亚的比较研究/续枫林/新疆大学学报（哲学社会科学版）1986年第3期

罗贯中其人其作/陈辽/明清小说研究第3辑（中国文联出版公司1986年4月）

罗贯中的原籍在哪里？/刁云展/三国演义学刊第2辑（四川省社会科学院出版社1986年8月）

《录鬼簿续编》与罗贯中种种/孟繁仁/三国演义学刊第2辑（四川省社会科学院出版社1986年8月）

罗贯中为赵偕门人辨略/李灵年/三国演义学刊第2辑（四川省社会科学院出版社1986年8月）

关于罗贯中的籍贯问题/沈伯俊/海南大学学报（社会科学版）1987年第2期/中国人民大学《复印报刊资料·中国古代、近代文学研究》1987年第9期

双峰并峙，众脉相连——从《三国演义》《水浒传》之异同，看两书作者兼与罗尔纲、王晓家同志商榷/亚英、林同/曲靖师专学报1987年第2期/明清小说研究1990年增刊

《录鬼簿续编》中的罗贯中/孟繁仁/上海师范大学学报（哲学社会科学版）1987年第4期

罗贯中生卒年及籍贯辨析/刘孔伏/阴山学刊1988年第1期

《三国志通俗演义》非罗贯中所著说——兼论章培恒同志所考订的罗氏生平之不足据/张国光/甘肃社会科学1988年第2期

《题晋阳罗氏族谱图》与罗贯中/孟繁仁/城市改革理论研究1988年第2期

太原《罗氏家谱》与罗贯中/孟繁仁、郭维忠/文学遗产1988年第3期

罗贯中的创作困境与曹操的复杂性格/徐中伟/文学遗产1988年第3期

《三国演义》、《水浒传》作者辨证/林同、白葸/社会科学辑刊1988年第4期

罗贯中的本贯/[韩]金文京/日本中国古典小说研究动态第3号（1989年12月）

罗贯中—许贯忠和河南鹤壁市郊许家沟/姚仲杰/河南图书馆学刊1990年第1期

"许贯忠"是罗贯中的虚象/孟繁仁/晋阳学刊1990年第4期

罗贯中的籍贯究竟在哪里？——《三国演义》之谜（一）/沈伯俊/四川日报1991年3月23日

关于罗贯中生平的新史料/周楞伽/《三国演义》与中国文化(巴蜀书社1991年9月)

罗贯中籍贯考辨（A）/刘世德/文学遗产1992年第4期

东平人说罗贯中籍贯考辨/刘世德/海南大学学报（社会科学版）1992年第4期

罗贯中的籍贯/[韩]金文京著，马东震译/西北第二民族学院学报（哲学社会科学版）1993年第1期

《三国演义》作者问题说略/王辉斌/荆门大学学报1993年第2期

罗贯中故乡考察散记/孟繁仁、郭维忠/明清小说研究1993年第2期

罗贯中的家谱是怎样找到的/高立发、苏柏/人民日报·海外版1993年3月5日第7版/中国人民大学《复印报刊资料·中国古代、近代文学研究》1993年第5期

我国长篇章回小说的奠基人罗贯中/曾良/爱国主义与民族文化（东方出版社1993年6月）

罗贯中非东平人说——罗贯中籍贯考辨之二/刘世德/《三国演义》与荆州（中州古籍出版社1993年9月）

上报国家，下安黎庶——从《三国演义》看罗贯中的政治理想/刘德禄/《三国演义》与荆州（中州古籍出版社1993年9月）

罗贯中和河南内乡/彭海/明清小说研究1994年第2期

寒宵读书录（二、罗贯中论天下）/罗尔纲/社会科学战线1994年第4期

罗贯中/陈辽/古典文学知识1994年第6期

罗贯中的籍贯——太原即东原解/刘华亭/济宁师专学报1995年第1期

仁德英主的一曲颂歌——罗贯中的《宋太祖龙虎风云会》杂剧/冯保善/徐州师范学院学报 1995 年第 1 期

罗贯中的籍贯应为山东太原/杨海中/东岳论丛 1995 年第 4 期

《残唐五代史演义传》散论/曾良/明清小说研究 1995 年第 4 期

罗贯中籍贯"东原说"辨论/杜贵晨/齐鲁学刊 1995 年第 5 期

全忠仗义　保国安民——司各特、罗贯中之忠义思想浅析/胡伟立/无锡教育学院学报 1996 年第 4 期

悲剧之生命，生命之悲剧——《三国》、《水浒》作家作品比较论（A）/徐子方/明清小说研究 1997 年第 2 期

关于罗贯中原籍"东平"说的研究和调查/泰山名人研究室罗贯中课题组/泰安师专学报 1997 年第 2 期/中国人民大学《复印报刊资料·中国古代、近代文学研究》1997 年第 12 期

《隋唐志传》非罗贯中所作/沈伯俊/明清小说研究 1997 年第 4 期

罗贯中故里新考/杨立仁、袁钟晋/香港大公报 1998 年 8 月 20 日—21 日

《残唐五代史演义传》非罗贯中所作/陈国军/明清小说研究 1999 年第 1 期/中国人民大学《复印报刊资料·中国古代、近代文学研究》1999 年第 7 期

罗贯中散论/杨林/海南师院学报 1999 年第 3 期

太原清徐罗某某绝非《三国》作者罗贯中/陈辽/中华文化论坛 2000 年第 1 期/中国人民大学《复印报刊资料·中国古代、近代文学研究》2000 年第 6 期

解罗贯中及《三国志传》底本原貌之谜/陈辽/安徽师范大学学报（人文社会科学版）2000 年第 1 期

罗贯中找到了吗？/陈辽/齐鲁学刊 2000 年第 1 期

《三国演义》的作者真的是罗贯中吗？/张志和/中华读书报 2000 年 11 月 8 日

《三国演义》的最初写定者应是南方人/张志和/光明日报 2000 年 12 月 27 日

罗贯中籍贯研究述评——《三国演义》文献学研究之一/韩伟表/中华文化论坛 2001 年第 1 期

从《三国志平话》看罗贯中与《三国志通俗演义》的关系/张志和/许昌师专学报 2001 年第 1 期

"罗贯中编次"别解/陈松柏/皖江侧畔论三国（黄山书社 2001 年 10 月）

再谈罗贯中的"有志图王"（提纲）/李灵年/皖江侧畔论三国（黄山书社

2001年10月）

罗贯中交游研究举要/韩伟表/新世纪《三国演义》论文集（文教资料2001年增刊，2001年12月）

近百年《三国演义》研究学术失范的一个显例——论《录鬼簿续编》"罗贯中"条资料当先悬置或存疑/杜贵晨/北京大学学报（哲学社会科学版）2002年第2期

再论《三国演义》作者不是罗贯中——答杜贵晨先生/张志和/许昌师专学报2002年第3期

《三国演义》作者罗贯中是山东东平人——罗贯中籍贯"东原说"的外证与内证/杜贵晨/南都学刊2002年第6期

罗贯中笔误小考（A）/沈伯俊/文艺研究2002年第6期

三本《罗氏家谱》否定两个假罗贯中/陈辽/社会科学研究2003年第1期

罗贯中三题/关四平/山西大学学报（哲学社会科学版）2003年第1期

《三国志演义》原编撰者及有关问题（A）/陈翔华/中华文化论坛2003年第1期

从貂蝉形象的塑造管窥罗贯中的儒家妇女观（A）/楚爱华/开封大学学报2005年第1期

《水浒全传》中的"老种经略相公"与"小种经略相公"——兼谈罗贯中的籍贯太原问题/孟繁仁/东南大学学报（哲学社会科学版）2005年第3期

罗贯中的烦恼/周俊飞/学生导读2005年第4期

从《三国演义》临终嘱托的描写解读罗贯中的正统思想（A）/许卫全/连云港师范高等专科学校学报2005年第4期

人性的扭曲——论罗贯中笔下的周瑜形象（A）/梁大新、韦海霞/襄樊职业技术学院学报2005年第6期

罗贯中与他的《三国演义》/竺洪波/作文世界（高中）2005年第10期

浅论罗贯中对《水浒传》的贡献/王前程/2005年全国《水浒》与明清小说研讨会暨大丰市施耐庵研究会成立20周年庆典专辑（2005年）

传统历史小说的解构与重新生成——鲁迅与罗贯中关系论/王吉鹏、刘耀彬/通化师范学院学报2006年第3期

罗贯中与《三国演义》《水浒传》国际学术研讨会综述（C）/王平/明清小说研究2006年第3期

《水浒传》的成书年份和罗贯中的生卒之年/刘华亭/济宁师范专科学校学报 2006 年第 5 期

罗贯中与《三国演义》《水浒传》国际学术研讨会综述（D）/王立、孙琳/辽东学院学报（社会科学版）2006 年第 5 期

罗贯中的著作权能否定吗——也谈《三国演义》的作者问题/王前程、张蕊青/三峡大学学报（人文社会科学版）2006 年第 6 期

从《三国演义》赤壁之战的描写看罗贯中的艺术成就（A）/黄萍、文化林、熊焰/韶关学院学报 2007 年第 2 期

由弹词《三国志玉玺传》谈罗贯中的《三国》原本/陈辽/中华文化论坛 2007 年第 3 期

两个罗贯中/陈辽/江苏社会科学 2007 年第 4 期

何种明刊本最接近罗贯中原作/王前程/湖北师范学院学报（哲学社会科学版）2007 年第 5 期

罗贯中才是炒作第一人/白脸/剑南文学（经典阅读）2007 年第 8 期

罗贯中是一位谋略家/李炳彦/公关世界 2007 年第 9 期

罗贯中因何反写魏延（A）/刘威韵/前沿 2007 年第 12 期

试说罗贯中续《水浒》/吕乃岩/北京大学学报（哲学社会科学版）2008 年第 2 期

"历史演义"中真实与趣味的两难选择——论蔡东藩与罗贯中所演之"义"的差异性/龙剑平、朱小宁/攀枝花学院学报（综合版）2008 年第 2 期

罗贯中生平史料的发现、整理和研究/苗怀明/中国古代小说戏剧研究丛刊 2008 年第 2 期

施耐庵联考罗贯中/王松平/龙门阵 2008 年第 12 期

"跟毛泽东学历史"系列文章之十二　看战争　看外交　看组织——读罗贯中《三国演义》/陈晋/秘书工作 2008 年第 12 期

罗贯中给予读者的三个误读/沈伯俊/晚报文萃 2008 年第 17 期

罗贯中、吴承恩、冯梦龙围绕《三遂平妖传》的一桩公案/刘海峰/电影评介 2008 年第 20 期

罗贯中是哪里人？/田同旭/文史知识 2009 年第 3 期

太原的异名与罗贯中的籍贯问题/辛德勇/文史知识 2009 年第 5 期

从《三国演义》看罗贯中对降者形象的独特情怀（A）/张晓春、马蓓/广东技术师范学院学报 2009 年第 5 期

罗贯中笔下的女性（A）/赵光银、侯其芳/吉林教育 2009 年第 28 期

"仓颉造字"与罗贯中"隐名石匾"——罗贯中文物史料的新发现/孟繁仁/水浒争鸣第 11 辑（中央文献出版社 2009 年 10 月）

罗贯中籍贯太原说之大传/田同旭/水浒争鸣第 11 辑（中央文献出版社 2009 年 10 月）

林庚先生谈罗贯中笔下的"赤壁之战"（A）/苏爱琴/文史知识 2010 年第 1 期

罗贯中铜像在清徐县落成/李兵/山西日报 2010 年 1 月 8 日

罗贯中的籍贯问题/张舒、张正明/明长陵营建 600 周年学术研讨会论文集（社会科学文献出版社 2010 年 2 月）

罗贯中是王越化名论析/赵长海/中州学刊 2010 年第 2 期

罗贯中杜撰关云长刮骨疗毒有啥大惊小怪？（A）/王保国/采写编 2010 年第 3 期

罗贯中开给历史的玩笑/刘锴/中国民兵 2010 年第 9 期

朱苏进：在我看来，罗贯中根本就没写完/余楠/南方人物周刊 2010 年第 21 期

罗贯中对东吴贬低倾向的形成原因（A）/陈书慧/辽宁教育行政学院学报 2011 年第 1 期

罗贯中籍贯山西太原说与东太原郡之辩正/田同旭/太原师范学院学报（社会科学版）2011 年第 2 期

"东原"、"太原"、"东太原"、"南太原"详考——兼论罗贯中籍贯"东太原说"之误/王增斌/太原师范学院学报（社会科学版）2011 年第 2 期

施耐庵和罗贯中对《水浒传》成书的贡献/李永祜/菏泽学院学报 2011 年第 4 期

从杂剧《风云会》看罗贯中与《三国演义》、《水浒传》的关系（A）/王前程、王怡/菏泽学院学报 2011 年第 4 期

罗贯中《残唐五代史演义传》的佛经及印度渊源（A）/王立/东疆学刊 2011 年第 4 期

罗贯中《三国志演义》对古代兵法的运用与创新（A）/王恩全/沈阳农业大学学报（社会科学版）2011 年第 5 期

第二届东平罗贯中与《三国演义》《水浒传》学术研讨会暨罗贯中纪念馆开馆仪式综述（B）/任明华/泰山学院学报 2011 年第 5 期

"万里黄河万卷书"系列之七　罗贯中寄寓刘玄德/陈为人/社会科学论坛 2011 年第 7 期

《录鬼簿续编》所载"罗贯中"写不出《三国》《水浒》/李孟儒/现代语文（学术综合版）2011 年第 9 期

中国东平罗贯中与《三国演义》《水浒传》学术研讨会学术总结（B）/王平/现代语文（学术综合版）2011 年第 9 期

从《三国演义》《水浒传》两书之魂——忠义思想看罗贯中着意塑造的英雄人物（A）/曹亦冰/现代语文（学术综合版）2011 年第 10 期

罗贯中写作趣事/王冠/课外生活 2011 年第 10 期

浅论罗贯中眼中理想的文士形象（A）/张清法、张艳丽/名作欣赏 2011 年第 23 期

罗贯中籍贯考辨（B）/柏俊才/山西师大学报（社会科学版）2012 年第 1 期

《罗贯中全集》的版本考证与体系特色/郑铁生/现代语文（学术综合版）2012 年第 1 期

论罗贯中的《赵太祖龙虎风云会》杂剧：与《残唐五代史演义传》、《三国志演义》及李玉《风云会》传奇相比较/王永宽/昆明学院学报 2012 年第 1 期

罗贯中与《三国演义》《水浒传》学术研讨会综述（B）/刘卫英、骆玉佩/商丘师范学院学报 2012 年第 2 期

施耐庵、罗贯中生卒年考/陈辽/江汉论坛 2012 年第 10 期

浅析罗贯中《涉江采芙蓉》的创作风格/赵微/大众文艺 2012 年第 21 期

罗贯中施耐庵孰长孰幼《三国演义》《水浒》孰前孰后/陈辽/内江师范学院学报 2013 年第 1 期

《三国志通俗演义》作者罗贯中为元人及原本管窥——试说庸愚子《序》的考据价值/杜贵晨/河南教育学院学报（哲学社会科学版）2013 年第 1 期

再论太原清徐罗某某绝非《三国演义》作者罗贯中/陈辽/江苏社会科学 2013 年第 1 期

罗贯中在《三国演义》里对乱世的反思/伏漫戈/唐都学刊 2013 年第 2 期

罗贯中改塑历史原型人物林冲性格的成功经验及引发出的美学问题/李永祜/

菏泽学院学报 2013 年第 3 期

从《三遂平妖传》和《水浒传》看罗贯中对农民起义的态度/刘鹏/许昌学院学报 2013 年第 6 期

罗贯中与《三国演义》（E）/沈伯俊/湖北文理学院学报 2013 年第 7 期

罗贯中是王越化名质疑——与赵长海同志商榷/杨海中/中州学刊 2013 年第 10 期

何以罗贯中要在《三国演义》中贬曹尊刘/朱学召/兰台世界 2013 年第 13 期

谈罗贯中描绘战争刻画人物的艺术特色——以"赤壁之战"为例（A）/刘继周/文教资料 2013 年第 25 期

从"太原罗贯中"到"两个太原"、"两个罗贯中"——元末罗贯中籍贯近三十年争议论评/王增斌/江苏大学学报（社会科学版）2014 年第 1 期

以仁德亲民为本的一统帝国的政治蓝图——罗贯中《风云会》杂剧对兴国治平谋略的艺术诠释（A）/张大新/戏曲艺术 2014 年第 1 期

《临江仙》并非罗贯中借用/付俊良/集邮博览 2014 年第 6 期

从关羽的"赤面"看《三国志演义》的作者问题（A）/张同胜/洛阳师范学院学报 2014 年第 10 期

人性的扭曲——分析罗贯中笔下的周瑜形象（A）/黄依/环球人文地理 2014 年第 12 期

《水浒传》的作者究竟是谁——吕乃岩之《试说罗贯中续〈水浒〉》述评/莫其康/菏泽学院学报 2015 年第 6 期

结在藤蔓上的硕果——漫评浦玉生《施耐庵传》《罗贯中传》/管国颂/水浒争鸣第 16 辑（中州古籍出版社 2016 年 3 月）

《施耐庵传》《罗贯中传》作品北京研讨会综述（B）/浦海涅/水浒争鸣第 16 辑（中州古籍出版社 2016 年 3 月）

《三国演义》后 40 回作者是施耐庵/韩亚光/文史博览 2016 年第 3 期

浅谈《三国演义》的艺术性修订——由罗贯中籍贯问题引发的思考/杨威威/内江师范学院学报 2021 年第 3 期

学位论文：

明中期以后署名罗贯中之讲史小说的整体研究及启示/苏焘/中国古代文学/重庆师范大学 2005 年

[四] 成书过程

《三国志》·三国·《三国演义》/陈定山/畅流1956年13卷第1期

西班牙爱斯高里亚尔静院所藏中国小说戏曲/戴望舒/小说戏曲论集（作家出版社1958年2月）

《三国志演义》与《三国志》/[日] 西岛定生/日本中国古典文学全集月报6（1958年8月）

书元人所见罗贯中"水浒传"和王实甫"西厢记"——关于中国小说、戏曲史的二三事/周邨/江海学刊1962年第7期

谈唐代的三国故事/一粟/文学遗产增刊第10辑（中华书局1962年7月）

《三国演义》与《三国志》/[日] 本田济/中国八大小说（日本平凡社1965年10月）

《三国志》与《三国志演义》/[日] 立间祥介/《三国志演义》解说（上）（日本平凡社"中国古典文学大系"丛书1968年1月）

谈《三国志》与《三国演义》/王止峻/醒狮1968年第6卷第8期

明嘉靖刊本《三国志通俗演义》乃元人罗贯中原作/袁世硕/东岳论丛1980年第3期

《三国演义》非明清小说——《三国演义》看校札记/周邨/群众论丛1980年第3期

《三国演义》非明清小说/文中/文艺理论研究1980年第3期

《三国志通俗演义》成书年代献疑/阎华/文史知识1982年第10期

嘉靖本《三国志通俗演义》小字注是作者手笔吗？——兼及《三国志通俗演义》的版本和成书时间/王长友/武汉师范学院学报（哲学社会科学版）1983年第2期

《三国志通俗演义》成书于明中叶辨——与王利器、周邨、章培恒等同志商

权，兼论此书小字注的问题/张国光/社会科学研究 1983 年第 4 期

《三国演义》成书年代考/陈铁民/文学遗产增刊第 16 辑（中华书局 1983 年 9 月）

《三国志通俗演义》成书于何时？/沈伯俊/四川日报 1983 年 9 月 3 日

试论《三国志通俗演义》的成书年代/欧阳健/《三国演义》研究集（四川省社会科学院出版社 1983 年 12 月）

《三国志通俗演义》是元代作品/刘友竹/《三国演义》研究集（四川省社会科学院出版社 1983 年 12 月）

《三国志通俗演义》形成过程论略/陈周昌/《三国演义》研究集（四川省社会科学院出版社 1983 年 12 月）

试论三国故事的演进——从民间说唱到小说和戏曲/陈汝衡/艺谭 1984 年第 1 期

简话"讲史"细说"三分"/高越逢/春风 1984 年第 5 期

关于嘉靖本《三国志通俗演义》小注的作者/章培恒/复旦学报（社会科学版）1985 年第 3 期

三国故事在元代——兼评《三国志通俗演义》乃元人原作说/陆树仑、金曾琴、朱利英/中国古典小说戏曲论集（上海古籍出版社 1985 年 6 月）

《三国演义》的演变/[日] 小川环树著，胡天民译/三国演义学刊第 1 辑（四川省社会科学院出版社 1985 年 7 月）

《三国演义》所依据的史书/[日] 小川环树著，胡天民译/明清小说研究第 2 辑（中国文联出版公司 1985 年 12 月）

从兵器辨《三国志通俗演义》的成书年代/任昭坤/贵州文史丛刊 1986 年第 1 期

《三国演义》和《史记》/曲沐/贵州民族学院学报(社会科学版)1986 年第 2 期

《史记》对《三国志通俗演义》成书影响刍议/赵清永/贵州文史丛刊 1986 年第 2 期

有关《三国演义》成书年代和版本演变问题的几点异议/张颖、陈速/河北师院学报 1987 年第 1 期

《三国演义》与《十七史详节》的关系/周兆新/文学遗产 1987 年第 5 期

《火龙经·序》与《三国志通俗演义》/任昭坤/明清小说研究 1988 年第 1 期

论《三国演义》的三种成分/周兆新/北京大学学报（哲学社会科学版）1989

年第 5 期

从《花关索传》和《义勇辞金》杂剧看《三国志通俗演义》的成书年代/张志合/河南大学学报（社会科学版）1990 年第 5 期

再论《三国志通俗演义》的成书时间/张志合/许昌学院学报 1991 年第 2 期

《左传》战争描写对《三国演义》的影响/梅显懋/社会科学辑刊 1992 年第 2 期

简论《史记》对《三国演义》的影响/俞樟华/语文学刊 1994 年第 2 期

论裴松之《三国志注》与《三国演义》的关系/傅惠生/华东师范大学学报（哲学社会科学版）1994 年第 3 期

再说《三国志通俗演义》的"旧本"和小字注问题——答章培恒先生/王长友/学海 1994 年第 3 期

《三国志》和《三国演义》/詹鄞鑫/怎样读历史古籍（中华书局 1994 年 3 月）

花关索故事非《三国志演义》原本所有（A）/李伟实/明清小说研究 1994 年第 4 期

《三国演义》中的小字注非一人一时所加/张志合/湖北大学学报（哲学社会科学版）1994 年第 6 期

从《三国志》到《三国演义》（A）/段启明/古典文学知识 1994 年第 6 期

《三国志通俗演义》成书于明中叶弘治初年/李伟实/吉林大学社会科学学报 1995 年第 4 期

罗贯中原著书名非"三国演义"/陈翔华/文史知识 1995 年第 5 期

《三国志》与《三国志演义》中之历史成分/［澳］柳存仁/《三国演义》丛考（北京大学出版社 1995 年 7 月）

从"秉烛达旦"谈到《三国志演义》和《通鉴纲目》的关系/［韩］金文京/《三国演义》丛考（北京大学出版社 1995 年 7 月）

元明时代三国故事的多种形态/周兆新/《三国演义》丛考（北京大学出版社 1995 年 7 月）

《三国志演义》成书于何时/周兆新/《三国演义》丛考（北京大学出版社 1995 年 7 月）

试论《世说新语》对《三国志通俗演义》的影响/徐虎/明清小说研究 1996 年第 1 期

[四] 成书过程

简话《三国演义》的形成过程/高凯、高放/南都学刊1997年第2期

《三国演义》与《世说新语》/于衿/江苏教育学院学报（社会科学版）1997年第2期

《三国志通俗演义》成书及今本改定年代小考/杜贵晨/中华文化论坛1999年第2期/中国人民大学《复印报刊资料·中国古代、近代文学研究》1999年第8期

再谈《三国志通俗演义》的成书时代——以叶逢春本《三国志传》为中心/章培恒/中华文史论丛第60辑（上海古籍出版社1999年12月）

世纪课题：关于《三国演义》的成书年代/沈伯俊/中华文化论坛2000年第2期/中国人民大学《复印报刊资料·中国古代、近代文学研究》2000年第9期

论《三国演义》的小字注问题/张宗伟/明清小说研究2000年第2期

《傅子》与《三国演义》/刘治立/成都大学学报（社会科学版）2000年第3期

从历史到小说的关键一环——论《资治通鉴》在三国题材演化史上的地位和作用/关四平/北方论丛2001年第6期

《三国志通俗演义》的成书年代/邱岭/文史知识2001年第8期

朝鲜《吏文》与《三国》成书年代/陈辽/新世纪《三国演义》论文集（文教资料2001年增刊，2001年12月）

新世纪《三国演义》作者、成书时间及版本问题的研究综述（B）/何红梅/泰山学院学报2005年第5期

近六年来《三国演义》作者、成书与版本研究述要（A）/何红梅/河南教育学院学报（哲学社会科学版）2005年第6期

平云断岭，横空出世——《三国演义》和《水浒传》创作前后（A）/张慧禾/杭州电子科技大学学报（社会科学版）2006年第1期

《三国演义》成书年代新考/杜贵晨/山东师范大学学报（人文社会科学版）2006年第2期

《三国演义》成书"元泰定三年说"答疑——兼及小说断代的一种方法/杜贵晨/中华文化论坛2006年第2期

试论我国世代积累型小说的基本特点（A）/魏荣/科技信息（学术版）2006年第3期

中国和日本：《三国演义》研究的回顾与展望（A）/沈伯俊、[韩]金文京/文艺研究2006年第4期

二十年来《三国演义》研究中若干重要问题回顾（A）/蒋正治/陕西师范大学继续教育学报 2007 年第 1 期

世代累积型集体创作说释疑——与纪德君教授商榷/周明初/南京师范大学文学院学报 2007 年第 3 期

"世代累积型集体创作"说商兑/沈伯俊/内江师范学院学报 2007 年第 5 期

试论我国世代积累型小说的基本特点（B）/张波/甘肃高师学报 2008 年第 1 期

近三十年来《三国演义》作者籍贯、成书年代及主题研究综述（B）/张晓彭/社科纵横 2008 年第 2 期

世代累积型集体创作说再思考/纪德君/南京师范大学文学院学报 2008 年第 2 期

实录与虚拟——《三国志》对《三国志通俗演义》叙事模式影响初探（A）/姜开勇/现代语文（文学研究版）2008 年第 2 期

由明清四大奇书看中国章回体长篇小说的发展历程/赵莲娜、顾云清/辽宁师专学报（社会科学版）2008 年第 3 期

从《三国志》到《三国演义》（B）/沈伯俊/西华大学学报（哲学社会科学版）2010 年第 4 期

马超事件流变及《三国演义》成书/张红波/沈阳师范大学学报（社会科学版）2010 年第 6 期

《三国演义》成书于明代说质疑/石冬梅/邢台学院学报 2011 年第 4 期

飞挝、铜锤与《三国演义》成书的若干问题/孙勇进/明清小说研究 2011 年第 4 期

从《三国演义》成书过程看平话与演义结构之比较（A）/李继华/郑州大学学报（哲学社会科学版）2011 年第 5 期

瞿佑语和张宪诗与《三国演义》成书年代无关——与杜贵晨先生商榷/石冬梅/襄樊学院学报 2011 年第 12 期

《三国演义》成书的文体演变/赵璐/前沿 2011 年第 24 期

十年来《三国演义》作者、成书与版本研究述要（A）/何红梅/菏泽学院学报 2012 年第 1 期

《三国演义》成书过程以及作者和艺术表现手法研究（A）/黄晋/中南林业科技大学学报（社会科学版）2012 年第 1 期

《三国演义》原著成书于元代——以《三国演义》正文中的典制和俗语为中

心/石冬梅/许昌学院学报 2012 年第 1 期

从《三国演义》的成书过程看封建社会君臣关系理想范型的历史渊源/徐彦峰/咸宁学院学报 2012 年第 8 期

三顾茅庐情节的演变——从《三国志平话》到《三国志通俗演义》（A）/王以兴/滨州学院学报 2013 年第 2 期

多元化的文学创作语境与《三国演义》成书之关系/徐彦峰/衡阳师范学院学报 2014 年第 1 期

论历史小说的经典化之路——以《三国演义》的成书前史为例/翁再红/学海 2014 年第 4 期

说三分与三国戏：三国故事发展之形态及其关系（A）/涂秀虹/湖南科技学院学报 2014 年第 8 期

《水浒传》中的"三国元素"——兼及《三国演义》《水浒传》的成书先后问题/宋健、宋培宪/内江师范学院学报 2014 年第 11 期

《三国演义》成书与传播的接受史解读（A）/张红波/重庆工商大学学报（社会科学版）2015 年第 6 期

从《三国志平话》到《三国志演义》的演变/罗勇/汉江师范学院学报 2017 年第 3 期

从印刷术看明代长篇章回小说的成书问题——以《三国志通俗演义》为中心/张同胜/明清小说研究 2017 年第 4 期

浅析《三国演义》对《壬辰录》的关联性研究/王柏松/青年文学家 2019 年第 3 期

论运河文化对《三国演义》成书的影响及价值意义/邹晓华/苏州教育学院学报 2021 年第 5 期

学位论文：

明中期历史演义的文本生成方式/邹蓉/中国古代文学/湖南师范大学 2006 年

中国古代小说体叙事的历时性研究/林沙欧/文艺学/浙江大学 2011 年

《三国志》裴注对《三国演义》成书的影响（A）/和海超/中国古代文学/中南民族大学 2013 年

明清《三国志演义》文本与插图关系研究（A）/朱湘铭/文艺学/南京大学 2014 年

[五]《三国志平话》与《三分事略》

《三国志平话》/[日]立间祥介/《三国志演义》解说（上）（日本平凡社"中国古典文学大系"丛书 1968 年 1 月）

《三国志平话》的构造与文体/[日]芦田孝昭/中国文学论集：目加田诚博士古稀纪念中国文学论集（日本龙溪书舍 1974 年 10 月）

元建安虞氏新刊五种平话试谈/赵宗涛/屈万里先生七秩荣庆论文集（台湾联经出版社 1978 年）

小说史上又一部讲史平话《三分事略》/陈翔华/文献第 12 辑（书目文献出版社 1982 年 5 月）

谈《三分事略》：它和《三国志平话》的异同和先后/刘世德/文学遗产 1984 年第 4 期

从《三分事略》谈话本的繁简/程毅中/三国演义学刊第 1 辑（四川省社会科学院出版社 1985 年 7 月）

《三国志平话》创始于唐/邹先觉/甘肃理论学刊 1989 年第 6 期

《三国志平话》成书于金代考/宁希元/文献 1991 年第 2 期

《三国志平话成书于金代考》质疑/卿三祥/文献 1992 年第 2 期

《三国志平话》在三国系列文学中的地位/涂秀虹/文史知识 1997 年第 4 期

以俗融雅，以心驭史——《三国志平话》的文化透视/关四平/北方论丛 2000 年第 1 期

拟史：宋元讲史平话的叙事策略/楼含松/浙江大学学报（人文社会科学版）2006 年第 5 期

《三国演义》与讲史平话渊源关系研究述评（B）/韩伟表/浙江海洋学院学报（人文科学版）2007 年第 1 期

《三国志平话》与元杂剧"三国戏"——《三国演义》形成史研究之一 (A)/黄毅/明清小说研究 2007 年第 4 期

实录与虚拟——《三国志》对《三国志通俗演义》叙事模式影响初探（B）/姜开勇/现代语文（文学研究版）2008 年第 2 期

元明三国故事中"五虎上将"形象的流变与传播——兼论《三国志平话》与早期《三国志演义》文本的关系/刘海燕/明清小说研究 2008 年第 4 期

《三国志平话》的程度副词研究(B)/李锦/安徽文学（下半月)2009 年第 1 期

《三国志平话》叙事的原则与视角（B）/涂秀虹/文史哲 2009 年第 2 期

三国志平话中的把字句和将字句/陆婷雅/安徽文学（下半月）2010 年第 1 期

《春秋》大义与关羽形象的儒雅化、道德化——《三国志》《三国志平话》与《三国志演义》中关羽形象比较（A）/雷会生/辽东学院学报（社会科学版）2010 年第 5 期

《三国志平话》中的刘备形象（A）/张真/许昌学院学报 2012 年第 3 期

《三国志平话》叙事例议——兼与《三国志》、《三国演义》之比较（A）/杜贵晨/南都学坛 2013 年第 1 期

三顾茅庐情节的演变——从《三国志平话》到《三国志通俗演义》（B）/王以兴/滨州学院学报 2013 年第 2 期

说三分与三国戏：三国故事发展之形态及其关系（B）/涂秀虹/湖南科技学院学报 2014 年第 8 期

《三国志平话》中刘备的身体政治书写/张同胜/中国古代小说戏剧研究丛刊 2015 年第 1 期

《三国志平话》叙事结构的搭建/罗勇/四川职业技术学院学报 2015 年第 3 期

《三国志平话》中的平民意识与佛道色彩/罗勇/郧阳师范高等专科学校学报 2015 年第 4 期

《三国志平话》成书考述/罗筱玉、张明明/福州大学学报（哲学社会科学版）2015 年第 5 期

略谈《三国志平话》中的拥刘贬曹思想/罗勇/文学教育（上）2015 年第 9 期

《三国志平话》发现九十年来研究综述（B）/罗勇/鸡西大学学报 2015 年第 9 期

《三国志平话》上卷的情节划分及故事探源/罗勇/丝绸之路 2015 年第 10 期

试论《三国志平话》的佛道色彩/罗勇/语文教学通讯·D 刊（学术刊）2015年第 12 期

《三国志平话》中卷的情节划分及故事探源/罗勇/丝绸之路 2015 年第 16 期

《三国志平话》下卷的情节划分及故事探源/罗勇/丝绸之路 2015 年第 18 期

学位论文：

宋元讲史话本研究/罗筱玉/中国古代文学/复旦大学 2005 年

《三国志平话》和《三国志演义》关系研究（A）/刘莉莉/中国古代文学/曲阜师范大学 2014 年

《三国志平话》复音词研究/段文彬/汉语言文字学/西北大学 2014 年

[六] 版　本

《三国演义》的校补工作/顾学颉/文学书刊介绍1954年第1期

《三国演义》的毛声山批评本和李笠翁本/[日] 小川环树/神田博士还历纪念志学论集（日本平凡社1957年）/中国小说史研究（日本岩波书店1968年）

李贽批评《三国演义》辨疑/陆联星/光明日报1963年4月7日

学楛题跋选录（九·明万历本《新刊校正出像古本大字音释三国志传演义》残本）/李一氓/社会科学战线1978年第2期

《三国演义》的原本/马美信/书林1980年第3期

《三国演义》嘉靖本和毛本校读札记/刘敬圻/求是学刊1981年第1—2期

毛本《三国演义》与嘉靖本《三国志演义》的比较研究/傅隆基/华中工学院学报1981年第1期

不可等量齐观的两部《三国》——嘉靖本与毛本"拥刘反曹"之不同/徐中伟/文学遗产1983年第2期

罗贯中《三国演义》原本探考/夏梦菊/社会科学研究1984年第6期

《花关索说唱词话》与《三国志演义》版本演变探索/[澳] 马兰安/（欧洲）《通报》（1985年）/《三国演义》丛考（北京大学出版社1995年7月）

建国以来《三国演义》的整理出版情况概览/胡世厚/河南图书馆学刊1986年第4期

谁评点《三国演义》？/伏琛/读书1987年第2期

《三国志通俗演义》《三国志演义》优劣比较谈/李锡洪/海南大学学报（社会科学版）1988年第2期

细微之处见功夫——毛本、嘉靖本《三国演义》艺术细节比较/周治华/南充师院学报（哲学社会科学版）1988年第4期

《三国志通俗演义》夹注及诗文论赞何人所加/李伟实/社会科学战线 1989 年第 2 期

《三国》钟批优于赞批说/盛瑞裕/江汉大学学报（社会科学版）1989 年第 4 期

《三国志演义》版本试探——以建安诸本为中心/［韩］金文京/集刊东洋学 61 号（日本东北大学 1989 年 5 月）/《三国演义》丛考（北京大学出版社 1995 年 7 月）

重新校理《三国演义》的几个问题/沈伯俊/社会科学研究 1990 年第 6 期/中国人民大学《复印报刊资料·中国古代、近代文学研究》1991 年第 2 期

《三国志演义》版本试论——关于通俗小说版本演变的考察/［日］上田望/日本东洋文化 71 号（1990 年 12 月）/《三国演义》丛考（北京大学出版社 1995 年 7 月）

周曰校本十大增文考辩——明版《三国志演义》珍本探秘/王长友/小说与戏剧（台湾）1991 年第 3 期

《钟伯敬先生批评三国志》探考/王长友/《三国演义》与中国文化（巴蜀书社 1991 年 9 月）

《三国演义》版本二题/于朝贵/牡丹江师范学院学报（哲学社会科学版）1992 年第 1 期

《李卓吾先生批评三国志》二题/沈伯俊/诸葛亮与三国文化（成都出版社 1993 年 9 月）

《李笠翁批阅三国志》校点本前言/沈伯俊/《三国演义》与荆州（中州古籍出版社 1993 年 9 月）

周藏《三国志传》考察/王长友/《三国演义》与荆州（中州古籍出版社 1993 年 9 月）

《三国志演义》版本演变的社会文化意义考述/宋常立/《三国演义》与荆州（中州古籍出版社 1993 年 9 月）

《李笠翁批阅三国志》简论/沈伯俊/社会科学研究 1993 年第 5 期

《李笠翁批阅三国志》质疑/黄强/晋阳学刊 1993 年第 5 期

《李卓吾先生批评三国志》整理本前言/沈伯俊/明清小说研究 1993 年增刊（1993 年 10 月）

钟批《三国志》补叶探考/王长友/明清小说研究 1993 年增刊（1993 年 10 月）

黄正甫刊本《三国志传》乃今见《三国演义》最早刻本考——兼说嘉靖本非最早刻本亦非罗贯中原作/张志合/北京师范大学学报（社会科学版）1994 年第 2 期

花关索故事非《三国志演义》原本所有（B）/李伟实/明清小说研究 1994 年第 4 期

周曰校本与闽建本——明版《三国志演义》珍本探秘（二）/王长友/小说与戏剧（台湾）1994 年第 6 期

谈谈我对《三国演义》的整理/沈伯俊/古典文学知识 1994 年第 6 期

略论余象斗与其批评《三国志传》/陈翔华/《三国志演义古版丛刊·双峰堂本批评三国志传》卷首（中华全国图书馆文献缩微复制中心 1995 年 5 月）/明清小说研究 1995 年第 3 期

《李卓吾先生批评三国志》考论/沈伯俊/《三国演义》丛考（北京大学出版社 1995 年 7 月）

《三国志演义》与《花关索传》（A）/[韩]金文京/《三国演义》丛考（北京大学出版社 1995 年 7 月）

钟批《三国志》补叶探考（二）——《刘玄德匹马奔冀州》/王长友/明清小说研究 1996 年第 3 期

关于《三国》钟惺与李渔评本两题/黄霖/'93 中国古代小说国际研讨会论文集（开明出版社 1996 年）

再谈重新校理《三国演义》的几个问题/沈伯俊/明清小说研究 1997 年第 2 期

《三国志演义》版本中若干问题探讨/李伟实/零陵师专学报（社会科学版）1997 年第 4 期/明清小说研究 1998 年第 1 期

《李笠翁批阅三国志》李评的价值浅探——从与毛批的差异谈起/杜松柏/达县师范高等专科学校学报 1998 年第 3 期

关于西班牙爱斯高里亚尔修道院所藏嘉靖刻本《三国志通俗演义史传》/陈桂生/明清小说研究 1998 年第 4 期

李渔与《三国演义》/李彩标/浙江师大学报（社会科学版）1998 年第 5 期

黄正甫刊本《三国志传》非今见《三国演义》最早刻本——与张志合先生商榷/张宗伟/明清小说研究 1999 年第 1 期

《三国志宗僚》考辨/沈伯俊/文学遗产 1999 年第 5 期

西班牙爱斯高里亚尔静院所藏《三国志通俗演义史传》初考/[日]井上泰山/中华文史论丛第 60 辑（上海古籍出版社 1999 年 12 月）

毛氏父子所称《三国志演义》俗本与古本考/李伟实/明清小说研究 2000 年第

1 期

黄正甫刊本《三国演义》整理本前言/张志和/三国演义（上下）明黄正甫刊本（中国人民大学出版社 2000 年 7 月）

《三国演义》最早刻本在国家图书馆发现/张志和/中国文物报 2000 年 12 月 13 日第 3 版

再说黄正甫刊本《三国志传》乃今见《三国演义》最早刻本——答张宗伟同志/张志和/明清小说研究 2001 年第 1 期

黄正甫刊本《三国志传》乃今见《三国演义》最早刻本续考——就教于徐朔方先生/张志和/河南大学学报（社会科学版）2001 年第 1 期

前嘉靖时代《三国演义》版本探考/张宗伟/文献 2001 年第 1 期

关于《三国演义》的黄正甫本/章培恒/上海师范大学学报（哲学社会科学版）2001 年第 5 期

嘉靖本、毛本《三国》校读琐议举要/杨建文/皖江侧畔论三国（黄山书社 2001 年 10 月）

叶逢春本《三国志传》题名"汉谱"说/杨绪容/新世纪《三国演义》论文集（文教资料 2001 年增刊，2001 年 12 月）/明清小说研究 2002 年第 2 期

《三国演义》小字注研究回顾与前瞻/刘海燕/中华文化论坛 2002 年第 1 期

《三国志演义》残叶试论/刘世德/南京师范大学文学院学报 2002 年第 3 期

《三国志演义》周曰校刊本四种试论/刘世德/文学遗产 2002 年第 5 期

罗贯中笔误小考（B）/沈伯俊/文艺研究 2002 年第 6 期

《三国志演义》原编撰者及有关问题（B）/陈翔华/中华文化论坛 2003 年第 1 期

记满文抄、刻本《三国演义》/李士娟/中国典籍与文化 2005 年第 2 期

论《三国演义》不同版本中的周静轩诗/郑铁生/厦门教育学院学报 2005 年第 2 期

数字化与《三国演义》版本研究论（A）/欧阳健/东南大学学报（哲学社会科学版）2005 年第 3 期

周静轩诗在《三国演义》版本中的演变和意义/郑铁生/明清小说研究 2005 年第 4 期

新世纪《三国演义》作者、成书时间及版本问题的研究综述（C）/何红梅/泰

山学院学报 2005 年第 5 期

从《三国演义》版本流变论关公崇拜/梅铮铮/成都大学学报（社会科学版）2005 年第 6 期

近六年来《三国演义》作者、成书与版本研究述要（B）/何红梅/河南教育学院学报（哲学社会科学版）2005 年第 6 期

尘故庵藏《三国演义》版本述略（B）/宁稼雨/明清小说研究 2006 年第 4 期

《三国演义》版本以及日本的"三国"热/冀振武/出版史料 2007 年第 4 期

《三国演义》毛本与嘉靖本较读琐议（A）/庞婧文/晋中学院学报 2007 年第 5 期

论《三国演义》嘉靖壬午本——《三国志通俗演义》校注本前言/沈伯俊/广东技术师范学院学报 2009 年第 1 期

《三国演义》主要版本数字化工程完成/奚平/中国社会科学报 2009 年第 2 期

与畊堂费守斋刊《三国志传》的性质——兼论明末时期通俗小说出版情况的一侧面/[日] 中川谕/明清小说研究 2010 年第 2 期

成化《花关索传》与《三国志演义》版本研究/陈丽媛/漳州师范学院学报（哲学社会科学版）2010 年第 2 期

钟惺《三国演义》评点的理论内涵/代亮/荆楚理工学院学报 2010 年第 3 期

钟惺《三国演义》评点的人物鉴赏模式/代亮/怀化学院学报 2010 年第 3 期

论《李卓吾先生批评三国志》评语/符丽平/成都大学学报（社会科学版）2010 年第 6 期

黄正甫刊《三国志传》三考/[日] 中川谕/现代语文（文学研究版）2010 年第 7 期

明刻《三国演义》的插图流变（A）/张玉梅、张祝平/淮海工学院学报（社会科学版）2011 年第 9 期

也谈邹梧冈参订《三国演义》毛评本的版本价值：与张志和、黎必信二先生商榷/谢江飞/龙岩学院学报 2012 年第 1 期

十年来《三国演义》作者、成书与版本研究述要（B）/何红梅/菏泽学院学报 2012 年第 1 期

《三国演义》版本的古今载录及衍变/宋占茹、许振东/燕赵学术 2012 年第 2 期

《三国演义》版本流传考证/黄晋/学术论坛 2012 年第 3 期

论《三国演义》笈邮斋本/石冬梅/襄樊学院学报 2012 年第 4 期

嘉靖本《三国演义》蒙译本述略（A）/聚宝/内蒙古师范大学学报（哲学社会科学版）2014 年第 5 期

《官板大字绣像批评三国志》图赞初探（A）/李慧、张祝平/盐城工学院学报（社会科学版）2015 年第 1 期

中川谕的《三国演义》版本研究——日本中国古代小说研究系列之二（A）/段江丽/明清小说研究 2015 年第 3 期

毛评本《三国演义》蒙古文诸译本汇论（A）/聚宝/中国文学研究 2015 年第 4 期

明内府本《三国志通俗演义》考略/马学良、陈明、金颖/衡水学院学报 2016 年第 3 期

《三国演义》嘉靖本与毛本之比较——以毛本语言特色为中心/华云松/沈阳师范大学学报（社会科学版）2016 年第 3 期

二刻英雄谱本《三国演义》插图、图赞初探/李慧、张祝平/现代语文（学术综合版）2016 年第 4 期

论余象斗《三国演义》刊刻评点的商业气息与文人情怀/郭素媛/中国文学研究 2017 年第 1 期

嘉靖壬午本《三国演义》"羽翼信史"考论/郭素媛/北方论丛 2017 年第 1 期

《三国志通俗演义》的本旨与接受阐释——从嘉靖本与毛评本的差异说起/都刘平/明清小说研究 2018 年第 3 期

嘉靖本《三国志通俗演义》军事影响论补证/李万营、宁稼雨/明清小说研究 2018 年第 4 期

建阳刊刻小说插图的批评功能探析——以明刊《三国志演义》为个案/胡小梅/闽江学院学报 2018 年第 6 期

简体版《三国演义》排印用字辨讹——兼论古籍简体排印本的用字规范/桑哲/齐鲁学刊 2018 年第 6 期

日本九州大学藏《考订按鉴通俗演义三国志传》考/程国赋、郑子成/文献 2019 年第 3 期

万卷楼刊本《三国志通俗演义》插图楹联的文学批评/乔光辉、游思平/河南

教育学院学报（哲学社会科学版）2019年第5期

论《三国演义》叶逢春本的考证价值与校勘价值/欧阳健/绍兴文理学院学报（人文社会科学）2021年第1期

新现遗香堂本《三国志》是历史著作吗？——以耶鲁大学、美国国会等图书馆新现珍本为例兼及四个问题/[日] 中川谕/河北学刊2021年第4期

学位论文：

《三国演义》版本研究/张宗伟/中国古代文学/中国社会科学院1999年

叶逢春刊《三国志传》版本价值研究/黄绮炜/中国古代文学/福建师范大学2008年

钟惺《三国演义》评点的理论价值/代亮/中国古代文学/广西民族大学2010年

明清《三国志演义》文本与插图关系研究（B）/朱湘铭/文艺学/南京大学2014年

版本视域下《三国演义》经典化研究/黄小菊/中国古典文献学/上海师范大学2021年

[七] 毛本研究

读毛批《三国志演义》札记/秦亢宗/解放军文艺 1963 年第 6 期

毛评《三国》实为毛氏父子合作/渊/上海师范大学学报（哲学社会科学版）1979 年第 2 期

评毛纶、毛宗岗修订的《三国演义》/剑锋/海南师专学报 1981 年第 2 期

谈毛宗岗修订《三国志通俗演义》/秦亢宗/浙江学刊 1981 年第 3 期

毛宗岗评改《三国演义》的得失/陈周昌/社会科学研究 1982 年第 4 期/中国古典小说新论集（西南师范大学出版社 1987 年 11 月）

关于毛宗岗对《三国演义》的批改/熊笃/重庆师范学院学报（哲学社会科学版）1983 年第 1 期

毛氏父子评《三国》/孙逊/书林 1983 年第 4 期

从《三国演义》的评点看毛宗岗小说结构美学思想/张虹/武汉师范学院学报（哲学社会科学版）1983 年第 4 期

毛本《三国演义》指谬/宁希元/社会科学研究 1983 年第 4 期

说说"毛批本"《三国》/周尝棕/读书 1983 年第 4 期

有关毛本《三国演义》的若干问题/黄霖/《三国演义》研究集（四川省社会科学院出版社 1983 年 12 月）

毛宗岗评改《三国演义》之我见/杜贵晨/齐鲁学刊 1984 年第 3 期

毛宗岗《三国演义》评论的几个特点/李玉铭/吉林大学社会科学学报 1985 年第 1 期

为贬毛宗岗的文艺思想鸣不平——《三国演义》毛批"保守"与"倒退"辨/黄中模/中州学刊 1985 年第 3 期

从金圣叹的"平反"想到对毛宗岗的评价/常林炎/中国古代小说理论研究

（华中工学院出版社 1985 年 6 月）

浅议毛宗岗的小说创作观/蒋松源/中国古代小说理论研究（华中工学院出版社 1985 年 6 月）

论毛宗岗对《三国演义》的批评/滕云/三国演义学刊第 1 辑（四川省社会科学院出版社 1985 年 7 月）

毛宗岗论《三国演义》人物性格塑造的辩证精神/周书文/三国演义学刊第 1 辑（四川省社会科学院出版社 1985 年 7 月）

《三国演义》毛评的出发点和基本倾向/萧相恺/三国演义学刊第 1 辑（四川省社会科学院出版社 1985 年 7 月）

毛宗岗拥刘反曹意在反清复明/杜贵晨/三国演义学刊第 1 辑（四川省社会科学院出版社 1985 年 7 月）

评毛宗岗修订《三国演义》/常林炎/学术月刊 1985 年第 9 期

毛宗岗继承金圣叹小说理论评改《三国演义》的贡献/张国光/《三国演义》论文集（中州古籍出版社 1985 年 11 月）

毛宗岗论审美情趣的艺术处理/周书文/赣南师范学院学报 1986 年第 1 期

论毛宗岗的人才美学思想/霍雨佳/海南大学学报（社会科学版）1986 年第 1 期

毛宗岗对中国古代小说理论的贡献——兼论中国古代小说理论的真正形成/杜贵晨/社会科学研究 1986 年第 3 期

论毛宗岗评改《三国演义》的主要思想意义——毛本《三国》是"维护清王朝的正统地位"辨/黄中模/明清小说研究第 3 辑（中国文联出版公司 1986 年 4 月）

《三国》毛批考辨二则/陈洪/明清小说研究第 3 辑（中国文联出版公司 1986 年 4 月）

《三国演义》毛评概述/商韬、陈年希/江海学刊 1986 年第 4 期

论毛宗岗对《三国演义》的评改/何满子/文学遗产 1986 年第 4 期

毛宗岗的典型观/李玉铭/西南师范大学学报（人文社会科学版）1986 年第 4 期

毛宗岗修订、评点《三国演义》琐议/周学禹/信阳师范学院学报（哲学社会科学版）1986 年第 4 期

毛宗岗小说美学的辩证观点/霍雨佳/三国演义学刊第 2 辑（四川省社会科学

院出版社 1986 年 8 月）

毛宗岗的典型形象塑造论/陶诚/三国演义学刊第 2 辑（四川省社会科学院出版社 1986 年 8 月）

毛宗岗论历史小说的特点/刘绍智/三国演义学刊第 2 辑（四川省社会科学院出版社 1986 年 8 月）

毛宗岗与《三国演义》/霍雨佳/古典文学知识 1986 年第 9 期

毛宗岗论《三国演义》的结构和情节/周伟民/华中师范大学学报（哲学社会科学版）1987 年第 2 期

论毛宗岗在中国美学史上的地位/霍雨佳/海南大学学报（社会科学版）1987 年第 2 期

毛宗岗《三国演义》评论中的朴素的艺术辩证思想/李培坤/人文杂志 1987 年第 3 期

论毛宗岗评奸雄曹操/霍雨佳/海南大学学报（社会科学版）1987 年第 3 期

论毛宗岗的军事美学思想/霍雨佳/明清小说研究第 6 辑（中国文联出版公司 1987 年 12 月）

论毛宗岗评仁君刘备/霍雨佳/海南大学学报（社会科学版）1988 年第 1 期

关于毛宗岗评改《三国演义》的再探索/张虹/湖北大学学报（哲学社会科学版）1988 年第 3 期

毛宗岗的生平与《三国志演义》毛评本的金圣叹序问题/陈翔华/文献 1989 年第 3 期

《三国志演义》版本研究——毛宗岗本的成立过程/[日] 中川谕/集刊东洋学 61 号（1989 年 5 月）/《三国演义》丛考（北京大学出版社 1995 年 7 月）

论毛本《三国演义》/沈伯俊/海南大学学报（社会科学版）1991 年第 3 期

《三国演义》的评改者毛宗岗/叶征洛、叶一真/明清小说研究 1991 年第 3 期

论毛宗岗的历史观/陈辽/海南大学学报（社会科学版）1992 年第 2 期

毛纶为主、毛纶毛宗岗合评《三国演义》/邬国平/复旦学报（社会科学版）1992 年第 5 期

论毛宗岗对《三国志演义》人物性格的净化/关四平/绥化师专学报 1993 年第 1 期

毛宗岗对《三国演义》诗词歌赋的加工整理/刘永良/山西师大学报（社会科

学版）1993年第4期

务取精工以快阅者——毛本《三国演义》回目艺术审美/李金坤/松辽学刊1994年第2期

毛宗岗与《三国志演义》/陈翔华/古典文学知识1994年第6期

毛宗岗对《三国演义》语言的加工润色/刘永良/明清小说研究1998年第3期

天命与人道——论毛批《三国》历史意志与道德理性的冲突/孙勇进/明清小说研究1998年第4期

《三国志演义》毛评本的传播/上田望/文学遗产2000年第4期

《三国演义》毛评的人物形象理论新探/宋凤娣/内蒙古师大学报（哲学社会科学版）2001年第2期

毛本论赞诗是《三国演义》叙事批评的审美形式/郑铁生/洛阳师范学院学报2006年第1期

毛本《三国》研究述评（A）/何晓苇/中华文化论坛2006年第4期

毛宗岗批"三国"的启示/沈敖大/检察风云2006年第18期

浅谈毛宗岗对《三国演义》中女性形象的评批/曲明鑫/琼州学院学报2007年第3期

笔削之功——论毛氏父子修订《三国》的性质及意义/何晓苇/明清小说研究2007年第4期

《三国演义》毛本与嘉靖本较读琐议（B）/庞婧文/晋中学院学报2007年第5期

对偶与对称：毛纶、毛宗岗论《三国演义》叙事结构/李化来、崔永模/菏泽学院学报2008年第1期

毛纶、毛宗岗评点《三国演义》之空白与召唤结构（A）/李化来/沧桑2008年第2月

毛宗岗论诗文在《三国》小说中的结构作用/李正学/中华文化论坛2008年第3期

"姜维之母"的疏漏——兼谈毛宗岗对嘉靖本《三国演义》中"逻辑错误"的修改/刘洪强/阿坝师范高等专科学校学报2008年第4期

是削足适履还是量体裁衣——论毛本《三国》对嘉靖本《三国》的修订/安勇/当代小说（下半月）2009年第3期

毛宗岗评点《三国演义》的叙事结构理论新探（A）/郝威、管仁福/作家 2009 年第 4 期

毛宗岗点评《三国演义》中的叙事视角理论刍议/郝威、胡滢颖/时代文学（下半月）2009 年第 5 期

浅析毛宗岗点评《三国演义》中叙事意识的自觉与成熟/郝威/电影评介 2009 年第 7 期

从批语探毛氏给《三国演义》设置卷首词的意图/朱明秋/山花 2009 年第 8 期

试论毛宗岗的历史小说观/罗勇/丝绸之路 2010 年第 12 期

论毛宗岗评点《三国演义》"叙事妙品"的叙事学意义/张利群/太原师范学院学报（社会科学版）2011 年第 6 期

也谈邹梧冈参订《三国演义》毛评本的版本价值——与张志和、黎必信二先生商榷/谢江飞/龙岩学院学报 2012 年第 1 期

毛评与金圣叹关系新辨/李正学/南京师大学报（社会科学版）2012 年第 2 期

毛宗岗对《三国演义》的比较批评（A）/刘永良/齐鲁学刊 2012 年第 6 期

毛宗岗评点《三国演义》之"隐"的运用/韩珊/湖北师范学院学报（哲学社会科学版）2012 年第 6 期

国家叙事中的性别平等——也谈毛评本《三国演义》的女性观（A）/段江丽/南开学报（哲学社会科学版）2013 年第 2 期

读毛评本《三国演义》/刘永成/读书文摘 2015 年第 6 期

毛本《三国演义》中周静轩诗研究/安忆涵/河北北方学院学报（社会科学版）2016 年第 1 期

向善求美　去芜存菁——谈毛氏父子评改《三国演义》的价值与意义/何晓苇/中华文化论坛 2016 年第 3 期

毛氏父子对《三国志演义》的"比类而观"及其"重复"理论的现代意义/李桂奎/社会科学 2017 年第 2 期

毛本《三国演义》"才与节合"的女性观及其政治文化意义/孙鑫博/合肥师范学院学报 2018 年第 1 期

论毛评本《三国演义》的"奇书""才子书"之誉/郭素媛、孙启呈/明清小说研究 2018 年第 3 期

毛评本《三国演义》"类型化"肖像描写的积极意义/韩婷婷/齐齐哈尔大学

学报（哲学社会科学版）2018 年第 8 期

毛宗岗年表新证/夏志颖/古籍整理研究学刊2019 年第 1 期

论毛本《三国演义》中诗歌的人物评点/吴丽娜/美与时代（下）2020 年第 4 期

毛评《三国演义》的"古"与"今"/鲁小俊/江苏第二师范学院学报2020 年第 6 期

"真实"及"正统"论：毛本《三国》的文体焦虑/郑增乐/九江学院学报（社会科学版）2021 年第 1 期

《三国演义》嘉靖本到毛评本的叙事精练化/黎昇鑫/许昌学院学报2021 年第 6 期

学位论文：

走出误区　回归本初——重读毛纶、毛宗岗父子对《三国演义》的评改/梁苑/文艺学/河北师范大学1999 年

毛纶、毛宗岗叙事理论研究/黄娟/文艺学/湖南师范大学2004 年

毛纶、毛宗岗叙事结构研究/李化来/文艺学/广西师范大学2006 年

毛氏修订《三国》研究/葛新/文艺学/西南交通大学2007 年

毛宗岗小说理论研究/李正学/文艺学/山东师范大学2007 年

毛本《三国演义》研究（B）/何晓苇/中国古代文学/四川大学2007 年

试探毛宗岗《三国演义》评点的悲剧意识/陈薇/文艺学/华东师范大学2008 年

《三国演义》嘉靖本与毛评本比较研究：以人物形象为中心（A）/颜彦/中国古代文学/北京语言大学2008 年

毛宗岗小说人物塑造理论研究（A）/杨丽静/文艺学/山东师范大学2009 年

毛宗岗小说评点范畴研究/欧阳泱/文艺学/北京大学2011 年

毛氏父子《三国演义》评点"结构"观之探讨/刘永成/文艺学/山东大学2012 年

毛宗岗《三国演义》评点"叙事之法"研究/常舒雅/文艺学/广西师范大学2013 年

[八] 思想内涵与主题

试谈《三国演义》的思想性/徐世年/长江文艺 1954 年第 7 期

试谈《三国演义》的人民性/顾学颉/光明日报 1954 年 8 月 8 日

试论如何正确理解《三国演义》的正统思想/刘知渐/天津日报 1954 年 11 月 10 日

从桃园结义故事看《三国演义》的人民性/刘知渐/光明日报 1955 年 7 月 3 日

对顾学颉《试谈〈三国演义〉的人民性》一文的不同意见/白鸥/文学遗产增刊第 1 辑（作家出版社 1955 年 9 月）

我对《三国演义》人民性的几点理解/鲁地/光明日报 1956 年 2 月 26 日

对"三国演义"倾向性的初步探索/李景林/东北人民大学人文科学学报 1956 年第 2 期

谈《三国志演义》的正统观念问题/刘世德/文学研究集刊第 3 册（人民文学出版社 1956 年 9 月）

关于《三国演义》的悲剧结局/鲁地/光明日报 1957 年 5 月 5 日

关于《三国演义》取舍标准/足各问、杨柄答/羊城晚报 1958 年 3 月 13 日

《三国演义》中的正统思想不容掩饰——与霍松林先生讨论/高海夫/人文杂志 1958 年第 6 期

是民主性的精华，还是封建性的糟粕——对《三国演义》中正统思想评论的评论/郭志公/文史哲 1964 年第 4 期

尊重历史，但不能赞扬封建毒素——评《三国演义》研究中的几个问题/张庄/文史哲 1964 年第 5 期

略论《三国演义》的尊儒倾向/赵松/朝霞 1974 年第 6 期

评《三国演义》的尊孔反法思想/严己/学习与批判 1974 年第 8 期

[八] 思想内涵与主题

《三国演义》——反映法家路线胜利的一面镜子/何彦珊/辽宁大学学报（哲学社会科学版）1975 年第 1 期

谈《三国演义》的尊儒反法倾向/赵鸣礼/大兴安岭文艺 1975 年第 1 期

试论《三国演义》的主要思想倾向/殷彤/理论学习 1977 年第 11 期

谈《三国演义》的主题思想（A）/杨毓龙/江西师院学报（哲学社会科学版）1979 年第 3 期

试论《三国演义》的主题（A）/朱世滋/丹东师专学报 1980 年第 2 期

试论《三国演义》的主要思想意义——与小说前言作者何磊同志商榷/王志武/西北大学学报（哲学社会科学版）1980 年第 3 期

谈《三国演义》的主题思想（B）/叶胥、冒炘/南京大学学报（哲学社会科学）1981 年第 2 期

封建贤才的热情颂歌——论《三国演义》的主题/赵庆元/安徽师范大学学报（哲学社会科学版）1981 年第 3 期

《三国演义》的忠义思想剖析/叶胥、冒炘/淮阴师专学报 1981 年第 4 期

《三国演义》主题思想的人民性/剑锋/海南师专学报 1982 年第 1 期

重评《三国演义》的正统思想——《三国演义》散记之七/冒炘、叶胥/苏州大学学报 1982 年第 2 期

试论《三国演义》历史观——关于"英雄史观"和"正统观念"的辨析/段启明/西南师范学院学报（哲学社会科学版）1983 年第 1 期/中国古典小说新论集（西南师范大学出版社 1987 年 11 月）

《三国演义》思想倾向三题/胡金望/安庆师院学报（社会科学版）1983 年第 2 期

试论《三国演义》拥刘反曹倾向的历史渊源/马良/大庆师专学报（哲学社会科学版）1983 年第 3 期

我们民族的雄伟的历史悲剧——从魏、蜀矛盾看《三国演义》的思想内容/黄钧/社会科学研究 1983 年第 4 期/《三国演义》研究集（四川省社会科学院出版社 1983 年 12 月）

民族的雄伟历史悲剧/黄钧/成都晚报 1983 年 4 月 20 日

试论《三国演义》的主题（B）/曹学伟/《三国演义》研究集（四川省社会科学院出版社 1983 年 12 月）

《三国演义》的主题应从军事角度认识/任昭坤/《三国演义》研究集（四川省社会科学院出版社1983年12月）

从"合久必分"到"分久必合"——《三国演义》主题辨/胡邦炜/《三国演义》研究集（四川省社会科学院出版社1983年12月）

《三国演义》主题浅探/陈容舒/安顺师专学报1984年第1期

从备与表的对照看《三国演义》的思想内容/南矩容/固原师专学报（社会科学版）1984年第2期

漫谈三国故事的思想倾向/陆树仑/中州学刊1984年第3期/《三国演义》论文集（中州古籍出版社1985年11月）

论《三国演义》的主题/胡世厚/中州学刊1984年第3期/《三国演义》论文集（中州古籍出版社1985年11月）

《三国演义》是"为市井细民写心"的历史小说/刘知渐/光明日报1984年6月12日

略论《三国志通俗演义》的民本思想/李灵年/江海学刊1984年第4期

怎样评价《三国演义》的思想内容/曾鸣/思想战线1984年第4期

试论《三国志通俗演义》的主题/孙一珍/文学遗产1985年第1期

评《三国演义》拥刘反曹的思想倾向/朱光荣/贵阳师院学报（社会科学版）1985年第2期

《三国演义》的人民性/徐君慧/广西大学学报（哲学社会科学版）1985年第2期

"惟德可以服人"——浅论《三国演义》的倾向性/单长江/咸宁师专学报1985年第2期

《三国演义》中"拥刘反曹"思想面面观/李景白/河北师院学报1985年第3期

向往国家统一，歌颂"忠义"英雄——论《三国演义》的主题/沈伯俊/天府新论1985年第6期/中国古典小说新论集（西南师范大学出版社1987年11月）/《三国演义》新探（四川人民出版社2002年5月）

正统观念与《三国演义》/赵克尧/复旦学报（社会科学版）1985年第6期

《三国志通俗演义》究竟是一部什么样的作品/陈辽/三国演义学刊第1辑（四川省社会科学院出版社1985年7月）

论《三国演义》所表现的"天下归一"的进步思想/王志武/三国演义学刊第1辑（四川省社会科学院出版社1985年7月）

一部形象生动的人才学教科书——《三国演义》主题新议/于朝贵/三国演义学刊第1辑（四川省社会科学院出版社1985年7月）

试论《三国演义》所反映的知识分子问题/王强/三国演义学刊第1辑（四川省社会科学院出版社1985年7月）

《三国演义》的蜀汉正统观及其他/何满子/《三国演义》论文集（中州古籍出版社1985年11月）

浅谈《三国演义》正统观念的历史进步性/孙逊/《三国演义》论文集（中州古籍出版社1985年11月）

《三国志演义》的忠义问题新说/欧阳健/《三国演义》论文集（中州古籍出版社1985年11月）

乱世英雄的颂歌——《三国志通俗演义》主题新探/齐裕焜/《三国演义》论文集（中州古籍出版社1985年11月）

《三国演义》主题新探（A）/王基/《三国演义》论文集（中州古籍出版社1985年11月）

论《三国演义》"尊刘抑曹"的倾向/吴小林/文学论集第8辑（中国人民大学出版社1986年1月）

"拥刘反曹"与反抗民族压迫初探——《三国志演义》散论之一/谢文学/许昌学院学报1986年第1期

历史真实和艺术真实相结合的典范——略谈《三国演义》中的"拥刘贬曹"/邢治平/殷都学刊1986年第1期

君臣际遇相谐的颂歌——《三国演义》主题浅探/刘文若/泉州师专学报1986年第2期

论《三国演义》里的忠义道德（上下）/高明阁/许昌学院学报1986年第2—3期

谈《三国演义》中的命运观/朱全福/铁道师院学报1986年第3期

评析《三国演义》的"忠义"观念/汪正章/济宁师专学报（社会科学版）1986年第3期

我们中华民族伟大精神的历史记录——关于《三国志通俗演义》的思想倾向/

佘大平/湖北大学学报（哲学社会科学版）1986年第5期

《三国演义》中的人才观（A）/胡金望/艺谭1986年第5期

为什么《三国演义》的主题越争越多/杨凌芬/三国演义学刊第2辑（四川省社会科学院出版社1986年8月）

能攻心则反侧自消，不审势即宽严皆误——论《三国志演义》的历史观/程鹏/三国演义学刊第2辑（四川省社会科学院出版社1986年8月）

《三国演义》反映的心理意识/杜景华/三国演义学刊第2辑（四川省社会科学院出版社1986年8月）

《三国演义》是罗贯中"有志图王"政治抱负的形象表述——试论《三国演义》的主题/李益荣/运城师专学报1987年第1期

从三国故事传说的演化看《三国演义》"尊刘贬曹"倾向的形成/李锡洪/河北师院学报（哲学社会科学版）1987年第2期

一部形象的人才学——谈《三国演义》与人才学/葛楚英/大学文科园地1987年第2期

论《三国演义》的封建正统观念/白盾/宜春师专学报1987年第2期

论《三国演义》主题的多层次结构/方旄/徽州师专学报（哲学社会科学版）1988年第1期

小生产的形象的历史教科书——《三国演义》主题的新思考/冯子礼/明清小说研究1988年第1期

试论《三国演义》的褒贬准则/王建平/许昌学院学报1988年第3期

谈谈《三国演义》对"义"的描写/郝连琴、李孝堂/齐齐哈尔师范学院学报（哲学社会科学版）1988年第6期

论《三国演义》的传统思想与人物悲剧/霍雨佳/海南师范学院学报1989年第3期

《三国演义》是一部崇智尊才的小说/杨茂盛/求是学刊1989年第6期

《三国演义》主题新探（B）/黄祖良/沈阳师范学院学报（社会科学版）1990年第1期

艰难的二难选择——《三国演义》的妇女观评析/胡世厚、卫绍生/吉林大学社会科学学报1990年第2期

《三国演义》和古代知识分子的文化心态/刘上生/求索1990年第2期

《三国演义》"义"文化心理结构之系统考察/刘上生/明清小说研究 1990 年第 2 期

困惑中的憧憬——《三国演义》的人才理想与作者心态/赵伯陶/明清小说研究 1990 年第 2 期

从《三国演义》看"忠"的观念的沿革演变——《三国演义》伦理观纵横谈之一/熊笃/重庆师院学报（哲学社会科学版）1990 年第 3 期

中国古代知识分子的一座丰碑——《三国演义》主题与罗贯中创作动机新探/王东、武裕民/云南教育学院学报（社会科学版）1990 年第 3 期

《三国演义》思想寄寓臆说/郑春元/许昌学院学报 1990 年第 4 期

《三国演义》——智慧才美的颂歌/王基/汉中师范学院学报（哲学社会科学版）1990 年第 4 期

论《三国志通俗演义》对人的认识与把握/王平/山东大学学报（哲学社会科学版）1990 年第 4 期

铁与火中的道德沉思——《三国演义》与传统伦理观念/徐中伟/山东大学学报（哲学社会科学版）1990 年第 4 期

谈《三国演义》之"义"——读《三国演义》札记之一/黄海鹏/黄冈师专学报 1990 年第 4 期

从《三国演义》探索古代传统道德中"义"的演变/熊笃/天府新论 1990 年第 5 期

从《三国演义》看我国的传统文化心理：兼谈传统文化心理和当前中国改革/陈辽/海南大学学报（社会科学版）1991 年第 1 期

《三国演义》与传统文化心理——关于《三国》谜的一种阐释/谭洛非/社会科学研究 1991 年第 2 期

一曲济世贤才的悲歌——《三国演义》思想寄寓臆说/郑春元/锦州师院学报（哲学社会科学版）1991 年第 2 期

反思与重铸——试论《三国志通俗演义》对传统思想文化的态度/周甲禄/明清小说研究 1991 年第 2 期

论《三国演义》理想人格的文化意蕴及审美价值/关四平/海南大学学报（社会科学版）1991 年第 3 期

善与恶的两极对立：《三国演义》理想人格浅谈/雷会生/丹东师专学报 1991

年第 3 期

历史、道德评价的悖理与传统文化心理/谭洛非/《三国演义》与中国文化（巴蜀书社 1991 年 9 月）

中国封建君臣关系的沿革演变——《三国演义》伦理观纵横谈之一/熊笃/《三国演义》与中国文化(巴蜀书社 1991 年 9 月)

论《三国志演义》中的"知遇之感"/梁归智/《三国演义》与中国文化（巴蜀书社 1991 年 9 月）/山西大学学报（哲学社会科学版）1992 年第 1 期

试论《三国志通俗演义》对传统思想文化的反思/周甲禄/《三国演义》与中国文化（巴蜀书社 1991 年 9 月）

对传统文化的反思与回归/单长江/《三国演义》与中国文化（巴蜀书社 1991 年 9 月）

《三国演义》的道德悲剧/齐裕焜、陈惠琴/《三国演义》与中国文化（巴蜀书社 1991 年 9 月）

《三国演义》与儒家政治思想/刘长荣、濮实/《三国演义》与中国文化（巴蜀书社 1991 年 9 月）

论《三国演义》和《水浒传》中的"义"/郑福田/内蒙古师范大学学报（哲学社会科学版）1992 年第 1 期

论《三国志通俗演义》的"三本"思想/张锦池/文学遗产 1992 年第 2 期

道是无情却有情——兼论《三国志演义》情感表现的文化意蕴与审美价值/关四平/学术交流 1992 年第 3 期

论《三国演义》对妇女描写的矛盾心态——兼评叶昼、毛宗岗的妇女观/曾良/海南大学学报（社会科学版）1992 年第 3 期

从荆州之失看《三国演义》中蜀汉悲剧的内在原因/南矩容/固原师专学报 1992 年第 3 期

谈《三国演义》的天人关系/范道济/明清小说研究 1993 年第 1 期

徘徊于天人之际——《三国演义》与传统史观/徐中伟/山东大学学报（哲学社会科学版）1993 年第 2 期

论《三国志通俗演义》的创作本旨/张锦池/中国四大古典小说论稿（华艺出版社 1993 年 4 月）

论《三国志通俗演义》的拥刘反曹问题/张锦池/中国四大古典小说论稿（华

艺出版社 1993 年 4 月）

千百年来民众参政意识的结晶——论《三国志通俗演义》拥刘反曹思想的由来和发展/张锦池/《三国演义》与荆州（中州古籍出版社 1993 年 9 月）

《三国演义》与儒家文化精神/羊玉祥、王光浒/《三国演义》与荆州（中州古籍出版社 1993 年 9 月）

乌托邦：透彻永恒的英雄悲欢——"桃园三结义"的价值取向及作者文化心理/宋辉/《三国演义》与荆州（中州古籍出版社 1993 年 9 月）

伦理小说《三国演义》/傅承洲/《三国演义》与荆州（中州古籍出版社 1993 年 9 月）

"思贤如渴"与"思得明君"——谈《三国演义》的人才主题/彭泽福/《三国演义》与荆州（中州古籍出版社 1993 年 9 月）

智：《三国演义》的实质性内核/黄华强、靳青万/许昌学院学报 1993 年第 4 期

从对曹操、刘备的审美评价看中国传统文化价值观/李莘/广东社会科学 1993 年第 6 期

纷纷世事无穷尽，天数茫茫不可逃——《三国演义》主题再探/潘承玉/晋阳学刊 1994 年第 1 期

关于社会历史观念的深沉思考——读《三国志通俗演义》断想之二/许建中/扬州师院学报（社会科学版）1994 年第 1 期

论《三国演义》中的王者之道/朱海风、李慧军/郑州大学学报（哲学社会科学版）1994 年第 3 期

《三国演义》的"儒"与"道"/刘士林/明清小说研究 1994 年第 3 期

试论《三国演义》中的"桃园之义"/刘文德/河北师范大学学报（社会科学版）1994 年第 4 期

女性意识在《三国》《水浒》中的空前失落/马瑞芳/东方论坛 1994 年第 4 期

论《三国演义》仁政思想的悲剧实质/宋克夫/湖北大学学报（哲学社会科学版）1995 年第 1 期

试论罗贯中的尊刘贬曹思想倾向/任树宝/呼兰师专学报 1995 年第 1 期

正统观与《三国演义》/刘孝严/长白论丛 1995 年第 2 期

《三国演义》的天命观/刘孝严/社会科学战线 1995 年第 3 期

还"仁德"在《三国演义》中的地位——兼及跨世纪《三国演义》研究走向的思考/杨建文/明清小说研究 1996 年第 4 期

分明胜败无寻处，空听渔歌到夕曛——《三国演义》的悲剧意识/陈树萍/淮阴教育学院学报 1996 年第 4 期

论《三国演义》的悲剧观/杨绍华/武陵学刊 1996 年第 4 期

论《三国演义》的教育思想/王振星/济宁师专学报 1996 年第 4 期

融历史真实与艺术真实于一体的独特视角——论《三国演义》的英雄史观/黄宝生、黄大宏/汉中师范学院学报（社会科学）1997 年第 1 期

《三国演义》与中和文化/温宝麟/明清小说研究 1997 年第 2 期

谈《三国演义》的悲剧性及作者创作思想的对立统一/李平、程春萍/齐齐哈尔师范学院学报（哲学社会科学版）1997 年第 3 期

《三国演义》蜀汉灭亡原因之我见/魏晋风/松辽学刊 1997 年第 3 期

论《三国演义》的知遇之感/杨旺生/南通师专学报（社会科学版）1997 年第 3 期

皇权欲的特质描述与价值评判——《三国演义》主题的本体意义分析/叶松林/渤海学刊 1997 年第 3 期/荆门大学学报（哲学社会科学版）1997 年第 4 期/黑龙江社会科学 1997 年第 6 期

中国历史悲剧的审视：《三国演义》主题探讨/张济帆/唐都学刊 1998 年第 2 期

《三国演义》的女性价值取向/宋俊华/零陵师专学报 1998 年第 2 期

纵横岁月与《三国志通俗演义》/张靖龙/明清小说研究 1999 年第 2 期

《三国演义》中的拥刘反曹倾向与汉中、汉朝、汉民族形成之关系/王建科/汉中师范学院学报（社会科学）1999 年第 2 期

从赤壁之战的描写看《三国演义》的历史观/王齐洲/湖北大学学报（哲学社会科学版）1999 年第 3 期

乱世情怀：纵横风尚与《三国志通俗演义》/张靖龙/文学评论 1999 年第 6 期

《三国志通俗演义》创作意图考论/万晴川/江西社会科学 1999 年第 12 期

明反曹　暗反刘——《三国演义》内容倾向新论/陈传席/明清小说研究 2000 年第 1 期

《三国演义》的悲剧态势及其形成/朱铁梅/石家庄师范专科学校学报 2000 年

第 1 期

论《三国演义》的人文意识/姚正武/中国文学研究 2000 年第 1 期

《三国演义》的以人为本思想/喻镇荣/晋阳学刊 2000 年第 1 期

意义的重建——漫议《三国演义》的叙事伦理和文化选择/孟祥荣/明清小说研究 2000 年第 2 期

《三国演义》儒家人文精神的再审视/唐基苏、王家宏/广西社会科学 2000 年第 2 期

反思与重构——《三国志通俗演义》的价值谱系/韩伟表/东岳论丛 2000 年第 5 期

论《三国演义》女性观的矛盾性/严明、顾友泽/明清小说研究 2001 年第 1 期

史笔寓褒贬，抑曹尊蜀汉——论《三国志演义》"拥刘反曹"思想的史传渊源/关四平/明清小说研究 2001 年第 2 期

儒学的尴尬与作者的无奈——《三国演义》儒家文化底蕴探析/刘玉玲/皖江侧畔论三国（黄山书社 2001 年 10 月）

《三国演义》的哲学意蕴/刘向军/新世纪《三国演义》论文集（文教资料 2001 年增刊，2001 年 12 月）

浅谈《三国演义》中的国家统一观/范光耀、郭维忠/新世纪《三国演义》论文集（文教资料 2001 年增刊，2001 年 12 月）

古典历史小说的道德取向——从《三国演义》谈起/卫绍生/新世纪《三国演义》论文集（文教资料 2001 年增刊，2001 年 12 月）

论《三国演义》中的传统宗族观念/李军均、欧阳代发/新世纪《三国演义》论文集（文教资料 2001 年增刊，2001 年 12 月）

论《三国演义》文化心态的多元构成/彭知辉/新世纪《三国演义》论文集（文教资料 2001 年增刊，2001 年 12 月）

《三国演义》的兵家权谋/熊笃/明清小说研究 2002 年第 3 期

论《三国演义》的宗教意识/陈彩玲/深圳大学学报（人文社会科学版）2002 年第 5 期

《三国演义》中的历史悲剧与理想悲剧再探/李忠明/东南大学学报（哲学社会科学版）2002 年第 6 期

从人的生存困境看《三国演义》/王学振/沙洋师范高等专科学校学报 2002 年

第 6 期

《三国演义》的三重悲剧构成/刘召明/山东行政学院山东省经济管理干部学院学报 2003 年第 1 期

《三国演义》的女性形象及其思想道德意蕴（A）/郭瑞林/湖北师范学院学报（哲学社会科学版）2005 年第 2 期

试析《三国演义》的悲剧魅力/朱进彬/曲靖师范学院学报 2005 年第 2 期

《三国演义》人才思想管窥（A）/陈军/青海民族学院学报（社会科学版）2005 年第 2 期

"壮缪"与"义绝"——从《三国志》到《三国演义》关羽形象演变的实质及其文化内涵（A）/马宝记/中州学刊 2005 年第 3 期

志在图王的政治抱负的艺术体现——《三国演义》主题新析/何平民/湘潭师范学院学报（社会科学版）2005 年第 3 期

从《三国演义》临终嘱托的描写解读罗贯中的正统思想（B）/许卫全/连云港师范高等专科学校学报 2005 年第 4 期

《三国演义》"人本"意识试探/田惠珠/伊犁教育学院学报 2005 年第 4 期

《三国演义》思想内涵三辨/沈伯俊/涪陵师范学院学报 2005 年第 6 期/襄樊学院学报 2009 年第 3 期

论《三国演义》的尚理倾向及其传达方式/曹萌/郑州大学学报（哲学社会科学版）2006 年第 4 期

20 世纪 80 年代以来《三国演义》主题研究述评（A）/蒋正治/古典文学知识 2007 年第 1 期

《三国演义》中的天命观探析/魏孔玉/中国古代小说戏剧研究丛刊 2007 年第 2 期

困境中孕育的悲剧人生——《三国演义》主题新探/高万玲/中国古代小说戏剧研究丛刊 2007 年第 2 期

论《三国演义》对英雄母题的利用与超越/王猛/甘肃社会科学 2007 年第 3 期

《三国演义》"忠义"思想主题之局限性 刘备与唐僧之比较（A）/温沁/重庆科技学院学报（社会科学版）2007 年第 4 期

试论《三国演义》"气"的文化意蕴/管仁福/明清小说研究 2007 年第 4 期

《三国演义》与民本思想/段庸生/重庆工商大学学报（社会科学版）2007 年

第 5 期

《三国演义》中的管理哲学思想（A）/蒋红/云南行政学院学报 2007 年第 6 期

论《三国演义》中"拥刘反曹"的正统思想/谭淑红/科教文汇（下旬刊）2007 年第 12 期

以伦理评人事——评《三国演义》创作中的思维方式（A）/段芸/社会科学家 2007 年第 S1 期

《三国演义》主题复合论/郭瑞林/吉首大学学报(社会科学版)2008 年第 1 期

三国演义的人力资源管理思想探析/曾贱吉/湖北经济学院学报（人文社会科学版）2008 年第 4 期

论《三国演义》中的英雄观主题/东南清/作家 2008 年第 12 期

略论《三国演义》中眼泪的内涵/许晓云/牡丹江大学学报 2009 年第 3 期

论《三国演义》中的道家思想/刘斌/商业文化（学术版）2009 年第 3 期

第一批判：《三国演义》的美学批判（A）/颜翔林/江海学刊 2009 年第 4 期

浅谈《三国演义》中"尊刘贬曹"的思想倾向/王思齐/法制与社会 2009 年第 20 期

论《三国演义》的用人艺术及其对现代人力资源管理的启示（A）/苏阳、谢亭亭/现代商业 2009 年第 23 期

罗贯中笔下的女性（B）/赵光银、侯其芳/吉林教育 2009 年第 28 期

论明清时期对《三国演义》"拥刘反曹"思想的诠释/郭素媛/山东省青年管理干部学院学报 2010 年第 2 期

理想与现实的冲突——对关羽和诸葛亮的"忠义观"的探讨（A）/张馨/宜春学院学报 2010 年第 2 期

论《三国演义》之"义"——义的类型剖析（一）/贾勇星/湖北经济学院学报（人文社会科学版）2010 年第 3 期

柔肩担道义——论《三国演义》中女性崇德倾向及其文化内涵（A）/杨林夕/阴山学刊 2010 年第 3 期

《三国演义》与《平家物语》中的无常观之比较（A）/范琳琳/泰安教育学院学报岱宗学刊 2010 年第 4 期

三国演义中的博弈思想/周念、单一峰/湖南工业职业技术学院学报 2010 年第 5 期

以忠孝仁义为核心的封建道德观的颂歌——《三国演义》主题再探/吴国联/辽宁师范大学学报（社会科学版）2010年第6期

《三国演义》批判——权谋、权术与人性/刘再复/书屋2010年第6期

拥刘反操的思想倾向　波澜壮阔的历史画卷——《三国演义》评析/杨涛、孙建虎/长城2010年第8期

《三国演义》"尊刘反曹"思想产生的根源/马明琮、张薇、刘曼/大众文艺2010年第21期

论《三国演义》中"拥刘贬曹"的原因/白正红/网络财富2010年第21期

《三国演义》"拥刘反曹"思想浅析（A）/冯丽华/青春岁月2010年第22期

从《三国演义》看儒家的治国理想/陈水献/中学语文2010年第27期

《三国演义》之大众思想政治教育原则与方法/阮云志/领导科学2010年第29期

论《三国演义》中刘关张的忠义道德观念/唐明明/开封教育学院学报2011年第1期

《三国演义》的"春秋特征"及其成因/胡伟/辽东学院学报（社会科学版）2011年第1期

罗贯中对东吴贬低倾向的形成原因（B）/陈书慧/辽宁教育行政学院学报2011年第1期

道德与政治之间——再论《三国演义》的创作思想（A）/胡悦晗、鄢洪峰/大庆师范学院学报2011年第2期

论《三国演义》之"义"——义的类型剖析（二）/贾勇星/湖北经济学院学报（人文社会科学版）2011年第3期

《三国演义》思想内涵新论/沈伯俊/明清小说研究2011年第4期

从《三国演义》《水浒传》两书之魂——忠义思想看罗贯中着意塑造的英雄人物（B）/曹亦冰/现代语文（学术综合版）2011年第10期

国事情怀：《三国演义》的主旨所在/宋健、宋培宪/现代语文（学术综合版）2011年第10期

元杂剧三国戏与小说《三国演义》的主题思想浅析（A）/徐彩云/语文学刊2011年第14期

貂蝉：儒家思想的殉道者——从貂蝉形象的塑造管窥《三国演义》的儒家思

想印记（A）/王燕、雷艳、严珍珍/十堰职业技术学院学报 2012 年第 1 期

《三国演义》中"义"的文化解析/颜清、王安浉/文学教育（下）2012 年第 1 期

论《三国演义》中的天命观/李培健、曾良/内江师范学院学报 2012 年第 3 期

论天命观对《三国演义》叙事机制的影响/李培健、曾良/明清小说研究 2012 年第 4 期

《三国演义》与政治智慧/沈伯俊/中共四川省委省级机关党校学报 2012 年第 5 期

《三国演义》思想倾向及其悲剧精神探讨/马彦芳/作家 2012 年第 8 期

论《三国演义》深刻的思想倾向/杨占福、郑萍/天津职业院校联合学报 2012 年第 9 期

从自我传播的内省式思考看《三国志通俗演义》的思想倾向/柯昌勋/神州 2012 年第 21 期

《三国演义》的民族意识浅探（A）/汤加兰/中学语文 2012 年第 30 期

浅谈《三国演义》中的非典型性英雄观/孙倩倩/文教资料 2012 年第 33 期

三国引路　百家争鸣——因地制宜挖掘三国文化的德育内涵/张丽君/基础教育论坛 2013 年第 1 期

国家叙事中的性别平等——也谈毛评本《三国演义》的女性观（B）/段江丽/南开学报（哲学社会科学版）2013 年第 2 期

《三国演义》中博弈思想对现代用人管理的启示（A）/孙艳丽、刘承宪、刘永健/沈阳建筑大学学报（社会科学版）2013 年第 4 期

从美人计看《三国演义》的女性观/宋菲菲/重庆科技学院学报（社会科学版）2013 年第 5 期

《三国演义》之人才思想三论（A）/阮云志/重庆科技学院学报（社会科学版）2013 年第 6 期

《三国演义》"拥刘反曹"原因考/张允宽/韶关学院学报 2013 年第 11 期

浅析《三国演义》中蕴含的人才学思想（A）/邓双荣/科教导刊（中旬刊）2013 年第 16 期

阅读经典　感悟人生——第四届南图阅读节《三国演义》主题系列活动综述（B）/郭倩倩/新世纪图书馆 2014 年第 2 期

西方视野下《三国演义》中的等级制述评/张亚楠/学理论 2014 年第 15 期

《三国演义》的女性形象及其思想道德意蕴（B）/周知昊/新西部（理论版）2014 年第 16 期

《三国演义》与人生智慧（B）/沈伯俊/西华师范大学学报（哲学社会科学版）2015 年第 1 期

《三国演义》"尊刘贬曹"思想倾向及成因（A）/陈咏贤、李理/赤峰学院学报（汉文哲学社会科学版）2015 年第 6 期

《三国演义》的英雄观与宋元忠义思潮——蜀汉忠义文化的基本内涵/王前程/西华师范大学学报（哲学社会科学版）2015 年第 6 期

《三国演义》中的民本、自由法律理念探析/辜美高/陕西理工学院学报（社会科学版）2016 年第 1 期

《三国演义》战争书写及其范型意义/雷勇、崔春雨/陕西理工学院学报（社会科学版）2016 年第 1 期

也说"三顾茅庐"中的"礼贤下士"与"平等"/王鑫/中学语文教学 2016 年第 2 期

《三国志通俗演义》中的方士与方技浅析/张赟赟/九江学院学报（社会科学版）2016 年第 3 期

从失意文人的悲惨命运看《三国演义》的人才观/王莹雪/齐齐哈尔师范高等专科学校学报 2016 年第 3 期

论《三国演义》中的君主观/陈冬冬、刘琦/湖北社会科学 2016 年第 3 期

浅论《三国演义》的审美价值与道德缺憾/戴佳文/青年文学家 2016 年第 5 期

浅析《三国演义》中曹操与刘备二元对立的权欲观/任晓茜/青春岁月 2016 年第 5 期

浅谈《三国演义》批判——权谋、权术与人性/王晓笛/青年文学家 2016 年第 5 期

人力资源管理视角下《三国演义》中的管理哲学思想/刘丹/语文建设 2016 年第 6 期

从诸葛亮骂王朗看罗贯中道德观/王新玮/赤峰学院学报（汉文哲学社会科学版）2016 年第 6 期

《三国演义》之道教思想倾向管窥/易思平/安徽文学（下半月）2016 年第

7 期

《三国演义》对宇宙人生的深层思考/穆延柯/同行 2016 年第 9 期

感悟古人的"大一统"思想/宋延东/天津人大 2016 年第 9 期

简论《三国演义》的叙事暗线/宋婷/乐山师范学院学报 2016 年第 11 期

刍议《三国演义》中"尊刘贬曹"的思想成因/徐昀煜/山东青年 2016 年第 11 期

试谈《三国演义》对人生自我价值的追寻与认定/穆延柯/读天下 2016 年第 12 期

浅析《三国演义》的天道观/杨婧/牡丹 2016 年第 14 期

《三国演义》中的人力资源管理思想及启示/刘玉龙/语文建设 2016 年第 18 期

《三国演义》的社会理想与罗贯中的"仁义"思想/任恣娴/戏剧之家 2016 年第 18 期

梦想斑驳照进现实——从神话原型视角解读《三国演义》/邱宗锋/青年文学家 2016 年第 27 期

浅谈《三国演义》的天命意识/孔令升/长江丛刊 2016 年第 28 期

《三国演义》中道德化人物形象及其成因分析/赵轩/青年文学家 2016 年第 32 期

《三国演义》中的君主观解读/刘翔宇/新教育时代电子杂志（教师版）2016 年第 36 期

占星术视角下的三国正统观/李文智/重庆交通大学学报（社会科学版）2017 年第 1 期

从赵云形象的重塑看罗贯中的大义观/王前程/三峡大学学报（人文社会科学版）2017 年第 1 期

从《李卓吾先生批评三国志》看李贽的文艺思想/王莹雪/济宁学院学报 2017 年第 3 期

浅析《三国演义》中陈宫的忠义观念/班红梅/安徽文学（下半月）2017 年第 7 期

《三国演义》的悲剧意识/唐康/散文百家（下）2017 年第 11 期

"游民意识"浅析——以《水浒传》、《三国演义》为例/朱雨晴/新教育时代电子杂志（教师版）2017 年第 29 期

浅析《三国演义》中的人才思想/墙润/语文课内外 2017 年第 30 期

《三国演义》的成就与汉代"大一统""仁忠义"思想文化的关系/李建武、郭艺术/晋中学院学报 2018 年第 1 期

论《三国演义》"忠义两全"价值观面临的困局/苏丽华/莆田学院学报 2018 年第 6 期

论《三国演义》对道德的超越/蔡欢江/湖北文理学院学报 2018 年第 7 期

《三国演义》文化精神的时代观照/纪德君/明清小说研究 2019 年第 1 期

昭往昔盛衰，寓褒贬训诫——《三国志通俗演义》创作命意蠡测/冯保善/湖北师范大学学报（哲学社会科学版）2019 年第 3 期

《三国演义》对女性生存状况的关注与思考/刘彤彤、雷勇/陕西理工大学学报（社会科学版）2019 年第 3 期

从不同角度看文学作品的社会意义——以四大名著为例/包文俊/汉字文化 2020 年第 S1 期

基于《三国演义》的关公忠君爱国美德研究/王治涛、赵光付/洛阳理工学院学报（社会科学版）2020 年第 4 期

古典小说《三国演义》中的忠义观/佘福春/青年文学家 2020 年第 23 期

《三国演义》中儒家"五常"思想的解读/杜子馨、吴雪峰/汉字文化 2020 年第 24 期

论三国谋士贾诩的思政引领/陈炜/考试周刊 2020 年第 43 期

学位论文：

悲怆沉仄　恢宏壮美——《三国演义》悲剧论/刘召明/中国古代文学/曲阜师范大学 1996 年

经验思维与《三国演义》/刘杰峰/中国古代文学/华中科技大学 2003 年

浪涛尽千古英雄人物——《三国演义》悲剧论/陈妙卿/中国语言文学/南京大学 2005 年

《三国演义》的传统人力资源管理思想及其对现代企业管理的启示（A）/魏颖/工商管理/贵州大学 2006 年

《三国演义》"抑孙"倾向研究/茆长艳/中国古代文学/首都师范大学 2007 年

英雄主义——比较《三国演义》中的关羽与《老人与海》中的圣地亚哥（A）/肖旭/英语语言文学/内蒙古大学 2010 年

宋代士人之三国正统观研究——以宋代史论为中心/平先荣/史学理论及史学史/兰州大学 2012 年

多元文化冲突与《三国演义》传统观（A）/张博/中国古代文学/南开大学 2014 年

《三国演义》中的女性形象和女性观研究（A）/高灿/中国古代文学/天津师范大学 2015 年

《三国演义》评点研究——以李贽、毛宗岗、李渔的评本为核心/李冰灏/文艺学/安徽师范大学 2019 年

四大名著评点互文性研究——以毛宗岗、金圣叹等为中心/马娜/中国古代文学/西安工业大学 2021 年

[九] 人物形象

1. 概 论

从关羽、祢衡问题谈到对历史人物的分析评价/少若/光明日报1954年7月25日

略谈《三国演义》里的几个人物/枫野/解放军文艺1957年第3期

谈《三国演义》的人物塑造/王永生/热风1959年第9期

疾风知劲草——谈《三国演义》对败军之将艺术形象的创造/颜慧云/奔流1962年第5—6期

《三国志演义》中的英雄群像/[韩] 李庆善/韩国汉阳大学校创立三十周年纪念论文集（1969年5月）

《三国演义》人物性格塑造琐谈/滕云/解放军文艺1980年第1期

"三国"中的三个人物/官伟勋/泉城1982年第2期

似备实缺　似缺实备——简谈《三国演义》英雄人物塑造之得失/杨茂林、李文田/名作欣赏1982年第3期

论《三国演义》的人物造型/王树山/运城师专学报1983年第1期

《三国》人物是类型化典型的光辉范本/傅继馥/社会科学战线1983年第4期

从用人得失论孙吴集团——《三国演义》人物管窥之一/詹襄/《三国演义》研究集（四川省社会科学院出版社1983年12月）

巾帼不让须眉——论《三国演义》中妇女的艺术形象/剑锋/《三国演义》研究集（四川省社会科学院出版社1983年12月）

艺术类型与艺术典型——从《三国演义》说起/程颖/研究生学报（华中师范学院）1984年第2期

[九] 人物形象

《三国演义》和《水浒》中英雄形象的演化/蒋文钦/温州师专学报（社会科学版）1984年第2期

塑造典型美的辩证法/剑锋/中州学刊1984年第4期/《三国演义》论文集（中州古籍出版社1985年11月）

深入底蕴，实事求是——古典文学作品人物形象研究之我见/沈伯俊/光明日报1984年8月7日

"比"中见彰　"隐"而愈显——《三国演义》人物创造艺术探胜/艾斐/名作欣赏1985年第1期

《三国演义》和《水浒传》人物形象的异同（A）/朱世滋/电大学刊（语文版）1985年第1期

历史大漩涡中的性格呈现——谈谈《三国演义》怎样塑造人物形象/子惠/电大文科园地1985年第2期

《三国演义》的使者群相/剑锋/海南大学学报（社会科学版）1985年第2期

论《三国志演义》人物形象的非类型化/石昌渝/三国演义学刊第1辑（四川省社会科学院出版社1985年7月）

论《三国演义》人物性格强化的特点/杜景华/三国演义学刊第1辑（四川省社会科学院出版社1985年7月）

从《三国志平话》与《三国志通俗演义》的对比中谈《三国志通俗演义》塑造人物的几个问题/王洲明/《三国演义》论文集（中州古籍出版社1985年11月）

论《三国演义》塑造知识分子形象的艺术手法/王基/许昌学院学报1986年第4期

略谈《三国演义》的几个人物形象/郭豫适/古典文学论丛第5辑（齐鲁书社1986年6月）

《三国演义》人物心理表现特征及其构成原因/宋常立/三国演义学刊第2辑（四川省社会科学院出版社1986年8月）

从"赤壁之战"看《三国演义》典型人物形象之塑造/李印德/太原师专学报1987年第2期

论《三国演义》在典型塑造上的开拓与局限/艾斐/辽宁大学学报（哲学社会科学版）1987年第3期

论《三国演义》中的智囊系统/宋志臣/理论探讨1987年第4期

试论"五虎将"——《三国演义》人物论/王枝忠/天府新论 1987 年第 6 期

从比较美学角度看罗贯中笔下人物的个性塑造/关四平/求是学刊 1988 年第 6 期

蜀汉政权的成立与荆州人士/[日]渡边义浩/日本东洋史论 1988 年第 6 期

罗贯中笔下人物性格复杂性探源/关四平、彭波/绥化师专学报 1989 年第 1 期

试论《三国演义》《水浒传》人物形象的一个审美特质/啸马/江西社会科学 1989 年第 3 期

蜀汉政权统治与益州人士/[日]渡边义浩/日本史境 1989 年第 18 期

类型化与性格化的争论及其在中国小说发展史上的意义/艾林/教学与科研 1990 年第 3—4 期

论《三国志通俗演义》人物形象塑造的审美特征/赵义山/四川师范学院学报（哲学社会科学版）1990 年第 4 期

论《三国演义》的人物塑造/黄钧/文学遗产 1991 年第 1 期

经天纬地说高贤——谈《三国演义》中的知识分子形象/王枝忠、武裕民/甘肃社会科学 1991 年第 3 期

矛盾运动——《三国演义》的性格塑造/俞晓红/安徽师大学报（哲学社会科学版）1991 年第 3 期

由类型化典型到典型化典型——《三国演义》艺术典型创造论/周若金、李伟/聊城师范学院学报（哲学社会科学版）1991 年第 3 期

英雄成败评说——《三国演义》中吕、袁、曹事业兴衰探因/叶松林/荆门大学学报 1991 年第 3 期

略谈诸葛亮与曹操的用人/郭文杰/吕梁学刊 1991 年第 3 期

论《三国演义》的"多层展现"人物性格表现法/关四平/求是学刊 1991 年第 4 期

奇莫奇于不露——《三国演义》人物隐秘心理及其描写探幽/单长江/海南大学学报（社会科学版）1991 年第 4 期

浅议蜀汉人物的悲剧特色/陈伟/《三国演义》与中国文化（巴蜀书社 1991 年 9 月）

群雄之死/冯全生/《三国演义》与中国文化（巴蜀书社 1991 年 9 月）

《三国志通俗演义》中女性形象的政治化伦理论化及其原因/石麟/湖北师范

学院学报（哲学社会科学版）1992年第1期

论《三国演义》人物性格的建构模式/关四平/北方论丛1992年第3期

作家思想和艺术形象的反差——《三国演义》的流变/贾鹏/许昌学院学报1992年第3期

略论《三国演义》中刘蜀的"人和"/王树和/理论探讨1992年第4期

《三国演义》究竟写了多少人物（A）/沈伯俊/人民日报·海外版1992年4月24日

《三国演义》人物纠误（A）/龚鹏九/武陵学刊1993年第1期

论《三国演义》塑造人物的视角艺术/周书文/吉安师专学报1993年第2期

民族文化对《三国志通俗演义》人物形象塑造的影响/单长江/喀什师范学院学报（哲学社会科学版）1993年第2期/中国人民大学《复印报刊资料·中国古代、近代文学研究》1993年第12期

浅谈《三国演义》中人物的出场式/刘晓霞/昭乌达蒙族师专学报（汉文哲学社会科学版）1993年第2—3期

《三国演义》塑造人物形象的心理结构/张岳林/辽宁大学学报（哲学社会科学版）1994年第1期

《三国演义》中的文士心态初探/吴光正/牡丹江师范学院学报（哲学社会科学版）1994年第2期

《三国志通俗演义》人物形象塑造的美学价值系统/孔刃非/赣南师范学院学报1994年第3期

封建帝王与士人关系的优化模式——《三国志演义》中刘氏父子与诸葛亮关系的文化透视/关四平/北方论丛1994年第5期

《三国演义》中的谋士形象/陈辽/南通师专学报（社会科学版）1995年第1期

毛泽东纵谈三国人物（A）/王应民/甘肃社会科学1995年第3期

评两种版本《三国演义》人物塑造的异同/许振东/明清小说研究1996年第2期

漫谈《三国演义》中的女性及其类型/坚毅/海南师院学报1997年第1期

失却情爱世界的英雄——《三国演义》英雄形象塑造中的一个问题/韩玲/汉中师范学院学报（社会科学）1997年第1期

略论《三国演义》中的谋士形象/刘贤汉、石泉/烟台师范学院学报（哲学社会科学版）1998年第2期

谋士与皇权——《三国演义》中谋士形象评析/叶松林/荆门大学学报（哲学社会科学版）1998年第2期

《三国演义》人物塑造的性格化倾向/陈伟军、孙爱春/泰安师专学报1998年第2期

从"神化"到"人化"——漫话《三国演义》和《水浒》中的英雄形象/徐缉熙/中文自修1998年第3期

从类型化到性格化的艺术典型——谈《三国演义》人物塑造/曲沐/贵州社会科学1998年第3期

男权樊篱中的女性——试论《水浒传》、《三国演义》中的女性形象/梁燕/齐齐哈尔社会科学1999年第1期

从庞统和诸葛亮看三国故事中军师形象的变迁/［日］土屋文子著，李寅生译/古典文学知识1999年第3期

《三国演义》里的"说客"与"辩士"/陈抱成/郑州大学学报（哲学社会科学版）1999年第6期

试析《三国演义》中的谋士/张晓蓓/西南民族学院学报（哲学社会科学版）1999年增刊

诸葛亮、周瑜、司马懿与君主的关系及其才智的发挥/曾良、陈让先/内江师范高等专科学校学报2000年第1期

就《三国演义》谈曹操与关公，及《红楼梦》中的袭人、妙玉与贾母/吴崇兰/世界华人文学2000年第2期

论《三国演义》中谋士的命运/宋秋安/北方论丛2000年第3期

论罗贯中的典型观/胥惠民/新疆师范大学学报（哲学社会科学版）2000年第4期

罗贯中笔下的道教先驱者——《三国演义》与道教文化研究之一/熊笃/重庆师院学报（哲学社会科学版）2000年第4期

《三国演义》降者形象的文化解读/庄锡华/明清小说研究2001年第1期

《三国演义》塑造人物的技法探析/雷勇/汉中师范学院学报（社会科学）2001年第2期

[九] 人物形象

论《三国演义》人物形象的定型化特征/闵虹/郑州大学学报（哲学社会科学版）2001 年第 5 期

《三国演义》人物形象的定型化叙事模式/闵虹/文艺研究 2001 年第 6 期

古典小说性格研究的理论与方法一说/俞晓红/皖江侧畔论三国（黄山书社 2001 年 10 月）

一时多少豪杰——评《三国演义》东吴人物的描写/白盾/新世纪《三国演义》论文集（文教资料 2001 年增刊，2001 年 12 月）

对《三国演义》"三绝"的文化批评/石麟/新世纪《三国演义》论文集（文教资料 2001 年增刊，2001 年 12 月）

浅析《三国演义》中的一类谋臣形象/吴怡婷/哈尔滨学院学报 2002 年第 4 期

男权话语的产物——《三国演义》女性形象论/周晓琳/四川师范学院学报（哲学社会科学版）2002 年第 6 期

罗贯中笔下的三国人物之死/陈辽/盐城师范学院学报（人文社会科学版）2003 年第 1 期

对《三国演义》类型化人物描写得与失的再认识/于娜/辽宁师专学报（社会科学版）2005 年第 2 期

《三国演义》典型人物塑造的矛盾和尴尬/沈星怡/苏州大学学报（哲学社会科学版）2006 年第 6 期

浅谈三国演义人物形象的塑造（A）/陈诗赓/内蒙古电大学刊 2007 年第 11 期

《三国演义》人物塑造诸说述评（A）/王万鹏/甘肃联合大学学报（社会科学版）2008 年第 1 期

论《三国演义》人物形象的喜剧性/梁蓓、王俊/乐山师范学院学报 2008 年第 3 期

相互辉映　形象鲜明——试析《三国演义》对周瑜和诸葛亮的交错刻画（A）/王生文/阅读与写作 2008 年第 9 期

司马懿与诸葛亮形象之比较（A）/王莹雪/今日科苑 2008 年第 18 期

红脸关公　白脸曹操——谈《三国演义》人物形象的塑造/吴三文/中学生百科 2008 年第 32 期

从《三国演义》人物形象看现代烟草行业人才管理/陈倩、韦继颖/广西烟草学会 2007 年度学术年会论文集（2008 年）

诸葛亮、司马懿隐仕人生意义辨析/黄晓阳/成都大学学报（社会科学版）2009年第1期

南阳大调曲中的三国人物形象（A）/马奇/南都学坛2009年第3期

从《三国演义》看罗贯中对降者形象的独特情怀（B）/张晓春、马蓓/广东技术师范学院学报2009年第5期

《三国演义》人物形象之悲剧性崇高美/赵亮/现代语文（文学研究版）2009年第7期

柔肩担道义——论《三国演义》中女性崇德倾向及其文化内涵（B）/杨林夕/阴山学刊2010年第3期

论新《三国》人物形象对传统审美心理结构的挑战（A）/杨婷婷/山东文学2010年第8期

浅析《三国演义》使者形象/张多姣/文学界（理论版）2011年第1期

《三国演义》与儒家"圣人"考论/杜贵晨/明清小说研究2011年第2期

《三国演义》人物性格缺少变化辩——以刘备、关羽、张飞为例（A）/张真/新疆教育学院学报2011年第2期

论元散曲中三国人物的文化形象（A）/赵义山/社会科学研究2011年第3期

试论《三国演义》中的女性形象/张海峰/文学教育（上）2011年第3期

《三国演义》人物形象塑造方法述评（B）/李栋辉/重庆科技学院学报（社会科学版）2011年第5期

评析文学名著中人物塑造的艺术——对《三国演义》中曹操和刘备的比较分析（A）/章文艳/时代文学（下半月）2011年第12期

论吉川英治《三国志》对《三国演义》中人物形象的塑造（A）/谢立群、张永/北京第二外国语学院学报2011年第12期

浅论罗贯中眼中理想的文士形象（B）/张清法、张艳丽/名作欣赏2011年第23期

文化视域下的三国降将群——析《三国演义》降将形象的文化意蕴/王莹雪/成都大学学报（社会科学版）2012年第1期

才较仲达胜一筹　业比司马输三分——从诸葛亮与司马懿形象比较窥探蜀汉命运（A）/王莹雪/哈尔滨学院学报2012年第2期

试论《三国演义》对人物形象的解构与重塑/吴凡/青年文学家2012年第

15期

论《三国演义》人物性格的动态性描写——以刘备、曹操、诸葛亮等为例（A）/王莹雪/作家2012年第16期

论《三国演义》的道德化人物形象及其成因/聂春艳/小说评论2013年第1期

人物描写与个性化形象塑造——论三国人物的戏曲脸谱与小说人物塑造的关系（A）/杨利群/语文学刊2013年第2期

青出于蓝而胜于蓝——论《水浒传》在人物刻画上对《三国演义》的继承与创新（A）/李军杰/现代语文（学术综合版）2013年第2期

从名与字之关系"管窥"《三国演义》人物塑造/王小英/鸡西大学学报2013年第5期

论《三国演义》人物的巫术形象/黄澧泽/西华师范大学学报（哲学社会科学版）2013年第6期

略谈《三国演义》人物形象的刻画（A）/王欢阳/文学教育（上）2013年第7期

论《三国演义》中的女性形象（A）/陈潇/吉林广播电视大学学报2013年第9期

《三国演义》蜀汉"五虎上将"形象浅析/刘朝晖/教育教学论坛2013年第27期

对《三国演义》中武将的传统解读/史占格/语文建设2013年第32期

浅析《三国演义》人物形象/贺佳宏/鸭绿江（下半月版）2014年第4期

浅谈《三国演义》中的女性人物形象/由婧涵/长春师范大学学报（人文社会科学版）2014年第5期

《三国演义》中的经典人物形象探析——以人力资源管理为视角（A）/周鹏/语文建设2014年第11期

比较《三国演义》与《水浒传》的人物刻画（A）/张君珺/中学时代2014年第20期

《帝王略论》中的三国人物论/刘治立/湖北文理学院学报2015年第3期

《三国演义》中的三位最杰出战略家（A）/韩亚光/宝鸡文理学院学报（社会科学版）2015年第3期

历史记载与传说想象对人物形象的构建——以三国之孙夫人形象的历史流变

为例（A）/范国强/贵州社会科学 2015 年第 3 期

倾斜的世界——浅析《三国演义》女性的物化现象/陈香凝/时代文学（下半月）2015 年第 7 期

评《三国演义》中的人物形象塑造技巧（A）/孙俊秀/作家 2015 年第 18 期

论《三国演义》中人物性格的塑造/何蔚/青年文学家 2015 年第 21 期

《三国演义》的主要人物形象分析/杜庆源/雪莲 2015 年第 33 期

子弟书与《三国演义》中的女英雄形象探析/聂秋雨/佳木斯职业学院学报 2016 年第 2 期

形貌背后的神骨——浅谈《三国演义》中的外貌描写/陈晓娇/青年文学家 2016 年第 3 期

映衬在《三国演义》人物形象刻画的应用/韩雪/金田 2016 年第 3 期

从《三国演义》中塑造的方士形象谈道教势力对三国格局的影响（A）/尹伯鑫/剑南文学 2016 年第 5 期

从《三国演义》隐士形象看魏晋风度（A）/车孟杰/内江师范学院学报 2016 年第 5 期

《三国演义》中的女性形象/王先平/文化学刊 2016 年第 6 期

"面相"与命运：《三国演义》中刘备外貌描写的隐含意义解读/徐小茹/安徽文学（下半月）2016 年第 7 期

人才断层引发的亡国之悲——论《三国演义》中人才对蜀国兴亡的影响（A）/陈为冲/大陆桥视野 2016 年第 8 期

论《三国演义》中人物形象塑造/王佳佳/软件（教育现代化·电子版）2016 年第 9 期

道教女性观与《三国演义》之女性形象研究/易思平/兰州教育学院学报 2016 年第 10 期

《三国演义》中的辩士及其作用（A）/罗晓芳/湖北文理学院学报 2016 年第 10 期

浅谈小说《三国演义》中人物形象的塑造/韩晓伟/魅力中国 2016 年第 12 期

试析《三国演义》中人物性格的矛盾性和复杂性/陈诗怡/山东青年 2016 年第 12 期

浅析《三国演义》中的人物形象/马兆亮/魅力中国 2016 年第 17 期

通过人物评价了解《三国演义》的研究/葛王淳/成才之路2016年第21期

《三国演义》正面的女性形象探析/潘婷/青年文学家2016年第29期

论《三国演义》女性人物的作用/王艺璇/中华少年2016年第31期

论《三国演义》正反人物性格的多重塑造/薛朝铸/商业故事2016年第34期

浅析《三国演义》中刘备人物形象的塑造/曹月/商业故事2016年第35期

《三国演义》中士人形象分析/刘艳/山西青年2017年第1期

关羽、诸葛亮、曹操——《三国演义》中的三个典型艺术形象/小阅/小学阅读指南（高年级版）2017年第4期

解析《三国演义》中的茶事与人物性格塑造/马敏娜/福建茶叶2017年第4期

隐还是现——《三国演义》中文士全身之道的两难困境/孟璇/昭通学院学报2017年第4期

互见法对《三国演义》人物塑造的影响/葛鑫/内蒙古民族大学学报（社会科学版）2017年第6期

《三国演义》中的女性形象及其原因/曾美桂/芒种2017年第6期

浅说人物描写的个性化——从评书《三国演义》谈起/都荣升/作文成功之路（下）2017年第7期

对隐士的描写——评《三国演义》/付美娟/散文百家（下）2017年第9期

浅析《三国演义》中的智者形象/贺桑杰卓玛/明日风尚2017年第10期

毛批本《三国演义》与《三国志》人物形象比较——以曹操为研究对象/尚丽杰/时代教育2017年第14期

论《三国演义》中的女性形象（B）/李娜、蒋红艳/产业与科技论坛2017年第17期

《三国演义》中女性形象系列论/文韬、彭在钦/名作欣赏2017年第21期

《三国演义》中的人：是血腥的军阀还是杰出的"人"/孙绍振/名作欣赏2017年第22期

《三国演义》人物形象塑造方法探究/杨昊霖/文化创新比较研究2017年第23期

《三国演义》真、善和美的错位——曹操、周瑜和刘备性格的内在矛盾（上）/孙绍振/名作欣赏2017年第34期

《三国演义》真、善和美的错位——曹操、周瑜和刘备性格的内在矛盾

（中）/孙绍振/名作欣赏 2018 年第 1 期

谶纬文化与《三国演义》人物三题/王守亮/内江师范学院学报 2018 年第 3 期

《三国演义》真、善和美的错位——曹操、周瑜和刘备性格的内在矛盾（下）/孙绍振/名作欣赏 2018 年第 4 期

论影响《三国演义》君主形象塑造的因素/符丽平/西华师范大学学报（哲学社会科学版）2018 年第 4 期

《三国演义》正面的女性形象研究/王娟/江西电力职业技术学院学报 2018 年第 5 期

《三国演义》中的母亲形象赏析/尹方红/名作欣赏 2018 年第 8 期

《三国演义》中文臣形象探析/王艺璇/祖国 2018 年第 9 期

《三国演义》人物形象之我见/刘可歌/青年文学家 2018 年第 29 期

《三国演义》中的"完人"形象/徐艺豪/科学咨询 2018 年第 42 期

略论《三国演义》人物塑造的春秋笔法/卫绍生/湖北师范大学学报（哲学社会科学版）2019 年第 3 期

论《三国演义》对《世说新语》曹操形象的发展/江梓晨/黑河学刊 2019 年第 3 期

试析高中语文名著导读作品人物分析及教学策略——以《三国演义》为例（A）/李晓庆/国际公关 2019 年第 6 期

《三国演义》中的人物/郭佳熙/少年时代（中高年级）2019 年第 7 期

毛泽东品评三国人物/陈思/中外文摘 2019 年第 12 期

《三国演义》人物形象之悲剧性剖析/张瑞、董晓、廖健/造纸装备及材料 2020 年第 1 期

战场上牺牲的"花"——《三国演义》中女性悲剧命运例谈/夏正兵、周阿根/中华活页文选（教师版）2020 年第 1 期

《三国演义》人物篇手记/刘艳/文学教育（下）2020 年第 2 期

子弟书中《三国演义》女性形象的再塑/卢艺/汉字文化 2020 年第 4 期

相得益彰的英雄——《三国演义》整体阅读之曹操与谋士（A）/李晨阳/品位·经典 2020 年第 4 期

《三国演义》中的人物描写方法分析（A）/景凯凯/传播力研究 2020 年第 5 期

思辨式《三国演义》人物精读交流课的设计与反思/边海宁/中学语文教学参

考 2020 年第 6 期

略论《三国演义》中关羽、曹操的互动/陈立琛/名作欣赏 2020 年第 8 期

《三国志通俗演义》中的女性描写研究/陈梦盈/长春师范大学学报 2020 年第 11 期

曹操、刘备、孙权用人策略及成败/牛联欢/名作欣赏 2020 年第 20 期

整本书阅读：小说人物形象分析的六个维度——余党绪《三国演义》"刘备之虚伪"教学实录研习/汲安庆/中学语文 2020 年第 34 期

论四大名著中女性人物角色的演变/阮宇/新纪实 2021 年第 2 期

论《三国演义》中小人物与其悲剧性主题的关联/方琪/兰州职业技术学院学报 2021 年第 3 期

基于 Python 的《三国演义》人物关系网络的构建与分析/沈阳、陈瑛/数字技术与应用 2021 年第 8 期

从历史真实到艺术真实：《三国演义》中的人物塑造探讨/何宁/新纪实 2021 年第 16 期

论《三国演义》中宝马与英雄的形象塑造及命运联系/肖凯环/当代教育实践与教学研究（电子刊）2021 年第 23 期

学位论文：

论刘备、关羽、张飞结义的故事流变（A）/张丽/中国古代文学/华中科技大学 2003 年

论《三国演义》人物性格的两大基本类型/蔡光南/中国古代文学/华中师范大学 2007 年

《三国演义》嘉靖本与毛评本比较研究：以人物形象为中心（B）/颜彦/中国古代文学/北京语言大学 2008 年

毛宗岗小说人物塑造理论研究（B）/杨丽静/文艺学/山东师范大学 2009 年

《三国演义》中士人形象研究/金俊峰/中国古代文学/延边大学 2009 年

《三国演义》降将群像研究/钱海鹏/中国古代文学/山西师范大学 2009 年

《三国演义》"贼"义解析/韩得志/中国古代文学/广西师范学院 2011 年

越南汉文历史小说与《三国演义》人物比较研究/赵锋/中国古代文学/广西民族大学 2012 年

刍议历史演义小说的叙事特色和人物形象塑造手段/王涛/中国古代文学/西北

大学 2012 年

《三国演义》中智者形象研究/梁现利/中国古代文学/渤海大学 2012 年

《三国演义》女性形象研究/杨鑫/中国古代文学/长沙理工大学 2013 年

明清小说草莽英雄形象系列研究/王鹏程/中国古代文学/辽宁师范大学 2013 年

论《三国演义》蜀汉武将形象群/刘朝晖/汉语言文学/哈尔滨师范大学 2013 年

《三国演义》中的女性形象和女性观研究（B）/高灿/中国古代文学/天津师范大学 2015 年

《三国演义》亡国之君群像研究/迟云平/中国古代文学/哈尔滨师范大学 2017 年

2. 曹　操

《三国演义》所塑造的曹操/顾学颉/大公报 1954 年 8 月 11 日

曹操论/朱平楚/兰州大学学生科学论文集 1958 年第 2 期

试论《三国演义》中的曹操/袁世硕/山东大学学报（中国语言文学版）1959 年第 2 期

用五四精神对待曹操和《三国演义》/张海珊/上海师范大学学报（哲学社会科学版）1959 年第 2 期

曹操在小说里和舞台上/黎文/文汇报 1959 年 3 月 14 日

奸雄曹操——不朽的艺术形象/曾白融/文汇报 1959 年 3 月 20 日

替曹操翻案/郭沫若/人民日报 1959 年 3 月 23 日

曹操与《三国演义》——学术讨论会发言/逯钦立/吉林师大学报 1959 年第 4 期

《三国志通俗演义》的曹操是成功的艺术典型/苏兴/吉林师大学报 1959 年第 4 期

罗贯中为什么要反对曹操/刘知渐/光明日报 1959 年 5 月 25 日

曹孟德论/刘季高/复旦学报（社会科学版）1959 年第 8 期

试论小说里的曹操以及《三国演义》的思想倾向/王永生/复旦学报（社会科

学版）1959年第8期

《三国演义》和为曹操翻案/李希凡/文艺报1959年第9期

历史人物的曹操和文学形象的曹操/李希凡/文艺报1959年第14期

曹操的"三笑三惊"/师习文/甘肃日报1961年10月24日

论《三国演义》中的曹操形象/隋启仁/解放军文艺1974年第2期

从《三国演义》谈为曹操翻案（A）/张学增、张维绪、刘广山、唐湘岐、汤纲、洪国起/人民教育1974年第7期

从《三国演义》谈为曹操翻案（B）/教育革命通讯1974年第7期

《三国演义》是怎样歪曲曹操的/余福平等/长江日报1975年1月18日

一反千年骂曹逆流——李贽是怎样评点《三国演义》的/李万钧/福建师大学报（哲学社会科学版）1975年第1期

曹操是怎样被勾成白脸的/高冲霄、李伦/天津师院学报1975年第4期

《三国演义》丑化曹操形象应当批判/中文系《三国演义》评论组/中山大学学报（哲学社会科学版）1975年第6期

试论《三国演义》曹操形象/剑锋/海南师专学报1979年第1期

关于《三国演义》中曹操形象的真实问题/黄立新/古典文学论丛［复旦学报（社会科学版）增刊（上海人民出版社1980年8月）]

曹操的翻案与定案/李则纲/江淮论坛1981年第2期

曹操形象的塑造及其评价/王仁铭/武汉师院汉口分院学报1982年第2期

真假曹操辨/黄钧/北方论丛1982年第3期

历史文学的成功典型曹操——《三国演义》散论之十/叶胥、冒炘/徐州师范学院学报（哲学社会科学版）1982年第3期

关于曹操形象的研究方法——兼谈如何看待毛氏修订《三国演义》/李庆西/文学评论1982年第4期

曹操——一个丑转化为美的不朽的艺术典型/李厚基/社会科学研究1982年第5期

略论"为曹操翻案"/沈伯俊、胡邦炜/社会科学研究1982年第5期/中国人民大学《复印报刊资料·中国古代、近代文学研究》1982年第24期

嘉靖本《三国志通俗演义》所塑造的曹操/陈铁民/北京大学学报（哲学社会科学版）1982年第6期

曹操形象辨/黄钧/文学评论丛刊16辑（中国社会科学出版社1982年10月）

古典文学形象的艺术稳定性和变异性/吴红/文谭1982年第11期

评郭沫若同志的《替曹操翻案》/刘知渐/重庆师院学报（哲学社会科学版）1983年第1期

《三国演义》中曹操形象的主要性格特征/别廷峰/承德民族师专学报1983年第1期

曹操和他的谋士们/沈伯俊/成都晚报1983年5月2日

重提旧案说曹操/程一中/《三国演义》研究集（四川省社会科学院出版社1983年12月）

也谈嘉靖本《三国志通俗演义》中的曹操形象——兼与刘敬圻同志商榷/胡振务/《三国演义》研究集（四川省社会科学院出版社1983年12月）

谈《三国演义》中曹操语言的言和意的矛盾/王长友/南充师院学报（哲学社会科学版）1984年第1期

《三国演义》（毛宗岗本）中的曹操也是正面人物形象/汪德羞/昭乌达蒙族师专学报（哲学社会科学版）1984年第1期

历史人物曹操与文学形象曹操/黄斯平/四川师院学报（社会科学版）1984年第3期

曹操的形象/聂绀弩/中学语文教学1984年第7期

关于曹操形象的思考——《三国志演义》札记/白盾/阜阳师范学院学报（社会科学版）1985年第1期

试论曹操的形象/孙亚英/江海学刊（文史哲版）1985年第2期

《三国演义》对反面典型曹操的塑造/周寅宾/湖南师大学报（哲学社会科学版）1985年第3期

言与意——谈《三国志通俗演义》中曹操的语言/王长友/扬州师院学报（社会科学版）1985年第3期

曹操三论/翁柏年/三国演义学刊第1辑(四川省社会科学院出版社1985年7月)

一个丰满可信的杰出军事家形象——谈《三国演义》的主人公之一曹操/任昭坤/《三国演义》论文集（中州古籍出版社1985年11月）

谈曹操性格的真实性/侯吉子/《三国演义》论文集(中州古籍出版社1985年11月)

[九] 人物形象

"横看成岭侧成峰，远近高低各不同"——曹操性格纵横表里观/王长友/明清小说研究 1986 年第 1 期

论曹操性格的整体结构及其意义——曹操形象研究"二分法"质疑/刘上生/湖南教育学院学报 1986 年第 3 期

试论曹操形象的审美二重性/于朝贵/绥化师专学报 1986 年第 3 期

同一历史人物在不同艺术作品中的变形——兼论曹操、王昭君艺术形象的演化（A）/季水河/九江师专学报（哲学社会科学版）1986 年第 3 期

试论曹操性格的二重组合——读《三国志通俗演义》断想之一/许建中/三国演义学刊第 2 辑（四川省社会科学院出版社 1986 年 8 月）

论曹操形象的典型化/陈周昌/中国古典小说新论集（西南师范大学出版社 1987 年 11 月）

略论《三国演义》中曹操的二重性格/罗昭彬/玉林师专学报（社会科学版）1988 年第 1—2 期

功首罪魁非两人——《三国志通俗演义》中的曹操评议/胥惠民/西部学坛 1988 年第 2 期

曹操和张飞是亲戚——《三国》漫话之六/沈伯俊/文艺学习 1989 年第 5 期

曹操与王熙凤——对其恶与美之品格的认识/曲沐/贵州社会科学 1989 年第 6 期

曹操与凤姐（A）/霍雨佳/海南师范学院学报 1990 年第 3 期

曹操与马克白斯（A）/王长友/社会科学研究 1990 年第 5 期

在"过五关斩六将"的背后——浅析曹操对待关羽千里投兄的态度/张殿阁/牡丹江师范学院学报（哲学社会科学版）1991 年第 3 期

害才爱才适得其反　叙胜叙败情理殊非——《三国志通俗演义》曹操形象塑造的"亦颇有失"/陈松柏/长沙理工大学学报（社会科学版）1992 年第 4 期

曹操析/沈伯俊/社会科学报 1992 年 5 月 28 日

曹操评析/周振甫/明清小说鉴赏辞典（浙江古籍出版社 1992 年 9 月）

读三国说曹操/吴俊/雨花 1993 年第 3 期

曹操"奸雄"辨证/刘廷忠/成都大学学报（社会科学版）1993 年第 3 期

《三国演义》作者塑造曹操本意之我见/王光浒/大庆高等专科学校学报 1994 年第 2 期

《三国演义》中的曹操性格探析/邓玉景/郑州大学学报（哲学社会科学版）1994年第3期

曹操形象的成功奥秘/刘上生/古典文学知识1994年第6期

版本不同，实质未变——也谈罗、毛本中曹操形象的基本倾向/唐富龄、王旻/武汉大学学报（哲学社会科学版）1995年第1期

假作真时真亦假——曹操新说/钟扬/明清小说研究1995年第1期

曹操并非奸贼的典型——谈《三国志演义》中曹操性格的复杂组合/杨仲义/湘潭大学学报（哲学社会科学版）1995年第1期

选贤任能的典范——浅谈《三国志通俗演义》中的曹操形象/赵利生/大庆高等专科学校学报1995年第1期

为曹操一辩（A）/刘逸生/羊城晚报1995年2月7日

历史的曹操和文艺的曹操/吴代芳/学术界1995年第3期

古代历史小说人物形象的典范——论《三国演义》中的曹操/廖才高/中国文学研究1997年第2期

论《三国演义》中曹操形象的变异/余如忠/台州师专学报1997年第5期

简析曹操性格的二重性/李君玲/河南商专学报1998年第1期

遗憾：从曹操的性格命运看《三国演义》的审美效应/竺洪波/明清小说研究1998年第3期

《三国演义》中曹操形象的再探讨/王理/北方论丛2000年第2期

论曹操的"奸"与"雄"/陈继征/西安交通大学学报（社会科学版）2000年第3期

《三国演义》中曹操人物形象谈/洪达均/武警指挥学院学报2001年第4期

对《三国演义》中曹操文化心理结构的探讨/赖志明/西南民族学院学报（哲学社会科学版）2002年第11期

《三国演义》中的曹操是如何对待人才的？——为小说人物曹操翻案/王志武/唐都学刊2003年第1期

论《三国演义》中曹操品格的特征/黄建湘/株洲师范高等专科学校学报2005年第3期

百年来《三国演义》中曹操形象研究的回顾与思考（A）/纪德君/广州大学学报（社会科学版）2005年第6期

曹操性格及其文化精神——从《三国演义》看曹操其人/朱红伟/铜陵学院学报 2006 年第 1 期

论《三国演义》中的大智者曹操/郑秀真/河北北方学院学报（社会科学版）2006 年第 4 期

《世说新语》中的曹操形象/马智全/社科纵横 2006 年第 5 期

再论曹操形象/沈伯俊/中华文化论坛 2007 年第 3 期

"功首流芳"：《三国演义》曹操形象的另一面/竺洪波/南京师范大学文学院学报 2007 年第 4 期

《三国演义》曹操形象新看/胡先凯/湖北经济学院学报（人文社会科学版）2008 年第 2 期

读者维度的曹操形象与文学接受效应/贺根民/河北科技大学学报（社会科学版）2008 年第 3 期

试析《三国演义》中曹操的"准公共关系"思想对现代管理的借鉴作用（A）/刘小芳/西藏民族学院学报（哲学社会科学版）2008 年第 3 期

浅说《三国演义》中曹操形象的二重性/王作宾/科教文汇（上旬刊）2008 年第 5 期

曹操的"奸"与"雄"——浅论《三国演义》中人物评价的标准/雷丽英/山西财经大学学报（高等教育版）2008 年第 S2 期

关于曹操的评价与四十多年前的一场论争/李瑞萍/兰台世界 2008 年第 15 期

另眼看曹操（一）——孙绍振演讲实录/孙绍振/名作欣赏 2009 年第 1 期

另眼看曹操（二）——孙绍振演讲实录/孙绍振/名作欣赏 2009 年第 3 期

浅谈《三国演义》中曹操形象的塑造/杨成进/科教文汇（中旬刊）2009 年第 4 期

论《三国演义》中曹操的形象/王玲/时代文学（下半月）2009 年第 5 期

另眼看曹操（三）——孙绍振演讲实录/孙绍振/名作欣赏 2009 年第 5 期

乱世之奸雄——《三国演义》中曹操人物形象再分析/李中琴、杨祎/科教文汇（下旬刊）2009 年第 8 期

浅论《三国演义》中曹操形象的多面性/向涛/青年文学家 2009 年第 18 期

试析曹操的文学形象和历史形象——以《三国演义》与《三国志》的描述为视角/王改萍/中共山西省委党校学报 2010 年第 1 期

曹操历史形象的演进/宋战利/文史知识 2010 年第 3 期

重提旧案论曹操/沈伯俊/明清小说研究 2010 年第 4 期

易中天：曹操是个"可爱的枭雄"/易中天、寒星/人物画报 2010 年第 4 期

罗慕士对《三国演义》曹操形象的创造性阐释（A）/段艳辉、陈可培/沈阳大学学报 2010 年第 5 期

《曹操墓研究》上篇　曹操墓认定的礼制性误判/方北辰/成都大学学报（社会科学版）2010 年第 6 期

《曹操墓研究》下篇　曹操墓应为曹宇、曹奂父子王原陵/方北辰/成都大学学报（社会科学版）2010 年第 6 期

曹操的历史　历史的曹操——对曹操形象的历史哲学浅思/陈颖/成都大学学报（社会科学版）2010 年第 6 期

从《三国志》到《鼎峙春秋》：曹操形象嬗变及其原因探析/李小红/河南师范大学学报（哲学社会科学版）2010 年第 6 期

从政统角度看《三国演义》中曹操的"奸"/李健中/文学界（理论版）2010 年第 6 期

《三国演义》中曹操人物形象浅析（A）/钱融、张晓东/才智 2010 年第 14 期

《三国演义》曹操形象浅探/朱俊海/作家 2010 年第 20 期

《三国志通俗演义》与通行本《三国演义》中曹操形象之比较研究（A）/何文/教育教学论坛 2010 年第 27 期

浅谈《三国演义》对曹操的拔高与美化/黄开军/殷都学刊 2011 年第 1 期

对曹操的再演义——浅析电视连续剧《三国》中曹操的荧屏形象（A）/宋健/聊城大学学报（社会科学版）2011 年第 2 期

曹操从英雄到奸雄的演化/张晓娟/晋城职业技术学院学报 2011 年第 5 期

明代《三国》版画对曹操的褒与贬（A）/张玉梅、张祝平/乐山师范学院学报 2011 年第 6 期

论曹操反面形象的生成/覃宏贤/宜春学院学报 2011 年第 9 期

评析文学名著中人物塑造的艺术——对《三国演义》中曹操和刘备的比较分析（B）/章文艳/时代文学（下半月）2011 年第 12 期

企业领导者的集他能力——《三国演义》中刘备与曹操比较谈（A）/李茂平、戴春林/领导科学 2011 年第 16 期

历史与文学中曹操形象比较/王优/神州 2011 年第 23 期

另眼看曹操：一个不朽的审美形象/孙绍振、蒋廷玉/新华日报 2011 年 12 月 28 日

古人眼中历史人物曹操形象的演变/刁美林/宁夏师范学院学报 2012 年第 1 期

《三国演义》中曹操人物形象分析/赵凤杰/现代语文（学术综合版）2012 年第 3 期

曹操在历史与文艺作品中的形象分析/任文姝/黑龙江教育学院学报 2012 年第 4 期

《三国演义》中曹操形象之辨析/汝艳红/长江大学学报（社会科学版）2012 年第 5 期

20 世纪曹操形象诠释综述（B）/郭素媛/廊坊师范学院学报（社会科学版）2012 年第 5 期

曹操文学形象的复杂组合刍议/陶瑛/牡丹江师范学院学报（哲学社会科学版）2012 年第 6 期

文如其人——日本学人通过诗文对曹操进行再评价/赵莹/时代文学（下半月）2012 年第 6 期

曹操的历史形象与文学艺术形象/李凭/中国魏晋南北朝史学会第十届年会暨国际学术研讨会论文集（北岳文艺出版社 2012 年 8 月）

碣石以东，沧海以西：中日文化体系中的曹操形象比较研究/关伊湄/剑南文学（经典教苑）2012 年第 8 期

论历史上的曹操/贾军喜/黑河学刊 2012 年第 8 期

试评《三国演义》及《新三国》中曹操的形象/涂玉婷/文学教育（中）2012 年第 8 期

《三国演义》中曹操的人物形象分析（A）/蔺梅芳/青年文学家 2012 年第 9 期

元代散曲中的曹操/李帅/南昌教育学院学报 2012 年第 10 期

《三国演义》中曹操形象塑造手段/牟月敏/青年文学家 2012 年第 11 期

论《三国演义》人物性格的动态性描写——以刘备、曹操、诸葛亮等为例（B）/王莹雪/作家 2012 年第 16 期

《三国演义》中曹操性格缺陷形成的心理分析/胡仟、赵富才/赤峰学院学报（自然科学版）2012 年第 20 期

《三国演义》中曹操性格分析/张艳辉/群文天地 2012 年第 20 期

曹操的历史人物形象考辨/何月珍/兰台世界 2012 年第 28 期

《三国演义》中曹操会话风格刍议/葛小宾/牡丹江师范学院学报（哲学社会科学版）2013 年第 3 期

历史上为曹操翻案的戏/殷晓晖/中国演员 2013 年第 5 期

重读《三国》受益多——曹操矛盾性格研究/何彧/新课程（上）2013 年第 5 期

简述曹操形象在日本的发展与演变/陈晓琳、肖亚男/神州 2013 年第 24 期

文学中的曹操正面形象浅析/赵君/短篇小说（原创版）2013 年第 24 期

电视剧《三国演义》中曹操多疑性格解析/王冬梅/电影文学 2013 年第 24 期

治世之能臣　乱世之奸雄——试论《三国演义》中曹操的形象/刘静意/安徽文学（下半月）2014 年第 5 期

从接受美学的维度看影视剧中曹操形象的塑造（A）/齐学东/广西师范学院学报（哲学社会科学版）2014 年第 5 期

论《三国演义》中曹操的形象及其塑造/刘英/文学教育（下）2014 年第 12 期

论曹操的人物形象——对比《三国演义》和《三国志》/单志鹏/青年文学家 2014 年第 14 期

往事越千年　魏武挥鞭——《三国演义》曹操形象解读/张晨、陈露/名作欣赏 2014 年第 18 期

论《三国演义》中曹操的内心冲突/曹斌/青年文学家 2014 年第 29 期

《三国演义》中曹操的政治艺术/刘福智/领导科学 2014 年第 34 期

论《三国演义》曹操形象的复杂性/李梅村/考试周刊 2014 年第 63 期

呈现真实人生与人性魅力的曹操形象之惑——从鲁迅到当代曹操形象研究再评判/贾光峰/阴山学刊 2015 年第 2 期

论曹操的用人之道对企业管理者的启示/张胜荣、李鹤/北方经贸 2015 年第 4 期

曹操性格的多维解读/黎芸/参花（上）2015 年第 5 期

试论曹操蜀道战略的实施及影响/梁中效/成都大学学报（社会科学版）2015 年第 5 期

从曹操的遗令遗言解读其辞世前的心境/谭良啸、吴娲/湖北文理学院学报2015年第6期

论新旧版电视剧《三国演义》的曹操形象（A）/刘咏涛/四川戏剧2015年第7期

文学形象的历史追忆——以曹操为中心/陈印兴/戏剧之家2015年第10期

试论《三国演义》的"形状感"——以曹操集团、孙权集团、刘备集团为例（A）/鲁思圆/读书文摘2015年第16期

浅析曹操人物形象的复杂性/常晓博/青年文学家2015年第32期

《三国演义》对曹操形象的塑造分析/李昊琼/语文天地2015年第34期

浅论《三国演义》中曹操的形象/刘文娟/青年文学家2016年第2期

《三国演义》中曹操用人对现代人力资源的启示/缪怡婷、周心怡/现代商贸工业2016年第2期

曹操唯才是举思想的道德诘难与现代治理价值/刘崧/领导科学2016年第4期

还原曹操的本来面目——读《三国演义》及曹操诗文/张江林/唐山文学2016年第8期

曹操何尝杀刘琮（A）/陈颖/亚太教育2016年第8期

从《三国演义》中看曹操在赤壁之战中的失误（A）/洪懿/人间2016年第9期

论《三国演义》中的曹操/甘康平/课程教育研究（新教师教学）2016年第33期

《三国演义》中曹操的人物形象探讨（A）/何丽/兰州教育学院学报2017年第1期

读《三国演义》谈曹孟德的出身原罪/张梓洋/课外语文（下）2017年第3期

从积极心理学视角阐释《三国演义》中的曹操/信中贵/湖北第二师范学院学报2017年第4期

浅谈《三国演义》中的曹操形象/陈丽/青年文学家2017年第6期

《三国演义》中曹操人物形象浅析（B）/白霄寒/商情2017年第8期

酒泽曹孟德/沈振昌/中国酒2017年第8期

浅论曹操与王熙凤"笑"的艺术/李胜/新西部2017年第12期

青梅煮酒话"奸雄"——《三国演义》中曹操的人物形象/胡宝鑫/现代交际2017年第21期

论《三国演义》中曹操人物形象/梁美恋/长江丛刊2017年第22期

《三国演义》中的曹操人物形象分析/羊溢/语文课内外 2017 年第 33 期

《三国演义》曹操性格的深层心理因素/王怡然/神州 2017 年第 33 期

也说《三国演义》中曹操形象的塑造/孙启祥/湖北文理学院学报 2018 年第 1 期

《三国演义》中曹操的人物形象分析（B）/肖敏/青春岁月 2018 年第 5 期

浅析《三国演义》中曹操的性格特征及形成原因/邵小凡/好家长 2018 年第 8 期

论曹操形象的恶之美/蔡欢江/内江师范学院学报 2018 年第 9 期

"今生偏又遇着他"：《三国演义》曹操关羽之关系说微（A）/井玉贵/中华文化画报 2018 年第 11 期

浅议《三国演义》中曹操形象的塑造/南积玉/文艺生活（下旬刊）2018 年第 12 期

解读《三国演义》中曹操的人物形象/石育玮/北方文学 2018 年第 20 期

《三国演义》中曹操的人物形象分析（C）/吕可昕/长江丛刊 2018 年第 26 期

《三国演义》中曹操性格探析/岳翠娥/语文课内外 2018 年第 27 期

赏析《三国演义》中曹操的人物形象/李雪梅/唐山文学 2019 年第 2 期

试析《三国演义》中曹操的雄才大略/李翔宇/唐山文学 2019 年第 2 期

《三国演义》之曹操人物形象分析/李乐、李肖波、罗燕妮/数码设计（下）2019 年第 2 期

试论《三国演义》中曹操的多重性格/赵瑞莲/曲靖师范学院学报 2019 年第 2 期

略论《三国演义》中曹操形象的演绎/李响/高考 2019 年第 5 期

《三国演义》中曹操和司马懿人物性格之比较/孔玺铭、张喜贵、张旻/大众文艺 2019 年第 5 期

试论曹操形象的演变——以三个版本《三国演义》中的诗歌为例/李家人/中小学课堂教学研究 2019 年第 6 期

《三国演义》中曹操的人物形象分析（D）/童兴/语文课内外 2019 年第 8 期

曹操为何纵容关羽过关斩将？/王俊楚/学习之友 2019 年第 8 期

曹操的屯田与租赋/彭安才/税收征纳 2019 年第 11 期

曹操为什么不称帝？/华说/中外书摘 2019 年第 16 期

"奸"得完美"雄"得时尚——试论曹操的典型形象/黄文智/现代职业教育 2019 年第 24 期

浅论《三国演义》中曹操的形象塑造/张乃予/读天下（综合）2019 年第 25 期

曹操的心机/李国文/幸福（下）2020 年第 1 期

相得益彰的英雄——《三国演义》整体阅读之曹操与谋士（B）/李晨阳/品位·经典 2020 年第 4 期

曹操劝说话语语用表现及其形象特点分析/蒋慧敏、李旭/铜陵职业技术学院学报 2020 年第 4 期

《三国演义》中曹操的人物形象探讨（B）/张海斌、杨金霞/文渊（小学版）2020 年第 10 期

浅析《三国演义》中曹操的奸雄形象/蔡彬眭/鸭绿江 2020 年第 18 期

试析《三国演义》中曹操的性格特点/蔡长昊/散文百家 2020 年第 21 期

曹操的多面与矛盾——管窥《三国演义》中的曹操人物形象/赵淑云/青年文学家 2020 年第 21 期

《三国演义》曹操形象与历史真实曹操浅析/张守波/语文课内外 2020 年第 28 期

新时期对《三国演义》曹操形象的解读/仲晓萍/青年文学家 2020 年第 32 期

《三国演义》中曹操的人物形象塑造分析/张吉茹/齐齐哈尔师范高等专科学校学报 2021 年第 1 期

《三国演义》中曹操的能臣形象/张谢草/武侠故事 2021 年第 4 期

清代《红楼梦》评点中与曹操有关的批语/何红梅/济宁学院学报 2021 年第 4 期

浅析《三国演义》中曹操价值观的转变及原因/谢语睿、宋傲、朱子航、刘志豪/汉字文化 2021 年第 6 期

从研读《三国》到为曹操翻案——"文化经典与中国共产党"之一/梅敬忠/博览群书 2021 年第 7 期

学位论文：

曹操形象：在历史与文艺中的演化/赵艳峰/中国古代文学/深圳大学 2005 年

《三国演义》中曹操形象研究/陈秉权/中国语言文学/南京大学 2007 年

正统观念与曹操形象的变化/凌云峰/专门史/华中科技大学 2007 年

从《三国志》到《三国演义》曹操人物形象流变研究/何文/中国古代文学/西北大学 2007 年

《三国志》曹操史料研究/张弓/中国历史文献学/华中师范大学 2011 年

曹魏之政治格局、士人社会与思想对话——以"正始玄学"为中心/祝捷/专门史/南开大学 2012 年

曹操形象的演变及其伦理意义——从小说《三国演义》到新编电视剧《三国》/张燕敏/伦理学/上海师范大学 2012 年

曹操影视形象研究（A）/宋健/广播电视艺术学/西北师范大学 2013 年

《三国志通俗演义》中曹操形象源流探析/闫利纲/中国古代文学/曲阜师范大学 2013 年

曹操形象演变研究/曹龙/中国古代文学/渤海大学 2015 年

3. 司马懿

论司马懿形象/叶胥、冒炘/山东师大学报（哲学社会科学版）1984 年第 5 期

司马懿论（A）/叶胥、冒炘/《三国演义》论文集（中州古籍出版社 1985 年 11 月）

司马懿评析/王齐洲/明清小说鉴赏辞典（浙江古籍出版社 1992 年 9 月）

论《三国演义》中司马懿的谋略特色/崔积宝/学习与探索 1995 年第 3 期

论司马懿/王枝忠/《三国演义》与罗贯中（中州古籍出版社 2000 年 4 月）

打击乐中的奇葩——司马懿得胜鼓/冯俊卿、赵士军/文化月刊 2006 年第 1 期

兵动若神　谋无再计——三国著名将领司马懿/毛元佑/国防 2007 年第 4 期

司马懿的恩仇观及其复仇行动/付开镜/淮北煤炭师范学院学报（哲学社会科学版）2007 年第 6 期

曹爽、司马懿之争考辨——兼与孟祥才先生商榷/张建伟/历史教学（高校版）2007 年第 12 期

论司马懿形象的比较学价值（A）/杨绍华/求索 2008 年第 1 期

司马懿智取帅印/振北/领导文萃 2008 年第 6 期

司马懿：空城计里做了正确的决定——从博弈论的眼光看空城计（A）/剑南

文学（经典阅读）2008年第12期

司马懿与诸葛亮形象之比较（B）/王莹雪/今日科苑2008年第18期

对司马懿得胜鼓历史渊源和艺术特征及文化的介绍/李冬冬/读与写（教育教学刊）2009年第4期

司马懿得胜鼓探索与研究/王璞/乐器2009年第9期

司马懿的阴阳术/刘再复/领导文萃2010年第18期

《三国演义》司马懿论/李文君/文学教育（中）2011年第6期

要学司马懿　不当诸葛亮/季海峰/辽宁教育2012年第2期

司马懿的"装傻"/郝金红/文史春秋2012年第6期

《三国演义》中诸葛亮和司马懿的人物差异探究（A）/李丰霖/产业与科技论坛2012年第16期

评司马懿的战略战术特点/郭秀琦/阴山学刊2013年第2期

司马懿人物形象及典型意义探析/李硕/剑南文学（经典教苑）2013年第8期

司马懿与曹魏的忠信恩仇/聂世军/领导科学2013年第16期

《三国演义》中司马懿形象简析/刘玉慧/湖北科技学院学报2014年第3期

浅析司马懿得胜鼓的传承与保护/范子泉/作家2014年第4期

论《三国演义》中司马懿形象/黄燕满/时代文学（下半月）2014年第6期

司马懿的选择谋略/赵玉平/商界（评论）2014年第8期

论《三国演义》中的司马懿形象/王孟/赤子（上中旬）2014年第13期

司马懿的平衡之道/张鹏程/领导科学2014年第16期

河南温县司马懿得胜鼓研究综述（B）/范子泉/青年文学家2015年第3期

司马懿：蛰伏隐忍与主动出击/杨国栋/海峡通讯2015年第3期

司马懿培养人才的启示/任文良/领导科学2015年第9期

"剧本课堂"：让学生更"入戏"——《孔明智退司马懿》教学片段及思考/赖丽珍/小学语文教学2015年第10期

司马懿明知可为而不为/陈仓/杂文月刊（原创版）2015年第10期

司马懿论（B）/尹康庄/广州大学学报（社会科学版）2015年第11期

司马懿"装病"窃得曹魏政权/赵勇/读书文摘2015年第23期

司马懿与"空城计"/张晓波/中学语文2015年第33期

《三国演义》之司马懿纵横谈/马晓燕/西部皮革2016年第1期

评析《三国演义》中的司马懿/陈媛帅、卢旦华/文学教育（上）2017 年第 12 期

司马懿：结束三国鼎立局面的奠基人/赵映林/唯实 2018 年第 5 期

韬光养晦：司马懿从自保到奠定西晋王业/赵映林/文史天地 2018 年第 6 期

《三国演义》"尊刘贬曹"下的司马懿/林文渊/唐山文学 2018 年第 8 期

《三国演义》中司马懿的形象分析/赵元/卷宗 2018 年第 11 期

论《三国演义》中司马懿之深谋远虑/周仁富、王倩/芒种 2018 年第 12 期

《三国演义》中司马懿形象浅析/刘芮池/中文信息 2019 年第 1 期

司马懿的处世智慧——读《三国演义》有感/易连发/中学生作文指导 2019 年第 21 期

论《三国演义》对司马懿形象的美化/杨林战/安阳师范学院学报 2020 年第 6 期

论史书和文艺作品中的司马懿/刘咏涛、王雨涛/三峡大学学报（人文社会科学版）2021 年第 1 期

艺术加工下的司马懿新形象/张国香/汉字文化 2021 年第 6 期

学位论文：

《三国志》《晋书》《资治通鉴》中司马懿形象比较/章早晨/中国古代文学/南京师范大学 2013 年

司马懿形象的当代解读/米艳艳/汉语国际教育/山西大学 2013 年

河南温县司马懿得胜鼓调查与研究/范子泉/音乐学/河南师范大学 2014 年

4. 曹魏其他人物

蒋干原非蠢才——《三国》漫话之二/沈伯俊/文艺学习 1988 年第 5 期

王朗是被诸葛亮骂死的吗？——《三国演义》之谜（六）/沈伯俊/四川日报 1991 年 4 月 27 日

试论《三国演义》对曹操异姓将领的塑造/于洪江/佳木斯教育学院学报 1993 年第 1 期

聪明反被聪明误——杨修被杀的启示/刘银光/语文函授 1996 年第 5 期

曹魏方面有无"五虎大将"？（A）/沈伯俊/三国漫话（四川人民出版社 2000

年9月)

论张辽及其形象的塑造/胡世厚/皖江侧畔论三国（黄山书社2001年10月）

也说杨修/冯子礼/新世纪《三国演义》论文集（《文教资料》2001年增刊，2001年12月)

《三国演义》徐庶归曹故事源流考论——兼论话本与变文的关系以及"三国学"的视野与方法（A）/杜贵晨/山东师范大学学报（人文社会科学版）2003年第1期

曹植低就称服于曹丕父子的原因解析——兼论曹植儒学人格构建/黄萍/西南民族大学学报（人文社会科学版）2005年第1期

三国名将张辽/郭建永/今日山西2005年第2期

20世纪后二十年曹丕研究综述（B）/童瑜/哈尔滨学院学报2005年第12期

祢衡话语的文化符号意义/黄南珊/江汉论坛2005年第12期

论元杂剧《隔江斗智》中孙夫人形象的文化内涵/康俊平/平顶山学院学报2006年第1期

孔融之死——兼论孔融的儒教观/韩国良/青岛大学师范学院学报2006年第4期

公子敬爱客——试论曹丕和建安文人的文学友情/任慧、佟丞/阿坝师范高等专科学校学报2007年第1期

祢衡的"自重"与贾谊的"自伤"/陈仲翰/领导科学2007年第2期

浅谈元杂剧三国戏"孙夫人"形象对小说《三国演义》的影响（A）/徐彩云、徐金季/商业文化（学术版）2007年第8期

汉末狂士孔融、祢衡的精神个性与文章风格/刘天利/中国文学研究2008年第2期

杨修之死的真相——兼论杨修的聪明（A）/倪岗/中学语文教学2008年第9期

自觉自强求至情——吴国太、孙夫人形象的另一解读（A）/李会转/作家2008年第12期

王朗思想略论/石冬梅/许昌学院学报2009年第3期

孔融：传递正统观念的"过客"——从《三国演义》孔融与曹操的关系说起/卫绍生/明清小说研究2009年第3期

曹丕《典论》与政治规范/[日] 渡边义浩/三国志研究 2009 年第 4 期/"古典中国"文学与儒教（日本汲古书院 2015 年 4 月）

《三国演义》中的美人计比较——以貂蝉和孙夫人为中心（A）/李厚琼/电影文学 2009 年第 12 期

从京剧《曹操与杨修》看历史剧艺术形象的人性深度（A）/吴剑/戏曲艺术 2010 年第 4 期

《世说新语》中的曹丕形象及其成因浅探/王玉楼/电影评介 2010 年第 11 期

曹丕现实形象与诗文形象的差异/史超、张黎/飞天 2010 年第 20 期

试论祢衡之死的悲剧性因素/赵育辉/山西广播电视大学学报 2011 年第 1 期

祢衡之死——一个文化孤儿的故事/邢培顺/古典文学知识 2011 年第 5 期

杨修之死是插叙还是补叙/李汉如/学苑教育 2011 年第 6 期

孔融、祢衡、杨修对"婞直之风"的继承/魏亚婧/语文知识 2012 年第 1 期

《三国演义》华佗医事评析/贡树铭/中医药文化 2012 年第 3 期

关羽与张辽、徐晃的友情/付开镜/湖北文理学院学报 2012 年第 6 期

荀彧人格析论/姜竹萍/才智 2012 年第 13 期

聪明反被聪明害——《三国演义》"杨修之死"故事解读（A）/朱全福/名作欣赏 2012 年第 18 期

论《三国演义》——贾诩与杨修不同际遇之缘由/张文哲/青春岁月 2013 年第 2 期

贯通历史的人格心理悲剧——京剧《曹操与杨修》赏析/江正楚/艺海 2013 年第 2 期

祢衡之死与汉末士风/王允亮/郑州大学学报（哲学社会科学版）2013 年第 3 期

荀彧人生悲剧原因浅析/王小蓉/文史杂志 2013 年第 4 期

浅析王朗政治立场的转变/谢晗、吉丽丽/濮阳职业技术学院学报 2013 年第 6 期

徐幹论/宫伟伟/厦大中文学报 2014 年第 1 期

孔融：传统礼教的守护者/顾静/现代语文（学术综合版）2014 年第 1 期

祢衡的悲剧/棹归何处/新一代 2014 年第 3 期

徐幹及其《中论》/梁满仓/湖北文理学院学报 2014 年第 6 期

[九] 人物形象

孔融的观念与行为：儒家礼教的叛逆者/魏星芳/语文学刊 2014 年第 6 期

祢衡年谱简表/黄东坚/长江大学学报（社会科学版）2014 年第 7 期

孔融之死新探/姜剑云、张丽锋/兰台世界 2014 年第 16 期

历史记载与传说想象对人物形象的构建——以三国之孙夫人形象的历史流变为例（B）/范国强/贵州社会科学 2015 年第 3 期

探究杨修死因　彰显情感目标/王彩凤/现代语文（教学研究版）2015 年第 4 期

谈曲剧表演中的角色塑造：以历史戏《曹操与杨修》中的角色杨修为例/刘俊钦/艺术教育 2015 年第 6 期

王朗王肃的儒家思想/梁满仓/湖北文理学院学报 2015 年第 7 期

"西山会"杨修之死/刘绪义/美文（上半月）2015 年第 9 期

历史悲剧人物孔融形象再探/潘振富/新校园（中旬）2015 年第 9 期

孤标傲世为谁狂——正史与小说中的祢衡形象比较研究（A）/高安琪/时代文学（下半月）2015 年第 9 期

孔融、杨修之死的悲剧共因（A）/郭耀武/领导科学 2015 年第 36 期

杨修之死揭秘（A）/董焕明/考试周刊 2015 年第 78 期

从圣裔名士到道德说客——《三国演义》对孔融形象的塑造/石玲/明清小说研究 2016 年第 4 期

《三国演义》对曹丕历史形象的改造/耿亚鹏/文化学刊 2017 年第 1 期

三国谋士荀彧的形象演变——以《三国志》和《三国演义》为中心/王太军/广西民族师范学院学报 2018 年第 2 期

华佗之死/韩钟亮/中外书摘 2020 年第 1 期

《三国演义》人物形象孙夫人之称谓用语分析/邓梦燕/汉字文化 2020 年第 S2 期

毛评本《三国演义》中的华佗形象及其叙事功能/吴伟/湖北文理学院学报 2021 年第 3 期

《三国演义》中曹丕形象的失真/周颖/汉字文化 2021 年第 6 期

试析《三国演义》祢衡人物形象塑造/陈玉英/魅力中国 2021 年第 43 期

学位论文：

徐幹、仲长统比较研究/沈静/中国古代文学/湖南师范大学 2007 年

曹丕曹植比较研究/王晓慧/中国古代文学/内蒙古大学 2008 年

从京剧《曹操与杨修》看历史剧艺术形象的人性深度（B）/吴剑/戏剧戏曲学/中国艺术研究院 2010 年

近三十年来曹丕研究中的几个问题/王扬/中国古代文学/东北师范大学 2012 年

孔融的人生与文学/王欢/中国古代文学/天津师范大学 2014 年

5. 诸葛亮

诸葛亮的"神机妙算"/顾学颉/新观察 1955 年第 10 期

谈谈历史人物和艺术形象的诸葛亮/李希凡/光明日报 1960 年 7 月 3 日

诸葛亮和三顾茅庐/何明/光明日报 1961 年 2 月 8 日

诸葛亮为什么能引起我们的共鸣/刘剑刚/黑龙江日报 1961 年 4 月 25 日

孔明与张飞（A）/凡夫/青海日报 1962 年 7 月 17 日

对诸葛亮退却的描写/松笔/山花 1962 年第 9 期

谈《三国演义》对诸葛亮的典型塑造/周寅宾/江汉学报 1962 年第 10 期

拨开《三国演义》蒙在诸葛亮身上的迷雾/诸葛亮著作选注小组/甘肃师大学报（社会科学版）1975 年第 3 期

诸葛亮——杰出的封建政治家军事家的艺术形象/中文系《三国演义》评论组/中山大学学报（社会科学版）1975 年第 4 期

试谈诸葛亮形象的意义/赵庆元/安徽师大学报（哲学社会科学版）1978 年第 4 期

千呼万唤始出来——谈《三国演义》中诸葛亮的出场/谭绍鹏/右江文艺 1979 年第 1 期

千呼万唤始出来——谈诸葛亮出场/周锡炎/名作欣赏 1980 年第 2 期

论《三国志通俗演义》中的主角——《三国演义》创作方法辨析之一/李厚基/天津师院学报（社会科学版）1980 年第 4 期

诸葛亮形象的创造方法/杜黎均/北京文艺 1980 年第 5 期

论诸葛亮典型及其复杂性/陈翔华/文艺论丛第 12 辑（上海文艺出版社 1981 年 1 月）

魏晋南北朝时期的诸葛亮故事传说/陈翔华/河北大学学报（哲学社会科学

版）1981 年第 2 期

《三国演义》中诸葛亮形象的主要性格特征/别廷峰/承德师专学报 1982 年第 1 期

怎样看待诸葛亮"能掐会算"——关于《三国演义》的通信/王志武/陕西日报 1982 年 7 月 4 日

是妖？是神？还是人——《三国演义》中诸葛亮形象的再认识/黄腾火/集美师专学报 1983 年第 1 期

诸葛孔明琐谈/冒炘、叶胥/齐齐哈尔师院学报 1983 年第 2 期

诸葛亮也有重大失策/沈伯俊/成都晚报 1983 年 4 月 17 日

谈《三国志通俗演义》中的诸葛亮/刘益国/四川师院学报（社会科学版）1983 年第 4 期

试谈《失》《空》《斩》中的诸葛亮/马军/天津师专学报 1983 年第 4 期

谈诸葛亮出场的写作艺术/韩梅村/写作 1983 年第 6 期

诸葛亮巧改《铜雀台赋》/胡邦炜、刘友竹/成都晚报 1983 年 9 月 11 日

谈《三国志通俗演义》中诸葛亮形象的形成和塑造/刘益国/《三国演义》研究集（四川省社会科学院出版社 1983 年 12 月）

中国古代知识分子的英雄形象——《三国演义》中的诸葛亮形象再评论/张宜雷/津门文学论丛 1984 年第 1 期

人物塑造的巨大成就——谈罗贯中刻画诸葛亮形象的艺术手法/张心颜/成都大学学报（社会科学版）1984 年第 1 期

万古云霄一羽毛——诸葛亮艺术形象的生命力/丘振声、刘名涛/文学评论 1985 年第 1 期

诸葛亮形象体现济世安民的政治理想/汪正章/贵州文史丛刊 1985 年第 3 期

诸葛亮形象的真实性问题/刘知渐/三国演义学刊第 1 辑（四川省社会科学院出版社 1985 年 7 月）

诸葛亮形象新探/白盾/三国演义学刊第 1 辑（四川省社会科学院出版社 1985 年 7 月）

诸葛亮"七纵七擒"的战争战略与民族政策/李之彦/三国演义学刊第 1 辑（四川省社会科学院出版社 1985 年 7 月）

《三国志通俗演义》中的诸葛亮形象/王立言/《三国演义》论文集（中州古

籍出版社 1985 年 11 月）

诸葛亮·马谡·街亭之役/谢岳/人民日报·海外版 1986 年 1 月 25 日
也谈诸葛亮的艺术形象/剑锋/海南大学学报（社会科学版）1986 年第 2 期
卧龙非卧也——兼谈孔明鼎足三分的战略方针/李林/松辽学刊 1986 年第 2 期
《三国演义》中的诸葛亮及孝道观念/[美] 罗慕士/成都大学学报（社会科学版）1986 年第 3 期
善于心理分析的诸葛亮/张大放/成都大学学报（社会科学版）1986 年第 3 期
闲话诸葛亮/何兹全/文史知识 1986 年第 4 期
诸葛亮形象演变史论纲/陈翔华/古典文学论丛第 5 辑(齐鲁书社 1986 年 6 月）
李、毛两本诸葛亮形象比较论/黄霖/三国演义学刊第 2 辑（四川省社会科学院出版社 1986 年 8 月）
决策：诸葛亮艺术形象的本质和灵魂——谈《三国演义》关于诸葛亮决策活动的描写/欧阳健/三国演义学刊第 2 辑（四川省社会科学院出版社 1986 年 8 月）
诸葛亮二题/伏琛/人民日报·海外版 1986 年 8 月 13 日
神的光圈与人的气息——谈《三国志演义》中的诸葛亮/何永康/古典文学知识 1986 年第 8 期
诸葛亮形象的文化意义——读《三国志演义》札记/梁归智/光明日报 1986 年 11 月 18 日
诸葛亮形象与中国古代贤人风范/徐保卫/盐城师专学报（社会科学版）1987 年第 3 期
诸葛亮与失荆州——读《三国演义》札记/房日晰/天府新论 1987 年第 6 期
诸葛亮的职和权/辛若/今晚报 1987 年 11 月 14 日
诸葛亮的"羽扇纶巾"/郭清华/陕西日报 1987 年 12 月 5 日
若非蜀主三顾贤，终只如龙卧南阳——也谈诸葛亮形象的文化意义/姚力芸/太原师专学报 1988 年第 1 期
军师·道化·神化——兼论诸葛亮/张强/淮阴师专学报（社会科学版）1988 年第 4 期
诸葛亮：传统文化心理的产物/王枝忠/宁夏社会科学 1989 年第 5 期
试析诸葛亮执法——《三国演义》人物散论之一/杨俊才/丽水师专学报（社会科学版）1990 年第 3 期

[九] 人物形象

再论《三国志通俗演义》中的诸葛亮形象/王立言/殷都学刊1991年第2期

关于诸葛亮形象的争议问题/秦彦士/四川师范大学学报（社会科学版）1991年第6期

论诸葛亮形象的才智系统及其民族文化意蕴/刘上生/《三国演义》与中国文化（巴蜀书社1991年9月）

道教与诸葛亮的形象塑造/曹学伟/《三国演义》与中国文化（巴蜀书社1991年9月）

知其不可而为之——诸葛亮的悲剧精神/刘洛/《三国演义》与中国文化（巴蜀书社1991年9月）

论蜀汉和诸葛亮的悲剧/欧阳代发/《三国演义》与中国文化（巴蜀书社1991年9月）

出世与入世——从三顾茅庐谈诸葛亮的深层心态/何红英/《三国演义》与中国文化（巴蜀书社1991年9月）

试论诸葛亮的忧患心态——《三国演义》与中国文化探微/孙建模/孝感师专学报（哲学社会科学版）1992年第3期/《三国演义》与荆州（中州古籍出版社1993年9月）

论诸葛亮形象的文化意义/王齐洲/长江大学学报（社会科学版）1992年第4期

诸葛亮评析/王齐洲/明清小说鉴赏辞典（浙江古籍出版社1992年9月）

一个崇高的人格——诸葛亮现象探因/刘隆有/成都大学学报（社会科学版）1993年第1期

诸葛亮与魏延的悲剧——《三国演义》谈片/房日晰/阴山学刊1993年第1期/中国人民大学《复印报刊资料·中国古代、近代文学研究》1993年第8期

诸葛亮外交思想探析/余明侠/江海学刊1993年第2期

试论《三国演义》诸葛亮退场的艺术处理/姜山龄/西北大学学报（哲学社会科学版）1993年第2期

比较：两个诸葛亮/陈辽/古典文学知识1993年第3期

诸葛亮形象的文化意蕴/沈新林/古典文学知识1993年第3期

从《三国演义》中诸葛亮的悲剧看儒家文化对士人的影响/忠献、钟吕/中州学刊1993年第6期

诸葛亮形象史外部研究浅议/黄钧/湖南师范大学社会科学学报1993年第6期

论诸葛亮形象的文化意义/张艳国/江西社会科学1993年第9期

诸葛亮人生价值的实现与人格/李日星/《三国演义》与荆州（中州古籍出版社1993年9月）

论诸葛亮形象文化意义/王齐洲/《三国演义》与荆州（中州古籍出版社1993年9月）

诸葛亮形象的艺术演进/欧阳代发/《三国演义》与荆州（中州古籍出版社1993年9月）

论《三国演义》中诸葛亮的纵横家特质/王振星/济宁师专学报1994年第1期

论传说中的诸葛亮形象及其对《三国演义》的影响/陈晓红/中国民间文化1994年第3期

诸葛亮艺术形象的生命力/丘振声/古典文学知识1994年第6期

诸葛亮的重大失策/冯树鉴/语文月刊1994年第7期

略论诸葛亮"违众拔谡"的原因/刘蕴之/天津师大学报（社会科学版）1995年第1期

诸葛亮形象和《三国演义》的价值观/高日晖/牡丹江师范学院学报（哲学社会科学版）1995年第2期

诸葛亮悲剧形象的文化解读/谭邦和/明清小说研究1996年第1期

李严之废　咎由自取——为诸葛亮辩诬（A）/周云龙/明清小说研究1996年第1期

《三国演义》塑造孔明形象的文人审美倾向/张金亮/青海师范大学学报（哲学社会科学版）1996年第4期

理想典范的形成及其精神误区——《三国演义》中诸葛亮形象透视/姚秋霞/汉中师范学院学报（社会科学）1997年第1期

诸葛亮与俄底修斯——中西文学人物智慧代表的比较分析（A）/罗帆/益阳师专学报1997年第1期

论《三国演义》中诸葛亮的谋略特色/崔积宝/学术交流1997年第1期

知己知彼　先发制人——从鲁肃三讨荆州看诸葛亮的外交艺术/祁晓辉/绥化师专学报1997年第4期

孔明也有不明时：漫谈《三国演义》中诸葛亮用人的失误/王川/名作欣赏

1997 年第 6 期

《三国演义》中诸葛亮用人失误管窥/张安峰/浙江师大学报（社会科学版）1997 年第 6 期

慎以处事，谦以纳言——诸葛亮"谨慎"性格小议/李晓晖/高等函授学报（哲学社会科学版）1998 年第 1 期

论《三国演义》中诸葛亮范型及其文化意蕴/陈洪、马宇辉/南开学报（哲学社会科学版）1998 年第 2 期

从兵出祁山与兵出子午看诸葛亮的得与失/戴承元/中华文化论坛 1998 年第 4 期

诸葛亮究竟躬耕何处？（A）/沈伯俊/人民日报·海外版 1998 年 10 月 19 日/三国漫话（四川人民出版社 2000 年 9 月）

诸葛亮像的变迁/[日] 渡边义浩/日本大东文化大学汉学会志 1998 年第 37 期/三国政权结构与"名士"增补版（日本汲古书院 2021 年 1 月）

欲念的满足：《三国演义》诸葛亮形象再思考/曹巍/江淮论坛 1999 年第 3 期

论《三国演义》对诸葛亮悲剧形象的描写/房日晰/上海师范大学学报（哲学社会科学版）2000 年第 3 期

诸葛亮道家形象探源/谭良啸/诸葛亮成长之路（武汉大学出版社 2000 年 8 月）

从"失街亭"、"空城计"、"斩马谡"解读诸葛亮艺术形象/张锦池/社会科学辑刊 2001 年第 4 期

就"赤壁之战"谈艺术虚构和诸葛亮形象的塑造/秦萍/黑龙江教育学院学报 2001 年第 5 期

浅论《三国演义》中诸葛亮的性格悲剧（A）/田丽华、戚东颖/佳木斯大学社会科学学报 2001 年第 6 期

诸葛亮——古代士人理想人格的最优化/黄海兵/皖江侧畔论三国（黄山书社 2001 年 10 月）

文史对照话孔明/张淑蓉/皖江侧畔论三国（黄山书社 2001 年 10 月）

诸葛亮八阵图纵横谈（A）/熊笃/新世纪《三国演义》论文集（文教资料 2001 年增刊，2001 年 12 月）

诸葛亮设奇谋六退祁山（A）/胡世厚/新世纪《三国演义》论文集（文教资料 2001 年增刊，2001 年 12 月）

谈诸葛亮的谋略智慧——一论《三国演义》中的诸葛亮形象/朱鸿/龙岩师专学报 2002 年第 1 期

试论诸葛亮形象类型化现象/彭智、周仁德/株洲师范高等专科学校学报 2002 年第 1 期

谈诸葛亮的用人策略——再论《三国演义》中的诸葛亮形象/朱鸿/龙岩师专学报 2002 年第 2 期

智慧忠贞，万古流芳：论诸葛亮形象/沈伯俊/西南师范大学学报（人文社会科学版）2002 年第 3 期

诸葛亮舌战群儒的论辩艺术/许光烈/修辞学习 2002 年第 3 期

诸葛亮出场描写的铺垫、衬托艺术/刘开洁/修辞学习 2002 年第 5 期

近 20 年《三国演义》中的诸葛亮形象研究述略（B）/余兰兰/湖北大学学报（哲学社会科学版）2002 年第 6 期

死而后已——诸葛亮的汉代精神/[日] 渡边义浩/日本大东文化大学汉学会志 2002 年第 42 期/三国政权结构与"名士"（日本汲古书院 2009 年 1 月）

道德与智慧交锋中走向毁灭——论《三国演义》中诸葛亮的悲剧/谢泉/陕西理工学院学报（社会科学版）2005 年第 1 期

诸葛亮何以"自比于管仲乐毅"——兼析诸葛亮早期的个性特征/黄丽峰/南都学坛 2005 年第 2 期

万古凌霄一羽毛——唐诗中的诸葛亮形象/张大烛/南平师专学报 2005 年第 3 期

补天者的悲歌——《三国演义》中诸葛亮形象的悲剧美/孙继周/开封教育学院学报 2005 年第 4 期

论诸葛亮的人格魅力/孟祥才/临沂师范学院学报 2005 年第 5 期

诸葛亮文化形象的形成及其社会心理探析/李梅娟/临沂师范学院学报 2005 年第 5 期

琅邪文化与诸葛亮人格的形成/张崇琛/潍坊学院学报 2005 年第 5 期

一个栩栩如生、真实可信的艺术形象——京剧《空城计》中诸葛亮试析/凌峰/戏文 2005 年第 5 期

三世纪的诸葛亮热——陈寿《三国志》成书前几位政论家对诸葛亮的评论/魏明安、任菊君/兰州大学学报（社会科学版）2005 年第 6 期

元代散曲中的诸葛亮——兼谈元杂剧中的三国戏/常崇宜/成都大学学报（社会科学版）2005年第6期

《三国演义》中诸葛亮"羽扇纶巾"形象及其人格内涵/张冬云/南都学坛2006年第3期

浅论《三国演义》中诸葛亮的性格悲剧（B）/吴坚/襄樊职业技术学院学报2006年第4期

《三国演义》中诸葛亮的形象分析/魏月琴/大同职业技术学院学报2006年第4期

诸葛亮人物形象分析/熊承发/文学与人生2006年第21期

诸葛亮文学形象对后世小说的影响/李晓东/文史杂志2007年第2期

诸葛亮形象三辩/沈伯俊/明清小说研究2007年第2期

刘伯温与诸葛亮相似点刍议——刘伯温与诸葛亮比较研究之一/陈守文、何向荣/浙江工贸职业技术学院学报2007年第3期

谈诸葛亮形象的塑造对写作的一点启示/陈天然/福建师大福清分校学报2007年第4期

谈《三国志通俗演义》对"智绝"诸葛亮的形象塑造/刘苗/宿州教育学院学报2007年第5期

"儒者气象"——宋代理学视野下的诸葛亮形象及其思考/许家星、王少芳/西南大学学报（社会科学版）2007年第6期

诸葛亮形象的道家化及其影响/李兆成/成都大学学报（社会科学版）2007年第6期

论《三国演义》中的诸葛亮形象/袁思强/文学教育（上）2007年第9期

论《三国演义》中诸葛亮形象的真实性/凌琳/文教资料2007年第34期

从"舌战群儒"看诸葛亮的论辩艺术（A）/林楚/少年作文辅导（小学版）2007年第Z2期

试论诸葛亮形象的美学价值/温斌/现代语文（文学研究版）2008年第3期

以历代咏诸葛亮的诗歌印证电视剧《三国演义》中诸葛亮形像（A）/曾毅/电影文学2008年第5期

多智而近妖——论《三国演义》中诸葛亮形象的神仙化/宁珊/网络财富2009年第3期

诸葛亮形象的品德论析/朱明勋/长城 2009 年第 4 期

诸葛亮文学人物形象批判/朱多锦/当代小说 2009 年第 5 期

浅析《三国演义》中诸葛亮形象的特征/史红华/湖南行政学院学报 2009 年第 6 期

论《三国演义》塑造诸葛亮形象的艺术手法（A）/谢全玉/读与写（教育教学刊）2009 年第 8 期

《三国演义》中诸葛亮形象之浅析/于新/黑河学刊 2009 年第 9 期

诸葛亮：文人的白日梦——我对作为文学形象的诸葛亮之情理性分析/王谦/当代小说 2009 年第 12 期

诸葛亮：一个历史的误会：解读朱多锦先生的《诸葛亮文学人物形象批判》/张志云/当代小说 2009 年第 12 期

论《三国演义》中诸葛亮之功过/武晓鹏/文学教育（上）2009 年第 12 期

诸葛亮形象新论/张安峰/西北农林科技大学学报(社会科学版)2010 年第 1 期

诸葛亮的政治伦理观和社会历史观评价/马冠朝/甘肃联合大学学报（社会科学版）2010 年第 1 期

元散曲中的诸葛亮艺术形象探析/全朝阳/成都大学学报（社会科学版）2010 年第 2 期

关于诸葛亮历史人物的评价/马冠朝/成都大学学报（社会科学版）2010 年第 2 期

论诸葛亮之"多智而近妖"/张冬云/南都学坛 2010 年第 3 期

历史与艺术之间：诸葛亮二重形象的对比分析/舒跃育、王栋/学术交流 2010 年第 3 期

从派关羽守华容道看诸葛亮的政治智慧（A）/邹棠华/湖北教育（领导科学论坛）2010 年第 3 期

浅析《三国演义》中诸葛亮的艺术形象/平玉霞/中华活页文选（初三版）2010 年第 4 期

论《三国演义》中诸葛亮形象的智者之愚/李润芳/池州学院学报 2010 年第 4 期

诸葛亮完美主义人格的悲哀/岳晓东/湖北教育（领导科学论坛）2010 年第 6 期

浅析《三国演义》中诸葛亮悲剧命运的根源/赵晓忱/现代交际2010年第7期

理想与现实的差异——诸葛亮文学形象分析/张放/时代教育（教育教学）2010年第12期

论诸葛亮读书"观其大略"：兼及汉魏之际学术走向与荆州学派/宗瑞仙、吴庆/中国石油大学胜利学院学报2011年第1期

兼济天下与个人至上：诸葛亮与奥德修斯形象比较/阚斌/宜宾学院学报2011年第3期

浅析"七擒孟获"中诸葛亮的人物形象（A）/李淑扬、齐菲/湖南工业职业技术学院学报2011年第3期

论《三国演义》诸葛亮故事之移花接木/郑子运、徐海斌/聊城大学学报（社会科学版）2011年第6期

诸葛亮荆益战略刍议/党天正/宝鸡文理学院学报（社会科学版）2011年第6期

中日不同文化语境下的诸葛亮形象比较/陈璐/北方文学（下半月）2011年第8期

论衬托手法在诸葛亮文学形象上的运用/卢凤娥/传承2011年第21期

诸葛亮研究的回顾与展望——诸葛亮研究的心理传记学分析（B）/舒跃育/成都大学学报（社会科学版）2012年第1期

诸葛亮悲剧形象的文化反思/李军峰、李淑芳/延安大学学报（社会科学版）2012年第1期

诸葛亮北伐目的新论——以多重战略目的及其实现程度为中心/林榕杰/东方论坛2012年第1期

才较仲达胜一筹　业比司马输三分——从诸葛亮与司马懿形象比较窥探蜀汉命运（B）/王莹雪/哈尔滨学院学报2012年第2期

杜甫对诸葛亮形象的完美化及原因/符丽平/襄樊学院学报2012年第4期

有救的暗示之辽远——论《夕照祁山》及诸葛亮形象的悲剧性意蕴/李远强/四川戏剧2012年第4期

由诸葛亮读书方法看汉末思想走向/宗瑞仙/新疆大学学报（哲学·人文社会科学版）2012年第4期

《三国演义》中诸葛亮艺术形象新论/彭海云、李镁/南昌工程学院学报2012

年第 5 期

诸葛亮与魏延关系新论（A）/李殿元/文史杂志 2012 年第 6 期

"狂狷入圣"——论诸葛亮形象的"狂狷"底蕴/张宏/山东青年政治学院学报 2012 年第 6 期

诸葛亮研究成果的定量分析/张海营/湖北文理学院学报 2012 年第 7 期

魏晋南北朝文人士大夫的诸葛亮贤相形象传播/柯昌勋/文学界（理论版）2012 年第 7 期

诸葛亮贤相形象的唐诗传播/柯昌勋/长春教育学院学报 2012 年第 10 期

论《三国演义》人物性格的动态性描写——以刘备、曹操、诸葛亮等为例（C）/王莹雪/作家 2012 年第 16 期

《三国演义》中诸葛亮和司马懿的人物差异探究（B）/李丰霖/产业与科技论坛 2012 年第 16 期

忠诚与智慧的化身——浅析诸葛亮的艺术形象/于迎斋/学苑教育 2012 年第 17 期

千呼万唤始出来，犹抱琵琶半遮面——试析《三国演义》中诸葛亮的出场艺术/徐珊/名作欣赏 2012 年第 32 期

《三国演义》中诸葛亮文学形象研究分析/赵英雄/中国校外教育 2012 年第 33 期

诸葛亮艺术形象赏析/周爽/辽宁广播电视大学学报 2013 年第 1 期

元杂剧中的诸葛亮形象/万攀/重庆科技学院学报（社会科学版）2013 年第 2 期

《三国演义》中诸葛亮崇拜的文化解读/田明珍、赵炜霞/华中人文论丛 2013 年第 2 期

诸葛亮形象的三维透视/王莹雪/常州工学院学报（社会科学版）2013 年第 3 期

赤壁之战前刘备与诸葛亮的关系新论——兼论诸葛亮出山和"隆中对"/贾国栋、周宁/成都大学学报（社会科学版）2013 年第 3 期

诸葛亮"智绝"形象阐释/左安源/宁波教育学院学报 2013 年第 4 期

诸葛亮民间形象的神化/熊梅/西华师范大学学报（哲学社会科学版）2013 年第 6 期

诸葛亮南征问题讨论/梅铮铮/中华文化论坛 2013 年第 7 期

诸葛亮与魏延在《三国演义》中悲剧命运的探讨与分析（A）/王博、刘颖/辽宁行政学院学报 2013 年第 9 期

原型题旨：刘备诸葛亮和关羽的人物意象/徐彦峰/长春教育学院学报 2013 年第 17 期

文学与现实的差异——诸葛亮的文学形象探析/黄婧/青春岁月 2013 年第 20 期

浅谈诸葛亮的形象/邱旦云/青年文学家 2013 年第 34 期

《三国演义》中诸葛亮形象解读/李景梅/文学教育（中）2014 年第 1 期

浅谈诸葛亮文化现象/郭靖/南阳理工学院学报 2014 年第 2 期

论历代的诸葛亮崇祀——以官方崇祀为中心/刘森垚/成都大学学报（社会科学版）2014 年第 2 期

诸葛亮研究相关文献初探——以《诸葛亮集》、《便宜十六策》及《将苑》为例/白杨/华中国学 2014 年第 2 期

解读《三国演义》"悲情人杰"诸葛亮形象/李景梅、庞海宏/参花（上）2014 年第 5 期

南阳武侯祠的历代修葺与诸葛亮形象的形成过程/柳玉东/南阳理工学院学报 2014 年第 5 期

说尔飞钳，呼吸沮劝——从《三国演义》第四十三回看诸葛亮的论辩艺术/段留锁/语文世界（教师之窗）2014 年第 6 期

诸葛亮的木牛流马文化——立足于唐宋诗词的考察/梁中效/成都大学学报（社会科学版）2014 年第 6 期

诸葛亮"限之以爵"及蜀汉封爵制考析/谭良啸、溪奕/湖北文理学院学报 2014 年第 7 期

天时与人和的共同丧失——论诸葛亮的悲剧成因/杨慧/青年作家 2014 年第 20 期

从诸葛亮《诫子书》看其修身立志思想/卜敏现/兰台世界 2014 年第 23 期

《三国演义》中"隆中对"之前诸葛亮意象的建构/周宇清/文史杂志 2015 年第 1 期

诸葛亮为相后的六次"涕泣"解析/谭良啸、陈颖/湖北文理学院学报 2015 年

第1期

论西南各族中的诸葛亮文化现象（A）/李照成/西华师范大学学报（哲学社会科学版）2015年第1期

北宋的诸葛亮评价与宋代新儒学复兴/陈昌云/东方论坛2015年第2期

试论杜甫咏赞诸葛亮诗的影响和作用（A）/何红英/杜甫研究学刊2015年第2期

从朝议立庙看诸葛亮与后主刘禅的君臣关系及其成因/柳玉东/南都学坛2015年第5期

《群文阅读·三国演义中的诸葛亮》教学案例/王昭敏/贵州教育2015年第8期

《三国演义》中曹操、刘备、诸葛亮的性格分析及启示（A）/廖潇曦/科教文汇（上旬刊）2015年第8期

诸葛亮崇拜的文化心理问题研究/甄红勇/鸭绿江（下半月版）2015年第10期

诸葛亮的人格障碍/岳晓东/意林2015年第14期

诸葛亮形象神化发展的历史原因初探/曹巍/长春教育学院学报2015年第15期

《三国演义》中的诸葛亮形象/欧阳芬/语文教学与研究2015年第20期

论《三国演义》对诸葛亮的神化（A）/聂畅/中华少年2015年第25期

历史上诸葛亮个人形象发展历程初探/曹巍/兰台世界2015年第36期

《三国演义》诸葛亮形象"近妖"效果探究/贺文锋/广东技术师范学院学报2016年第1期

《鼎峙春秋》中的诸葛亮/李小红/扬州大学学报（人文社会科学版）2016年第2期

《三国演义》中诸葛亮的影子艺术/陈柏桥/太原学院学报（社会科学版）2016年第2期

"诸葛亮文化"内涵浅探/余鹏飞/湖北文理学院学报2016年第6期

论《三国演义》中孔明的痛哭/李兴慧/黑龙江教育学院学报2016年第8期

谈诸葛亮治蜀的内外方略/罗心冰/基础教育论坛2016年第9期

诸葛亮悲剧原因探析/王宇/世纪桥2016年第10期

诸葛亮艺术形象内涵的丰富性分析/徐静/辽宁广播电视大学学报 2017 年第 1 期

诸葛亮与《孙子兵法》——兼评诸葛亮的军事才能/李兴斌/孙子研究 2017 年第 1 期

"语—图"互文视域中的诸葛亮视觉形象分析/朱湘铭/河北民族师范学院学报 2017 年第 3 期

从"失街亭""空城计"看《三国演义》对诸葛亮性格缺点的回护/魏璐/名家名作 2017 年第 4 期

三顾茅庐：诸葛亮自编自导的千古美谈——《三国演义》阅读有感/曲亚洲/集宁师范学院学报 2017 年第 5 期

《三国演义》诸葛亮之杂家形象寻绎/易思平/长春师范大学学报 2017 年第 7 期

三国演义中诸葛亮的人物形象解析/戴行健/北方文学 2017 年第 9 期

《三国演义》：诸葛亮人化还是妖化？（上、中、下）/孙绍振/名作欣赏 2017 年第 9—11 期

《三国演义》中诸葛亮形象分析与启示/徐若羹/中国校外教育（下旬刊）2017 年第 10 期

人乎？神乎？——《三国演义》中关羽和诸葛亮形象的相似性/桑思源/文教资料 2017 年第 10 期

论《三国演义》中诸葛亮信息收集的种类/莫顺斌/湖南科技学院学报 2017 年第 11 期

三国中诸葛亮理想破灭的原因分析/刘丽娜、高春燕/产业与科技论坛 2017 年第 12 期

《三国演义》中诸葛亮形象辨析——兼论小说人物与历史人物/寇丽莹/吉林化工学院学报 2017 年第 12 期

论《三国演义》对诸葛亮的神化（B）/袁梦昕/中文信息 2017 年第 12 期

分析《三国演义》中诸葛亮的人物形象特点/刘洪伯/教育界 2017 年第 28 期

论《三国演义》中诸葛亮的儒士和妖道形象/陈慧/长江丛刊 2017 年第 33 期

如何读懂诸葛亮的木牛流马/王仙洲/文史杂志 2018 年第 6 期

论《三国演义》中诸葛亮的帝师形象/吴昌林、李琦/湖北文理学院学报 2018

年第 6 期

论《三国演义》中诸葛亮收集信息的方法/莫顺斌/湖南科技学院学报 2018 年第 7 期

《三国演义》中诸葛亮儒者形象的建构/秦星星、王曰美/商丘师范学院学报 2018 年第 7 期

浅谈《三国演义》之诸葛亮人物形象/于伟/科教导刊（电子版）2018 年第 7 期

《三国演义》中诸葛亮性格悲剧的成因研究/徐国华/青年文学家 2018 年第 9 期

《三国演义》诸葛亮的形象分析（A）/邓诗娴/农家参谋 2018 年第 19 期

《三国演义》中诸葛亮的人物形象探讨/石志茹/锋绘 2019 年第 1 期

《三国演义》诸葛亮的形象分析（B）/贺晴/散文百家 2019 年第 2 期

《三国演义》中的诸葛亮形象分析/孔祥瑞/散文百家 2019 年第 2 期

《三国演义》中诸葛亮人物形象分析（A）/青玉/花炮科技与市场 2019 年第 3 期

对刘伯温与诸葛亮历史评价的省思/陈立骧/温州大学学报（社会科学版）2019 年第 4 期

《三国演义》中诸葛亮的智慧与忠诚探析/鞠强/名作欣赏 2019 年第 5 期

《三国演义》中诸葛亮的为臣之道/钟沛欣/作家天地 2019 年第 6 期

诸葛亮"隐居"或为误读/沙超/民主 2019 年第 7 期

《三国演义》经典人物分析——诸葛亮/罗云娟/数码设计（上）2019 年第 12 期

试论《三国演义》中诸葛亮的艺术形象/李堂堂/青年文学家 2019 年第 17 期

浅析《三国演义》中人物形象的塑造艺术——以诸葛亮为例/潘宁/戏剧之家 2019 年第 25 期

《三国演义》中诸葛亮的四次选择/王丽频/濮阳职业技术学院学报 2020 年第 4 期

诸葛亮悲剧命运的艺术再现/赵国勇/中国京剧 2020 年第 5 期

诸葛亮的计谋/魏永奎/中学语文教学参考 2020 年第 9 期

诸葛亮死于什么病/宁方刚/中外文摘 2020 年第 9 期

诸葛亮历史形象与文学形象差异比较研究/刘岳、曹丹丹/文渊（高中版）2020年第10期

《三国演义》中诸葛亮人物形象分析（B）/解舒淇/名作欣赏2020年第11期

试析《三国演义》诸葛亮的人物形象/杨云昊/散文百家2020年第27期

《三国演义》之诸葛亮神化写法及原因刍议/刘红枚/名作欣赏2020年第29期

英雄的咏叹人性的拷问——略说《三国演义》与川剧《夕照祁山》里的诸葛亮/苏婷/文史杂志2021年第3期

浅析《三国演义》中的诸葛亮形象/张吉茹/名作欣赏2021年第5期

简析《三国演义》中诸葛亮的人物形象/韩婷/文学教育（中）2021年第7期

《三国演义》中诸葛亮、司马懿的形象比较/胡晓蓓/青年文学家2021年第14期

探析《三国演义》中诸葛亮形象及其文化意蕴/黄艳/青年文学家2021年第17期

学位论文：

《三国志演义》诸葛亮形象生成史/贯井正/中国古代文学/中国社会科学院研究生院2003年

湖北诸葛亮传说的生成机制/吴祎/中国民间文学/华中师范大学2011年

从《三国志》到《三国演义》诸葛亮形象流变研究/刘大印/中国古代文学/山东师范大学2012年

诸葛亮形象神化研究/徐珊/中国古代文学/陕西理工学院2014年

论诸葛亮形象的演变/董文雅/中国古代文学/渤海大学2015年

6. 刘　备

略论《三国演义》中刘备的形象（A）/朱平楚/兰州大学学生科学论文集刊（人文）1957年第3期

说说刘备的"好哭"/沈伯俊/成都晚报1983年4月15日

编造出来的"皇叔"/胡邦炜、刘友竹/成都晚报1983年9月26日

试论《三国演义》中的刘备/蒋维明/《三国演义》研究集（四川省社会科学院出版社1983年12月）

刘、关、张名字解/骆瑞鹤/三国演义学刊第 1 辑（四川省社会科学院出版社 1985 年 7 月）

理想与现实之间——谈《三国志演义》里刘备形象的创造/宋常立/《三国演义》论文集（中州古籍出版社 1985 年 11 月）

刘备也曾端架子（A）/胡永球/人民日报·海外版 1986 年 5 月 15 日

《三国演义》中刘备的别称/郎维君/历史大观园 1986 年第 7 期

刘备拔才的胆识/鄢烈山/重庆日报 1986 年 10 月 11 日

刘备的胆识/李昶林/成都晚报 1986 年 11 月 23 日

试论《三国演义》中的刘备形象/刘春森/吕梁教育学院学报（社会科学版）1989 年第 1 期

刘备"刁买人心"说献疑/宋培宪/保定师范专科学校学报 1989 年第 1 期

刘备性格的深隐特质/刘敬圻/文学遗产 1989 年第 3 期

刘备与宋江（A）/霍雨佳/海南师范学院学报 1990 年第 2 期

"桃园结义"时刘备多大？/沈伯俊/人民日报·海外版 1991 年 3 月 8 日/中国人民大学《复印报刊资料·中国古代、近代文学研究》1991 年第 6 期

刘备的家谱是否可靠？——《三国演义》之谜（二）/沈伯俊/四川日报 1991 年 3 月 30 日

刘备评析/周振甫/明清小说鉴赏辞典（浙江古籍出版社 1992 年 9 月）

一个用人学思想构想的"仁主"典型：谈《三国演义》里的刘备/王光浒/佳木斯师专学报 1993 年第 1 期

论刘备伐吴的主观动机和《三国志通俗演义》的实际描写/孟祥荣/宜昌师专学报（社会科学版）1993 年第 1 期

"刘备荆州"失守"罪"在刘备/徐俊/华中师范大学学报（哲学社会科学版）1993 年第 3 期

刘备"借"荆州漫论/孟祥荣/成都大学学报（社会科学版）1993 年第 3 期

刘备：一个古老民族的幻象——《三国演义》人物新解/邓相超/聊城师范学院学报（哲学社会科学版）1993 年第 4 期/中国人民大学《复印报刊资料·中国古代、近代文学研究》1994 年第 4 期

刘备与诸葛亮关系新探（B）/刘国石/北方论丛 1993 年第 6 期

从刘备、关羽形象的塑造看古代小说中"善"的表现形式/徐又良/《三国演

[九] 人物形象

义》与荆州（中州古籍出版社 1993 年 9 月）

从荆州之得与失谈刘备的用人治事之失/金道炎/《三国演义》与荆州（中州古籍出版社 1993 年 9 月）

刘备与圣德仁君及《三国演义》的正统观新探/李新年/大庆高等专科学校学报 1994 年第 3 期

《三国演义》中刘备的道德异化/赵枫/道德与文明 1994 年第 6 期

"刘备摔孩子"论（A）/邵燕祥/羊城晚报 1995 年 2 月 19 日

《三国演义》中的刘备形象及其文化意蕴/周新华/明清小说研究 1995 年第 4 期

从刘备、宋江形象的塑造看《三国演义》、《水浒传》作者的英雄观（A）/刘吉鹏/临沂师专学报 1996 年第 5 期

罗贯中何以把刘备塑造成"圣君"形象/宋培宪/语文函授 1997 年第 1 期

略论《三国演义》中刘备的形象（B）/马衍/徐州教育学院学报 1997 年第 2 期

刘备形象塑造的尴尬/陈松柏/明清小说研究 1998 年第 1 期

论《三国演义》刘备形象的多义歧读/彭知辉/中国文学研究 1998 年第 3 期

论刘备、宋江的理想伦理人格（A）/吴中胜、郭瑞恒/明清小说研究 1998 年第 3 期

刘、关、张的人神之变/王春瑜/盐城师专学报（哲学社会科学版）1999 年第 1 期

论刘备仁义的本质及其得失/李国平/邵阳师范高等专科学校学报 1999 年第 1 期

浅论刘备的"哭"/赵权英/辽宁广播电视大学学报 2001 年第 2 期

论"枭雄"刘备/胥惠民/新世纪《三国演义》论文集（文教资料 2001 年增刊，2001 年 12 月）/河南教育学院学报（哲学社会科学版）2002 年第 2 期

"刘备摔阿斗"论/杜贵晨/河北大学学报（哲学社会科学版）2002 年第 1 期

枭雄与明君——论刘备形象/沈伯俊/厦门教育学院学报 2003 年第 1 期

仁义君王空幻意识的破灭——谈《三国演义》中的刘备形象/林伦才/重庆工学院学报 2003 年第 2 期

刘备与朱元璋仁政之比较/黎藜/成都大学学报（社会科学版）2005 年第 2 期

超人还是凡人——论《三国演义》中的刘备形象/刘建华/湖南大众传媒职业技术学院学报 2005 年第 3 期

试析《三国演义》中刘备的个性性格/于兴菊/黑龙江教育学院学报 2006 年第 3 期

刘备的江山是哭出来的吗？/雷勇、孙勇进、蔡美云/报刊荟萃 2006 年第 6 期

不可小德效刘备——小议《三国演义》中刘备的悲剧性格/黄国荣/文学与人生 2006 年第 21 期

浅析三国时期刘备集团的外交政策/景昭/中共成都市委党校学报 2007 年第 2 期

《三国演义》"忠义"思想主题之局限性　刘备与唐僧之比较（B）/温沁/重庆科技学院学报（社会科学版）2007 年第 4 期

民间与文人视角下的刘备形象（A）/王会明/陕西教育学院学报 2008 年第 4 期

新议《三国演义》中的刘备形象及其塑造之得失/庞金殿/广西社会科学 2008 年第 10 期

论《三国演义》刘备形象的塑造/汤晓亮、付细龙/语文教学与研究 2008 年第 23 期

论多重叙述中的刘备形象/贝京/中国文学研究 2009 年第 3 期

论《三国演义》中刘备丰富多彩的"哭"/杨爱华/商丘职业技术学院学报 2009 年第 3 期

"醇儒"化：刘备文学形象和历史形象大异其貌之文化成因/席红霞、田华丽/湖南工业大学学报（社会科学版）2009 年第 3 期

壮志未酬的悲歌——刘备的悲剧性格与蜀汉政权的悲剧命运/魏延山/吉林师范大学学报（人文社会科学版）2009 年第 4 期

对刘备形象塑造的再思考/朱江/长城 2009 年第 4 期

刘备在正史中的原始形象/陈倩/西华师范大学学报（哲学社会科学版）2009 年第 6 期

刘备的哭与怒/陈倩/文史天地 2009 年第 10 期

刘备与宋江比较论——《三国演义》与《水浒传》比较研究之三（A）/关四平/水浒争鸣第 11 辑（中央文献出版社 2009 年 10 月）

[九] 人物形象

《三国演义》中刘备的明君形象/张杏丽/消费导刊 2009 年第 11 期

刘备的祖辈、妻妾后妃和子孙述考/谭良啸/襄樊学院学报 2010 年第 3 期

《三国演义》的文体性质与刘备形象塑造（A）/王同舟/中南民族大学学报（人文社会科学版）2010 年第 5 期

三国故事中刘备的世系问题/高圣峰/现代语文（文学研究版）2010 年第 6 期

刘备"取成都"初论——刘备入蜀 1800 周年纪念/罗开玉、谢辉/成都大学学报（社会科学版）2010 年第 6 期

毛泽东眼中的曹操、刘备和孙权/胡尚元/党的建设 2010 年第 7 期

人本视角探析《三国演义》刘备的管理艺术（A）/涂霖养/中国证券期货 2010 年第 11 期

唐诗中刘备形象的流变/关庆涛/文学教育（中）2010 年第 12 期

西方人评三国：曹操反战，刘备是哲学家/Novosquare/晚报文萃 2010 年第 15 期

《三国演义》中刘备屯驻新野期间重大事件之讨论/李小白/文教资料 2010 年第 15 期

论《三国演义》中刘备的仁思想/牛志远/中国科教创新导刊 2010 年第 28 期

浅谈刘备形象塑造的艺术表现手法（A）/李津、刘用良/沧州师范专科学校学报 2011 年第 1 期

刘备的悲剧及其文化意义/吴春/宁德师专学报（哲学社会科学版）2011 年第 1 期

《三国演义》人物性格缺少变化辩——以刘备、关羽、张飞为例（B）/张真/新疆教育学院学报 2011 年第 2 期

浅析刘备在《三国演义》中的艺术形象/李津、毕雅静/时代文学（下半月）2011 年第 7 期

谈《三国演义》刘备"仁义"形象塑造/杨明怡/剑南文学（经典教苑）2011 年第 7 期

试论刘备以仁治为本的领导观/贾红卫、俞渊、刘磊/社科纵横 2011 年第 11 期

浅论刘备形象"似伪"的原由/聂西、李朋/青年文学家 2011 年第 11 期

从《三国演义》刘备言语交际探究数量准则的违反/罗岚/神州 2011 年第

12 期

浅析《三国演义》中刘备"哭"的艺术/宋非/青春岁月 2011 年第 12 期

一代枭雄——蜀汉霸主——论《三国演义》中刘备形象/尹逊刚/中外企业家 2011 年第 22 期

刘备与宋江比较论——《三国演义》与《水浒传》比较研究之一（A）/关四平/黑龙江省文学学会 2011 年学术年会论文集（2011 年）

文学话语中"身份建构"的指示性研究——以《三国演义》中刘备话语为例/黄倩倩/大学英语（学术版）2012 年第 2 期

《三国志平话》中的刘备形象（B）/张真/许昌学院学报 2012 年第 3 期

越南《皇越春秋》黎利与中国《三国演义》刘备人物形象的相似性（A）/赵锋/襄樊学院学报 2012 年第 3 期

刘备在南阳的历史事件始末/吴新会/兰台世界 2012 年第 5 期

读《三国演义》，品蜀王刘备的识才与用才之道/韩宝军、吕健伟/芒种 2012 年第 13 期

人际关系为导向的新型领导体系的构建——以《三国演义》中刘备为例（A）/宋林霖/领导科学 2012 年第 15 期

论《三国演义》人物性格的动态性描写——以刘备、曹操、诸葛亮等为例（D）/王莹雪/作家 2012 年第 16 期

论刘备妻妾的婚姻悲剧/单长江/广东技术师范学院学报 2013 年第 1 期

刘备的迷信心理与三峡三国地名传奇/王前程/西华师范大学学报（哲学社会科学版）2013 年第 1 期

拥刘反曹与帝蜀寇魏关系论——以刘备形象流变为研究中心/关庆涛/语文教学通讯·D 刊（学术刊）2013 年第 4 期

《三国演义》人物悲剧论——刘备的性格悲剧/贾勇星/湖北经济学院学报（人文社会科学版）2013 年第 8 期

试论《三国演义》刘备"仁政"思想的悲剧性/何林英/小说评论 2013 年第 S2 期

从"枭雄"到"仁君"——《三国演义》对刘备形象的重塑/王颖/运城学院学报 2014 年第 1 期

从刘备的语言看其"长厚似伪"特点/粟煜斯/现代语文（学术综合版）2014

年第 3 期

浅谈三国中刘备的领导/崔晓明/现代交际 2014 年第 6 期

《三国演义》刘备形象"似伪"效果原因探析/王欣悦/九江学院学报（社会科学版）2015 年第 1 期

《三国志》与《三国演义》中刘备的多种艺术形象杂谈（A）/郑志勇/参花（上）2015 年第 2 期

"勿以恶小而为之，勿以善小而不为"——刘备临终给儿子的遗嘱解读/张祎、谭良啸/湖北文理学院学报 2015 年第 4 期

《三国演义》中曹操、刘备、诸葛亮的性格分析及启示（B）/廖潇曦/科教文汇（上旬刊）2015 年第 8 期

《三国演义》中的刘备形象及其塑造分析/才旦卓玛/青年文学家 2015 年第 11 期

刘备的领导艺术浅探/王成生/卷宗 2016 年第 4 期

一曲"仁义"的悲歌——探究《三国演义》中刘备的悲剧/任晓茜/速读（中旬）2016 年第 5 期

《三国演义》中刘备的帝王形象新论/刘雅丽/商业故事 2016 年第 32 期

刘备招亲铁瓮城而非甘露寺/张永刚、单辉/兰台世界 2017 年第 6 期

《三国演义》中的民间因子——刘备"傻女婿"形象探析/陶博/语文教学通讯·D 刊（学术刊）2018 年第 1 期

刘备形象为何不真实/傅承洲/盐城师范学院学报（人文社会科学版）2018 年第 4 期

刘备究竟是不是皇叔/张恒涛/文史博览 2018 年第 5 期

人性的矛盾：《三国演义》中的刘备新议/许景昭、周昭端/文学研究 2019 年第 2 期

《三国演义》刘备的人物形象分析/黄进才/花炮科技与市场 2019 年第 4 期

识人善用，以德服人——论《三国演义》中刘备的人物形象/陈帅天/参花（上）2019 年第 9 期

浅析《三国演义》中诸葛亮与周瑜的人物关系/唐九久/文化月刊 2020 年第 1 期

刘备并不好哭——解析刘备在《三国志》及裴注与《三国演义》中的哭泣/

谭良啸/西华师范大学学报（哲学社会科学版）2020年第3期

《三国演义》中的人物描写方法分析（B）/景凯凯/传播力研究2020年第5期

求田问舍，怕应羞见，刘郎才气——《三国演义》尊崇刘备原因分析/何燕/名作欣赏2020年第20期

刘备，圣主仁君的悲剧——驳"刘备虚伪"论/李庆华/名作欣赏2020年第29期

学位论文：

刘备的眼泪及其思考/柴海鑫/中国古代文学/黑龙江大学2011年

刘备形象生成史研究/张真/中国古代文学/新疆师范大学2012年

刘备形象的演变及其文化意蕴/王颖/中国古代文学/陕西理工学院2014年

大众视角下刘备刻板印象研究/许晋豫/河南大学2015年

7. 关 羽

略论《三国演义》里的关羽形象/李希凡/文艺报1959年第17期

关云长的大刀——联想人和物的关系（A）/赤一夫/辽宁日报1961年3月23日

《三国演义》里的关羽的形象/李希凡/论中国古典小说的艺术形象（上海文艺出版社1961年4月）

谈关羽的神化/君爽/吉林日报1962年5月5日

谈《三国演义》中的关羽/袁世硕/文学评论1965年第6期

关羽批判——评《三国演义》中关羽的形象/杨子坚/南京大学学报（哲学社会科学版）1975年第3期

评关羽/董静安、田少文/陕西师范大学学报（哲学社会科学版）1976年第1期

《三国演义》如何塑造关羽的艺术形象/剑锋/海南师专学报1982年第2期

关羽和貂蝉/拾遗/重庆师范学院学报（哲学社会科学版）1982年第3期

关羽形象悲剧美初探/朱伟明/武汉师范学院学报（哲学社会科学版）1983年第2期

论关羽和荆州之失——兼评关羽的"忠义"思想/叶哲明/台州师专学报（社

会科学版）1983 年第 2 期

重评关羽/冒炘、叶胥/社会科学研究 1983 年第 4 期

骄傲的关羽/沈伯俊/成都晚报 1983 年 4 月 21 日

性格养育出来的故事——谈《三国演义》中关羽义释曹操、黄汉升的艺术构思/何以/宜春师专学报 1984 年第 1 期

为关羽鸣不平——谈失荆州的过错/陈阳林/艺谭 1984 年第 3 期

从历史到说部——流传在民间的关羽形象/温斯顿 L. Y. 杨著，邹笃钦译/赣南师范学院学报（哲学社会科学版）1984 年第 4 期

以短取败，理数之常——论关羽悲剧性格的逻辑发展/陈作林/牡丹江师院学报（哲学社会科学版）1985 年第 4 期

也说关羽的神化与评价/马宝丰/教与学 1986 年第 1 期

论关羽形象的塑造及其"神化"——《三国志演义》札记/白盾/安徽师大学报（哲学社会科学版）1987 年第 1 期

关公信仰与传统心态/刘晔原/文史知识 1987 年第 1 期

关羽受封考/崔福来/黑龙江日报 1987 年 2 月 3 日

一个按自己性格逻辑走完生命途程的人——关羽论/王基/洛阳师范学院学报 1987 年第 2 期

浅谈关羽形象的塑造过程/吉水/南充师院学报（哲学社会科学版）1987 年第 2 期

关羽"葬身"之地/吕尚/黑龙江日报 1987 年 3 月 31 日

一个被儒化的英雄——关羽论/于朝贵/许昌学院学报 1988 年第 2 期

义士·圣人·天神——《三国演义》中关羽形象的文化透视/叶松林/荆门大学学报（哲学社会科学版）1990 年第 1 期/《三国演义》与中国文化（巴蜀书社 1991 年 9 月）

关羽的籍贯问题/沈伯俊/人民日报·海外版 1991 年 3 月 20 日/中国人民大学《复印报刊资料·中国古代、近代文学研究》1991 年第 6 期

两个关羽，两部悲剧——《三国演义》中的关羽与《江陵秋月》中的关羽比较/陈辽/今古传奇 1991 年第 6 期

天日心如镜，儒雅更知文——论《三国演义》中的关羽和中国传统文化的关系/黄海鹏/黄冈师专学报 1992 年第 2 期

关羽评析/常林炎/明清小说鉴赏辞典（浙江古籍出版社 1992 年 9 月）

文学和历史中的关羽/罗忼烈/社会科学战线 1993 年第 1 期

关羽悲剧新论/叶松林/渤海学刊 1993 年第 1 期

关羽的神化琐议/李锡光/广东技术师范学院学报 1993 年第 1 期

传神文笔写关公——关羽艺术形象神圣化之历史变迁/李惠民/上海师范大学学报（哲学社会科学版）1993 年第 2 期

关羽文化简论/隗芾/《三国演义》与荆州（中州古籍出版社 1993 年 9 月）

关羽与荆州/刘正民/《三国演义》与荆州（中州古籍出版社 1993 年 9 月）

小议关云长在江陵人民中的形象——从江陵民间传说看《三国演义》中镇守荆州的关羽/朱振汉/《三国演义》与荆州（中州古籍出版社 1993 年 9 月）

天日心如镜，儒雅更知文——论《三国演义》中关羽的形象/黄海鹏/《三国演义》与荆州（中州古籍出版社 1993 年 9 月）

论《三国演义》对关羽形象的再创造/萧景清/《三国演义》与荆州（中州古籍出版社 1993 年 9 月）

崇高者的悲剧与悲剧性的崇高——关云长散论/石麟/《三国演义》与荆州（中州古籍出版社 1993 年 9 月）

关公形象及其文化意义/朱伟明/《三国演义》与荆州（中州古籍出版社 1993 年 9 月）

失荆州之罪不在关羽/谭良啸/《三国演义》与荆州（中州古籍出版社 1993 年 9 月）

以"义"克"情"的悲剧——关羽爱情悲剧探微/王庆芳/《三国演义》与荆州（中州古籍出版社 1993 年 9 月）

《三国演义》神化的诸葛亮、关羽，为何只有关羽成神？/谢焕智/诸葛亮与三国文化（成都出版社 1993 年 9 月）

漫谈关羽的红脸/甘露/诸葛亮与三国文化（成都出版社 1993 年 9 月）

英雄史诗与史诗英雄——关羽形象漫议/朱伟明/古典文学知识 1994 年第 6 期

"武圣"的嬗递及其文化底蕴/黄朴民/文史知识 1994 年第 9 期

"关公崇拜"探秘/孙绍振/广州日报 1994 年 9 月 30 日

关羽之"神"（A）/牛军/羊城晚报 1995 年 1 月 21 日

关羽崇拜的塑成与民间文化传统（A）/刘永华/厦门大学学报（哲学社会科学

版）1995 年第 2 期

关羽被神化的过程/卞余/中文自学指导 1995 年第 2 期

关羽信仰的文化内涵/刘莲/中华文化论坛 1995 年第 3 期

关帝崇拜的起源：一个文学现象的历史文化考索/胡小伟/戏曲小说研究第 5 辑（台湾联经出版公司 1995 年 5 月）

关羽的故事/大塚秀高/《三国演义》丛考（北京大学出版社 1995 年 7 月）

关羽：儒称圣，释称佛，道称天尊——文化的"变异复合"/于志斌/苏州大学学报（哲学社会科学版）1996 年第 1 期

人神之间话关羽/周征松/山西师大学报（社会科学版）1996 年第 1 期

关羽形象艺术探微/刘上生/湖南教育学院学报 1996 年第 1 期

"关羽现象"与民族文化心理/杜景洁/锦州师范学院学报（哲学社会科学版）1997 年第 3 期

徜徉于雅俗文化之间的关羽/潘万木/荆门大学学报（哲学社会科学版）1997 年第 4 期

论关羽形象的"类神化"/杨旺生/江苏教育学院学报（社会科学版）1998 年第 1 期

关羽之忠义与儒家诚学/张惠芝/山西大学学报（哲学社会科学版）1998 年第 1 期

论《三国演义》与关帝信仰的形成/李祖基/厦门大学学报（哲学社会科学版）1998 年第 4 期

是"汉寿亭侯"还是"寿亭侯"？——关羽封爵考/文廷海/中华文化论坛 2000 年第 4 期

南北融合与关羽形象的演变/赵山林/文学遗产 2000 年第 4 期

关羽崇拜的形成/王学泰/文史知识 2000 年第 9 期

明代戏曲中关羽形象的多种形态探析（A）/刘海燕/福建师范大学学报（哲学社会科学版）2001 年第 2 期

浅谈关羽的"义"/王艳玲/天中学刊 2001 年第 3 期

简论关羽崇拜的文化价值/孟祥荣/新世纪《三国演义》论文集（文教资料 2001 年增刊，2001 年 12 月）

"说三分"与关羽崇拜：以苏轼为例/胡小伟/关羽、关公和关圣——中国历

史文化中的关羽学术研讨会论文集（社会科学文献出版社 2002 年 1 月）

《三国演义》对关羽的描绘及其文化意蕴/王同书/明清小说研究 2002 年第 2 期

《三国志大全》中的关羽形象/［日］伊藤晋太郎/中华文化论坛 2002 年第 3 期

《三国演义》关羽形象所表现出的忠义观念/杨彭荔/榆林学院学报 2005 年第 1 期

浅谈《三国演义》中关羽形象的塑造/孙波/赤峰学院学报（汉文哲学社会科学版）2005 年第 3 期

"壮缪"与"义绝"——从《三国志》到《三国演义》关羽形象演变的实质及其文化内涵（B）/马宝记/中州学刊 2005 年第 3 期

民族文化孕育的忠义英雄——论关羽形象/沈伯俊/西南交通大学学报（社会科学版）2005 年第 4 期

关羽形象与关羽崇拜的传播与接受/刘海燕/南开学报（哲学社会科学版）2006 年第 1 期

关羽读《春秋》背景刍议/梁满仓/许昌学院学报 2006 年第 3 期

试论日本文学对《三国演义》的接受——以吉川英治《三国志》中的关羽形象为例/邱岭/福建师范大学学报（哲学社会科学版）2006 年第 3 期

和谐社会视角下的忠义观念再认识——对关羽、宋江忠义观之比较与扬弃/杨彭荔/理论导刊 2006 年第 5 期

考论《三国演义》关羽的"重枣脸"/曹亦冰/2006 中国山西·关公文化论坛论文汇编（2006 年）

项羽、吕布、关羽之叙述的文本互涉/周建渝/中国文学研究（辑刊）2007 年第 1 辑

关羽崇拜与北京关帝庙/戴凤春/海内与海外 2007 年第 2 期

关羽华容道私纵曹操的行为阐释——质疑《三国演义》中关羽的"义"（A）/彭波/成都大学学报（社会科学版）2007 年第 3 期

关羽由人到神的变化及其传播学启示/高亢/新闻爱好者 2007 年第 5 期

关羽艺术形象分析/肖英才、阮辉辉/安徽文学（文教研究）2007 年第 9 期

从关公崇拜看关羽的道德精神/刘永生/文教资料 2007 年第 16 期

反思《三国演义》中的关羽形象/黄晶/文学前沿 2008 年第 2 期

从"人"到"神"——简析《三国演义》刻画关羽形象的几处败笔/唐怿民/职业技术 2008 年第 6 期

《三国演义》与《三国志》中关羽人物形象之比较（A）/韩红宇/电影评介 2008 年第 6 期

关羽崇拜与关羽文化/王菊芹/河南商业高等专科学校学报 2009 年第 2 期

从关羽形象的演变看民族文化的影响/高卫红/延边党校学报 2009 年第 2 期

《三国演义》与关羽形象的形成和流变/贾颖/文学教育（上）2009 年第 5 期

完美的缺憾与缺憾的完美——浅论关羽、赵云的历史影响与《三国演义》的关系（A）/冯建辉、熊岚/作家 2009 年第 22 期

试论《三国演义》关羽形象类型化与多样性的统一——对于关羽"义绝"形象的补充/郭若鑫、赵岩/大众文艺 2009 年第 23 期

理想与现实的冲突——对关羽和诸葛亮的"忠义观"的探讨（B）/张馨/宜春学院学报 2010 年第 2 期

《春秋》大义与关羽形象的儒雅化、道德化——《三国志》《三国志平话》与《三国志演义》中关羽形象比较（B）/雷会生/辽东学院学报（社会科学版）2010 年第 5 期

20 世纪关羽形象的诠释（A）/郭素媛/济南职业学院学报 2010 年第 5 期

民间祭仪剧中的关羽形象（A）/刘海燕/宜春学院学报 2010 年第 9 期

浅析关羽的性格弱点/李鑫/科教文汇（上旬刊）2010 年第 9 期

关于"关羽文献"中的关羽书信/伊藤晋太郎/明清小说研究 2011 年第 1 期

关羽使用的兵器考证/闫昱欣、张洪安/濮阳职业技术学院学报 2011 年第 3 期

在人神之间徜徉：《三国演义》与《三国志》中关羽形象之比较（A）/张真/许昌学院学报 2011 年第 3 期

论《三国演义》中关羽的悲剧及其意义/陈景云/文学界（理论版）2011 年第 4 期

关羽在《三国演义》中的结局探微/傅承洲、马小溪/盐城师范学院学报（人文社会科学版）2011 年第 6 期

影视剧中关羽形象论（A）/齐学东、林佩璇/龙岩学院学报 2011 年第 6 期

《三国演义》人物情感分析——以关羽为例/冯秀云/文教资料 2011 年第 7 期

大神关羽——明清传教士称之为"中国的上帝"/玄武/五台山2011年第8期

关羽形象的演化/吴昌清/青春岁月2011年第8期

考述关羽形象经典化的过程/王志刚/兰台世界2011年第20期

关羽形象的"虚数"/孙运元/名作欣赏2011年第27期

论关羽的辞曹归刘/乔凤岐/郑州航空工业管理学院学报（社会科学版）2012年第2期

从语言描写看《三国演义》中关羽形象的塑造（A）/李冬梅/文学教育（中）2012年第4期

关羽崇拜与关羽形象的演变及诠释/郭素媛/齐鲁师范学院学报2012年第5期

水陆画中的关羽像——兼论宗教美术的世俗化倾向/陈文利/艺术教育2012年第6期

另眼看关羽：《三国演义》中关羽形象浅析/杨秋/重庆科技学院学报（社会科学版）2012年第6期

试论关羽痛失荆州的必然性/王前程/三峡论坛（三峡文学·理论版）2013年第1期

关羽"忠义"形象形成的历史渊源/徐彦峰/长治学院学报2013年第4期

《三国演义》中关羽形象的分析/王斌/青年文学家2013年第23期

论《八犬传》对《三国演义》的借鉴和模仿——以犬江亲兵卫和关羽的对比为中心（A）/吴蓉斌/名作欣赏2013年第32期

《三国演义》中关羽的形象塑造与民间关帝信仰之心理接受探析（A）/舒耘华、黄儒敏/佳木斯大学社会科学学报2014年第2期

《三国演义》与历史中关羽形象异同及分析/王冲/才智2014年第2期

从关羽的"赤面"看《三国志演义》的作者问题（B）/张同胜/洛阳师范学院学报2014年第10期

浅析《三国演义》中关羽的人物塑造/邓佳/芒种2014年第11期

从《单刀会》看关羽的人物形象（A）/贾喻翔/青年文学家2014年第15期

试论《三国演义》中关羽的"忠义观"/梅琼慧/吕梁教育学院学报2015年第1期

《三国志》与《三国演义》的关羽形象研究/赵一川/鸭绿江（下半月版）2015年第4期

[九] 人物形象

明清通俗小说与中华民族传统典范人格塑造——以《三国演义》关羽忠义形象为例（A）/刘国红、张天翼/清远职业技术学院学报2015年第6期

对《三国演义》中关羽人物形象塑造的赏析/姬长友/芒种2015年第6期

中国民间文学中的箭垛式人物武圣关羽研究/于楚桐/时代文学（下半月）2015年第11期

浅谈《三国演义》中关羽的"义"/庄平/文学教育（上）2015年第12期

"文—图"视域中的关羽形象分析/朱湘铭/明清小说研究2016年第1期

关羽形象从史传人物到小说英雄的演化/赵鹏程、胡胜/沈阳农业大学学报（社会科学版）2016年第1期

从悲剧英雄关羽看性格决定成败/赵文阁/河南机电高等专科学校学报2016年第2期

试论《三国演义》中关羽之人物形象/钟景维/文摘版：教育2016年第2期

当代视野下关羽形象的经典化——从《三国演义》中的关羽谈起/杨银杰/运城学院学报2016年第4期

关羽降曹——谈古论今话调解艺术/夏长道/人民调解2016年第5期

论《三国演义》中的关羽形象/单佳宇/山西青年2016年第5期

略论《三国演义》中关羽的形象/魏俊桃/北方文学2016年第36期

道德悖论视阈中关羽性格矛盾性探析/赵平/中原文化研究2017年第2期

《三国演义》中关羽的忠义意识/李依茗/青年时代2017年第3期

酒润关云长/沈振昌/中国酒2017年第7期

基于当代视野下评析《三国演义》中关羽形象的经典化/江月/大观2017年第12期

浅谈《三国演义》中关羽之"义"/吴金华/青年文学家2017年第17期

元代关羽图像的发展/王菡薇/江苏社会科学2018年第1期

从新媒体看关羽现代形象接受的现代演变/刘拓宇/安徽文学（下半月）2018年第2期

论关公形象从历史人物到民族崇拜的转变——以《三国志》、《三国演义》为线索/王方领/辽宁工业大学学报（社会科学版）2018年第2期

《三国演义》中关羽的"忠义"解读/黄莘傲/下一代2018年第5期

我眼中的关羽——《三国演义》读后感/董一凡/好家长2018年第7期

"降而复还"的叙事模式下谈关羽的忠义精神/严丽定/安徽文学（下半月）2018年第7期

关公：从失败的悲剧英雄到"义薄云天"之神（上）/孙绍振/名作欣赏2018年第7期

关公：从失败的悲剧英雄到"义薄云天"之神（中）/孙绍振/名作欣赏2018年第10期

"今生偏又遇着他"：《三国演义》曹操关羽之关系说微（B）/井玉贵/中华文化画报2018年第11期

忠肝义胆　义薄云天——《三国演义》中关羽的人格魅力/孙晨/唐山文学2018年第12期

关公：从失败的悲剧英雄到"义薄云天"之神（下）/孙绍振/名作欣赏2018年第13期

浅谈《三国演义》中关羽"义绝"形象的塑造/唐芬/文化产业2018年第20期

关帝文化探析/潘登/长江丛刊2018年第29期

神勇豪迈震乾坤——《三国演义》关羽形象分析/周一星/北方文学2018年第30期

基于《三国演义》的关公诚信美德研究/王治涛、常丽霞/洛阳理工学院学报（社会科学版）2019年第2期

论关公信仰产生的原因/吴涛/洛阳理工学院学报（社会科学版）2019年第4期

生当人杰，死亦鬼雄——《三国演义》中的"战神"关羽/陈奕衡/中学生作文指导2019年第7期

关公青龙偃月刀的演变、文化内涵与传承路径/王冬慧、王建洲、马苗/哈尔滨体育学院学报2020年第1期

论三种关羽形象的交融、演变与冲突/侯乃铭/安顺学院学报2020年第5期

关羽夜读《春秋》的文化渊源与价值构建/邵杰/河南教育学院学报（哲学社会科学版）2020年第5期

由四"真"说开去——浅析《三国演义》中的关羽形象/石莉/名作欣赏2020年第17期

从文学形象探讨风骨·侠文化——以关羽为例/沈秋怡、钱程/汉字文化2020年第20期

吉川英治《三国志》中关羽的人物形象分析/魏永珍/兰州职业技术学院学报2021年第2期

"另类"关公——红袍关公的文化诠释/居鲲/中国民族博览2021年第5期

学位论文：

明代关羽信仰及其地域分布研究（A）/包诗卿/中国古代史/河南大学2005年

关羽形象：从历史到艺术演变的研究/王锋旗/中国古代文学/南昌大学2008年

从三国戏到《鼎峙春秋》关羽形象的演变研究（A）/潘琰佩/中国古代文学/河南大学2011年

关羽"武圣"政治角色的建构——以晕轮效应为视角/孙建辉/政治学理论/华东师范大学2012年

关羽崇拜的塑成与和谐文化建设/刘瑾/宗教学/山西大学2013年

8. 张　飞

《三国演义》里面的张飞/傅逯/大公报1954年2月10日

孔明与张飞（B）/凡夫/青海日报1962年7月17日

谈"大闹长坂桥"中的张飞（A）/黄祖良/许昌师专学报（社会科学版）1985年第2期

论《三国志通俗演义》中的张飞/陈作林/绥化师专学报（社会科学版）1985年第3—4期

略论莽张飞形象的诞生——从章学诚的一则评论说起兼论及《三国志通俗演义》成书时代/刘道恩/湖北大学学报（哲学社会科学版）1985年第5期

试论张飞的艺术形象/王正明/成都大学学报（社会科学版）1986年第3期

"张翼德"还是"张益德"？/沈伯俊/人民日报·海外版1991年2月14日/中国人民大学《复印报刊资料·中国古代、近代文学研究》1991年第7期

张飞性格审美谈/梅铮铮/《三国演义》与中国文化（巴蜀书社1991年9月）

张飞评析/霍现俊/明清小说鉴赏辞典（浙江古籍出版社1992年9月）

"死战之勇"与"不战之威":看"当阳之役"中的赵云和张飞(A)/龚刚/文史知识1996年第1期

中国传奇喜剧英雄生成考论——张飞、李逵(A)/罗书华/南京师大学报(社会科学版)1997年第4期

漫说张飞的性格/胥惠民/皖江侧畔论三国(黄山书社2001年10月)

论张飞与李逵(A)/张丽/新世纪《三国演义》论文集(文教资料2001年增刊,2001年12月)

论张飞的形象塑造及其文化意义/张金亮/青海师范大学学报(哲学社会科学版)2002年第4期

《太平记》与《三国演义》的比较——论张飞的艺术形象(A)/[日]田中尚子、陈一昊/日本研究2005年第2期

《三国演义》张飞形象浅析/阳柯/科教文汇(中旬刊)2007年第1期

用市民意识改造的英雄——论张飞形象/沈伯俊/中国文学研究(辑刊)2007年第1辑

欢乐英雄的"原型"图腾——张飞形象解构/黄晓阳/成都大学学报(社会科学版)2007年第3期

一峰独秀与诸峰并立——谈《全相平话三国志》与《三国志通俗演义》中张飞形象塑造的差异/李小红/伊犁师范学院学报(社会科学版)2008年第1期

宋元话本与张飞市民英雄形象的定型(A)/朱铁梅/河北学刊2008年第4期

张飞形象的历史考察/朱铁梅/河北师范大学学报(哲学社会科学版)2008年第5期

民间文化与张飞形象的演变(A)/蔡东洲/西华师范大学学报(哲学社会科学版)2008年第5期

试析宋元民间叙事文体中的张飞形象(A)/符丽平/成都大学学报(社会科学版)2008年第6期

张飞传说与阆中旅游/黄涓/西华师范大学学报(哲学社会科学版)2009年第6期

巴蜀现存张飞祠庙考述/熊梅/西华师范大学学报(哲学社会科学版)2009年第6期

鲁莽英雄张飞与李逵之形象/武云清/中华活页文选(初三版)2010年第4期

论张飞在阆中的民间形象（A）/陈倩/西华师范大学学报（哲学社会科学版）2011年第2期

《三国演义》人物性格缺少变化辩——以刘备、关羽、张飞为例（C）/张真/新疆教育学院学报2011年第2期

莽猛之表象　智勇乃宿本——浅析《三国演义》和《三国志》"张飞"人物形象/潘锐/剑南文学（经典教苑）2011年第3期

论从历史真实到艺术真实的统一——以《三国志》与《三国演义》中典型人物张飞为例/姜诚/理论界2013年第7期

《三国演义》中张飞形象的视觉艺术表达/曾筠毅/短篇小说（原创版）2014年第14期

从《三国志》和《三国志演义》谈张飞形象的转变/崔新/陇东学院学报2015年第4期

嘉靖本《三国志通俗演义》中的张飞形象分析/李永/辽宁师专学报（社会科学版）2017年第1期

浅论张飞艺术形象的塑造/龙媒/曲艺2018年第6期

张飞形象演化考论/陈曦/古籍整理研究学刊2019年第5期

学位论文：

张飞形象的演变/顾杨/中国古代文学/黑龙江大学2008年

张飞形象的经典化演变/黄丽平/中国古代文学/首都师范大学2012年

9. 赵　云

替赵子龙抱不平/陈迩冬/光明日报1983年6月4日

白璧无瑕却有瑕——论《三国演义》中的赵云/索绍武/西北民族学院学报（哲学社会科学版）1984年第2期

论赵云/沈伯俊/三国演义学刊第2辑（四川省社会科学院出版社1986年8月）/名家解读《三国演义》（山东人民出版社1998年1月）

赵云是不是刘备的"四弟"？——《三国演义》之谜（五）/沈伯俊/四川日报1991年4月20日

论罗贯中赵云形象的创造/姚品文、张峰/江西社会科学1991年第6期

谈罗贯中笔下的赵云形象的创造/姚品文、张峰/《三国演义》与中国文化（巴蜀书社1991年9月）

赵云新论/阿岚/明清小说研究1992年第2期

赵云评析/陈万钦/明清小说鉴赏辞典（浙江古籍出版社1992年9月）

两个赵子龙——读《三国演义》与《三国志》所感/李克因/书与人1994年第3期

五虎上将中的赵云/李克因/羊城晚报1994年6月6日

莽张飞的智谋与胸襟——《义释严颜》赏析（A）/沈伯俊/三国漫谈（巴蜀书社1995年2月）/三国漫话（四川人民出版社2000年9月）

"死战之勇"与"不战之威"：看"当阳之役"中的赵云和张飞（B）/龚刚/文史知识1996年第1期

常山赵子龙/梁中实/文史知识1996年第8期

从史卷中走进文学画廊的赵子龙/黄清源/菏泽师范专科学校学报1997年第1期

全德型赵云形象的文化底蕴/单长江/《三国演义》新论（华中理工大学出版社1999年5月）

论赵云形象的范型魅力/罗浩波/喀什师范学院学报2006年第4期

论《三国演义》中赵云的形象（A）/韩方立/教书育人（学术理论）2006年第S1期

一身是胆的三国名将赵云——从《三国演义》谈起/戴绿红/河南机电高等专科学校学报2006年第6期

三国良将　莫如子龙——评《三国演义》中赵云的人物形象/谭丽娜/中共郑州市委党校学报2007年第5期

完美的缺憾与缺憾的完美——浅论关羽、赵云的历史影响与《三国演义》的关系（B）/冯建辉、熊岚/作家2009年第22期

从历史和文化角度浅析赵云形象的流变/秦丹丹/华中人文论丛2010年第2期

论赵云形象塑造的成功之处/单华锋/郑州铁路职业技术学院学报2011年第1期

论《三国志演义》中赵云的形象/负哲、田竹、陈艳芳/科技信息2011年第34期

[九] 人物形象

赵云形象演变的原因与意义探究——以《三国志》、《三国演义》和《见龙卸甲》为蓝本/刘熹桁/佳木斯教育学院学报 2012 年第 1 期

赵云形象及当下意义分析/姜景莲/职大学报 2012 年第 3 期

"三分之完人"——论《三国演义》中的赵云形象/郭健敏/名作欣赏 2012 年第 17 期

浅谈《三国演义》中的赵云/谢颖/现代交际 2013 年第 8 期

论《三国演义》中的赵云形象（B）/杨雪/鸭绿江（下半月版）2014 年第 1 期

三国人物之赵云/陈少阳/启迪与智慧（教育）2014 年第 7 期

理想英雄的化身——析《三国演义》之赵云/八十三/语文学刊 2014 年第 9 期

"长坂坡赵云救主"中的赵云形象在达斡尔族、锡伯族说唱中的变化——兼论人物形象民族化（A）/吴刚/明清小说研究 2015 年第 4 期

埋没的帅才 失意的英雄——浅议三国英雄赵云的人生际遇/熊明秀/湖北文理学院学报 2015 年第 12 期

《三国演义》中赵云的完美形象/刘德平、刘铮/速读（中旬）2016 年第 10 期

《三国演义》中赵云的人物性格特征/任燚程/软件（教育现代化）（电子版）2018 年第 5 期

论赵云形象的文化书写与时代镜像/张文诺/商洛学院学报 2018 年第 5 期

浅析《三国演义》中的赵云形象/冯学娟/新教育时代电子杂志（教师版）2020 年第 45 期

学位论文：

赵云形象史研究/王威/中国古代文学/浙江大学 2011 年

论赵云形象的文本变迁与演变轨迹/汪灿/中国古代文学/华中师范大学 2012 年

10. 魏　延

关于魏延的"反骨"/沈伯俊/成都晚报 1983 年 5 月 9 日

魏延反乎？/梅水溪/《三国演义》研究集（四川省社会科学院出版社 1983 年 12 月）

高天厚地兮，谁知余之永伤——论《三国演义》中的魏延/江震/电大文科园地 1985 年第 7 期

论魏延/沈伯俊/《三国演义》论文集（中州古籍出版社 1985 年 11 月）/中国古典小说新论集（西南师范大学出版社 1987 年 11 月）/《三国演义》新探（四川人民出版社 2002 年 5 月）

为三国魏延一辩/周学禹/信阳师范学院学报（哲学社会科学版）1989 年第 3 期

魏延评析/王齐洲/明清小说鉴赏辞典（浙江古籍出版社 1992 年 9 月）

看《三国演义》，说魏延之"反"/袁万祥/广州日报 1995 年 3 月 17 日

试论《三国演义》中魏延形象/卢军/合肥教院学报（哲学社会科学版）1996 年第 3 期

魏延——《三国演义》的最大败笔/周云龙/锦州师范学院学报（哲学社会科学版）1997 年第 3 期

试论魏延/徐进之/黑龙江教育学院学报 2002 年第 6 期

从魏延形象的塑造看《三国志通俗演义》作者的思想矛盾/冉耀斌/社科纵横 2003 年第 1 期

镜像关系：魏延与关羽/齐裕焜/文学遗产 2005 年第 1 期

试析《三国演义》中魏延的悲剧/赵洪义/辽宁行政学院学报 2005 年第 5 期

从魏延的形象刻画谈《三国演义》中的遮蔽和彰显/文需/韶关学院学报 2007 年第 10 期

罗贯中因何反写魏延（B）/刘威韵/前沿 2007 年第 12 期

吴起与魏延比较论：《东周列国志》与《三国演义》比较论之二/曾良/内江师范学院学报 2010 年第 11 期

诸葛亮与魏延关系新论（B）/李殿元/文史杂志 2012 年第 6 期

诸葛亮与魏延在《三国演义》中悲剧命运的探讨与分析（B）/王博、刘颖/辽宁行政学院学报 2013 年第 9 期

《三国演义》中魏延走向反叛的心理动因/张文成/文学教育（上）2014 年第 4 期

试论《三国志通俗演义》中魏延形象塑造的矛盾/李名山/佳木斯职业学院学报 2016 年第 2 期

探析《三国演义》中魏延悲剧的原因/王凌志/北方文学 2018 年第 6 期

11. 刘蜀其他人物

关索考/周绍良/学林漫录第 2 集（中华书局 1981 年 3 月）

有其父未必有其子（谈诸葛瞻）/沈伯俊/成都晚报 1983 年 5 月 5 日

从徐庶与庞统形象的塑造谈起/赵连起/文苑纵横谈（7）（山东人民出版社 1983 年 5 月）

刘封之死/陈周昌/三国演义学刊第 1 辑（四川省社会科学院出版社 1985 年 7 月）

之子大归，杳如黄鹤——孙夫人考实/杨芷华/明清小说研究第 2 辑（中国文联出版公司 1985 年 12 月）

刘禅是庸主还是明君/闵云森/四川日报 1986 年 12 月 6 日

论孙夫人——《三国志演义》散论之一/谢文学/许昌学院学报 1987 年第 1 期

试论《三国演义》中的姜维/曹学伟/宁夏教育学院学报（社会科学版）1988 年第 3 期

姜维形象的构思特色/范志新/苏州大学学报（哲学社会科学版）1989 年第 1 期

话说糜、甘二夫人——《三国》漫话之三/沈伯俊/文艺学习 1989 年第 1 期

孙夫人的虚虚实实——《三国》漫话之八/沈伯俊/文艺学习 1990 年第 2 期

孙夫人名叫"孙尚香"吗？——《三国演义》之谜（三）/沈伯俊/四川日报 1991 年 4 月 6 日

孙夫人是投江自尽的吗？——《三国演义》之谜（四）/沈伯俊/四川日报 1991 年 4 月 13 日

名过其实的诸葛瞻——《三国》漫话之十四/沈伯俊/文艺学习 1991 年第 4 期

论孟获/李兆成/《三国演义》与中国文化（巴蜀书社 1991 年 9 月）

马谡评析/常林炎/明清小说鉴赏辞典（浙江古籍出版社 1992 年 9 月）

姜维评析/王齐洲/明清小说鉴赏辞典（浙江古籍出版社 1992 年 9 月）

试论《三国演义》中的庞统（A）/李美云/江淮论坛 1993 年第 1 期

考伯乐的一道试题——漫谈《三国演义》中对庞统的识别/姜山龄/祁连学刊 1993 年第 3 期

且莫冤屈孙夫人/盛瑞裕/江汉大学学报 1993 年第 5 期

从历史真实到艺术真实——浅说《三国演义》中庞统形象/魏平柱/《三国演义》与荆州（中州古籍出版社1993年9月）

论文化魔方中的刘禅/关四平、彭勃/求是学刊1995年第2期

"立志功名而玩众黩旅"——论姜维的九伐中原/谌志华/培训与研究1998年第4期

论庞统形象及其意义/欧阳代发/皖江侧畔论三国（黄山书社2001年10月）

庞统——充满悲剧色彩的智慧之星/高显齐、刘自力/皖江侧畔论三国（黄山书社2001年10月）

乱世中的边缘人——《三国志通俗演义》中的谯周形象/李庆霞/皖江侧畔论三国（黄山书社2001年10月）

史料与英雄形象再造——从马超形象的塑造看《三国演义》情节提炼艺术（A）/雷勇/新世纪《三国演义》论文集（文教资料2001年增刊，2001年12月）

蒋琬与蜀汉/高显齐/新世纪《三国演义》论文集（文教资料2001年增刊，2001年12月）

刘封悲剧的文化解读/雷勇/中华文化论坛2003年第2期

关索考辨/欧阳健/东南大学学报（哲学社会科学版）2005年第6期

"关索"形象的文化意蕴——历史、文学与民间信仰互动之个案浅析/刘海燕/江西师范大学学报（哲学社会科学版）2005年第6期

试论《三国演义》中的庞统（B）/陆纯慧/中国科技信息2005年第17期

《三国演义》中马谡形象分析/沈士洲/语文教学与研究（教师版）2005年第28期

论《三国演义》中姜维的个性特征/周云田/孝感学院学报2007年第S1期

浅谈元杂剧三国戏"孙夫人"形象对小说《三国演义》的影响（B）/徐彩云、徐金季/商业文化（学术版）2007年第8期

《三国演义》中姜维形象悲剧探析/杨海英/文学教育（上）2007年第9期

自觉自强求至情——吴国太、孙夫人形象的另一解读（B）/李会转/作家2008年第12期

孙夫人形象的文化解读/李会转/长城2009年第2期

从姜维艺术形象的塑造看《三国演义》的悲剧性/李宏哲/齐齐哈尔师范高等专科学校学报2010年第2期

[九] 人物形象

《三国演义》对马超形象的重塑/蔡美云/陕西理工学院学报（社会科学版）2010年第3期

论《三国演义》中庞统形象审美特色/张海峰/哈尔滨职业技术学院学报2011年第1期

论《三国演义》中庞统形象的审美特色/赵育辉/晋城职业技术学院学报2011年第1期

叙事视角与文化观照下的庞统形象/张红波/武汉科技大学学报（社会科学版）2011年第3期

诸葛亮的接班人——蒋琬/沈伯俊/西华大学学报（哲学社会科学版）2011年第4期

东汉灭成家、屠成都与刘禅不战而降（A）/罗开玉/襄樊学院学报2011年第10期

刘禅形象嬗变的诗学探究/温艳/皖西学院学报2012年第1期

论《三国演义》中的刘禅/王艳雷/才智2012年第33期

出身微贱 由妾而妻——《三国志通俗演义》中甘夫人身份考辩/金霞、韩晓/三峡论坛（三峡文学·理论版）2013年第1期

《三国志通俗演义》中甘夫人形象分析/金霞/名作欣赏2013年第20期

试论姜维形象的史学与文学转型/周冉、胡淑娟/吉林省教育学院学报（下旬）2014年第3期

《三国演义》中马超的悲剧形象/刘立/赤峰学院学报（汉文哲学社会科学版）2014年第8期

浅析《三国演义》中孙尚香的形象/林琳/赤峰学院学报（汉文哲学社会科学版）2014年第12期

论《三国演义》中庞统的悲剧人生/梁韶娜/青年文学家2014年第29期

历史记载与传说想象对人物形象的构建——以三国之孙夫人形象的历史流变为例（C）/范国强/贵州社会科学2015年第3期

《三国演义》中的马超人物分析/巫玉荣/时代教育2015年第16期

论《三国演义》中的谯周形象及其文化内涵/许中荣/成都大学学报（社会科学版）2016年第3期

论孟达之真实面目/杨明贵/安康学院学报2016年第3期

庞统之死：《三国演义》单回伏笔之最/陈谙哲/文化学刊2017年第2期

论《三国演义》中庞统性格/余跃/北方文学2017年第33期

羁旅托国，孤独与悲情——史家和小说家笔下的姜维/李庆西/书城2018年第3期

论孟达叛蜀之原因/杨明贵/安康学院学报2019年第1期

庞统：英年早逝的"半英雄"/沈先仪/江淮文史2019年第2期

扶不起的阿斗——富贵天子，大智若愚/刘德林/文史天地2019年第6期

《三国演义》中卧龙光环下的"凤雏"悲歌/白俊峰/文学教育（上）2019年第7期

三国人物之我见——后主刘禅/卢润天/中华传奇2019年第11期

略论《三国演义》孙韶与关索形象的塑造/石松/荆楚学刊2020年第2期

论《三国演义》对姜维历史形象的改造/王皓/青年文学家2020年第12期

历史人物关羽的当代影视形象思考（A）/杨珂/艺术传播研究2021年第1期

蜀汉四相之费祎艺术形象研究/沈定求/常州工学院学报（社科版）2021年第2期

《三国演义》庞统相貌的丑化及其文学意义/林宪亮/哈尔滨工业大学学报（社会科学版）2021年第5期

学位论文：

论三国故事文艺作品中孙尚香形象的演变/杜小琴/中国古代文学/华中师范大学2011年

三国人物姜维形象演变史/兰立/中国古代文学/渤海大学2012年

12. 孙坚 孙策

孙坚孙策论/陈周昌/明清小说研究第3辑（中国文联出版公司1986年4月）/中国古典小说新论集（西南师范大学出版社1987年11月）

"小霸王"孙策——《三国》漫话之十/沈伯俊/文艺学习1990年第5期

论孙坚、孙策命运的大起大落/张喜全/攀枝花大学学报1996年第4期

多重文化视域中的孙坚形象/蔡美云/襄樊学院学报2010年第9期

论孙策/沈伯俊/镇江高专学报2011年第3期

13. 孙　权

谈《三国演义》中的孙权形象/高光复/衡阳师专学报（社会科学）1982 年第 4 期

评"江东三杰"——《三国演义》散论之十一/叶胥、冒炘/阜阳师院学报（社会科学版）1983 年第 1 期

论孙权形象/吴锦润/三国演义学刊第 2 辑（四川省社会科学院出版社 1986 年 8 月）

生子当如孙仲谋——评《三国演义》里的孙权在霸主群象中的地位/王枝忠/固原师专学报（社会科学版）1988 年第 4 期

性格复杂的孙权——《三国》漫话之十二/沈伯俊/文艺学习 1991 年第 2 期

孙权的立嗣之争——《三国》漫话之十五/沈伯俊/文艺学习 1991 年第 5 期

孙权评析/吴小林、王自周/明清小说鉴赏辞典（浙江古籍出版社 1992 年 9 月）

碧眼金髯孙仲谋/朱苏进/南方周末 1994 年 6 月 10 日

孙权与吴地佛教文化/王运祥、蒋增福/新世纪《三国演义》论文集（文教资料 2001 年增刊，2001 年 12 月）

孙权—浙江的千古一帝——《三国演义》的人物塑造/佘德余/绍兴文理学院学报（哲学社会科学版）2002 年第 4 期

气吞万里如虎——论《三国演义》孙权形象/白盾/黄山学院学报 2003 年第 1 期

浅谈《三国演义》中孙权的艺术形象/常靖/太原大学学报 2010 年第 2 期

孙权经营东北战略构想——以嘉禾二年正月诏书为中心的考察/李红权、郭秀琦/宜宾学院学报 2010 年第 4 期

陈寿《三国志》中的孙权形象/刘嘉红/安徽文学（下半月）2012 年第 8 期

建国以来孙权形象研究述论（A）/胡莲玉/明清小说研究 2013 年第 4 期

试析《三国演义》孙权的性格特点/孙毅松/散文百家 2020 年第 4 期

学位论文：

孙权形象史研究/刘嘉红/中国古代文学/渤海大学 2013 年

14. 周　瑜

群英会上的周瑜（A）/佛雏/语文学习1957年第8期

才识与气量——《三国演义》周瑜性格之评说/干与/延安大学学报（社会科学版）1983年第4期

周瑜之死/胡邦炜、刘友竹/成都晚报1983年9月9日

论《三国演义》中周瑜的形象/萧相恺/许昌学院学报1985年第2期

指挥如意笑谈中——谈"群英会"中的周瑜形象（A）/李亚白/文科教学（内蒙古乌盟师专）1985年第3期

试论《三国演义》中的周瑜形象/于洪江/《三国演义》论文集（中州古籍出版社1985年11月）

关于贬抑周瑜、鲁肃的思考/白盾/宁德师专学报1986年第1期

挥洒如意，才智超人的艺术形象——《群英会》中周瑜形象的塑造（A）/李志刚/语文学刊1986第3期

论周瑜（A）/段启明/西南师范大学学报（人文社会科学版）1986年第4期/中国古典小说新论集（西南师范大学出版社1987年11月）

论周瑜和鲁肃/陈周昌/三国演义学刊第2辑（四川省社会科学院出版社1986年8月）

周瑜的性格/杜娟/天津日报1987年7月3日

周瑜形象的演化/关四平/学术交流1988年第1期

"既生瑜，何生亮？"！——《三国演义》中周瑜形象新议/李景文/松辽学刊（社会科学版）1992年第3期

周瑜评析/吴小林、王自周/明清小说鉴赏辞典(浙江古籍出版社1992年9月)

略说周瑜的风度/王丽娅/名作欣赏1997年第6期

论周瑜（B）/杨绍华/四川教育学院学报1998年第1期

圣手丹青还是艺术败笔——《三国演义》周瑜形象得失新探/杨润秋、苗怀明/明清小说研究1999年第3期

这个周郎不正常——《三国演义》周瑜形象新说/淮茗/名作欣赏2002年第4期

人性的扭曲——论罗贯中笔下的周瑜形象（B）/梁大新、韦海霞/襄樊职业技术学院学报2005年第6期

性情中人小周郎——谈《三国演义》中的周瑜/马瑞芳/中学生阅读（初中版）2006年第10期

《三国演义》中的"双面人"——周瑜形象分析/刘星红/文教资料2007年第19期

周瑜：一个张扬着汉末魏晋风采的悲剧英雄/徐明阳/名作欣赏2008年第6期

相互辉映　形象鲜明——试析《三国演义》对周瑜和诸葛亮的交错刻画（B）/王生文/阅读与写作2008年第9期

撩开历史的面纱——周瑜历史形象的一种解读/王菊芹/开封教育学院学报2009年第1期

周瑜形象的历史原型/刘向美/辽宁教育行政学院学报2011年第4期

周瑜形象接受研究/梁现利/内蒙古农业大学学报(社会科学版)2011年第5期

在历史与历史小说之间——以周瑜为例/聂跃/杉乡文学2011年第7期

内圣外王的一代儒将——周瑜历史形象新探/贾红莲、陈振华/科教导刊（上旬刊）2011年第23期

浅释小说内外周瑜的悲剧性格/江中云/名作欣赏2011年第35期

同为国士无双汉，何苦并生相为难——"赤壁之战"周瑜、诸葛亮形象研究新论（A）/楚周莲/现代语文（学术综合版）2013年第1期

试论《三国演义》中周瑜的形象/谈婷婷/现代企业教育2013年第20期

宋代周瑜形象分裂的原因/韩放/佳木斯教育学院学报2014年第4期

论《三国演义》中周瑜的悲剧性/杨晓/学理论2014年第5期

人性的扭曲——分析罗贯中笔下的周瑜形象（B）/黄依/环球人文地理2014年第12期

周瑜：东吴名将有大义/方北辰/领导文萃2015年第4期

《三国志》和《三国演义》中周瑜形象比较研究（A）/黄志程、崔红梅/牡丹2015年第14期

周瑜的大义/方北辰/人生与伴侣2015年第15期

《三国演义》中周瑜形象分析/刘聪/青春岁月2015年第17期

论《三国演义》中周瑜形象的悲剧性（A）/孔智恒/清远职业技术学院学报

2016 年第 2 期

周瑜形象在《三国演义》叙事结构中的定位及其文化内涵/郑铁生/内江师范学院学报 2016 年第 7 期

从赤壁之战看《三国演义》中周瑜的双重形象/杨琳琳/北方文学 2016 年第 26 期

"嫉妒"的经典——《三国演义》周瑜艺术形象浅析/高晓慧/学语文 2017 年第 4 期

论《三国演义》中周瑜形象的悲剧性（B）/王炳茗/文化学刊 2017 年第 7 期

浅析《三国志》和《三国演义》中周瑜形象比较/夏晨阳/高考 2018 年第 2 期

"整本书阅读与研讨"的教学实践——探讨周瑜形象的悲剧性（A）/陈琦伶/教育观察 2019 年第 41 期

《三国演义》中周瑜悲剧形象管窥/刘楠/百科论坛电子杂志 2021 年第 22 期

学位论文：

《三国志》和《三国演义》中周瑜形象比较研究（B）/邱少成/专门史/华中科技大学 2011 年

周瑜形象生成史/韩放/中国古代文学/渤海大学 2014 年

15. 鲁　肃

谈鲁肃/杨柄/羊城晚报 1958 年 1 月 3 日

"憨"得可爱的鲁肃/沈伯俊/成都晚报 1983 年 4 月 24 日

试论罗贯中笔下的鲁肃形象/关四平/北方论丛 1987 年第 1 期

试论鲁肃艺术形象的发展与形成/李纯良/成都大学学报（社会科学版）1987 年第 4 期

鲁肃评析/吴小林、王自周/明清小说鉴赏辞典（浙江古籍出版社 1992 年 9 月）

简析鲁肃的性格/伏漫戈/唐都学刊 1998 年第 1 期

论《三国演义》中的鲁肃形象/崔积宝/学术交流 2001 年第 4 期

《三国》中的安徽名人鲁肃/蒋增福/皖江侧畔论三国（黄山书社 2001 年 10 月）

关于鲁肃人物和鲁肃墓的探讨/刘昆/皖江侧畔论三国（黄山书社 2001 年 10 月）

从纯文本角度看《三国演义》中鲁肃形象/王伟/文学教育（下）2007 年第 10 期

浅析《三国演义》中鲁肃的"战略家"形象/孙楠/北方文学（下半月）2010 年第 8 期

从几个重要历史情节看鲁肃/吴跃平/小说评论 2011 年第 1 期

论鲁肃形象的嬗变/周淑红/成都大学学报（社会科学版）2014 年第 2 期

试论《三国演义》中鲁肃人物形象/张文学、宋国庆/时代文学（上半月）2015 年第 12 期

论《三国演义》对鲁肃形象的改写/王强/许昌学院学报 2016 年第 1 期

《三国演义》中鲁肃人物形象研究/王娟/兰州教育学院学报 2018 年第 5 期

试析《三国演义》孙吴谋略家鲁肃的为人哲学/王佳卉/唐山文学 2018 年第 10 期

三国历史和文艺作品中的鲁肃/刘咏涛、龙静/文史杂志 2019 年第 2 期

《三国演义》中鲁肃形象的嬗变及其成因/张卫红/开封文化艺术职业学院学报 2020 年第 3 期

贤臣鲁肃/李娜/中学语文教学参考 2021 年第 9 期

学位论文：

鲁肃形象的演变与传播（A）/柯昌勋/中国古代文学/陕西理工学院 2014 年

16. 陆　逊

试论《三国演义》中的陆逊形象/于洪江/三国演义学刊第 2 辑（四川省社会科学院出版社 1986 年 8 月）

陆逊评析/林骅/明清小说鉴赏辞典（浙江古籍出版社 1992 年 9 月）

小议《三国演义》中陆逊形象塑造之得与失/吴柏森/《三国演义》与荆州（中州古籍出版社 1993 年 9 月）

《三国演义》陆逊形象论略/赵永源/吴中学刊 1997 年第 4 期

《三国演义》中陆逊的军事指挥艺术/夏旻/新世纪《三国演义》论文集（文教资料 2001 年增刊，2001 年 12 月）

陆逊的驭下之道/黄军昌/群众 2017 年第 4 期

17. 孙吴其他人物

桥国老和孙刘联姻故事的衍变/王立言/贵州文史丛刊 1986 年第 1 期
诸葛恪简论/胡风筠/明清小说研究 1988 年第 1 期
吴国太与乔国老——《三国》漫话之七/沈伯俊/文艺学习 1989 年第 6 期
略谈江东二乔——《三国》漫话之九/沈伯俊/文艺学习 1990 年第 3 期
刚直不阿的张昭——《三国》漫话之十六/沈伯俊/文艺学习 1991 年第 6 期
"桥国老"和"桥玄"/沈伯俊/人民日报·海外版 1992 年 5 月 26 日
乱世佳人话二乔/金性尧/古典文学知识 1994 年第 3 期
年幼负气　极有胆勇——谈谈《三国演义》中的孙韶/朱睦卿/名作欣赏 1996 年第 4 期
西晋灭吴，孙秀为何要哭？（A）/沈伯俊/三国漫话（四川人民出版社 2000 年 9 月）
孙吴人物三题/沈伯俊/现代语文（学术综合版）2010 年第 8 期
"两乔"考/娄可树/文史杂志 2011 年第 4 期
太史慈形象的比较研究（A）/宋兴杰/晋城职业技术学院学报 2013 年第 5 期
《三国演义》甘宁形象论/迟羽西、杨敬民/北方文学 2019 年第 12 期
学位论文：
《三国演义》东吴人物论/迟羽西/中国古代文学/牡丹江师范学院 2020 年

18. 其他集团人物

[1] 袁绍　袁术

谈袁术/沈伯俊/成都晚报 1984 年 4 月 6 日
袁术：骄奢狂妄自取灭亡的典型——《三国》漫话之四/沈伯俊/文艺学习 1989 年第 2 期
袁绍评析/吴小林、王自周/明清小说鉴赏辞典（浙江古籍出版社 1992 年 9 月）
论袁绍/王永平/扬州师院学报（社会科学版）1995 年第 1 期
论《三国演义》中袁绍的人物形象/杨洸/石家庄铁道大学学报（社会科学

版）2018 年第 1 期

《三国演义》袁绍人物形象分析/井普椿/名作欣赏 2020 年第 12 期

[2] 吕　布

论吕布（A）/伊永文/社会科学研究 1986 年第 6 期

试论《三国演义》中的吕布形象/于洪江/小说论稿合集（北京大学出版社 1989 年 10 月）

吕布评析/王齐洲/明清小说鉴赏辞典（浙江古籍出版社 1992 年 9 月）

论吕布（B）/朱子彦、边锐/历史教学问题 2007 年第 3 期

是英雄还是狗熊？——看《三国演义》中的吕布/杨迪、李莉丽/文学界（理论版）2010 年第 8 期

论吕布与董卓的关系——兼论吕布的"反复无常"（A）/梁满仓/安徽大学学报（哲学社会科学版）2011 年第 3 期

《三国演义》中的吕布形象赏析/何明栋/新课程学习（上）2013 年第 2 期

论吕布（C）/李佳欣、王军/青年文学家 2014 年第 29 期

论吕布形象单一化的演变过程/唐良鹏/重庆文理学院学报（社会科学版）2017 年第 4 期

也论《三国演义》中的吕布形象/钱文娟、王引萍/兰州教育学院学报 2018 年第 3 期

论悲剧人物吕布的英雄情结/张晓晓/湖北文理学院学报 2018 年第 4 期

《三国演义》中的吕布形象浅论/董芳衍/祖国 2018 年第 24 期

一点、二面、三维——我观《三国演义》之吕布/刘彦/名作欣赏 2020 年第 26 期

[3] 貂　蝉

话说貂蝉/菌桂/南方日报 1956 年 12 月 9 日

貂蝉之谜/胡邦炜、刘友竹/成都晚报 1983 年 9 月 18 日

貂蝉的献身精神/李春祥/光明日报 1984 年 7 月 24 日

貂蝉是政治斗争中的工具/胡邦炜/光明日报 1984 年 7 月 31 日

关于貂蝉评论的思考/石昌渝/光明日报 1984 年 9 月 25 日

浅论貂蝉/李春祥/《三国演义》论文集（中州古籍出版社 1985 年 11 月）

论貂蝉/胡邦炜/《三国演义》论文集（中州古籍出版社 1985 年 11 月）

貂蝉形象的演变——《三国》漫话之五/沈伯俊/文艺学习 1989 年第 3 期

谈《三国演义》中貂蝉和孙夫人的形象塑造/王川/名作欣赏 1989 年第 4 期

谈《三国演义》中貂蝉形象的悲剧性/王振星/济宁师专学报（社会科学版）1990 年第 2 期

貂蝉是虚构人物/沈伯俊/人民日报·海外版 1991 年 5 月 17 日

貂蝉与连环计/万安培/羊城晚报 1994 年 12 月 4 日

千古漫说貂蝉女/宁业高、夏国珍/文史知识 1995 年第 6 期

千古名谍——浅谈《三国演义》中的貂蝉/秦平/黑龙江教育学院学报 1998 年第 2 期

再谈貂蝉是虚构人物/沈伯俊/人民日报·海外版 2000 年 8 月 25 日

从貂蝉形象的塑造管窥罗贯中的儒家妇女观（B）/楚爱华/开封大学学报 2005 年第 1 期

功臣与工具——《三国演义》中貂蝉形象的文化探析/王瑜/黑龙江教育学院学报 2006 年第 1 期

论貂蝉形象的演变/何晓苇/华南师范大学学报（社会科学版）2006 年第 1 期

《连环计》杂剧与《连环记》传奇中貂蝉形象之比较/王庆芳/孝感学院学报 2006 年第 4 期

貂蝉形象矛盾成因初探/顾杨/现代语文（文学研究版）2007 年第 12 期

《三国演义》中貂蝉形象的扁平性/曾秀芳/文学教育（下）2009 年第 5 期

《三国演义》中的貂蝉形象/王秀玲/文学教育（上）2009 年第 9 期

《三国演义》中的美人计比较——以貂蝉和孙夫人为中心（B）/李厚琼/电影文学 2009 年第 12 期

一个缺少独立人格的傀儡——《三国演义》中貂蝉形象的再思考/肖永军/河北北方学院学报（社会科学版）2010 年第 4 期

貂蝉形象的形成、演变与价值选择/程明社/运城学院学报 2011 年第 3 期

拼将一死酬知己——三国中貂蝉英雄形象初探/刘妮娜/青春岁月 2011 年第 6 期

貂蝉：儒家思想的殉道者——从貂蝉形象的塑造管窥《三国演义》的儒家思

想印记（B）/王燕、雷艳、严珍珍/十堰职业技术学院学报2012年第1期

《三国演义》貂蝉人物原型初探/周杰/群文天地2013年第2期

浅析《三国演义》中貂蝉的悲剧美/谭俊妮/鸭绿江（下半月版）2014年第3期

貂蝉形象解析/蔡伟杰/读书文摘2014年第22期

漫话貂蝉/邹一正/新天地2018年第1期

论三国文艺作品中貂蝉形象的演变/刘咏涛、李焦利/成都大学学报（社会科学版）2018年第4期

貂蝉故事的文本演变及其文化意蕴/李彦敏/天中学刊2018年第6期

试论《三国演义》中的貂蝉/周启勋/语文教学通讯·D刊（学术刊）2019年第4期

貂蝉查无此人？/洛轻尘/中外文摘2020年第2期

历史"互文"：银幕"貂蝉"的形象溯源与意识拓新/倪泰乐、冯兆/电影评介2020年第4期

眼花缭乱，终归于寡淡——从小说艺术的角度评价《三国演义》对貂蝉的人物塑造/安磊/名作欣赏2020年第35期

学位论文：

貂蝉形象演变研究/潘丽娜/中国古代文学/辽宁大学2011年

[4] 陈　宫

《三国演义》的虚和实——说陈宫/沈伯俊/古典文学知识1987年第6期

论陈宫（A）/沈伯俊/许昌学院学报1988年第2期/《三国演义》新探（四川人民出版社2002年5月）

论陈宫（B）/魏军/湖北大学学报（哲学社会科学版）1988年第3期

陈宫与"捉放曹"——《三国》漫话之一/沈伯俊/文艺学习1988年第4期

"捉放曹"的是否陈宫？——《三国演义》之谜（八）/沈伯俊/四川日报1991年5月11日

逐鹿时期的纵横情结：论陈宫/张靖龙、周汝英/明清小说研究1998年第2期

孤独的勇者——陈宫悲剧形象解读/史梅/安徽文学（下半月）2008年第5期

《三国演义》中陈宫形象解析/赵瑞华、王礼亮/重庆科技学院学报（社科

学版）2011年第16期

白门楼下的公台——浅析《三国演义》人物陈宫的悲剧/袁璇彦/群文天地2012年第18期

[5] 其　他

《三国演义》中的第一位大伯乐——司马水镜先生论/王基/河南财经学院学报1986年第3期

"拜官公朝，谢恩私门，臣所不取也"——试论羊祜及《三国演义》末回之成败/王基/南都学坛1990年第4期

《三国演义》的道教人物/盛巽昌/上海道教1991年第1期

"杨大将"之误/沈伯俊/人民日报·海外版1991年2月19日

董贵人是董承之妹吗？/沈伯俊/人民日报·海外版1991年3月14日

董卓进京时的身份/沈伯俊/人民日报·海外版1991年3月19日/中国人民大学《复印报刊资料·中国古代、近代文学研究》1991年第7期

两个刘岱不应混淆/沈伯俊/人民日报·海外版1991年3月27日

华佗给关羽治过伤吗？——《三国演义》之谜（七）/沈伯俊/四川日报1991年5月4日

走向超越——论《三国演义》中的司马徽/覃宏勇/河池师专学报（文科版）1993年第1期

论徐庶/汤江浩/《三国演义》与荆州（中州古籍出版社1993年9月）

论董卓和孙皓/毛忠贤/宜春师专学报1995年第3期

《三国演义》三医人/刘晓林/衡阳师专学报（社会科学）1997年第2期

才高命蹇的沮授田丰/沈伯俊/三国漫话（四川人民出版社2000年9月）

关中之战时，韩遂是四十岁吗？/沈伯俊/三国漫话（四川人民出版社2000年9月）

《三国演义》孤独者形象及其审美意义/余丹/皖江侧畔论三国（黄山书社2001年10月）

浅析罗贯中笔下《三国演义》中的晋人形象/范光耀、刘永成/皖江侧畔论三国（黄山书社2001年10月）

孙皓时期皇权的强化及其与儒学朝臣冲突的加剧——孙吴后期政治史研究之

二/王永平/河南科技大学学报（社会科学版）2005年第4期

蔡邕出仕董卓"无守无识"辨/何如月/求索2006年第4期

韩遂论略/杨卫、杨德/青海师专学报（教育科学）2006年第6期

由徐庶与姜维的去留论《三国演义》的价值取向/徐涛、郭俊/文教资料2006年第15期

从沮授、田丰的人生悲剧看秘书的参谋之道与人际关系/蔡茂/秘书之友2007年第6期

《三国演义》中左慈艺术形象的塑造/赵彬/成都大学学报（社会科学版）2007年第6期

董卓当为司徒种暠所辟——裴松之《三国志注》引《吴书》辨疑/于涛/文献2008年第4期

羊祜：儒玄兼修的政治家/韩宁平/魏晋南北朝史研究：回顾与探索——中国魏晋南北朝史学会第九届年会论文集（湖北教育出版社2009年8月）

中华书局点校本《后汉书·董卓传》校证拾遗/余晓宏/聊城大学学报（社会科学版）2011年第2期

论吕布与董卓的关系——兼论吕布的"反复无常"（B）/梁满仓/安徽大学学报（哲学社会科学版）2011年第3期

何进与宦官的斗争对东汉政局的影响/雷福平/学理论2011年第9期

论羊祜：以儒玄兼修为视角/韩宁平/黄山学院学报2012年第4期

再析"羊祜亦党贾充论"/董慧秀/黑龙江史志2012年第6期

司马徽新论/夏日新/中国三国历史文化国际学术讨论会论文集（湖北人民出版社2012年8月）

东汉末年马腾、韩遂军事集团述论/白亮/兰州大学学报（社会科学版）2013年第6期

诸葛玄死于西城考/梁满仓/湖北文理学院学报2013年第9期

关于诸葛玄之死地问题/李万生/南京晓庄学院学报2014年第2期

从于吉、左慈的形象看《三国演义》的多重意义/施彩云/牡丹江教育学院学报2014年第5期

助晋统一全国的大功臣：羊祜/吴世祥/文史天地2014年第7期

羊祜推荐杜预考/赫兆丰/兰台世界2014年第9期

浅谈汉末士庶之争——以董卓为个案/张征群/河北北方学院学报（社会科学版）2015年第4期

何进谋诛宦官/张国刚/月读2015年第9期

东汉三国：士大夫与豪门政治（四）东汉末年变局：董卓进京/张国刚/月读2015年第9期

《三国演义》中李儒形象解析/狄三峰/湖北函授大学学报2015年第23期

《三国演义》中徐庶形象的文化解读——兼谈"荐诸葛"阐释中的"误读"问题/许中荣/宁夏大学学报（人文社会科学版）2016年第5期

论《三国演义》中的何后形象/张会娟、李娟娟/科教导刊（电子版）2017年第6期

《三国演义》第一秘书李儒形象论/张晓敏/赤峰学院学报（汉文哲学社会科学版）2018年第9期

《三国演义》中的头号反派董卓：率先崛起的武人势力/原廓/国家人文历史2019年第16期

论《三国演义》中的何进形象/武云峰、杨敬民/名作欣赏2020年第15期

［十］情节赏析

1. 桃园结义

《桃园结义》鉴赏/李时人/明清小说鉴赏辞典（浙江古籍出版社 1992 年 9 月）

论"桃园结义"及对后世的影响/梅铮铮/成都大学学报（社会科学版）2006 年第 6 期

文人之"忠"与民间之"义"——桃园结义故事两种叙事的比较分析/王丽娟/明清小说研究 2007 年第 1 期

论桃园结义故事成型过程中的文化心态/张丽/荆门职业技术学院学报 2007 年第 2 期

"桃园结义"的三种读法——兼论《三国演义》研究的若干理论问题/鲁小俊/安徽大学学报（哲学社会科学版）2012 年第 2 期

"桃园结义"故事完全是虚构的吗？/李殿元、李绍先/读书文摘 2014 年第 17 期

刘关张三结义辩考/李全生/衡水学院学报 2015 年第 5 期

刘关张桃园结义故事流变考/罗勇/语文建设 2015 年第 21 期

桃园结义和梁山聚义之比较/王丽文/学术交流 2017 年第 5 期

漫话《三国演义》中的"桃园弟兄"/魏际昌、刘洁/湖南工程学院学报（社会科学版）2021 年第 2 期

学位论文：

论刘备、关羽、张飞结义的故事流变（B）/张丽/中国古代文学/华中科技大学 2003 年

2. 怒鞭督邮

《怒鞭督邮》鉴赏/吴功正/明清小说鉴赏辞典（浙江古籍出版社 1992 年 9 月）

谁鞭挞了督邮？——小说中典型人物塑造一例（A）/徐传武/读写月报 1994 年第 11 期

鞭打督邮是何人（A）/李燕捷/文史知识 1997 年第 12 期

3. 曹操刺董卓

《曹操刺董卓》鉴赏/吴功正/明清小说鉴赏辞典（浙江古籍出版社 1992 年 9 月）

曹操行刺董卓事源自何来（A）/李燕捷/文史知识 1997 年第 11 期

4. 温酒斩华雄

《温酒斩华雄》的艺术技巧（A）/常林炎/解放军文艺 1961 年第 12 期

《三国演义》表现艺术一斑——《温酒斩华雄》具体分析/项鲁天/光明日报 1963 年 4 月 28 日

略貌取神——析《温酒斩华雄》/汪远平/名作欣赏 1981 年第 2 期

旁敲侧击，烘云托月——谈《温酒斩华雄》的艺术手法/沈默/文学知识 1983 年第 1 期

《三国演义·温酒斩华雄》的艺术特色/杨福廷/广西师范大学学报（哲学社会科学版）1984 年第 1 期

《温酒斩华雄》鉴赏/吴功正/明清小说鉴赏辞典（浙江古籍出版社 1992 年 9 月）

"其酒尚温"凭君尝——《温酒斩华雄》赏析/高蓬洲/名作欣赏 1994 年第 6 期

虚实相生　呼之即出——"温酒斩华雄"的艺术特色（A）/吴功正/古典文学知识 1994 年第 6 期

从"温酒斩华雄"看《三国演义》的人物性格特征/王永汉/学习月刊 2007 年第 12 期

虚实结合　精彩纷呈——试析《三国演义》中"温酒斩华雄"艺术魅力（A）/赵玉芳/文教资料 2007 年第 29 期

5. 煮酒论英雄

谈《煮酒论英雄》的艺术加工和艺术成就/雪克/东海 1960 年第 3 期

卓越的性格描绘艺术——读《曹操煮酒论英雄》札记/刘琦/名作欣赏 1982 年第 5 期

浅谈《曹操煮酒论英雄》对话的艺术特色/刘铁军/宁夏日报 1982 年 6 月 12 日

迅雷风烈笑谈中——《煮酒论英雄》赏析/陈飞/文史知识 1984 年第 3 期

精湛的古典小说艺术技巧——读《曹操煮酒论英雄》/张兴瑶/广西民族学院学报（哲学社会科学版）1985 年第 1 期

《煮酒论英雄》鉴赏/吴功正/明清小说鉴赏辞典(浙江古籍出版社 1992 年 9 月)

"青梅煮酒"考释（A）/胥洪泉/西南师范大学学报（人文社会科学版）2001 年第 1 期

古今多少事　都付笑谈中：谈《煮酒论英雄》的审美价值/谢灵、潘丽娜/黑龙江史志 2010 年第 7 期

6. 击鼓骂曹

"击鼓骂曹"辨（A）/青军/青海日报 1974 年 7 月 20 日

从《打鼓骂曹》看儒法斗争/张捷/湖北日报 1974 年 8 月 6 日

"击鼓骂曹"辨（B）/邵明银/宁夏日报 1974 年 9 月 3 日

《祢衡骂操》鉴赏/吴功正/明清小说鉴赏辞典(浙江古籍出版社 1992 年 9 月)

击鼓骂曹的反思/郭建光/科海故事博览（智慧）2009 年第 12 期

祢衡"击鼓骂曹"前后/史志/老年人 2012 年第 11 期

7. 千里走单骑

《千里走单骑》鉴赏/吴功正、陆志平/明清小说鉴赏辞典（浙江古籍出版社 1992 年 9 月）

8. 官渡之战

《官渡之战》鉴赏/沈伯俊/明清小说鉴赏辞典（浙江古籍出版社 1992 年 9 月）

多谋善断，得人者昌——《官渡之战》赏析/沈伯俊/三国漫谈（巴蜀书社 1995 年 2 月）/三国漫话（四川人民出版社 2000 年 9 月）

论张绣降曹对官渡之战的意义/赵林义/首都师范大学学报（社会科学版）2007 年第 S1 期

"官渡之战"发生地考证/李帮儒/兰台世界 2008 年第 8 期

官渡之战——巧用计谋，以少胜多/王宇/半月选读 2010 年第 9 期

官渡之战新探/杨德炳/襄樊学院学报 2011 年第 6 期

从官渡之战看曹操与袁绍的用人之道/吴国联/大连教育学院学报 2012 年第 1 期

三国时期经典战役研究之一：官渡之战/潘逸/湖北成人教育学院学报 2014 年第 6 期

官渡之战与赤壁之战双方胜败原因试探（A）/朱绍侯/河南大学学报（社会科学版）2015 年第 5 期

官渡之战：为什么输家是袁绍/张国刚/月读 2015 年第 10 期

官渡疑云/李庆西/读书 2017 年第 2 期

9. 三顾草庐

《三顾茅庐》的艺术成就（A）/王永生/东海 1959 年第 6 期

《三顾茅庐》的陪衬手法/刘知渐/四川文学 1962 年第 7 期

试论"三顾茅庐"的情节艺术/胡俊生/延安大学学报（社会科学版）1984 年第 4 期

烘云托月的出场特写——《三国演义》三十七八回赏析/周寅宾/文艺生活 1985 年第 12 期

《三顾草庐》鉴赏/陈辽/明清小说鉴赏辞典（浙江古籍出版社 1992 年 9 月）

从"三顾茅庐"看《三国演义》与传统文化/周达斌/诸葛亮与三国文化（成

都出版社 1993 年 9 月）

曲终始有双星会——"刘玄德三顾草庐"简析/赵庆元/古典文学知识 1994 年第 6 期

论明清历史小说中的"三顾茅庐"型求贤模式——兼谈"得人才者得天下"之兴废观/彭利芝/扬州大学学报（人文社会科学版）2005 年第 3 期

《三国演义》中"三顾茅庐"蓄势艺术探析（A）/唐明生/湖北职业技术学院学报 2007 年第 1 期

近十年来"三顾茅庐"、《隆中对》研究综述（B）/余鹏飞/襄樊学院学报 2008 年第 1 期

"三顾草庐"的历史事实不容置疑——评易中天的"登门自见在前，三顾茅庐在后"论/晋宏忠/襄樊职业技术学院学报 2008 年第 3 期

试论《三国演义》中"三顾茅庐"的艺术特色（A）/李航/河北大学成人教育学院学报 2009 年第 4 期

儒道兼融的襄阳隐士与"三顾茅庐"/徐明阳/理论月刊 2009 年第 10 期

《三国志演义》官渡之战叙述探索/陈曦/解放军艺术学院学报 2011 年第 1 期

刘备"三顾茅庐"辨/胡以存/黄石理工学院学报（人文社会科学版）2011 年第 2 期

论三顾茅庐/魏文哲/明清小说研究 2011 年第 4 期

"三顾茅庐"中的"顾"字解析探究/周朝富/新课程学习（中）2011 年第 5 期

"三顾茅庐"中的"玄机"——以嘉靖本《三国志通俗演义》为据/王以兴/西华师范大学学报（哲学社会科学版）2012 年第 4 期

三顾茅庐情节的演变：从《三国志平话》到《三国志通俗演义》/王以兴/滨州学院学报 2013 年第 2 期

层层推进　婉言诉说：《三顾茅庐》与言语节奏之约/肖绍国/福建教育 2013 年第 9 期

谈谈《三顾茅庐》的衬托艺术/李伟/七彩语文（教师论坛）2014 年第 2 期

刘备三顾茅庐其中另有隐情/贾飞/文苑 2014 年第 4 期

"三顾茅庐"中烘云托月的写作技法探析/胡珊珊/学习月刊 2014 年第 20 期

"三顾茅庐"背后领导者与人才的博弈/莫安梅、刘健/领导科学 2015 年第 1 期

刘备：三顾茅庐的隐情/贾飞/幸福（悦读）2015年第1期

用"小说"的方式阅读《三顾茅庐》——小说类课文阅读教学策略浅议/吉利/新课程（小学版）2015年第2期

"言意兼得"两相和：《三顾茅庐》教学谈/林春曹/教育视界2015年第6期

赏读经典　完善自我：以《三顾茅庐》为例/许芹/山西教育（教学）2015年第6期

如何步步蓄势、犯而有别？——略谈《三顾茅庐》的写作技法/郭建利/写作（上旬刊）2015年第12期

有效训练　学文得法——从《三顾茅庐》谈语言文字有效训练断想/张正清/新课程（上）2015年第12期

"三顾茅庐"新解——浅析复合型人才的吸纳与培养/苏磊/信息与电脑（理论版）2015年第15期

"微型名著"教学的"微策略"——以《三顾茅庐》一课为例/陈佳/教育观察（下半月）2015年第28期

《三国演义》中对于"三顾茅庐"的艺术特色赏析（A）/王雯洲/新教育时代电子杂志（学生版）2018年第34期

"三顾茅庐"故事的文本演变及其文体制约/许中荣/西华师范大学学报（哲学社会科学版）2019年第2期

整体观视域下的"三顾茅庐"情节论/束强/中学语文2021年第11期

10. 单骑救阿斗

"当阳之战"的艺术成就——《三国演义》卮谈之二/常林炎/解放军文艺1962年第11期

再谈《当阳之战》的艺术成就（A）/常林炎/解放军文艺1963年第2期

《单骑救阿斗》鉴赏/沈伯俊/明清小说鉴赏辞典(浙江古籍出版社1992年9月)

忠勇奋发，一往无前——《赵云单骑救阿斗》赏析/沈伯俊/三国漫谈（巴蜀书社1995年2月)/三国漫话（四川人民出版社2000年9月）

"死战之勇"与"不战之威"：看"当阳之役"中的赵云和张飞（C）/龚刚/文史知识1996年第1期

11. 威镇长坂桥

幻既出人意外，巧复在人意中——读《三国演义》第四十二回《张翼德大闹长坂桥》/张菊玲/学语文 1983 年第 1 期

谈"大闹长坂桥"中的张飞（B）/黄祖良/许昌师专学报（社会科学版）1985 年第 2 期

《威镇长坂桥》鉴赏/沈伯俊/明清小说鉴赏辞典(浙江古籍出版社 1992 年 9 月)

匹马单枪，八面威风——《张飞威镇长坂桥》赏析/沈伯俊/三国漫谈（巴蜀书社 1995 年 2 月）/三国漫话（四川人民出版社 2000 年 9 月）

12. 赤壁之战

简论《三国演义》赤壁之战的故事和人物描写/陈辽/光明日报 1955 年 7 月 10 日

谈《赤壁之战》的情节/李景白/四川文学 1962 年第 8 期

"赤壁之战"分析/林庚/北京大学学报（哲学社会科学版）1973 年第 2 期

《三国演义》赤壁之战的艺术特色（A）/张人和/中国古典文学研究论丛第 1 辑（吉林人民出版社 1980 年 9 月）

《赤壁之战》人物散论/周建中/上饶师专学报（社会科学版）1981 年第 4 期

赤壁之战与借东风——《三国演义》战例分析之一/李孝堂/齐齐哈尔师范学院学报（哲学社会科学版）1990 年第 6 期

《三国演义》中官渡、赤壁两战描写之比较（A）/张清河/贵阳师专学报（社会科学版）1991 年第 4 期

《赤壁之战》鉴赏/沈伯俊/明清小说鉴赏辞典(浙江古籍出版社 1992 年 9 月)

论赤壁之战的叙事节奏——《三国演义》艺术片谈/苏鲁/淮阴教育学院学报 1993 年第 4 期

绚丽多姿的艺术画卷——赤壁鏖兵的战争描写艺术/黄森学/《三国演义》与荆州（中州古籍出版社 1993 年 9 月）

你有奇谋，我有妙计——从《三国演义》的赤壁之战看我国古代的政治外交

军事谋略（A）/饶瑞麒/《三国演义》与荆州（中州古籍出版社 1993 年 9 月）

波澜壮阔，精彩纷呈——《赤壁之战》赏析/沈伯俊/三国漫谈（巴蜀书社 1995 年 2 月）/三国漫话（四川人民出版社 2000 年 9 月）

"赤壁之战"论/王同书/明清小说研究 2000 年第 4 期

真假虚实说"赤壁"——《三国演义》研究/白盾/皖江侧畔论三国（黄山书社 2001 年 10 月）

赤壁战役时间考论/张靖龙/皖江侧畔论三国（黄山书社 2001 年 10 月）

赤壁之战的魅力的奥秘——兼谈小说人物形象的心理结构分析方法/孙绍振/名作欣赏 2002 年第 1 期

赤壁之战逻辑透视/刘德禄/高等函授学报（哲学社会科学版）2002 年第 6 期

"赤壁之战"的叙事节奏与《三国演义》的艺术魅力（A）/张强/社会科学评论 2006 年第 3 期

论《三国演义》赤壁之战的叙事节奏（A）/张强/南京师大学报（社会科学版）2006 年第 5 期

从《三国演义》赤壁之战的描写看罗贯中的艺术成就（B）/黄萍、文化林、熊焰/韶关学院学报 2007 年第 2 期

沧海横流方显英雄本色——谈《赤壁之战》之鲁肃/马新敏/考试（教研版）2007 年第 4 期

赤壁之战与电影《赤壁》（A）/沈伯俊/成都大学学报（社会科学版）2008 年第 6 期

《三国演义》中的赤壁之战/李博/章回小说（下半月）2008 年第 9 期

林庚先生谈罗贯中笔下的"赤壁之战"（B）/苏爱琴/文史知识 2010 年第 1 期

谈赤壁之战的衬托艺术/娄性诚/科教文汇（上旬刊）2010 年第 7 期

从"赤壁之战"看周瑜的军事才华/杨柳/山西教育（初中版）2010 年第 10 期

浅析《赤壁之战》中人物性格的描写/王芳/新课程（下）2011 年第 3 期

论《三国演义》中赤壁之战的素材来源（A）/张真、朱微/长江师范学院学报 2011 年第 5 期

不战而屈人之兵　善之善者也——《三十六计》在赤壁之战中的运用/何际海/科教文汇（上旬刊）2011 年第 6 期

学情差异是根本　目标分层是关键——以《赤壁之战》为例谈文言文的分层教学/杨玉华/语文教学之友 2012 年第 7 期

《三国演义》"赤壁之战"中的三角结构（A）/李明/长春理工大学学报（社会科学版）2012 年第 10 期

同为国士无双汉，何苦并生相为难——"赤壁之战"周瑜、诸葛亮形象研究新论（B）/楚周莲/现代语文（学术综合版）2013 年第 1 期

《三国志演义》赤壁之战叙述探索/陈曦/解放军艺术学院学报 2013 年第 1 期

精妙绝伦　异彩纷呈——《赤壁之战》的艺术手法解析/许凤慧、张晨/现代语文（学术综合版）2013 年第 4 期

谈罗贯中描绘战争刻画人物的艺术特色：以"赤壁之战"为例（B）/刘继周/文教资料 2013 年第 25 期

浅析赤壁之战的历史背景/李爱红、余向东/史志学刊 2014 年第 2 期

刍议《三国演义》赤壁之战的叙事节奏/林植/长城 2014 年第 4X 期

论电影《赤壁》与小说《三国演义》中"赤壁之战"的异同（A）/张艳、谭雯灵/赤子（上中旬）2014 年第 9 期

三国时期经典战役研究之二：赤壁之战/潘逸/湖北成人教育学院学报 2015 年第 2 期

周瑜图赞与《三国演义》赤壁之战及武成王庙赞的关联（A）/李慧、张祝平/九江学院学报（社会科学版）2015 年第 4 期

官渡之战与赤壁之战双方胜败原因试探（B）/朱绍侯/河南大学学报（社会科学版）2015 年第 5 期

中国古代小说解读——三国演义之赤壁之战的叙事节奏浅析/白文勇/赤子（上中旬）2015 年第 8 期

文言文教学初探——以《赤壁之战》为例解读"文"与"言"的关系/冯长美/中学语文 2015 年第 30 期

论《南总里见八犬传》对《三国演义》赤壁之战的翻案/吴蓉斌/名作欣赏 2015 年第 35 期

《三国演义》描写赤壁之战战场方位的历史真实性/王前程/湖北文理学院学报 2017 年第 9 期

《三国演义》对于长江古战场的诗意化书写——以赤壁之战、猇亭之战为例/

王前程/荆楚学刊 2020 年第 3 期

13. 舌战群儒

一中有变，变中求一——谈《诸葛亮舌战群儒》的结构美/张伯良/写作 1983 年第 2 期

多种反驳方法的灵活运用——"诸葛亮舌战群儒"的逻辑分析/罗长江/逻辑与语言学习 1987 年第 4 期

《舌战群儒》鉴赏/沈伯俊/明清小说鉴赏辞典（浙江古籍出版社 1992 年 9 月）

"诸葛亮舌战群儒"的论辩语言艺术/于全有/名作欣赏 1994 年第 5 期

辩才无碍，妙语连珠——《舌战群儒》赏析/沈伯俊/三国漫谈（巴蜀书社 1995 年 2 月）/三国漫话（四川人民出版社 2000 年 9 月）

精彩的舌战，雄辩的逻辑——试析"舌战群儒"故事中的诡辩、论证和反驳/喻镇荣/新世纪《三国演义》论文集（文教资料 2001 年增刊，2001 年 12 月）

从"舌战群儒"看诸葛亮的论辩艺术（B）/林楚/少年作文辅导（小学版）2007 年第 Z2 期

论《三国演义》中诸葛亮舌战群儒之修辞策略/王晓红/今日科苑 2008 年第 6 期

《舌战群儒》中"问"的艺术/贾淑云、王红光、王凤云/读与写（教育教学刊）2008 年第 8 期

论"舌战群儒"中的逻辑与政治伦理/张绪山/社会科学论坛 2021 年第 2 期

14. 智激周瑜

《智激周瑜》鉴赏/沈伯俊/明清小说鉴赏辞典（浙江古籍出版社 1992 年 9 月）

巧为虚构，出奇制胜——《智激周瑜》赏析/沈伯俊/三国漫谈（巴蜀书社 1995 年 2 月）/三国漫话（四川人民出版社 2000 年 9 月）

15. 蒋干盗书

群英会上的周瑜（B）/佛雏/语文学习 1957 年第 8 期

[十] 情节赏析

读《群英会蒋干中计》/雪克/东海1962年第8期

风云变色，摇曳多姿——《群英会蒋干中计》的情节艺术/吴功正/名作欣赏1982年第2期

《群英会蒋干中计》赏评/张文斌/玉林师专学报1982年第3期

谈《群英会蒋干中计》的情节/宋球勋/徐州师范学院学报（哲学社会科学版）1983年第1期

"曹操奸雄不可当，一时诡计中周郎"——《群英会蒋干中计》的情节和人物/刘镇冰/语文学习1983年第1期

浅说蒋干中计的必然性/陆志平/语文教学与研究1983年第1期

《群英会蒋干中计》浅析（A）/申士尧/教学研究通讯（文科版）1983年第1期

略谈《群英会蒋干中计》/丁钰国/承德师专学报1983年第2期

富有戏剧性的《群英会蒋干中计》/何文才/语文教研（中学语文版）1983年第2期

《群英会蒋干中计》浅析（B）/李昌前/中学语文教学参考1983年第3期

波澜迭起，妙趣横生：《群英会蒋干中计》的情节艺术/沈新林/艺谭1983年第4期

教材的分析与处理：说说蒋干中计/陆志平/中学语文（武汉）1983年第4期

谈《群英会蒋干中计》（A）/冒炘/教学通讯（文科版）1983年第4期

《群英会蒋干中计》中的三个疑点/王禹/教学通讯（文科版）1983年第4期

《群英会蒋干中计》情节解说/崔炳扬/语文教学1983年第5期

《群英会蒋干中计》浅析（C）/孟凡仁/山西教育1983年第7期

谈《群英会蒋干中计》（B）/于天池/自修大学（文史哲经）1984年第7期

指挥如意笑谈中——谈"群英会"中的周瑜形象（B）/李亚白/文科教学（内蒙古乌盟师专）1985年第3期

挥洒如意，才智超人的艺术形象——《群英会》中周瑜形象的塑造（B）/李志刚/语文学刊1986第3期

百读不厌的艺术奥秘——《群英会蒋干中计》情节赏析/吴祖兴/阅读与写作1992年第3期

《蒋干盗书》鉴赏/沈伯俊/明清小说鉴赏辞典(浙江古籍出版社1992年9月)

用意十分，下语三分——《群英会蒋干中计》开头部分赏析/吴勇前/阅读与写作 1993 年第 3 期

将计就计，星移斗转——说"蒋干盗书"/赵伯陶/古典文学知识 1994 年第 6 期

一波三折，妙趣横生——《蒋干盗书》赏析/沈伯俊/三国漫谈（巴蜀书社 1995 年 2 月）/三国漫话（四川人民出版社 2000 年 9 月）

酒话"蒋干盗书"/沈振昌/中国酒 2017 年第 12 期

16. 草船借箭

试谈《草船借箭》中的诸葛亮/李效厂/语文 1959 年第 9 期

情节的奇特与性格的独特——谈《草船借箭》/埝任/名作欣赏 1982 年第 4 期

《草船借箭》鉴赏/沈伯俊/明清小说鉴赏辞典（浙江古籍出版社 1992 年 9 月）

波谲云诡，神来之笔——《草船借箭》赏析/沈伯俊/三国漫谈（巴蜀书社 1995 年 2 月）/三国漫话（四川人民出版社 2000 年 9 月）

草船借箭与木船受箭（A）/李燕捷/文史知识 1998 年第 3 期

《草船借箭》与《空城计》溯源/孙霞/中国京剧 2008 年第 4 期

移花接木巧安排，张冠李戴显神通——从"草船借箭"和"空城计"看《三国演义》的虚构艺术（A）/边宏卫/中外交流 2016 年第 36 期

从草船借箭看欣赏小说的艺术法门/孙绍振/语文建设 2018 年第 16 期

"草船借箭"的歌谣及小说与诗词文赋的互动/纪玲妹、陈书录/明清小说研究 2019 年第 1 期

从历史到小说——论"草船借箭"的文学经典化/朱德印/湖北文理学院学报 2019 年第 4 期

"草船借箭"故事对实践育人的启示——基于新时代大学生道德素质养成的维度/聂增民/乐山师范学院学报 2021 年第 2 期

17. 横槊赋诗

《横槊赋诗》鉴赏/沈伯俊/明清小说鉴赏辞典（浙江古籍出版社 1992 年 9 月）

志得意满，败在目前——《横槊赋诗》赏析/沈伯俊/三国漫谈（巴蜀书社1995年2月）/三国漫话（四川人民出版社2000年9月）

《曹孟德横槊赋诗》的小说"四美"/张步中/哈尔滨师专学报（社会科学版）1998年第4期

平空造奇　文质兼美——《三国演义》第四十八回"曹孟德横槊赋诗"小说艺术美略谈/孙植/名作欣赏2007年第9期

18. 火烧赤壁

《火烧赤壁》鉴赏/沈伯俊/明清小说鉴赏辞典(浙江古籍出版社1992年9月)

大开大阖，气势磅礴——《火烧赤壁》赏析/沈伯俊/三国漫谈（巴蜀书社1995年2月）/三国漫话（四川人民出版社2000年9月）

"心理场"的关联性及立体效果——从《火烧赤壁》看评话小说的心理描写/董国炎、童李君/求是学刊2010年第3期

扬州评话《火烧赤壁》对《三国演义》的因革（A）/魏佳/思茅师范高等专科学校学报2010年第5期

扬州评话《火烧赤壁》对《三国演义》的因革（B）/纪德君/中国俗文化研究第6辑（巴蜀书社2010年5月）

火烧赤壁时间考/童力群/明代文学与科举文化国际学术研讨会论文集（武汉大学出版社2010年7月）

火在战争中的应用——三国演义之火烧赤壁（A）/中国消防博物馆/中国消防2016年第23期

关于赤壁之战的四个真相/吴鹏、王芳丽/中国三峡2020年第3期

19. 华容道放曹

从"华容道"看人物塑造/徐志豪/语文园地1982年第1期

理智与情感的巨大冲突——《关云长义释曹操》赏析/沈伯俊/古典文学知识1989年第4期/三国漫谈（巴蜀书社1995年2月）/三国漫话（四川人民出版社2000年9月）

《华容道放曹》鉴赏/沈伯俊/明清小说鉴赏辞典(浙江古籍出版社 1992 年 9 月)

失街亭与华容道/汝同/当代小说 2005 年第 2 期

关公生命价值之开展与影响——从华容道战役中与孔明、曹操之互动谈起/高志成/2006 中国山西·关公文化论坛论文汇编（2006 年）

关羽华容道私纵曹操的行为阐释——质疑《三国演义》中关羽的"义"（B）/彭波/成都大学学报（社会科学版）2007 年第 3 期

从派关羽守华容道看诸葛亮的政治智慧（B）/邹棠华/湖北教育（领导科学论坛）2010 年第 3 期

20. 三气周瑜

"三气周瑜"片谈——《三国》漫话之十一/沈伯俊/文艺学习 1990 年第 6 期

《三气周瑜》鉴赏/沈伯俊/明清小说鉴赏辞典（浙江古籍出版社 1992 年 9 月）

才与才敌，分外出奇——《三气周瑜》赏析/沈伯俊/三国漫谈（巴蜀书社 1995 年 2 月）/三国漫话（四川人民出版社 2000 年 9 月）

《孙子兵法》思想的形象演示——"三气周瑜"艺术谈/夏旻/明清小说研究 2007 年第 4 期

浅析祁剧北路《三气周瑜》中的【四门腔】（A）/王文龙/成功（教育）2012 年第 1 期

21. 裸衣斗马超

《裸衣斗马超》鉴赏/沈伯俊/明清小说鉴赏辞典(浙江古籍出版社 1992 年 9 月)

二虎相争，惊心动魄——《裸衣斗马超》赏析/沈伯俊/三国漫谈（巴蜀书社 1995 年 2 月）/三国漫话（四川人民出版社 2000 年 9 月）

22. 义释严颜

《义释严颜》鉴赏/沈伯俊/明清小说鉴赏辞典（浙江古籍出版社 1992 年 9 月）

莽张飞的智谋与胸襟——《义释严颜》赏析（B）/沈伯俊/三国漫谈（巴蜀书

社 1995 年 2 月)/三国漫话(四川人民出版社 2000 年 9 月)

23. 单刀赴会

"单刀会"中的英雄形象(A)/陈志宪/四川大学学报(社会科学版)1958 年第 2 期

读《单刀会》札记(A)/刘知渐/戏剧论丛 1958 年第 2 辑/《三国演义》新论(重庆出版社 1985 年 6 月)

《单刀赴会》鉴赏/沈伯俊/明清小说鉴赏辞典(浙江古籍出版社 1992 年 9 月)

大将风度,千古传颂——《单刀赴会》赏析/沈伯俊/三国漫谈(巴蜀书社 1995 年 2 月)/三国漫话(四川人民出版社 2000 年 9 月)

忠义智勇的盖世英雄——《单刀会》关羽形象的解读/刘砚中/沙洋师范高等专科学校学报 2007 年第 1 期

明代戏曲选集中的《单刀会·鲁肃求谋》辨析——兼论《三国演义》对三国戏曲的影响(A)/胡莲玉/中华文化论坛 2007 年第 4 期

"单刀赴会"的主角/古桥/咬文嚼字 2010 年第 11 期

关云长单刀赴会地点真伪的背后/罗孟冬/湖湘论坛 2011 年第 2 期

"单刀赴会"乃鲁肃/刘锴/文苑(经典选读)2012 年第 2 期

论关汉卿《单刀会》中关羽的英雄形象/魏玉莲/文教资料 2012 年第 4 期

智勇双全的忠义英雄——浅析关汉卿《单刀会》中关羽形象的独到之处/王林琳/北方文学(下半月)2012 年第 4 期

《关大王独赴单刀会》:意象悲壮的英雄剧——元杂剧剧作赏析之三/于学剑/中共济南市委党校学报 2013 年第 1 期

浅析关汉卿《单刀会》中的大汉情结/景娟、苏琼/韶关学院学报 2013 年第 3 期

从《关大王独赴单刀会》看"着"字用法/王振宪/剑南文学(经典教苑)2013 年第 8 期

《关大王独赴单刀会》修辞用法举隅/王少华/档案 2014 年第 3 期

从《单刀会》看关羽的人物形象(B)/贾喻翔/青年文学家 2014 年第 15 期

元杂剧《单刀会》与快板《单刀会》文本结构比较简论(A)/赵奇恩/大舞

台 2015 年第 1 期

论关汉卿在《单刀会》中对华夏民族精神的呼唤/张烨/湖南科技学院学报 2015 年第 4 期

单刀会的历史真相（A）/民间传奇故事（A 卷）2015 年第 4 期

"单刀赴会"有玄机/张振年/中学语文教学参考 2021 年第 15 期

24. 杨修之死

曹操杀杨修简析/舒放/中国通俗文艺 1981 年第 8 期

《杨修之死》浅析/李斌/临沂师专学报 1983 年第 1 期

谈《杨修之死》/张仓礼/中学语文教学参考 1983 年第 1 期

《杨修之死》简析/叶桂桐/山东师大学报（哲学社会科学版）1983 年第 1 期

形象逼真，各尽其态——《杨修之死》析/力工/教学与研究 1983 年第 2 期

食之无肉，弃之有味——《杨修之死》探析/别廷峰/承德民族师专学报 1983 年第 2 期

《杨修之死》教学三题/王寿山/语文教研（中学语文版）1983 年第 2 期

横云断岭，横桥锁溪——《杨修之死》解说/李治良/中学语文教学 1983 年第 2 期

才思敏捷，恃才放纵——《杨修之死》试析/郝崇政、徐士荣/语文学习（上海）1983 年第 2 期

教材的分析与处理：重笔浓彩画人物——谈杨修形象/欧阳代发/中学语文（武汉）1983 年第 3 期

人物塑造与细节描写——谈《杨修之死》/冒炘/教学通讯（文科版）1983 年第 5 期

《杨修之死》中的人物描写/陈世明/教学通讯（文科版）1983 年第 5 期

浅析《杨修之死》/宋遂良/语文教学 1983 年第 5 期

《杨修之死》二题/路剑/语文教学 1983 年第 5 期

谈《杨修之死》的结构技巧/李昌前/语文教学 1983 年第 5 期

关于《杨修之死》/陈迩冬/教学通讯（文科版）1983 年第 6 期

熔裁穿插，出神入化——谈谈"曹操杀杨修"的情节构造/俞祖平/广州文艺

1984年第2期

《杨修之死》的细节设置艺术/郑铁生/名作欣赏1985年第1期

杨修死因之我见/张光顺/镇江师专学报（社会科学版）1986年第4期

"杨修之死"新议/万代铭/成都晚报1986年6月13日

《杨修之死》鉴赏/沈伯俊/明清小说鉴赏辞典（浙江古籍出版社1992年9月）

对奸雄心理的深刻揭露——《杨修之死》赏析/沈伯俊/三国漫谈（巴蜀书社1995年2月）/三国漫话（四川人民出版社2000年9月）

性格与命运——也说"杨修之死"的原因/竺悦波/作文世界（中学）2006年第11期

杨修之死的真相——兼论杨修的聪明（B）/倪岗/中学语文教学2008年第9期

人为才死其奈何——解读《杨修之死》/王在恩/中学语文教学参考2008年第9期

杨修之死辨说/张庆民/语文建设2008年第12期

从杨修之死看曹操性格/汪茂吾/黑龙江教育（中学教学案例与研究）2010年第11期

杨修之死的本质/周景有/阅读与作文（高中版）2011年第1期

聪明反被聪明害——《三国演义》"杨修之死"故事解读（B）/朱全福/名作欣赏2012年第18期

自由是个不可替代的远方——《杨修之死》解读/熊芳芳/中学语文2013年第31期

浅谈小说《杨修之死》的有效提问/黄华/时代教育2014年第10期

《杨修之死》选文的倾向性问题/叶军彪/语文教学与研究2014年第28期

《杨修之死》问题探讨/王淑玲/中学语文教学参考2015年第9期

孔融、杨修之死的悲剧共因（B）/郭耀武/领导科学2015年第36期

杨修之死揭秘（B）/董焕明/考试周刊2015年第78期

25. 刮骨疗毒

《刮骨疗毒》鉴赏/沈伯俊/明清小说鉴赏辞典（浙江古籍出版社1992年9月）

蔑视一切痛苦的非凡气概——《刮骨疗毒》赏析/沈伯俊/三国漫谈（巴蜀书

社 1995 年 2 月）/三国漫话（四川人民出版社 2000 年 9 月）

华佗为关羽刮骨疗毒之考证/王小阳、李友松/中外医疗 2008 年第 1 期

华佗可曾为关羽刮骨疗毒？/郑一奇/半月选读 2009 年第 14 期

罗贯中杜撰关云长刮骨疗毒有啥大惊小怪？（B）/王保国/采写编 2010 年第 3 期

中国古代的箭伤疗救及其文学书写——从《三国志演义》"拔矢啖睛""刮骨疗毒"说起/刘海燕、郑瑶/中医药文化 2021 年第 2 期

刮骨疗毒的诞生：古典医学视野中的《三国演义》时空设置与人物功能/李远达/叙事医学 2021 年第 4 期

26. 关羽走麦城

读"败走麦城"/高明阁/辽宁大学学报（哲学社会科学版）1975 年第 4 期

《关羽走麦城》鉴赏/沈伯俊/明清小说鉴赏辞典(浙江古籍出版社 1992 年 9 月）

盖世英雄的悲剧结局——《败走麦城》赏析/沈伯俊/三国漫谈（巴蜀书社 1995 年 2 月）/三国漫话（四川人民出版社 2000 年 9 月）

27. 夷陵之战

《夷陵之战》鉴赏/沈伯俊/明清小说鉴赏辞典（浙江古籍出版社 1992 年 9 月）

后发制人，多谋者胜——《夷陵之战》赏析/沈伯俊/三国漫谈（巴蜀书社 1995 年 2 月）/三国漫话（四川人民出版社 2000 年 9 月）

夷陵之战散论/孟祥荣/《三国演义》新论（华中理工大学出版社 1999 年 5 月）

哀兵必胜与骄兵必败——《三国志通俗演义》中"夷陵之战"浅说/石麟/《三国演义》新论（华中理工大学出版社 1999 年 5 月）

略论刘备夷陵之战失败的原因/彭凯/贵州文史丛刊 2007 年第 3 期

从"夷陵之战"看独断专行的危害/王运启/饲料博览（管理版）2008 年第 3 期

论《三国演义》中夷陵之战的战略防御问题/夏旻/明清小说研究 2008 年第 4 期

夷陵之战的规模及蜀汉失利的根本原因/王前程/军事历史研究 2010 年第 4 期

从夷陵之战的描写看《三国志通俗演义》的虚构艺术/王前程/广东技术师范学院学报 2010 年第 5 期

夷陵之战中的侦察情报活动/王忠、蒋斌/知识经济 2010 年第 13 期

关于吴蜀夷陵之战主战场方位的考辨/王前程/湖北大学学报（哲学社会科学版）2011 年第 1 期

同盟理论视角下的夷陵之战/张杰/理论界 2011 年第 9 期

夷陵之战以三国时期著名大战使其地名熠熠生辉/申军吉/中国地名 2012 年第 5 期

《三国演义》夷陵之战中的历史与虚构/刘萃峰/文史天地 2013 年第 4 期

《三国志演义》夷陵之战叙述探索/陈曦/解放军艺术学院学报 2014 年第 2 期

新版《三国》对"谋略"主题的阐释与重塑——以吴蜀夷陵之战为例/王然/现代语文（学术综合版）2014 年第 4 期

三国时期经典战役研究之三——夷陵之战/潘逸/湖北成人教育学院学报 2015 年第 4 期

28. 安居平五路

谈诸葛亮"安居平五路"——《三国》漫话之十三/沈伯俊/文艺学习 1991 年第 3 期

运筹帷幄，决胜千里——《安居平五路》赏析/沈伯俊/三国漫谈（巴蜀书社 1995 年 2 月）/三国漫话（四川人民出版社 2000 年 9 月）

知己知彼，化险为夷——读《三国演义》"诸葛安居平五路"/谢新风/阅读与写作 2001 年第 10 期

29. 七擒孟获

诸葛亮七擒七纵孟获是真是假？（A）/闵云森/四川日报 1986 年 6 月 21 日

试评"汉相南征记"/李兆成/贵州文史丛刊 1987 年第 1 期

"七擒孟获"可能真有其事——兼与王保钰同志商榷/李延贵、陆显禄/史学

月刊 1987 年第 5 期

《七擒孟获》鉴赏/沈伯俊/明清小说鉴赏辞典（浙江古籍出版社 1992 年 9 月）

攻心为上，以诚服人——《七擒孟获》赏析/沈伯俊/三国漫谈（巴蜀书社 1995 年 2 月）/三国漫话（四川人民出版社 2000 年 9 月）

完胜背后的完败——七擒孟获的再认识/刘宁、李根/安徽文学（下半月）2007 年第 12 期

"七擒孟获"恐非史实/郑一奇/半月选读 2009 年第 18 期

"诸葛亮七擒孟获"留下民间传说/高晓军/雅安日报 2009 年 11 月 15 日

浅析"七擒孟获"中诸葛亮的人物形象（B）/李淑扬、齐菲/湖南工业职业技术学院学报 2011 年第 3 期

史上真实的七擒孟获/孙建华/国学 2012 年第 11 期

诸葛亮七擒孟获地新考：湖南靖州/阳国胜/怀化学院学报 2013 年第 12 期

《三国志演义》"七擒孟获"故事的文本演变与文本批评/刘海燕/明清小说研究 2015 年第 1 期

《三国演义》"七擒孟获"情节源流考/符丽平/西华师范大学学报（哲学社会科学版）2015 年第 1 期

三国时期经典战役研究之四——七擒孟获（A）/艾永久、潘逸/湖北成人教育学院学报 2016 年第 2 期

悲怀与固守——两种版本《三国演义》中"七擒孟获"情节之迥异及其文化意蕴探析/孟子勋/焦作大学学报 2020 年第 1 期

30. 失街亭

《三国演义·失街亭》/淮扬师范语文组/语文教学通讯 1957 年第 3—4 期

试谈《失街亭》/梁端甫/语文学习 1957 年第 8 期

《三国演义·失街亭》试论/白万祯/语文学习 1958 年第 7 期

略谈《失街亭》的艺术特点/李效厂/语文 1959 年第 3 期

《失街亭》浅析（A）/贺凤兰/南京师大学报（社会科学版）1975 年第 1 期

漫话《失街亭》/武月梅/语文学习 1978 年第 2 期

《失街亭》的人物描写和艺术结构/邵海清/语文战线 1978 年第 3 期

《失街亭》浅析（B）/谈凤梁/教学与研究 1978 年第 4 期

一个引人入胜的战争故事——浅谈《失街亭》的结构和语言/周樟/中学语文 1979 年第 1 期

《失街亭》浅析（C）/孙文耀/函授通讯语文版 1979 年第 2 期

《失街亭》的对比手法/曹述敬/语文学习 1979 年第 4 期

谈《失街亭》（A）/李悔吾/中学语文 1979 年第 4 期

《失街亭》的艺术特色/周建忠/语文教学研究 1979 年第 4 期

谈《失街亭》（B）/洪桥/书评 1979 年第 4 期

《失街亭》分析/吴功正/昆明师院学报（哲学社会科学版）1979 年第 5 期

谈《失街亭》中马谡形象的塑造/吴九成/语文学习 1979 年第 5—6 期

《失街亭》写作艺术鉴赏/吴功正/广东教育 1979 年第 12 期

《失街亭》艺术谈/冒炘、叶胥/教学与研究 1981 年第 4 期

关于《失街亭》教学的探讨/常林炎/语文园地 1981 年第 6 期

从历史到小说创作的一例——也谈"失""空""斩"/周振甫/语文教学通讯 1981 年第 6 期

关于塑造正面人物与写缺点的问题——《三国演义·失街亭》学习札记/朱靖华/青海社会科学 1982 年第 3 期

《三国演义》中一段别具格致的插曲——简析《失街亭》/张学忠/语文教学之友 1982 年第 5 期

偶然寓必然之中——谈《失街亭》、《空城计》的情节/吴敏/济宁师专学报（社会科学版）1983 年第 1 期

《失街亭》鉴赏/沈伯俊/明清小说鉴赏辞典（浙江古籍出版社 1992 年 9 月）

纸上谈兵，自取其败——《失街亭》赏析/沈伯俊/三国漫谈（巴蜀书社 1995 年 2 月）/三国漫话（四川人民出版社 2000 年 9 月）

浅谈《失街亭》中孔明形象的塑造/王茂恒/现代语文（教学研究版）2006 年第 3 期

《失街亭》中马谡心理透视/李新华/语文教学与研究 2006 年第 19 期

《失街亭》细读质疑与发现/张慕元/语文教学通讯 2007 年第 6 期

《三国演义》"失街亭"试论/李如鸾/中华活页文选（教师版）2008 年第 1 期

《失街亭》中的诸葛亮谨慎细心吗？/张慕元/语文建设2008年第3期

"失街亭，谁之过"又辩/章伯军/语文教学之友2008年第3期

《失街亭》中诸葛亮的性格分析/李勇、赵文生、吴云辉/江西教育2008年第Z4期

浅析《失街亭》人物形象刻画及其表现手法/张维利/考试周刊2008年第37期

论《失街亭》的对比烘托/罗晓艺/现代语文（教学研究版）2009年第5期

失街亭是谁之过/李新华/语文教学与研究2010年第20期

成也孔明，败也孔明——也谈马谡失街亭之过/熊生杰/文教资料2012年第3期

《失街亭》中两个人物形象分析/刘作淇/学园2014年第1期

也谈诸葛亮的"人才观"——从"失街亭"说起/郭晓奇/陇东学院学报2014年第6期

31. 空城计

"空城计"新议——司马懿为什么不攻而退/葛世大/龙门阵1982年第3期

空城计——聪明的指挥员的出产品——《三国演义》卮谈之四/常林炎/解放军文艺1983年第7期

"空城计"的来历/胡邦炜、刘友竹/成都晚报1983年9月11日

知己知彼，化险为夷——《空城计》赏析/沈伯俊/古典文学知识1990年第1期/三国漫谈（巴蜀书社1995年2月）/三国漫话（四川人民出版社2000年9月）

《空城计》鉴赏/沈伯俊/明清小说鉴赏辞典（浙江古籍出版社1992年9月）

"空城计"和"实城计"（A）/沈玉成/文史知识1992年第7期

两帅对阵心理世界的透视——"空城计"赏析/郑铁生/古典文学知识1994年第6期

诸葛亮"空城计"的由来及完善等/刘晓霞/文史杂志2007年第1期

"空城计"考辨/赵建伟/语文知识2007年第1期

《三国演义》"空城计"探析/朱艳平/文教资料2007年第11期

司马懿：空城计里做了正确的决定——从博弈论的眼光看空城计（B）/王福

重/人人都爱经济学（人民邮电出版社2008年9月）/剑南文学（经典阅读）2008年第12期

"空城计"考略/褚殷超/安顺学院学报2009年第5期

自导自演的傀儡戏——浅谈《三国演义》"空城计"中的诸葛司马形象/鲁博林/文学界（理论版）2010年第3期

论"空城计"之有无与西城的地望/赵逵夫/甘肃社会科学2011年第5期

歪看《空城计》/韩羽/名作欣赏2011年第22期

"空城计"中，司马懿为何退军？/余竞跃/龙门阵2012年第4期

汉末三国时"空城计"刍议/孙启祥/湖北文理学院学报2012年第12期

一座空城 几番算计——"空城计"诸叙事文本的军事学解读/胡以存/中华文化论坛2013年第1期

"空城计"的时空建构与叙事——兼论舞台表演对戏曲叙事的影响/胡以存/戏剧文学2013年第4期

从博弈论谈《空城计》中诸葛亮智断琴弦/刘晗/现代交际2014年第9期

浅析"空城计"的接受与再创造——以电视剧《三国演义》与京剧《失空斩》为例（A）/杨巍/赤峰学院学报（汉文哲学社会科学版）2015年第4期

《空城计》的叙事艺术——用毛纶、毛宗岗父子《读三国法》解读《空城计》/方小凤/中学语文2015年第34期

移花接木巧安排，张冠李戴显神通——从"草船借箭"和"空城计"看《三国演义》的虚构艺术（B）/边宏卫/中外交流2016年第36期

空城计札记/李庆西/读书2020年第8期

32. 遗恨五丈原

《遗恨五丈原》鉴赏/沈伯俊/明清小说鉴赏辞典(浙江古籍出版社1992年9月)

壮志未酬，遗恨绵绵——《遗恨五丈原》赏析/沈伯俊/三国漫谈（巴蜀书社1995年2月）/三国漫话（四川人民出版社2000年9月）

秋风五丈原——诸葛亮北伐叙事讨论/李庆西/书城2020年第5期

33. 司马懿计赚曹爽

《司马懿计赚曹爽》鉴赏/沈伯俊/明清小说鉴赏辞典（浙江古籍出版社1992

年9月）

老谋深算，阴狠毒辣——《司马懿计赚曹爽》赏析/沈伯俊/三国漫谈（巴蜀书社1995年2月）/三国漫话（四川人民出版社2000年9月）

34. 三分归晋

《三分归晋》鉴赏/沈伯俊/明清小说鉴赏辞典（浙江古籍出版社1992年9月）

大江东去，遗韵无穷——《三分归晋》赏析/沈伯俊/三国漫谈（巴蜀书社1995年2月）/三国漫话（四川人民出版社2000年9月）

曹魏代汉后的正统化运作——兼论汉魏禅代对蜀汉立国和三分归晋的影响/朱子彦、王光乾/中国史研究2011年第1期

35. 其他情节

"发矫诏诸镇应曹公"/陈迩冬/团结报1983年5月28日

小场面里见个性——读《温明园董卓叱丁原》/王长友/写作1983年第5期

初出茅庐第一计/陈迩冬/光明日报1983年11月19日

"博望之战"的悬念与艺术魅力/姚已康/写作（武汉）1984年第3期

"借荆州"艺术浅析/李伟实/学术研究丛刊1985年第1期

话说刘备招亲/朱一清/艺谭1987年第1期

自相矛盾，悖情背理——对《三国演义》中曹操杀吕伯奢一家故事情节辨析（A）/李新年/大庆师专学报（哲学社会科学版）1987年第2期

波谲云诡，摇曳多姿——《三国演义》"连环计"赏析/吴功正/名作欣赏1994年第5期

从"借东风"看《三国演义》浪漫主义手法的运用/李孝堂/青海师范大学学报（哲学社会科学版）1995年第2期

讨伐董卓诸侯共几路？（A）/李燕捷/文史知识1998年第2期

"十八路诸侯讨董卓"的虚实如何？（A）/沈伯俊/三国漫话（四川人民出版社2000年9月）

"借荆州"三辨/孙启祥/成都大学学报（社会科学版）2010年第2期

再看"庞统醉酒理事"/沈振昌/中国酒 2017 年第 1 期

细品"张飞诈醉擒刘岱"/沈振昌/中国酒 2017 年第 2 期

《三国演义》"武乡侯骂死王朗"情节新论/杨汉驰、葛恒刚/盐城师范学院学报（人文社会科学版）2019 年第 4 期

"张飞捉周瑜"故事在通俗文学中的传播——兼论"非小说故事"文学地位的上移/刘璇/北京社会科学 2021 年第 4 期

孙权嫁妹的反"献女"情结解析/冯源、姜淑华/青年文学家 2021 年第 8 期

刘备与诸葛亮的共情及其鉴示——基于对《三国演义》中诸葛瑾讨荆州事件的分析/王轲、石超凡/领导科学 2021 年第 23 期

《三国演义》中"三复情节"的叙事作用/巫晗/青年文学家 2021 年第 30 期

[十一] 创作方法与艺术成就

1. 概 论

《三顾茅庐》的艺术成就（B）/王永生/东海 1959 年第 6 期

《温酒斩华雄》的艺术技巧（B）/常林炎/解放军文艺 1961 年第 12 期

《三国演义》的表现手法/[日] 中钵雅量/日本爱知教育大学研究报告（人文社会科学）23 号（1974 年 4 月）

继承·创造·提高——《三国演义》散论之五/叶胥、冒炘/徐州师范学院学报 1981 年第 4 期

论《三国演义》的艺术特色/刘维俊/宁夏大学学报（哲学社会科学版）1983 年第 1 期

艺术概括力与作家的思想视野——读《三国演义》的艺术笔记/杨植峰/文艺理论研究 1983 年第 1 期

形象地再现一个大动荡的封建时代——论《三国演义》的艺术成就/剑锋/海南师专学报 1983 年第 1 期

从矛盾冲突中刻画人物性格——再论《三国演义》的艺术成就/剑锋/海南大学学报（社会科学版）1983 年第 1 期

奇而不离奇——《三国演义》艺术摭谈/徐中伟、张济和/泉城 1983 年第 3 期

《三国演义》艺术拾萃/劳章/牡丹江师范学院学报 1984 年第 4 期

历史演义小说的楷模——略论《三国志演义》的文学成就/蒋松源/华中师院学报（哲学社会科学版）1985 年第 3 期

《三国演义》造形、抒情、写景的诗情画意/剑锋/海南大学学报（社会科学版）1985 年第 3 期

论《三国演义》的浪漫主义/赵庆元、喻建华/安徽师大学报（哲学社会科学版）1985年第4期

论《三国演义》艺术的道德美/剑锋/三国演义学刊第1辑（四川省社会科学院出版社1985年7月）

《三国演义》的阳刚美/丘振声/三国演义学刊第1辑（四川省社会科学院出版社1985年7月）

在评价《三国演义》的文学成就以前/何满子/三国演义学刊第1辑（四川省社会科学院出版社1985年7月）

《三国演义》与古代历史小说论/黄霖/《三国演义》论文集（中州古籍出版社1985年11月）

试论《三国志演义》的艺术特色/吴小林/《三国演义》论文集（中州古籍出版社1985年11月）

略论《三国志通俗演义》的艺术构思/陈阵/《三国演义》论文集（中州古籍出版社1985年11月）

《三国》艺谈/崔贵远/语文园地1985年第11期

谈《三国演义》的创作艺术/李之彦/铁岭教育学院院刊1985年第4期

《三国志演义》与古小说初探/叶胥、冒炘/扬州师院学报（社会科学版）1986年第1期

《三国演义》与"历史—传奇"体系/罗德荣/三国演义学刊第2辑（四川省社会科学院出版社1986年8月）

《三国演义》的艺术特质及研究方法问题（A）/张振钧/北京大学研究生学刊1987年第2期

《三国演义》艺术技法探微/张英波/呼兰师专学报1987年第4期

论《三国演义》的悲剧特质/张振钧/北京大学学报（哲学社会科学版）1988年第5期

《三国演义》《水浒传》情节与性格的艺术辩证法/啸马/江汉论坛1988年第10期

《三国演义》艺术效应举隅/张普/绥化师专学报（社会科学版）1989年第1期

《三国演义》的艺术特质及研究方法问题（B）/张苌/郑州大学学报（哲学社会科学版）1989年第4期

情节奇·性格真·情理实——《三国志通俗演义》艺术经验探微/关四平/学术交流 1990 年第 1 期

论《三国演义》的悲剧美/金城/明清小说研究 1990 年第 2 期

《三国志演义》艺术经验二题/关四平/绥化师专学报（社会科学版）1990 年第 4 期

历史演义艺术法则的自觉把握——从《三国志通俗演义》看罗贯中的创作思想/王立兴/南京大学学报（哲学·人文·社会科学）1990 年第 5—6 期

《三国演义》和中国的古典主义/黄钧/《三国演义》与中国文化（巴蜀书社 1991 年 9 月）

《三国志通俗演义》的叙事艺术浅探（A）/傅隆基/《三国演义》与中国文化（巴蜀书社 1991 年 9 月）

论《三国志通俗演义》的创作原则和人物描写/张锦池/明清小说研究 1993 年第 1 期

伦理与审美的同一——论《三国演义》中的"义"的审美品格/李炳钦/湖北大学学报（哲学社会科学版）1993 年第 1 期

谈《三国演义》的史诗风格/陆建珍/高师函授（武汉）1993 年第 1 期

刚柔兼济之美——《三国演义》中所体现的最高美学境界/吴志达/《三国演义》与荆州（中州古籍出版社 1993 年 9 月）

《三国演义》：典籍文化的消解与重构/朱非/汉中师范学院学报（社会科学）1997 年第 1 期

《三国演义》——文学与历史的辩证统一/张国光/湖北大学学报（哲学社会科学版）1997 年第 2 期

论《三国演义》"以虚御实"的传奇性/孙心世/曲靖师专学报 1998 年第 1 期

三国"五虎将"考说（A）/沈伯俊/社会科学报 1998 年 10 月 15 日

历史与现实的交融透视——《三国演义》创作方法新释/王海洋/江淮论坛 1999 年第 1 期

论《三国演义》的审美意象/赵庆元/安徽师范大学学报（人文社会科学版）2000 年第 1 期

《三国演义》的人情世态美/夏曼丽/名作欣赏 2000 年第 5 期

《三国志通俗演义》叙事特征散论/楼含松/浙江大学学报（人文社会科学版）

2001年第6期

众说纷纭的历史小说/齐裕焜/皖江侧畔论三国（黄山书社2001年10月）

《三国演义》叙事艺术对中国叙事学的贡献/郑铁生/皖江侧畔论三国（黄山书社2001年10月）

运奇笔状奇人异彩——论《三国演义》奇美风格的史传渊源/关四平/学术交流2002年第1期

论《三国演义》的文学性及其创作性质/杜贵晨/复旦学报（社会科学版）2002年第3期

论《三国志通俗演义》的文体特征/楼含松/浙江学刊2002年第4期

《三国演义》中的死亡描写艺术/王建平/孝感学院学报2006年第1期

平云断岭，横空出世——《三国演义》和《水浒传》创作前后（B）/张慧禾/杭州电子科技大学学报（社会科学版）2006年第1期

《三国演义》的人物描写/黄虹/泰安教育学院学报岱宗学刊2006年第3期

"赤壁之战"的叙事节奏与《三国演义》的艺术魅力（B）/张强/社会科学评论2006年第3期

现实精神·浪漫情调·传奇色彩——论《三国演义》的创作方法/沈伯俊/明清小说研究2006年第3期

《三国演义》本事研究述评（A）/韩伟表/明清小说研究2006年第4期

论《三国演义》赤壁之战的叙事节奏（B）/张强/南京师大学报（社会科学版）2006年第5期

《三国演义》诗词歌赋的艺术价值及其不足（A）/刘永良/浙江师范大学学报（社会科学版）2006年第6期

净化之美——《三国演义》美学风格一议（A）/沈伯俊/重庆社会科学2006年第8期

《三国演义》的情节和人物刻画艺术/解少华/美与时2006年第10期

《三国》、《水浒》之修辞艺术/马显慈/水浒争鸣第9辑（青海人民出版社2006年12月）

谈《三国演义》人物出场描写艺术/谭秀艳/语文天地2006年第24期

《三国演义》中"三顾茅庐"蓄势艺术探析（B）/唐明生/湖北职业技术学院学报2007年第1期

从《三国演义》赤壁之战的描写看罗贯中的艺术成就（C）/黄萍、文化林、熊焰/韶关学院学报 2007 年第 2 期

《三国演义》毛评的"叙事之妙"研究/夏惠绩/广播电视大学学报（哲学社会科学版）2007 年第 2 期

《三国演义》心理描写的四大特色/吴国联/大连教育学院学报 2007 年第 3 期

《三国演义》的节奏艺术/邓百意/中国文学研究 2007 年第 4 期

试论《三国演义》情节安排的辩证艺术/程国煜/赤峰学院学报（汉文哲学社会科学版）2007 年第 6 期

《三国演义》蕴涵的人文情怀/于立强/内蒙古电大学刊 2007 年第 8 期

《三国演义》人物结局的描写艺术/黄芳/语文天地 2007 年第 9 期

《三国演义》人物再创造因素简析/胡海玉/现代语文（文学研究版）2007 年第 9 期

浅谈三国演义人物形象的塑造（B）/陈诗赓/内蒙古电大学刊 2007 年第 11 期

以伦理评人事——评《三国演义》创作中的思维方式（B）/段芸/社会科学家 2007 年第 S1 期

《左传》、《三国演义》的前兆描写比较（A）/王治理、屈玉川/语文学刊 2008 年第 1 期

尚力与尚义——《三国演义》死亡描写的聚焦点/刘玲娜/西华师范大学学报（哲学社会科学版）2008 年第 2 期

论《三国演义》中智谋描写的历史影响和社会价值（A）/边勋/社会科学论坛（学术研究卷）2008 年第 3 期

《三国演义》的帷幄特色/李艳蕾/古典文学知识 2008 年第 4 期

惜墨如金，细处见神——琐谈《三国演义》中细节描写的方法/姚邦辉/中学生百科 2008 年第 26 期

古调今弹——沈评《三国演义》的内容与特色/杨雨、李晶/中南大学学报（社会科学版）2009 年第 2 期

第一批判：《三国演义》的美学批判（B）/颜翔林/江海学刊 2009 年第 4 期

《三国演义》情节的蕴涵与读者的阐释/刘永良/浙江师范大学学报（社会科学版）2009 年第 4 期

《三国演义》艺术剪裁的"黄金分割"因素及其根源（A）/刘福智/语文知识

2009 年第 4 期

试论《三国演义》中"三顾茅庐"的艺术特色（B）/李航/河北大学成人教育学院学报 2009 年第 4 期

手法多样　情态纷呈——浅析《三国演义》中的哭笑描写/夏少钦、邹洁/时代文学（下半月）2009 年第 5 期

《三国演义》中比喻修辞格的运用探析/邓世平/现代语文（文学研究版）2009 年第 7 期

论《三国演义》塑造诸葛亮形象的艺术手法（B）/谢全玉/读与写（教育教学刊）2009 年第 8 期

《三国演义》中的巫术描写及其表现功能与负面效应/谷文彬/怀化学院学报 2010 年第 1 期

《三国演义》的创作模式及其"范型"意义/雷勇/陕西理工学院学报（社会科学版）2010 年第 3 期

从《三国演义》看古典小说的英雄主义/王逸之/内江师范学院学报 2010 年第 5 期

《三国演义》的文体性质与刘备形象塑造（B）/王同舟/中南民族大学学报（人文社会科学版）2010 年第 5 期

《三国演义》"拥刘反曹"思想浅析（B）/冯丽华/青春岁月 2010 年第 22 期

浅谈刘备形象塑造的艺术表现手法（B）/李津、刘用良/沧州师范专科学校学报 2011 年第 1 期

道德与政治之间——再论《三国演义》的创作思想（B）/胡悦晗、鄢洪峰/大庆师范学院学报 2011 年第 2 期

文学经典《三国演义》的文本演变及启示（A）/杨光宗、邵旭飞/中南民族大学学报（人文社会科学版）2011 年第 3 期

《三国志通俗演义》历史化与艺术化的辨析/杨文斌/内蒙古电大学刊 2011 年第 3 期

《三国演义》诸葛亮出场的铺垫艺术/杨海国/文学教育（中）2011 年第 4 期

浅析《三国演义》著作中武将使用兵器的艺术——以刀为例/薛玉佩/时代文学（下半月）2011 年第 8 期

从《三国演义》看中国古典小说的曲折描写/汤耀曦/青年文学家 2011 年第

10 期

论《三国演义》对一则稗官小说的深度创造/宋希芝/名作欣赏 2011 年第 11 期

非语言手段在《三国演义》作品中的运用/解直委/时代文学（下半月）2011 年第 12 期

彼三国非此三国——试论日本的个性《三国演义》再创作/赵莹/作家 2011 年第 24 期

《三国演义》成书过程以及作者和艺术表现手法研究（B）/黄晋/中南林业科技大学学报（社会科学版）2012 年第 1 期

《三国演义》中的谋略描写及其对明清军事领域的影响（A）/黄晋/古籍整理研究学刊 2012 年第 2 期

《三国演义》艺术品格的再认识/张进德/河南大学学报（社会科学版）2012 年第 3 期

论《三国演义》中的音乐描写及其功能（A）/于凯文、李桂奎/齐鲁学刊 2012 年第 3 期

不可言说的韵趣——论《三国演义》意象艺术/高洁、曹俊/芜湖职业技术学院学报 2012 年第 4 期

试论《三国演义》中英雄人物的死亡描写/何美玲/安徽文学（下半月）2012 年第 5 期

论《三国演义》的传奇艺术倾向/胡桂红/芒种 2012 年第 6 期

对《三国演义》中武将使用兵器的探析——以枪为例/种松、种青/搏击（武术科学）2012 年第 6 期

论《三国演义》人物性格的动态性描写——以刘备、曹操、诸葛亮等为例（E）/王莹雪/作家 2012 年第 16 期

《三国演义》写作手法分析/王中田/作家 2012 年第 18 期

《三国演义》三点最突出的艺术贡献/杨占福/天津职业院校联合学报 2013 年第 1 期

典型环境显本色　只言片语见性情——论《三国演义》人物描写艺术/王莹雪/怀化学院学报 2013 年第 3 期

《左传》：《三国演义》创作的渊薮/王莹雪/太原师范学院学报（社会科学版）

2013 年第 4 期

《三国演义》夸张修辞格运用探析/岑泽丽/太原师范学院学报（社会科学版）2013 年第 5 期

互文性视角下的罗译《三国演义》副文本研究——以跋及注释为例（A）/赵常玲/北京科技大学学报（社会科学版）2013 年第 5 期

巾帼不让须眉——论《三国演义》中的女性描写/郭健敏/现代语文（学术综合版）2013 年第 6 期

略谈《三国演义》人物形象的刻画（B）/王欢阳/文学教育（上）2013 年第 7 期

《三国演义》中"武"的艺术形象（A）/孙达时/青年文学家 2013 年第 20 期

《三国演义》里关于重要历史事件的文学描写/凌宇、郑斌/芒种 2014 年第 1 期

论《三国演义》的史诗性特征与价值/安建军、杨敏/天水师范学院学报 2014 年第 1 期

儒家"天命有德"与《三国志通俗演义》的创作/王以兴/文艺评论 2014 年第 2 期

《三国演义》女性人物描写的审美内涵/由婧涵/黑河学院学报 2014 年第 2 期

《三国志》与《三国演义》中刘备的多种艺术形象杂谈（B）/郑志勇/参花（上）2015 年第 2 期

论《三国演义》的预叙艺术（A）/王凌/南京师范大学文学院学报 2015 年第 2 期

章回小说叙事"中点"模式述论——《三国演义》等四部小说的一个艺术特征（A）/杜贵晨/学术研究 2015 年第 8 期

评《三国演义》中的人物形象塑造技巧（B）/孙俊秀/作家 2015 年第 18 期

论中国古代章回小说的情节与风格转换——以《三国演义》《水浒传》《金瓶梅》和《红楼梦》为例/刘相雨/陕西理工学院学报（社会科学版）2016 年第 1 期

论《三国演义》的艺术成就（A）/王江涛/课外语文 2016 年第 7 期

《三国演义》的艺术成就/彭思卓/读天下 2017 年第 3 期

《三国演义》叙事结构的数学模型及其普适性——分形视角下的文学初探/牛景丽/文学与文化 2018 年第 1 期

明代《三国志演义》插图的叙事特色/朱湘铭、肖炅斌/合肥学院学报（综合版）2018年第1期

清代《三国志演义》插图的图像叙事特色/朱湘铭、谢江涛/湖北科技学院学报2018年第3期

三国叙事之怪力乱神/李庆西/书城2018年第4期

《三国演义》中对于"三顾茅庐"的艺术特色赏析（B）/王雯洲/新教育时代电子杂志（学生版）2018年第34期

被建构的建安与三国/冉莹/读书2020年第8期

学位论文：

《三国演义》中诗词运用的艺术（B）/何东/中国古代文学/延边大学2007年

论《三国演义》中的军事谋略描写（A）/武志国/中国古代文学/曲阜师范大学2008年

英雄主义——比较《三国演义》中的关羽与《老人与海》中的圣地亚哥（B）/肖旭/英语语言文学/内蒙古大学2010年

《三国演义》创作素材来源研究——关于《三国演义》隐性和显性的典型素材/于耀程/中国古代文学/天津外国语大学2011年

《增像全图三国演义》图文叙事研究/唐亮/中国古代文学/中南民族大学2017年

2. 虚实关系

关于《三国演义》的"七实三虚"/[日]立间祥介/日本一桥论丛第78卷第3期（1977年9月）

用浪漫主义的想象改造"史实"的范例（《三国演义》创作方法辨析之二）/李厚基/新港1980年第12期

《三国演义》的历史真实和艺术真实/冒炘、叶胥/扬州师院学报（社会科学版）1981年第4期

踵事增华放异彩——从《三国演义·赤壁之战》谈历史和小说的关系/周五纯/文史知识1983年第10期

历史小说在事实和虚构之间的摆动——《三国演义》成书过程片论/何满子/

光明日报 1984 年 3 月 20 日

《三国志通俗演义》"基本符合史实"吗？——与何满子同志商榷/傅隆基/光明日报 1984 年 4 月 17 日

《三国志演义》"虚""实"之我见——兼与傅隆基同志商榷/曲沐/光明日报 1984 年 5 月 15 日

不以史害文，不以文害志——关于《三国演义》的虚实问题/常林炎/光明日报 1984 年 7 月 3 日

略谈《三国演义》运用史料的艺术手法/钟云星/语文月刊 1984 年第 7 期

试论《三国志通俗演义》的历史真实与艺术真实/麦若鹏/阜阳师范学院学报（社会科学版）1985 年第 1 期

《三国演义》妙在假能乱真而不失其真——兼与叶朗等同志商榷/剑锋/海南大学学报（社会科学版）1985 年第 1 期

《三国演义》的虚实问题/刘绍智/宁夏教育学院学报（社会科学版）1985 年第 1 期

从《三国演义》看历史小说实与虚的艺术辩证法/傅隆基/三国演义学刊第 1 辑（四川省社会科学院出版社 1985 年 7 月）

《三国演义》的反历史主义/刘绍智/三国演义学刊第 1 辑（四川省社会科学院出版社 1985 年 7 月）

从宋元讲史说到《三国演义》中的虚实关系/宁希元/《三国演义》论文集（中州古籍出版社 1985 年 11 月）

历史事实与小说艺术——谈"失街亭"和"空城计"的"实"与"虚"/李悔吾/《三国演义》论文集（中州古籍出版社 1985 年 11 月）

谈《三国演义》的虚实关系/王陵、王泓/山西师大学报（社会科学版）1986 年第 3 期

《三国演义》中丰富生动的情节都是虚构的吗？/林剑鸣/文史知识 1986 年第 4 期

《三国志演义》是一部"现实主义历史"——关于《三国志演义》"虚""实"问题的反思与新探/程鹏/中国社会科学院研究生院学报 1986 年第 6 期

《三国演义》并非"七实三虚"——兼论不宜机械搬用"历史真实与艺术真实的统一"/熊笃/三国演义学刊第 2 辑（四川省社会科学院出版社 1986 年 8 月）

历史事实与小说艺术——从《三国志》中的"赤壁之战"到《三国演义》中的"赤壁之战"/李悔吾/湖北大学学报（哲学社会科学版）1988年第3期

《三国演义》与三国历史的关系/周兆新/求索1989年第5期

"七实三虚"，还是"三实七虚"——《三国演义》创作方法新证/钟扬/安庆师范学院学报（社会科学版）1991年第3期

史实与虚构——两种"单刀会"之比较/曾良/明清小说研究1991年第4期

《三国演义》的历史真实与艺术加工/雍国泰/四川师范学院学报（哲学社会科学版）1992年第1期

《三国演义》成书过程意象整合的虚实关系/郑铁生/海南大学学报（社会科学版）1992年第2期

《三国演义》的一点虚构与徐庶其人——关于艺术真实与历史真实关系的札记/刘蕴之/阅读与写作1993年第1期

虚虚实实话《三国》/黄清源/语文函授1994年第6期

虚实相生 呼之即出——"温酒斩华雄"的艺术特色（B）/吴功正/古典文学知识1994年第6期

《三国演义》中的真与假/许盘清/新世纪《三国演义》论文集（文教资料2001年增刊，2001年12月）

《三国演义》的史与诗/林骅/明清小说研究2002年第1期

《三国演义》运用历史文献的方式初探（上、下）/方成慧/写作2002年第15、17期

虚实结合 精彩纷呈——试析《三国演义》中"温酒斩华雄"艺术魅力（B）/赵玉芳/文教资料2007年第29期

试论历史小说的虚构——兼谈《三国演义》虚构的得与失/刘军、陈大远、刘志刚、路巍/牡丹江师范学院学报（哲学社会科学版）2008年第3期

谈《三国演义》与《三国志》对照之虚实/郑铁生/内江师范学院学报2009年第1期

当代社会对《三国演义》文本"虚实"问题的接受研究——从易中天《品三国》谈起/秦平/美与时代（下半月）2009年第2期

还原历史离不开想像和虚构——论《三国演义》对史实的处理/郭瑞林、郭修敏/湖南第一师范学报2009年第5期

杜诗写景探微——谈《三国演义》的虚构与真实/曹龙/才智 2013 年第 12 期

论《三国演义》战事描写与"七实三虚"的艺术特色（A）/齐华/芒种 2013 年第 23 期

由周瑜论《三国演义》的虚与实/靳梓艳/名作欣赏 2015 年第 27 期

《三国演义》的虚虚实实/顾农/书屋学术交流 2018 年第 9 期

《三国演义》"三分虚构"艺术探微/王茂竹/青年文学家 2018 年第 24 期

虚构与真实：《三国演义》不是三国历史/胡阿祥、胡箫南/唯实 2019 年第 2 期

学位论文：

《三国演义》"虚实"问题的接受研究/秦平/美学/湖南师范大学 2009 年

明清历史演义小说"虚实观"研究/杨剑龙/文艺学/吉林大学 2012 年

3. 战争描写

"三国演义"怎样描写战争/陈辽/解放军文艺 1956 年第 12 期

《三国演义》描写战争的高度技巧/崔佐夫/东海 1962 年第 9 期

再谈《当阳之战》的艺术成就（B）/常林炎/解放军文艺 1963 年第 2 期

《三国演义》赤壁之战的艺术特色（B）/张人和/中国古典文学研究论丛第 1 辑（吉林人民出版社 1980 年 9 月）

《三国演义》里的"军事学"/周尝棕/读书 1982 年第 1 期

《三国演义》描写战争的艺术（A）/杨子坚/南京大学学报（哲学社会科学）1983 年第 2 期

波澜壮阔的全景战争画卷/杨子坚/成都晚报 1983 年 4 月 20 日

《三国演义》的战争描写（A）/冒炘/柳泉 1983 年第 6 期

论"全景军事文学"《三国演义》/陈辽/《三国演义》研究集（四川省社会科学院出版社 1983 年 12 月）

《三国演义》的战争描写（B）/赵清永/《三国演义》研究集（四川省社会科学院出版社 1983 年 12 月）

从赤壁之战看《三国演义》的战争描写/崔子恩/电大文科园地 1985 年第 2 期

论《三国演义》中的战争个性及其美学意义/郑云波/三国演义学刊第 1 辑

（四川省社会科学院出版社 1985 年 7 月）

《三国演义》描写战争的艺术（上、下）/吴功正/新闻与成才 1985 年第 10—11 期

向《三国演义》借鉴写战争的艺术经验——从蜀魏街亭之战谈起/常林炎/三国演义学刊第 2 辑（四川省社会科学院出版社 1986 年 8 月）

官渡之战——谈《三国演义》中的战争描写/李林/松辽学刊（社会科学版）1987 年第 2 期

《三国演义》描写战争的艺术（B）/胡宏焘/江苏教育学院学报（社会科学版）1988 年第 4 期

论《三国演义》三大战役的军事辩证法/刘靖安/衡阳师专学报（社会科学）1990 年第 1 期

《三国演义》中官渡、赤壁两战描写之比较（B）/张清河/贵阳师专学报（社会科学版）1991 年第 4 期

七擒七纵与伏波显圣——《三国演义》战例分析之一/李孝堂/齐齐哈尔师范学院学报（哲学社会科学版）1991 年第 6 期

略谈《三国演义》与中国古代军事文化/任昭坤/《三国演义》与中国文化（巴蜀书社 1991 年 9 月）

注重写好战争的前奏——读《左传》、《三国》札记/谭健/解放军文艺 1992 年第 12 期

《三国志通俗演义》的军事科学/曾良/内江师专学报 1993 年第 1 期

《三国演义》中的军事文化/任昭坤/古典文学知识 1994 年第 6 期

净化之美——《三国演义》美学风格一议（B）/刘玉娥/中华文化论坛 2002 年第 2 期

论《三国演义》的军事战略/熊笃/中华文化论坛 2003 年第 1 期

论《三国演义》的战争描写特色/吴国联/大连教育学院学报 2005 年第 4 期

试析《三国演义》的战争描写特色/王世勇/甘肃农业 2005 年第 11 期

从三大战役论《三国演义》战争描写的艺术/陈景云/现代语文（文学研究版）2006 年第 6 期

《三国演义》与《李自成》的战争描写比较（A）/朱家席/乐山师范学院学报 2007 年第 2 期

《三国演义》战争叙述中的经营思维与话语/李桂奎/上海财经大学学报（哲学社会科学版）2007年第4期

《三国演义》战争叙述中的"资财"要素及其功能/李桂奎/吉首大学学报（社会科学版）2007年第5期

戏剧化的战争——浅析《三国演义》战争描写的戏剧特色/任兴科、苏凤/现代语文（文学研究版）2007年第10期

且看《三国演义》中的"火攻"/高峰/文学教育（下半月）2008年第9期

星移斗转　雨覆云翻——浅谈《三国演义》描写战争的艺术/吴三文/中学生百科2008年第35期

论《三国演义》之"义"——"义"与战争的关系/贾勇星/成都大学学报（社会科学版）2009年第1期

简析《三国演义》的战争描写特色/杨洪波、杨柳/时代文学（双月上半月）2009年第4期

《孙子兵法》在《三国演义》战例中的运用/张小龙/北华大学学报（社会科学版）2010年第2期

论《三国演义》文学呈现战争性质及结局走向/贾勇星、陈飞/武夷学院学报2010年第3期

谈《三国演义》战争艺术的审美价值/谢灵/黑龙江史志2010年第5期

《三国演义》中的"军事地图"研究/高峰、曹俊生/文学教育（下）2011年第2期

罗贯中《三国志演义》对古代兵法的运用与创新（B）/王恩全/沈阳农业大学学报（社会科学版）2011年第5期

《三国演义》的战争艺术分析/王亚华/安徽文学（下半月）2011年第7期

《三国演义》与《伊利亚特》战争描写比较（A）/陈鹏录/重庆科技学院学报（社会科学版）2011年第21期

《三国演义》中的谋略描写及其对明清军事领域的影响（B）/黄晋/古籍整理研究学刊2012年第2期

《三国演义》与《左传》战争描写比较（A）/汤婷婷/赤峰学院学报（汉文哲学社会科学版）2012年第7期

《三国演义》一部战争的艺术/陈西川/作家2012年第22期

试论《三国演义》为通俗小说体兵书——《三国演义》对《孙子兵法》的推重与演绎/杜贵晨、周晴/学术研究 2013 年第 6 期

《三国演义》中"武"的艺术形象（B）/孙达时/青年文学家 2013 年第 20 期

论《三国演义》战事描写与"七实三虚"的艺术特色（B）/齐华/芒种 2013 年第 23 期

谈罗贯中描绘战争刻画人物的艺术特色——以"赤壁之战"为例（C）/刘继周/文教资料 2013 年第 25 期

从《三国演义》看罗贯中对待谋略的态度/田国丽/考试周刊 2013 年第 44 期

《三国演义》战争描写艺术的当代性阐释及反思/陈怀利/凯里学院学报 2014 年第 2 期

《封神演义》对《三国演义》战争叙事的继承与发展/宋鹏飞/九江学院学报（社会科学版）2014 年第 3 期

论《南总里见八犬传》对《三国演义》战争场景描写的模仿（A）/吴蓉斌/名作欣赏 2014 年第 32 期

《三国演义》的战争描写艺术/刘泽江/写作（上旬刊）2015 年第 10 期

三国时期经典战役研究之四——七擒孟获（B）/艾永久、潘逸/湖北成人教育学院学报 2016 年第 2 期

《三国演义》中关于战争的描写/李彤/华夏地理 2016 年第 7 期

浅析《三国演义》的战争描写/王世良/全文版：教育科学 2016 年第 7 期

水与战争之二　街亭之战/李亮/中国三峡 2016 年第 7 期

"怨"的兵学解诠与文史演绎/袁劲/理论月刊 2016 年第 11 期

论《三国演义》战争描写中的"仇"——"仇"与战争的相互影响/郑华栋/大庆师范学院学报 2017 年第 2 期

三国时期经典战役研究之五——潼关之战/潘逸、潘子琦/湖北成人教育学院学报 2017 年第 3 期

《三国演义》军事书信运用艺术/蔺熙民/武警工程大学学报 2017 年第 3 期

《三国演义》的战争描写（C）/黄红玉/长江丛刊 2017 年第 34 期

中国古代战争经典小说的兵学意义——《孙子兵法》在《三国演义》中的实战运用/赵雁羽/文艺生活（文艺理论）2018 年第 1 期

《三国演义》的军事思想探讨/刘会杰/名家名作 2018 年第 1 期

论《三国演义》中的基本战术类型/颜震/孙子研究 2018 年第 2 期

论《三国演义》的战争描写/张鹏/速读（下旬）2018 年第 3 期

古代战争经验的生动总结——试析《三国演义》中以弱胜强的战争描写/焦英/工程技术研究 2018 年第 4 期

三国将军辨述/李庆西/书城 2019 年第 1 期

浅析三国演义中的古代军事语/张赫/速读（下旬）2019 年第 8 期

论《三国演义》视角下的战争本质/王梓汀/青春岁月 2020 年第 35 期

学位论文：

论《三国演义》中诸葛亮的作战指挥艺术/夏旻/中国古代文学/华中科技大学 2003 年

论《三国演义》中的军事谋略描写（B）/武志国/中国古代文学/曲阜师范大学 2008 年

《三国演义》与《荷马史诗》比较研究/殷茜/中国古代文学/陕西理工学院 2011 年

语料库辅助《三国演义》战争词语翻译比较研究/叶希聪/英语语言文学/大连海事大学 2011 年

《三国演义》战争描写对古代兵法的继承与发展/郑桂森/中国古代文学/福建师范大学 2011 年

《三国志》战争描写研究/刘小姣/中国古代文学/西南大学 2012 年

《三国演义》中火攻战的叙事艺术研究/李阳/中国古代文学/中国海洋大学 2014 年

4. 结构艺术

谈《三国演义》的长篇艺术结构/冒炘/柳泉 1982 年第 3 期

略论《三国演义》的整体结构特色/夏炜/中州学刊 1984 年第 4 期/《三国演义》论文集（中州古籍出版社 1985 年 11 月）

《三国演义》的整体艺术结构/剑锋/海南大学学报(社会科学版)1985 年第 4 期

《三国演义》艺术结构形式的转换与组合/郑铁生/教学与科研 1990 年第 3 期/江汉大学学报 1992 年第 1 期

论《三国志通俗演义》的选材标准与结构艺术/张锦池/北方论丛 1993 年第 1 期

漫话《三国演义》的布局艺术/流火/郑州大学学报（哲学社会科学版）1993 年第 4 期

《三国演义》叙事的典式化（上、下）/杨义/海南师院学报 1994 年第 1—2 期

《三国志通俗演义》叙述视角简论/朱伟明/湖北大学学报（哲学社会科学版）1994 年第 3 期

三大战役之于《三国演义》的结构/宋培宪/明清小说研究 1997 年第 2 期

略论《三国演义》的叙事模式与中国文化思维的关系/饶道庆/明清小说研究 1998 年第 1 期

《三国志通俗演义》叙事结构简论/朱伟明/湖北大学学报（哲学社会科学版）1998 年第 1 期

《三国演义》叙事结构新探/［韩］李哲洙/明清小说研究 1998 年第 2 期

《三国演义》叙事形态的时空关系/郑铁生/湖北大学学报（哲学社会科学版）2000 年第 2 期

《三国演义》布局艺术之美/刘福智/商丘师范学院学报 2001 年第 1 期

《三国演义》艺术剪裁的"黄金分割"因素及其根源（B）/刘福智/郑州大学学报（哲学社会科学版）2002 年第 2 期

《三国演义》中刘蜀集团的生命曲线——兼论《三国演义》的结构艺术之美/刘福智/周口师范学院学报 2005 年第 6 期

试论《三国演义》结构的点线面/赵建霞/社科纵横 2006 年第 9 期

《三国演义》结构布局的仪式功用/潘万木/荆门职业技术学院学报 2007 年第 2 期

《三国演义》中的过渡人物与结构的关系/邹宇/孝感学院学报 2007 年第 S1 期

《三国演义》结构特色探析/郑帅/伊犁师范学院学报（社会科学版）2008 年第 1 期

毛纶、毛宗岗评点《三国演义》之空白与召唤结构（B）/李化来/沧桑 2008 年第 2 期

毛宗岗评点《三国演义》的叙事结构理论新探（B）/郝威、管仁福/作家 2009 年第 4 期

《摩诃婆罗多》与《三国演义》情节结构比较（A）/和建伟/学理论 2009 年第 27 期

《三国演义》的诗性叙事/张京霞/小说评论 2010 年第 2 期

探析《三国志通俗演义》中赋体的运用/李季/德州学院学报 2011 年第 1 期

从《三国演义》成书过程看平话与演义结构之比较（B）/李继华/郑州大学学报（哲学社会科学版）2011 年第 5 期

论明清历史小说的结构技巧/赖力行、杨志君/湖南工业大学学报（社会科学版）2012 年第 3 期

《三国演义》"赤壁之战"中的三角结构（B）/李明/长春理工大学学报（社会科学版）2012 年第 10 期

《三国演义》回目对偶的分类和表达效果研究（B）/邓煜/榆林学院学报 2013 年第 5 期

从《三国演义》谈元末明初章回小说特征/黄妙琦/青年文学家 2013 年第 36 期

《三国演义》叙事结构中的"互文"美学/王凌/浙江学刊 2014 年第 5 期

《三国演义》的总分总故事结构分析/侯济民/青年文学家 2014 年第 8 期

《三国演义》"被"字句的句法结构研究（B）/郑珊/湖北文理学院学报 2015 年第 1 期

元杂剧《单刀会》与快板《单刀会》文本结构比较简论（B）/赵奇恩/大舞台 2015 年第 1 期

明代四大奇书叙事结构与"八股制艺"/倪浓水/浙江海洋学院学报（人文科学版）2015 年第 1 期

论《三国演义》的预叙艺术（B）/王凌/南京师范大学文学院学报 2015 年第 2 期

《三国演义》等七部小说叙事的"二八定律"——一个学术上的好奇与冒险/杜贵晨/甘肃社会科学 2015 年第 6 期

"三国"故事传播中的叙事结构流变（A）/王双腾/安徽文学（下半月）2015 年第 8 期

章回小说叙事"中点"模式述论——《三国演义》等四部小说的一个艺术特征（B）/杜贵晨/学术研究 2015 年第 8 期

试论《三国演义》的"形状感"——以曹操集团、孙权集团、刘备集团为例（B）/鲁思圆/读书文摘 2015 年第 16 期

《三国演义》预叙叙事探微/陈婧玥/广播电视大学学报（哲学社会科学版）2017 年第 2 期

《三国演义》的叙事策略和现实意义——以《三国演义》对《孙子兵法》的推重为例/徐敏/文存阅刊 2017 年第 15 期

浅谈《三国演义》：小说叙事修辞与意识形态/刘镕霆/中华少年 2018 年第 2 期

《三国演义》的叙事悖谬/李庆西/上海文化 2019 年第 1 期

论《三国演义》中的道教文化与叙事功能/王莹雪/湖北工程学院学报 2019 年第 1 期

论《三国演义》中的神话叙事/岳玉雪/今古传奇：文化评论 2019 年第 4 期

《三国演义》梦境的叙事作用/朱向红/湖北文理学院学报 2019 年第 4 期

《三国演义》英雄之死的叙事意义/贾茜/广西教育学院学报 2020 年第 2 期

从赤壁之战看《三国演义》"因文生事"的叙事原则/王前程、全素娟/内江师范学院学报 2020 年第 3 期

学位论文：

《三国演义》的情节结构分析（B）/李灿/中国古代文学/宁夏大学 2005 年

《三国志》叙事研究/李凤/中国古代文学/哈尔滨师范大学 2018 年

《三国演义》评点之叙述学术语系研究/王秋/中国古代文学/中南民族大学 2019 年

5. 语言艺术

《三国演义》迭字撷美/沈荣森/成都大学学报（社会科学版）1994 年第 3 期

《三国演义》中的析字辞格/杨学淦/修辞学习 1997 年第 1 期

雅俗共赏　通行适用——论《三国演义》的语言/王立民/汉中师范学院学报（社会科学）1997 年第 1 期

《三国演义》人物语言的个性化/刘永良/内蒙古民族师院学报（哲学社会科学版）1998 年第 1 期

《三国演义》的语言艺术/沈伯俊/三国漫话（四川人民出版社 2000 年 9 月）

简论《三国演义》中成语的运用/米文佐/中国古代小说戏剧研究丛刊 2005 年

《三国演义》语言的民族特色——兼论中国古代小说的"诗体美"（A）/周雪霏/语文学刊 2006 年第 5 期

聪明反被聪明误：浅析《三国演义》中的人物语言作用/冯双玲/作家 2008 年第 14 期

文不甚深　言不甚俗：浅谈《三国演义》的语言风格/吴三文/中学生百科 2008 年第 29 期

《三国演义》语言的凝重之美——中国小说语言美学系列之七/赵卓/北方工业大学学报 2009 年第 4 期

"文不甚深"不可肤浅，"言不甚俗"不可庸俗——评新版《三国演义》的语言/张娟/山东文学（下半月）2010 年第 8 期

《三国演义》的语言描写艺术——"骂语"艺术探析/贾勇星、陈飞/武夷学院学报 2011 年第 4 期

论《三国演义》的语言特点（A）/要学棣、李红强/中国科教创新导刊 2011 年第 8 期

从语言描写看《三国演义》中关羽形象的塑造（B）/李冬梅/文学教育（中）2012 年第 4 期

俗而不凡：《三国演义》的语言特点新论/安拴军、何林英/芒种 2014 年第 7 期

《三国演义》回目语言刍议（A）/郭艳红/牡丹江师范学院学报（哲学社会科学版）2015 年第 4 期

试析《三国演义》的语言特征/赛迪努尔·毛兰/大舞台 2015 年第 7 期

论《三国演义》的语言特点（B）/董亚楠/作家 2015 年第 14 期

《三国演义》中的"的卢"故事及其叙事功能/蔡美云/陕西理工学院学报（社会科学版）2016 年第 4 期

《三国演义》语言艺术新探/陈文玉、宋国庆/艺术科技 2016 年第 10 期

从曹操杀吕伯奢看关联理论对语境的解释力/陈桂斌/高教学刊 2016 年第 11 期

《三国演义》中的说客及其游说艺术/罗晓芳、雷勇/陕西理工大学学报（社会科学版）2017 年第 2 期

《三国演义》中的"数 N"结构/刘鸽、彭慧/兴义民族师范学院学报 2017 年

第 2 期

《三国演义》骂詈语的类型、特色和接受/桑哲/明清小说研究 2017 年第 4 期

试论《三国演义》插画的艺术语言/李珮珮/时代报告 2017 年第 8 期

浅析《三国演义》中对话的面子策略/王敏/当代旅游 2017 年第 13 期

《三国演义》插画的艺术语言分析/张磊世/牡丹 2018 年第 8 期

论《三国演义》中的预叙/王国顺/湖南人文科技学院学报 2019 年第 2 期

名实观视域下对《三国演义》劝说言语行为的语用分析/郭勤勤/文化学刊 2020 年第 2 期

浅析刘备公关语言艺术/王滢/鄂州大学学报 2020 年第 4 期

《三国志平话》的语言特色的承袭与修正/王文浩/襄阳职业技术学院学报 2020 年第 6 期

《三国演义》文白相间的语言特点/夏琳云/今古文创 2020 年第 22 期

学位论文：

《三国演义》称谓词研究（B）/田顺芝/汉语言文字学/山东大学 2007 年

《三国演义》文白相间的语言特点——以词汇尤其是虚词为考察中心/沈晓云/汉语言文字学/宁波大学 2010 年

《三国演义》人物对话的语用分析/刘浩/外国语言学及应用语言学/曲阜师范大学 2010 年

《三国演义》中诸葛亮言语交际的语用分析/崔高峰/汉语言文字学/新疆师范大学 2010 年

《三国演义》疑问句研究（A）/鲍远苗/语言学及应用语言学/曲阜师范大学 2015 年

《三国演义》中劝说言语行为研究/张红娇/语言学及应用语言学/黑龙江大学 2017 年

曹操言语的礼貌策略分析——以《三国演义》为例/宋春泉/外国语言学及应用语言学/江苏科技大学 2017 年

隐喻视角下《三国演义》中歇后语的研究/戴语/汉语国际教育/湖北工业大学 2020 年

《三国演义》中的否定性应答语研究/周雅/语言学及应用语言学/西南大学 2020 年

6. 其他艺术特色

对比（谈《三国演义》的艺术描写手法）/尤蕴实/随笔丛刊第 3 集（广东人民出版社 1979 年 10 月）

情节的提炼/王克华/随笔丛刊第 3 集（广东人民出版社 1979 年 10 月）

《三国演义》的情节提炼/鲁德才/古典文学论丛第 2 辑（陕西人民出版社 1982 年 12 月）

论《三国演义》的情节提炼对人物刻划的意义/鲁德才/社会科学研究 1983 年第 4 期

试谈《三国演义》的对比手法/王晓家/《三国演义》研究集（四川省社会科学院出版社 1983 年 12 月）

《三国演义》的悲剧特色/冒炘、叶胥/南京大学学报（哲学社会科学）1984 年第 1 期

烘托法在《三国演义》总体构思中的运用/卢祖煌/黄冈师专学报 1984 年第 2 期

以宾衬主，众星捧月——读《三国演义》札记/亚川/文科教学 1984 年第 3 期

"三"字艺术和它在《三国演义》的民族特色/梁其彦/广西民族学院学报（哲学社会科学版）1984 年第 3 期

《三国演义》的细节描写/叶胥、冒炘/艺谭 1984 年第 4 期

《三国演义》的心理描写初探/康保成/《三国演义》论文集（中州古籍出版社 1985 年 11 月）

谈《三国演义》计谋描写的艺术成就/吕建华/明清小说研究 1989 年第 1 期

略论《三国演义》的传奇色彩/唐明权/华东冶金学院学报（社会科学版）1989 年第 5 期

情节的风采——从"赤壁之战"的艺境说到中国小说的艺术精神/钟扬/安庆师范学院学报 1990 年第 2 期

《三国演义》回目的创立及其演进/郑铁生/河北大学学报（哲学社会科学版）1990 年第 2 期

《三国演义》的心理刻画/刘永良、阎晓丽/内蒙古师大学报（哲学社会科学

版）1990 年第 4 期

《三国演义》歌赋谣谚运用初探/王泽君/四川师范大学学报（社会科学版）1990 年第 6 期

传统文化与人物心态的同构：论《三国演义》及古小说心理描写特点/李忠昌/学习与探索 1991 年第 2 期

由"赤壁之战"看《三国演义》中的智谋描写/秦晓钟/淮北煤师院学报（社会科学版）1991 年第 2 期

《三国志通俗演义》的叙事艺术浅探（B）/傅隆基/山西大学学报（哲学社会科学版）1991 年第 3 期

《三国演义》情节的艺术节奏/范道济/黄冈师专学报 1991 年第 4 期

《三国演义》的场面艺术/张瑞初/龙岩师专学报 1992 年第 2 期

略论《三国演义》"情节反复"的艺术手法/廖信裘/重庆社会科学 1992 年第 4 期

片言明百义，寸水藏尺鱼：论《三国演义》中的诗词/罗鸿钧/明清小说研究 1993 年第 1 期

谈《三国演义》中诗词歌赋的作用/刘永良/内蒙古民族师院学报（哲学社会科学版汉文版）1993 年第 2 期

镶嵌在史诗长卷中的明珠——《三国演义》诗词赏析/周可福/内蒙古电大学刊 1993 年第 6 期

言俗诗雅——《三国演义》诗歌语言特色浅探/罗鸿钧/《三国演义》与荆州（中州古籍出版社 1993 年 9 月）

《三国演义》诗词的功能、意蕴和价值/郑铁生/河北大学学报（哲学社会科学版）1997 年第 1 期/中国人民大学《复印报刊资料·中国古代、近代文学研究》1997 年第 6 期

《三国演义》饮酒描写的艺术作用/刘永良/内蒙古民族师院学报（哲学社会科学版汉文版）1997 年第 1 期

《三国演义》喜剧描写的艺术作用/刘永良/阴山学刊（社会科学版）1997 年第 2 期

《三国演义》改造《世说新语》的艺术成就/王璟/上饶师专学报 1998 年第 4 期

论《三国演义》中的文势——兼及毛宗岗的"文势"观/于春敏/南京师大学报（社会科学版）2000年第5期

另一种智慧——《三国演义》神异叙事风采谈/吴微/皖江侧畔论三国（黄山书社2001年10月）

史料与英雄形象再造——从马超形象的塑造看《三国演义》情节提炼艺术（B）/雷勇/新世纪《三国演义》论文集（文教资料2001年增刊，2001年12月）

情节的蕴涵与读者的阐释——《三国演义》艺术随想/刘永良/新世纪《三国演义》论文集（文教资料2001年增刊，2001年12月）

《三国演义》的抒怀艺术/刘永良/明清小说研究2002年第1期

论《三国演义》的艺术成就（B）/王江涛/课外语文2016年第5期

浅议《三国演义》人物塑造的艺术手法/李宁/神州2016年第11期

《三国演义》中檄文与令文之散文功用/李建武/2020年中国古代散文学会第十三届年会暨全国学术研讨会

园林史视角下《三国演义》环境描写中的错误/冯尔才、李飞/明清小说研究2021年第1期

从唐诗对魏、蜀态度的嬗变考察《三国志演义》创作倾向的形成/宋皓琨/明清小说研究2021年第2期

[十二] 杂论 随笔

督邮与貂蝉/苏之武/羊城晚报 1958 年 4 月 1 日

鞭督邮的人/苏之武/羊城晚报 1958 年 4 月 2 日

谁斩华雄/苏之武/羊城晚报 1958 年 4 月 4 日

丑角的孙坚/苏之武/羊城晚报 1958 年 4 月 6 日

三战吕布/苏之武/羊城晚报 1958 年 4 月 12 日

关羽"斩貂蝉"/苏之武/羊城晚报 1958 年 4 月 17 日

陈宫的"捉放曹"/苏之武/羊城晚报 1958 年 4 月 21 日

《三国演义》还值得读吗/季舆/羊城晚报 1959 年 4 月 18 日

关云长的大刀——联想人和物的关系（B）/赤一夫/辽宁日报 1961 年 3 月 23 日

孔明与张飞（C）/凡夫/青海日报 1962 年 7 月 17 日

三百字刻画一个人物——《三国》小品/杨柄/羊城晚报 1962 年 12 月 27 日

《三国演义》看校札记/周邨/中华文史论丛 1979 年第 3 期

"无所不知的小说家"（谈金圣叹评《三国演义》等）/王先霈/随笔丛刊第 3 集（广东人民出版社 1979 年 10 月）

死人"头"上做文章——《三国》琐谈/徐志福/边疆文艺 1982 年第 12 期

《三国演义》中的神怪描写/蔡毅/社会科学研究 1983 年第 1 期

"不毛之地"新解/陈殿玺/辽宁师范大学学报（社会科学版）1983 年第 1 期

《三国演义》的一个缺点——地理观念薄弱/龚鹏九/社会科学研究 1983 年第 3 期

盖棺而不封笔——《三国演义》品评之一/滕云/山东文学 1983 年第 8 期

由孔明之胆说到罗贯中之胆/滕云/朔方 1983 年第 9 期

试论《三国演义》的白璧微瑕/刘明浩/《三国演义》研究集（四川省社会科学院出版社 1983 年 12 月）

空城计与双飞蝴蝶/陆中骥/写作 1984 年第 1 期

《三国演义》还是《三国志演义》/萧为/光明日报 1984 年 3 月 27 日

浪漫主义的奇葩——浅谈《三国演义》中的锦囊计/吴隐强/语文园地 1984 年第 3 期

甘露尚未建寺　何来刘备招亲——兼谈孙刘联姻/杨志玖/文史知识 1984 年第 6 期

《三国演义》外谈/蒋寅/广西日报 1984 年 7 月 28 日

读《三国演义》二题/欧阳代发/湖北大学学报（哲学社会科学版）1985 年第 5 期

罗贯中笔下的疏漏（B）/璟石/吉林日报 1985 年 6 月 24 日

试谈《三国演义》的地理错误/任昭坤、沈伯俊/三国演义学刊第 1 辑（四川省社会科学院出版社 1985 年 7 月）

谈"观天象"在《三国演义》中的文学表现作用/吴政/河池师专学报（文科版）1986 年第 1 期

谈《三国演义》的婚姻描写/朱世滋/辽宁广播电视大学学报 1986 年第 1 期

刘备也曾端架子（B）/胡永球/人民日报·海外版 1986 年 5 月 15 日

同一历史人物在不同艺术作品中的变形——兼论曹操、王昭君艺术形象的演化（B）/季水河/九江师专学报（哲学社会科学版）1986 年第 3 期

杨修释"绝妙好辞"小考/叶余/南京大学学报（哲学社会科学）1986 年第 3 期

论《三国演义》中的军事斗争/郝延霖/新疆大学学报（哲学社会科学版）1986 年第 4 期

"祭东风"辩/潘寿全/广西民族学院学报（哲学社会科学版）1986 年第 4 期

诸葛亮七擒七纵孟获是真是假？（B）/闵云森/四川日报 1986 年 6 月 21 日

试析《三国演义》两个高峰的艺术效果/张力、李楠/三国演义学刊第 2 辑（四川省社会科学院出版社 1986 年 8 月）

夹缝当中看东吴——评《三国演义》中孙吴集团的战略得失/林骅/三国演义学刊第 2 辑（四川省社会科学院出版社 1986 年 8 月）

《三国演义》的历法疏漏/任昭坤/三国演义学刊第 2 辑（四川省社会科学院出版社 1986 年 8 月）

《三国演义》的"恨石"/于行/古典文学知识 1987 年第 1 期

自相矛盾，悖情背理——对《三国演义》中曹操杀吕伯奢一家故事情节辨析（B）/李新年/大庆师专学报 1987 年第 2 期

论《三国演义》的长靠武打艺术/王资鑫/扬州师院学报（社会科学版）1987 年第 4 期

王朗是被骂死的吗？/刘金城/今晚报 1987 年 6 月 26 日

《三国志传》地理今释释"今"误差商榷——释"解州"/周邨/明清小说研究第 5 辑（中国文联出版公司 1987 年 6 月）

三大战役之于"三国"的局势/宋培宪/聊城师范学院学报（哲学社会科学版）1988 年第 1 期

谈《三国志演义》中的"三"/李伟实/徐州师范学院学报（哲学社会科学版）1988 年第 4 期

杯酒关世态，击节读《三国》——《三国演义》描写饮酒浅论/张崇文/渭南师专学报 1989 年第 1 期

试论《三国演义》中的婚姻问题/田同旭/山西大学学报（哲学社会科学版）1989 年第 4 期

"四大奇书"名称的确立与演变/苏兴/明清小说研究 1990 年第 Z1 期

《三国演义》中的一处失误/王志尧/许昌学院学报（社会科学版）1990 年第 3 期

琐议用控制论观点研究《三国演义》的写作艺术/郝迟/蒲峪学刊 1990 年第 3 期

再谈《三国演义》的地理错误/沈伯俊/海南大学学报（社会科学版）1990 年第 4 期

《三国演义》地理疏误举例/龚鹏九/求索 1990 年第 5 期

《三国演义》艺术接受三谈/赵伯陶/江淮论坛 1991 年第 1 期

《三国演义》入电脑/吴建华/人民日报 1991 年 1 月 27 日

谈《三国演义》中的"死"/彭力一/西部学坛 1991 年第 1 期

《三国演义》中的粮食问题/杜贵晨/曲靖师专学报（社会科学版）1991 年第 1 期

《三国志通俗演义》谣谚成语经纬谈/顾鸣塘/海南大学学报（社会科学版）1991年第1期

把酒话三国，书成醉后人——《三国演义》的饮酒描写/杜贵晨/明清小说研究1991年第1期

《三国演义》，女性的"悲惨世界"——名著求疵之二/王同书/明清小说研究1991年第3期

"幽州太守"及其他/沈伯俊/人民日报·海外版1991年3月5日

"过五关斩六将"是真的吗？——《三国演义》之谜（九）/沈伯俊/四川日报1991年5月18日

"夜战马超"是否史实？——《三国演义》之谜（十）/沈伯俊/四川日报1991年5月25日

历史上的吕布用什么兵器？——《三国演义》之谜（十一）/沈伯俊/四川日报1991年6月1日

"军师"是什么官？——《三国演义》之谜（十二）/沈伯俊/四川日报1991年6月15日

《三国演义》札记三则/赵庆元/《三国演义》与中国文化(巴蜀书社1991年9月)

《三国演义》"智谋"故事模式及其深层结构/宋常立/《三国演义》与中国文化（巴蜀书社1991年9月）

"三分"的艺术构思与荆襄的战略地位/佘大平/《三国演义》与中国文化（巴蜀书社1991年9月）

试析涪县在蜀汉历史中的地位/谭良啸/《三国演义》与中国文化（巴蜀书社1991年9月）

《三国演义》涪城等带"涪"字地名考辨/江瑞炯/《三国演义》与中国文化（巴蜀书社1991年9月）

《三国演义》地理观念纠误/龚鹏九/地名知识1992年第2期

《三国演义》与梦/陈晓芸/明清小说研究1992年第2期

《三国演义》二题（A）/潘承玉/明清小说研究1992年第2期

《三国演义》究竟写了多少人物（B）/沈伯俊/人民日报·海外版1992年4月24日

《三国演义》是非谈（二题)/张清河/贵阳师专学报（社会科学版）1992年

第 3 期

《三国志演义》识小/苏兴/东北师大学报（哲学社会科学版）1992 年第 5 期

"空城计"和"实城计"（B）/沈玉成/文史知识 1992 年第 7 期

谈《三国演义》中的失人之道/喻镇荣/成都大学学报（社会科学版）1993 年第 1 期

《三国演义》人物纠误（B）/龚鹏九/武陵学刊 1993 年第 1 期

论三国的"兴也暴，灭也速"——评罗贯中的三国兴灭描写/陈辽/海南大学学报（社会科学版）1993 年第 3 期

从"张松现象"看汉末君臣观念的变化/李晓晖/《三国演义》与荆州（中州古籍出版社 1993 年 9 月）

今古兴亡数本天，就中人事亦堪怜——谈《三国演义》的天人关系/范道济/《三国演义》与荆州（中州古籍出版社 1993 年 9 月）

"帝王之学与书生不同"——《三国演义》里的帅才读书观/周腊生/《三国演义》与荆州（中州古籍出版社 1993 年 9 月）

论《三国演义》中的谋略/陈辽/《三国演义》与荆州（中州古籍出版社 1993 年 9 月）

你有奇谋，我有妙计——从《三国演义》的赤壁之战看我国古代的政治外交军事谋略（B）/饶瑞麒/《三国演义》与荆州（中州古籍出版社 1993 年 9 月）

三国成败话荆州——再谈"三分"的艺术构思和荆州的战略地位/佘大平/《三国演义》与荆州（中州古籍出版社 1993 年 9 月）

成也荆州，败也荆州——论蜀汉成败与荆州的关系/刘昆/《三国演义》与荆州（中州古籍出版社 1993 年 9 月）

荆州与三国故事/龚经赏、郑志英/《三国演义》与荆州（中州古籍出版社 1993 年 9 月）

荆州军事文化与《三国演义》/任昭坤/《三国演义》与荆州（中州古籍出版社 1993 年 9 月）

试论《三国演义》中的绘画艺术/陈伟/诸葛亮与三国文化（成都出版社 1993 年 9 月）

《三国演义》的赏罚思想/喻镇荣/成都大学学报（社会科学版）1994 年第 1 期

飞辩骋辞客，说破三国梦——《三国演义》与传统重说文化/潘承玉/湖北大

学学报（哲学社会科学版）1994年第2期/中国人民大学《复印报刊资料·中国古代、近代文学研究》1994年第5期

谈《三国演义》里的童谣/别廷峰/承德民族师专学报1994年第3期/中国人民大学《复印报刊资料·中国古代、近代文学研究》1994年第9期

三国智愚及其转化论/霍雨佳/海南师院学报1994年第4期

略论《三国演义》中的术数/吴宗海/镇江师专学报（社会科学版）1994年第4期

千古兴亡多少事，长江滚滚流至今——说说《三国演义》/胡绥昌/语文函授1994年第6期

疯疯癫癫写《三国》/叶林生/广州日报1994年7月26日

谁鞭挞了督邮？——小说中典型人物塑造一例（B）/徐传武/读写月报1994年第11期

智慧的最大特点就是"悟"——由"鸿门宴"和"涪关宴"想到的/李炳彦/语文学习1994年第11期

毛泽东怎样读《三国演义》/张贻玖/羊城晚报1994年11月19日

《三国演义》的历史感/一张/羊城晚报1994年12月1日

《三国演义》求疵录/斯人/羊城晚报1994年12月27日

漫议三国：一改显匠心/古言/羊城晚报1994年12月29日

忆起儿时看《三国》/陈静苏/羊城晚报1995年1月1日

刘备东吴"入赘"：水分知多少？/万安培/羊城晚报1995年1月8日

孙夫人自杀：可信度几多？/刘逸生/羊城晚报1995年1月8日

说不完的《三国演义》/沈伯俊/成都晚报1995年1月17日

关羽之"神"（B）/牛军/羊城晚报1995年1月21日

《三国演义》的开场词为何人所作/张璋/光明日报1995年1月27日

论《三国演义》中的"八阵图"/萧甫春/学习与探索1995年第1期

英雄与渔翁的抉择：《三国演义》开篇词的文化意蕴/沈金浩/炎黄世界1995年第1期

为曹操一辩（B）/刘逸生/羊城晚报1995年2月7日

"刘备摔孩子"论（B）/邵燕祥/羊城晚报1995年2月19日

《三国演义》里的"前现代"/王蒙/读书杂志1995年第2期

火烧赤壁——青年人主演的历史大战/召玉/中文自学指导 1995 年第 2 期

从曹丕纳甄氏说起/孙立/中文自学指导 1995 年第 2 期

《三国演义》中的心理学/黄铎香/羊城晚报 1995 年 3 月 12 日

《三国演义》与谋略/章明/羊城晚报 1995 年 3 月 26 日

大英雄的"本色"/章明/羊城晚报 1995 年 3 月 28 日

与唐国强畅谈诸葛亮/马瑞芳/羊城晚报 1995 年 3 月 30 日

毛泽东纵谈三国人物（B）/王应民/甘肃社会科学 1995 年第 3 期

《三国演义》的成败论/刘孝严/吉林大学社会科学学报 1995 年第 3 期

蜀国星座的咏叹韵味——谈《三国演义》中唱刘备君臣的几首歌词/何以/宜春师专学报 1995 年第 3 期

谈《三国演义》的卷首词/丰家骅/文史知识 1995 年第 5 期

谋略与捣鬼——重读《三国》笔记/章明/群言 1995 年第 5 期

青山依旧在，几度夕阳红——《三国演义》开篇词赏析/孙立权/阅读与写作 1995 年第 5 期

孙刘联姻故事的演变/白雪梅/《三国演义》丛考（北京大学出版社 1995 年 7 月）

罗贯中笔下的东吴/吴艳红/《三国演义》丛考（北京大学出版社 1995 年 7 月）

把酒论英雄，傲然笑古今：杨慎《三国演义》卷首词赏析/朱正平/文史知识 1995 年第 7 期

"的卢"释义/胡渐逵/文史知识 1995 年第 8 期

我为什么评点《三国》/沈伯俊/人民日报·海外版 1995 年 12 月 16 日

李严之废 咎由自取——为诸葛亮辩诬（B）/周云龙/明清小说研究 1996 年第 1 期

从"反骨"谈起/余超/读书杂志 1996 年第 2 期

说八阵图/曲辰/古典文学知识 1996 年第 4 期

明清文人心态与《三国演义》的修订/吴锦润/明清小说研究 1996 年第 4 期

简析《三国演义》的神秘文化/李建国/贵族文史丛刊 1996 年第 5 期

神秘文化在《三国演义》中的流贯及探源/郑铁生/海南大学学报（社会科学版）1997 年第 1 期

《三国演义》解读浅说/刘清河/汉中师范学院学报(社会科学)1997 年第 1 期

《三国演义》与中国梦文化/胡继琼/贵州社会科学 1997 年第 2 期

[十二] 杂论　随笔

尺牍动关兵家事，羽书羞传寻常情——谈《三国演义》中的书信/谭真明/写作1997年第2期

《三国演义》与鬼神文化略论/苏建新/孝感师专学报1997年第2期

《三国演义》中的数术/李冲锋/聊城师范学院学报（哲学社会科学版）1997年第3期

杂侃三国/王延武/东方文化1997年第3期

《三国演义》二题（B）/李明劼/中文自学指导1997年第5期

英雄、枭雄、奸雄辨/李燕捷/文史知识1997年第10期

曹操行刺董卓事源自何来（B）/李燕捷/文史知识1997年第11期

鞭打督邮是何人（B）/李燕捷/文史知识1997年第12期

《三国演义资料汇编》勘误/[韩]李昌铉/明清小说研究1998年第1期

试论《三国演义》谎言描写的历史文化意蕴/许利英/江淮论坛1998年第1期

讨伐董卓诸侯共几路？（B）/李燕捷/文史知识1998年第2期

草船借箭与木船受箭（B）/李燕捷/文史知识1998年第3期

诸葛亮与街亭之役——读《三国演义》札记之三/房日晰/渭南师专学报（社会科学版）1998年第3期

《三国演义》中的"知识分子"/毛志成/文论报（石家庄）1998年4月16日

"荆州城"在哪里？/沈伯俊/人民日报·海外版1998年10月6日

三国"五虎将"考说（B）/沈伯俊/社会科学报1998年10月15日

诸葛亮究竟躬耕何处？（B）/沈伯俊/人民日报·海外版1998年10月19日/三国漫话（四川人民出版社2000年9月）

对"循环阅读"批评方式的尝试：重演《三国演义》/李春青/学习与探索1999年第5期

"十八路诸侯讨董卓"的虚实如何？（B）/沈伯俊/三国漫话（四川人民出版社2000年9月）

曹操打吕布，怎会经过"萧关"？/沈伯俊/三国漫话（四川人民出版社2000年9月）

"火烧上方谷"是怎么来的？/沈伯俊/三国漫话（四川人民出版社2000年9月）

西晋灭吴，孙秀为何要哭？（B）/沈伯俊/三国漫话（四川人民出版社2000年9月）

曹魏方面有无"五虎大将"？（B）/沈伯俊/三国漫话（四川人民出版社2000年9月）

"青梅煮酒"考释（B）/胥洪泉/西南师范大学学报（人文社会科学版）2001年第1期

《三国演义》与二难推理/喻镇荣/零陵师范高等专科学校学报2001年第2期

《三国演义》与谶纬神学/熊笃/明清小说研究2001年第4期

珍视名著——对随意性《三国演义》批评的批评/宋培宪/皖江侧畔论三国（黄山书社2001年10月）

才出数群，鼎持一足——谈安徽在三国时代的地位/冯立鳌、郑荣基/皖江侧畔论三国（黄山书社2001年10月）

《三国》三题/沈伯俊/皖江侧畔论三国（黄山书社2001年10月）

民间视野话《三国》（A）/王昊/皖江侧畔论三国（黄山书社2001年10月）

简论《三国演义》中的"分"与"合"/刘长荣、何兴明/皖江侧畔论三国（黄山书社2001年10月）

巧借术数施妙手——论《三国演义》中的术数描写/卫绍生/皖江侧畔论三国（黄山书社2001年10月）

《三国演义》中的酒文化/郭平凡/皖江侧畔论三国（黄山书社2001年10月）

夹缝中求生存——论《三国演义》中东吴的描写/苗怀明/新世纪《三国演义》论文集（文教资料2001年增刊，2001年12月）

论《三国演义》的情感荒漠/赵庆元/新世纪《三国演义》论文集（文教资料2001年增刊，2001年12月）

论《三国演义》中的"笑"/韩晓、宋克夫/新世纪《三国演义》论文集（文教资料2001年增刊，2001年12月）

《三国演义》的情感介入问题/刘玉玲/新世纪《三国演义》论文集（文教资料2001年增刊，2001年12月）

诸葛亮八阵图纵横谈（B）/熊笃/新世纪《三国演义》论文集（文教资料2001年增刊，2001年12月）

诸葛亮设奇谋六退祁山（B）/胡世厚/新世纪《三国演义》论文集（文教资料2001年增刊，2001年12月）

关于诸葛亮与"馒头"的关系——《三国演义》读书报告之一/[日]贯井

正/新世纪《三国演义》论文集（文教资料 2001 年增刊，2001 年 12 月）

谶纬神学与"拥刘反曹"思想倾向/刘向军/中华文化论坛 2002 年第 1 期

"借东风"之谜——赤壁之战气象问题刍议/张靖龙、周汝英/明清小说研究 2002 年第 2 期

论《三国演义》中的空幻意识/李涓/云南民族学院学报（哲学社会科学版）2002 年第 2 期

《三国演义》艺术心理探讨二则/王海洋/明清小说研究 2002 年第 4 期

《三国演义》徐庶归曹故事源流考论——兼论话本与变文的关系以及"三国学"的视野与方法（B）/杜贵晨/山东师范大学学报（人文社会科学版）2003 年第 1 期

从场域的角度看蜀汉的崛起——《三国演义》的价值系统与资本运作研究/李艳梅/荆州师范学院学报 2003 年第 1 期

明清文化视域下的《三国演义》序跋透视（A）/温庆新/广东技术师范学院学报 2010 年第 2 期

理想与现实的冲突——对关羽和诸葛亮的"忠义观"的探讨（C）/张馨/宜春学院学报 2010 年第 2 期

《太平记》中三国故事的文献来源考察/张哲俊/内蒙古师范大学学报（哲学社会科学版）2010 年第 3 期

开头结尾的独特魅力——《三国演义》回目和回末对句的文体特点对比分析/侯桂运/名作欣赏 2010 年第 5 期

两篇遗言话三国，智者"表""笺"显情志/凌朝栋/名作欣赏 2010 年第 14 期

胡适《三国演义》研究的贡献与偏颇/汪大白/华南师范大学学报（社会科学版）2011 年第 2 期

《三国志》中的投降礼仪/叶少飞、路伟/襄樊学院学报 2011 年第 3 期

杂谈《水浒传》和《三国演义》永恒的历史文化价值——兼与刘再复先生商榷/胥惠民/广西师范学院学报（哲学社会科学版）2011 年第 4 期

《三国演义》梦系统解析/宦书亮/重庆三峡学院学报 2011 年第 5 期

论《三国演义》中赤壁之战的素材来源（B）/张真、朱微/长江师范学院学报 2011 年第 5 期

论蜀汉在三国文化中的主体地位的确立（一）——以史学为中心的考察/李纯蛟/西华师范大学学报（哲学社会科学版）2011年第5期

消除误区　求解木牛流马——兼评木牛流马研制现状/谭良啸/襄樊学院学报2011年第9期

东汉灭成家、屠成都与刘禅不战而降（B）/罗开玉/襄樊学院学报2011年第10期

《三国演义》中诸葛亮痛骂王朗之修辞评析/张晓峰/时代文学（下半月）2011年第11期

从《三国演义》中孙策处斩于吉事看中国早期道教在江东的发展/徐永斌/明清小说研究2012年第1期

三国蜀汉政权国号"汉"考论/杨小平/西华师范大学学报（哲学社会科学版）2012年第1期

李贽与《三国演义》/金惠经/北京科技大学学报（社会科学版）2012年第4期

曹操与谋士关系新论——《三国演义》君臣关系管窥之三/关四平/西华师范大学学报（哲学社会科学版）2013年第1期

三国时代的新风貌——回眸《三国演义》背后的三国/方北辰/新世纪图书馆2014年第2期

《三国演义》中的政治神话及其美学效应/吴光正/哈尔滨工业大学学报（社会科学版）2014年第2期

曹操"春祠令"辨析——初答郭善兵先生/梁满仓/中国史研究2015年第2期

《三国演义》中的三位最杰出战略家（B）/韩亚光/宝鸡文理学院学报（社会科学版）2015年第3期

《三国演义》回目语言刍议（B）/郭艳红/牡丹江师范学院学报（哲学社会科学版）2015年第4期

是靠一人才智　还是众士互补——《三国演义》蜀、魏人才建构模式之比较（A）/关四平/学术交流2015年第8期

品经典说忠义——从《三国演义》看忠义的内涵/张天威/新校园（中旬）2016年第1期

简论《三国演义》中的谶谣/方新蓉/国学研究2016年第1期

周邨先生所藏《三国演义》两种叙考兼及李渔序两种——为纪念中国《三国演义》研究会顾问周邨先生而作/萧相恺/内江师范学院学报 2016 年第 1 期

《三国演义》中的家具品种与渊源探析/余继宏、高伟霞、邵晓峰/明清小说研究 2016 年第 2 期

三国如何演义——《老读三国》自叙/李庆西/书城 2016 年第 2 期

曹营中用小斗斛引起的一场风波/丘光明/中国计量 2016 年第 3 期

《三国演义》中出现占星术的文化背景/李文智/九江学院学报（社会科学版）2016 年第 4 期

从《三国演义》隐士形象看魏晋风度（B）/车孟杰/内江师范学院学报 2016 年第 5 期

从《三国演义》中塑造的方士形象谈道教势力对三国格局的影响（B）/尹伯鑫/剑南文学 2016 年第 5 期

读《三国》 品三美/张晞/军事记者 2016 年第 7 期

从审美角度看古代姓名文化的演变——以《三国演义》中"名取单字"特征为例/贾馥瑞、胡焕文/大众文艺 2016 年第 8 期

劝说者语用身份建构的动态顺应性探讨——以《三国演义》劝说话语为例/郭艳红/长江大学学报（社会科学版）2016 年第 8 期

人才断层引发的亡国之悲——论《三国演义》中人才对蜀国兴亡的影响（B）/陈为冲/大陆桥视野 2016 年第 8 期

曹操何尝杀刘琮（B）/陈颖/亚太教育 2016 年第 8 期

从《三国演义》中看曹操在赤壁之战中的失误（B）/洪懿/人间 2016 年第 9 期

《三国演义》中的"火攻"——谈《三国演义》中的人文地理知识/王清扬/文艺生活·文艺理论 2016 年第 10 期

《三国演义》中的辩士及其作用（B）/罗晓芳/湖北文理学院学报 2016 年第 10 期

火在战争中的应用——三国演义之乌巢焚粮/中国消防博物馆/中国消防 2016 年第 23 期

火在战争中的应用——三国演义之火烧赤壁（B）/中国消防博物馆/中国消防 2016 年第 23 期

移花接木巧安排，张冠李戴显神通——从"草船借箭"和"空城计"看《三国演义》的虚构艺术（C）/边宏卫/中外交流 2016 年第 36 期

闲读三国/李川/走向世界 2017 年第 52 期

读《三国演义》的思考/田雨欣/中外企业家 2018 年第 8 期

我和《三国演义》有个约会——用化学原理浅析三国南蛮之水/李明会/新课程（下）2018 年第 8 期

"今生偏又遇着他"：《三国演义》曹操关羽之关系说微（C）/井玉贵/中华文化画报 2018 年第 11 期

试释《三国演义》之"一合酥"/王靖楠/古典文学知识 2019 年第 1 期

论《三国演义》中"非三国故事"的小说解读价值/许中荣/理论月刊 2019 年第 1 期

我眼里的《三国》那些事儿/石方朝/青年文学家 2019 年第 2 期

纵死犹闻侠骨香——浅谈《三国演义》中的"松柏精神"/纪昕煜/青年文学家 2019 年第 3 期

"汉室"存亡与《三国演义》中的政治斗争/李美沁/湖北文理学院学报 2019 年第 3 期

此"八百里"与彼"八百里"/李润和/博览群书 2019 年第 3 期

读《三国演义》有感/武希友/连云港文学·校园美文 2019 年第 4 期

回首向来萧瑟处——《三国演义》阅读推进心路/刘莉娟/读天下（综合）2019 年第 7 期

《三国演义》，权谋里的传奇/丛嫣、何延海、VCG/金桥 2019 年第 8 期

"赤壁"文学意象的故事嬗变研究/王迎娜/大众文艺 2019 年第 8 期

论《三国演义》的荐才描写/卢玺媛/中州学刊 2019 年第 11 期

浅析《三国演义》中人主对谋士的制约/余洋/人文之友 2019 年第 12 期

何须操干戈，堂上有奇兵——浅谈《三国演义》中的"临时"说客/杨颖斐/名作欣赏 2019 年第 18 期

徜徉文物品三国/黄滢希/中国拍卖 2020 年第 1 期

趣说三国/陈文新/同舟共进 2020 年第 2 期

冷观《三国演义》与瘟疫——"疫情与经典"之二/邢楷/博览群书 2020 年第 4 期

做事切莫嫉贤妒能——读《三国演义》有感/车思宽/作文新天地（小学版）2020年第7期

三国历史的另半边脸/刘绪义/同舟共进2020年第8期

《三国演义》教会我们做人的三个道理/李思圆/意林2020年第14期

当断必断，敢于拍板——论《三国演义》中的取胜之道（B）/金岳/读写月报2020年第17期

成都武侯祠碑刻《出师表》真的有错别字吗？——诸葛亮《出师表》两种流传版本的异文考释/王国巍/三峡大学学报（人文社会科学版）2021年第1期

《三国演义》证明，抢来的玉玺没用/烟雨/领导文萃2021年第4期

"三国诗词"作用简述/李鹏程/中学语文教学参考2021年第36期

学位论文：

对《三国演义》中武术器械之探析（B）/种松/民族传统体育/上海体育学院2011年

《三国志》时点时段表达研究/齐明珍/汉语言文字学/南京师范大学2013年

《三国演义》方术研究/周哲达/中国古代文学/渤海大学2013年

《三国演义》字频研究（B）/桑哲/中国古代文学/曲阜师范大学2013年

《三国志演义》序跋集释考论（A）/刘璇/中国古典文献学/陕西师范大学2014年

多元文化冲突与《三国演义》传统观（B）/张博/中国古代文学/南开大学2014年

三国杂传研究/辛志峰/中国古代文学/山东师范大学2015年

《三国演义》疑问句研究（B）/鲍远苗/语言学及应用语言学/曲阜师范大学2015年

［十三］ 比较研究

《三国演义》和《水浒》/思严/香港海洋文艺 1980 年第 2 期

《三国演义》与《堂吉诃德》——兼评夏自清的"中国古代文学不如西方文学丰富"论/陈清/南充师院学报（哲学社会科学版）1984 年第 2 期

《三国演义》和《水浒传》人物形象的异同（B）/朱世滋/电大学刊（语文版）1985 年第 1 期

相似相同岂偶然？——《伊利亚特》与《三国演义》初窥/朱炳荪、于如柏/青海社会科学 1986 年第 2 期

《战争与和平》和《三国演义》史诗风格比较/易新农/中山大学学报（社会科学版）1986 年第 3 期

历史战争的宏伟画卷——《三国演义》与《平家物语》比较研究/胡邦炜/三国演义学刊第 2 辑（四川省社会科学院出版社 1986 年 8 月）

《三国演义》与《平家物语》的比较研究/计纲/日语学习与研究 1987 年第 6 期

论《水浒传》艺术典型的开拓创造——《水浒传》与《三国演义》的比较/徐明安/绍兴师专学报（社会科学版）1988 年第 1 期

英雄的颂曲，豪杰的悲歌：《三国演义》、《水浒传》比较研究之一/陈年希/上海师范大学学报（哲学社会科学版）1989 年第 4 期

试论《三国演义》和《太平记》中战争描写的异同/邱岭/福建师范大学学报（哲学社会科学版）1989 年第 4 期

两种民族心态、文学气质与接受意识——《三国演义》与《战争与和平》比较研究/彭定安/社会科学辑刊 1989 年第 Z1 期

《平家物语》和《三国演义》——战记物语和演义小说的比较/李树果/日语

学习与研究 1990 年第 1 期

刘备与宋江（B）/霍雨佳/海南师范学院学报 1990 年第 2 期

关羽的儿子与孙悟空/[韩]金文京著，陈月娥、周国良译/中国文学研究 1990 年第 2 期

曹操与凤姐（B）/霍雨佳/海南师范学院学报 1990 年第 3 期

《三国演义》与希腊悲剧精神/殷利民/乐山师专学报（社会科学版）1990 年第 3 期

曹操与马克白斯（B）/王长友/社会科学研究 1990 年第 5 期

《三国》与《水浒》：两个英雄世界/石育良/湖北大学学报（哲学社会科学版）1993 年第 1 期/文学评论 1993 年第 3 期

中国历史小说比较/何焕群/广东民族学院学报（社会科学版）1993 年第 2 期

李朝军谭小说与《三国演义》/金宽雄/延边大学学报（社会科学版）1993 年第 4 期

交相辉映的两部民族战争史诗：《三国演义》与《伊利亚特》比较研究/赵成林/贵州社会科学 1994 年第 3 期

在历史与艺术的碰撞中《三国演义》与《东周列国志》比较/魏文哲/明清小说研究 1994 年第 3 期

传统理想人格的生动显现——论《三国演义》和《水浒传》中的英雄/梁海、赵景瑜/学术论丛 1995 年第 2 期

全忠仗义　保国安民——司各特、罗贯中之忠义思想浅析（B）/胡伟立/无锡教育学院学报 1996 年第 4 期

从刘备、宋江形象的塑造看《三国演义》、《水浒传》作者的英雄观（B）/刘吉鹏/临沂师专学报 1996 年第 5 期

诸葛亮与俄底修斯——中西文学人物智慧代表的比较分析（B）/罗帆/益阳师专学报 1997 年第 1 期

悲剧之生命，生命之悲剧——《三国》、《水浒》作家作品比较论（B）/徐子方/明清小说研究 1997 年第 2 期

中国传奇喜剧英雄生成考论——张飞、李逵（B）/罗书华/南京师大学报（社会科学版）1997 年第 4 期

论刘备、宋江的理想伦理人格（B）/吴中胜、郭瑞恒/明清小说研究 1998 年

第 3 期

关于《三国》与《水浒》的对比和联想/崇安、常枫/成都大学学报（社会科学版）1999 年第 2 期

《三国演义》与明清其他历史演义小说的比较/沈伯俊/明清小说研究 1999 年第 2 期/中国人民大学《复印报刊资料·中国古代、近代文学研究》1999 年第 11 期

《三国演义》与《水浒传》中的"义"之比较/刘廷乾/临沂师范学院学报 2001 年第 1 期

比较：《姑妄言》与《三国演义》/陈辽/皖江侧畔论三国（黄山书社 2001 年 10 月）

论张飞与李逵（B）/张丽/新世纪《三国演义》论文集（文教资料 2001 年增刊，2001 年 12 月）

从《三国演义》到《姑妄言》——中国古代历史话题文学的遗传和变异/王长友/新世纪《三国演义》论文集（文教资料 2001 年增刊，2001 年 12 月）

从吸收民间俗语到创新民间俗语——略论《三国演义》和《红楼梦》对俗语的运用/丁丁/新世纪《三国演义》论文集（文教资料 2001 年增刊，2001 年 12 月）

用接受美学读解《三国演义》和《水浒传》/龙协涛/文史哲 2002 年第 1 期

越南《皇黎一统志》与中国《三国演义》之比较/徐杰舜、陆凌霄/广西师范大学学报（哲学社会科学版）2002 年第 3 期

中日长篇小说的早熟与晚出——以《源氏物语》与《三国演义》为中心/张哲俊/外国文学评论 2002 年第 4 期

群雄逐鹿话汉中——《三国志》与《三国演义》所述汉中之比较/杨东晨/成都大学学报（社会科学版）2005 年第 2 期

《太平记》与《三国演义》的比较——论张飞的艺术形象（B）/[日]田中尚子、陈一昊/日本研究 2005 年第 2 期

《三国演义》与《水浒传》比较研究："忠义"的差异性和复杂性/魏孔泉/中国古代小说戏剧研究丛刊 2005 年

《三国演义》与《李自成》的战争描写比较（B）/朱家席/乐山师范学院学 2007 年第 2 期

烈女与淫妇——《三国演义》与《水浒传》女性形象比较/齐学东/现代语文（文学研究版）2007 年第 3 期

《三国演义》和《封神演义》访贤章节不同点比较/王红升/哈尔滨职业技术学院学报 2007 年第 3 期

《三国演义》"忠义"思想主题之局限性 刘备与唐僧之比较（C）/温沁/重庆科技学院学报（社会科学版）2007 年第 4 期

比较《三国演义》、《水浒传》和《八犬传》的忠义观/胡秋香/湖北经济学院学报（人文社会科学版）2007 年第 7 期

《左传》、《三国演义》的前兆描写比较（B）/王治理、屈玉川/语文学刊 2008 年第 1 期

论司马懿形象的比较学价值（B）/杨绍华/求索 2008 年第 1 期

《三国演义》与《三国志》中关羽人物形象之比较（B）/韩红宇/电影评介 2008 年第 6 期

论女作家写史弹词小说的特点——以《安邦志》、《定国志》、《凤凰山》与《三国演义》的比较研究为主/童李君/名作欣赏 2009 年第 2 期

《三国演义》中刘备、曹操形象比较/张宇辉/中华活页文选（教师版）2009 年第 9 期

论隋唐系列小说不能跻身名著的原因——与《三国演义》、《水浒传》比较/徐燕/求索 2009 年第 11 期

《摩诃婆罗多》与《三国演义》情节结构比较（B）/和建伟/学理论 2009 年第 27 期

刘备与宋江比较论——《三国演义》与《水浒传》比较研究之三（B）/关四平/水浒争鸣第 11 辑（中央文献出版社 2009 年 10 月）

《三国演义》与《平家物语》中的无常观之比较（B）/范琳琳/泰安教育学院学报岱宗学刊 2010 年第 4 期

三国历史的不同记载——《世说新语》与《三国志》诸书对比举隅/宁稼雨/三峡论坛（三峡文学·理论版）2010 年第 4 期

《春秋》大义与关羽形象的儒雅化、道德化——《三国志》《三国志平话》与《三国志演义》中关羽形象比较（C）/雷会生/辽东学院学报（社会科学版）2010 年第 5 期

近三十年《三国演义》《水浒传》比较研究述略（B）/许勇强、李蕊芹/江汉大学学报（人文科学版）2010 年第 6 期

弹词与小说的区别——以《三国志玉玺传》与《三国演义》的比较研究为例/童李君/作家 2010 年第 10 期

吴起与魏延比较论——《东周列国志》与《三国演义》比较论之二/曾良/内江师范学院学报 2010 年第 11 期

《东周列国志》与《三国演义》计谋型女性形象比较/李厚琼/内江师范学院学报 2010 年第 11 期

《三国演义》与《德川家康》中的爱情之比较/曲朝霞/电影文学 2010 年第 15 期

《三国志通俗演义》与通行本《三国演义》中曹操形象之比较研究（B）/何文/教育教学论坛 2010 年第 27 期

乱世红颜　悲当以歌——《东周列国志》与《三国演义》中的祸水型女性比较/李厚琼/时代文学（上半月）2011 年第 2 期

《水浒传》三纲观念识要——与《三国演义》、《红楼梦》作比较谈/张锦池/哈尔滨工业大学学报（社会科学版）2011 年第 2 期

在人神之间徜徉：《三国演义》与《三国志》中关羽形象之比较（B）/张真/许昌学院学报 2011 年第 3 期

罗贯中《残唐五代史演义传》的佛经及印度渊源（B）/王立/东疆学刊 2011 年第 4 期

《三国演义》中男性与权力女性的地位比较/郭韵奇/新西部（下旬·理论版）2011 年第 5 期

从《三国演义》成书过程看平话与演义结构之比较（C）/李继华/郑州大学学报（哲学社会科学版）2011 年第 5 期

《红楼梦》与《三国演义》悲剧意识的比较/李张英/科教文汇（中旬刊）2011 年第 8 期

从《三国演义》《水浒传》两书之魂——忠义思想看罗贯中着意塑造的英雄人物（C）/曹亦冰/现代语文（学术综合版）2011 年第 10 期

评析文学名著中人物塑造的艺术——对《三国演义》中曹操和刘备的比较分析（C）/章文艳/时代文学（下半月）2011 年第 12 期

《三国演义》与《伊利亚特》战争描写比较（B）/陈鹏录/重庆科技学院学报（社会科学版）2011 年第 21 期

[十三] 比较研究

刘备与宋江比较论——《三国演义》与《水浒传》比较研究之一（B）/关四平/黑龙江省文学学会 2011 年学术年会论文集（2011 年）

小说《三国演义》与元杂剧三国戏的故事情节比较（A）/徐彩云/语文学刊 2012 年第 2 期

越南《皇越春秋》黎利与中国《三国演义》刘备人物形象的相似性（B）/赵锋/襄樊学院学报 2012 年第 3 期

毛宗岗对《三国演义》的比较批评（B）/刘永良/齐鲁学刊 2012 年第 6 期

《三国演义》与《左传》战争描写比较（B）/汤婷婷/赤峰学院学报（汉文哲学社会科学版）2012 年第 7 期

《三国演义》中诸葛亮和司马懿的人物差异探究（C）/李丰霖/产业与科技论坛 2012 年第 16 期

《三国志平话》叙事例议——兼与《三国志》、《三国演义》之比较（B）/杜贵晨/南都学坛 2013 年第 1 期

论《水浒传》的治平理念——与《三国演义》比较谈/张锦池/学术交流 2013 年第 5 期

太史慈形象的比较研究（B）/宋兴杰/晋城职业技术学院学报 2013 年第 5 期

浅谈《三国演义》中武将使用作战器械与佩带器械的比较/种松、种青/搏击（武术科学）2013 年第 7 期

文化维度下中西古典文学中的英雄观——以《三国演义》和《伊利亚特》为例/王慧芳/韶关学院学报 2013 年第 9 期

《东周列国志》与《三国演义》谋略上的对应与比较/余玲/现代语文（学术综合版）2013 年第 10 期

《三国演义》与《荷马史诗》人才开发比较研究（A）/申宝国/短篇小说（原创版）2014 年第 3 期

中希"民族英雄忠义主义"历史文化内涵比较研究——以《三国演义》和《希腊神话》为例（A）/雷敏/湖北第二师范学院学报 2014 年第 3 期

比较《三国演义》与《水浒传》的人物刻画（B）/张君珺/中学时代 2014 年第 20 期

贵族时代与平民社会——《三国演义》与《水浒传》的文化差异/梁中效/水浒争鸣第 15 辑 [北方联合出版传媒（集团）股份有限公司、万卷出版公司 2014

年 11 月]

男性社谊、欲望、吊诡：《三国演义》及《亚瑟王之死》的跨文化比较（英文）/卢盈秀/复旦外国语言文学论丛 2015 年第 1 期

国士情怀与好汉气概——《三国演义》《水浒传》比较研究之一/沈伯俊/暨南学报（哲学社会科学版）2015 年第 4 期

孤标傲世为谁狂——正史与小说中的祢衡形象比较研究（B）/高安琪/时代文学（下半月）2015 年第 9 期

《三国志》和《三国演义》中周瑜形象比较研究（C）/黄志程、崔红梅/牡丹 2015 年第 14 期

《水浒传》与《三国演义》中女性形象的对比研究（A）/薛文秀/菏泽学院学报 2016 年第 1 期

试论信史小说的创作——以《后汉演义》、《三国演义》、《三国志》比较为例/陈姝瑾/南京师范大学文学院学报 2016 年第 2 期

刘备和日出王的"三顾茅庐"比较/曾嵘、张海燕/湖北文理学院学报 2016 年第 6 期

关于正史《三国志》与小说《三国演义》比较的考察/赵海波/科教导刊（电子版）（下旬）2016 年第 10 期

谱写三国纷争，描摹冰火传奇——试比较《三国演义》与《冰与火之歌》在写作手法上的异同/陈瞳/牡丹 2016 年第 12 期

从英雄主义视角谈《贝奥武夫》与《三国演义》的比较/任红燕/牡丹 2016 年第 21 期

《冰与火之歌》与《三国演义》中女性形象的比较/尤莹/长江丛刊 2016 年第 21 期

从印度史诗《罗摩衍那》和中国古典小说《三国演义》在泰国的传播看中印两国文化对泰国文化的影响/方佳萃/人间 2016 年第 22 期

比较视域下中西文学中的英雄观——以《三国演义》和《老人与海》为例/罗丹/校园英语 2016 年第 34 期

试论《三国演义》与《水浒传》的共同性/查秀芳/速读（下旬）2017 年第 1 期

历史演义、英雄传奇、世情小说的比较研究——以《三国演义》《水浒传》《金瓶梅》为例/高莉/湖北函授大学学报 2017 年第 8 期

从历史真实性角度析《三国演义》《三国志》异同/赵宏欣/语文建设 2017 年第 27 期

试论中西传统义利观——以《三国演义》和《艾凡赫》为例/汤璇璇/青年文学家 2017 年第 33 期

浅析《三国演义》与《水浒传》忠义观的异同/袁亦男/中华少年 2018 年第 2 期

《三国演义》中袁绍与曹操各自谋士的比较/李孝磊/陕西广播电视大学学报 2018 年第 3 期

从《三国志》到《三国演义》看正统思想的转向——以曹操、刘备的形象塑造为中心/李林昊/芒种 2018 年第 4 期

法权时代的忠义伦理悲剧——基于对《赵氏孤儿》《三国演义》《水浒传》的比较研究/宋铮/淮阴师范学院学报（哲学社会科学版）2018 年第 4 期

《三国演义》与《春秋》叙事/周远斌、姜悦/东方论坛 2018 年第 5 期

《三国演义》中徐庶和庞统的比较研究/宋丹丹/安徽文学（下半月）2018 年第 7 期

西施形象与貂蝉形象比较谈——以《浣纱记》和《三国演义》为中心/张驰/学术交流 2018 年第 9 期

从《艾凡赫》和《三国演义》中浅析中西文化差异/陈瑞/青年时代 2018 年第 22 期

论《三国志》与《三国演义》的差异——对历史事件与人物形象的异同分析/张子璇/中外交流 2018 年第 52 期

《水浒传》与《三国演义》中女性形象的对比研究（B）/孟娅/参花 2019 年第 2 期

论《三国》、《水浒》以降明清小说的兄弟结拜叙事/朱锐泉/中国文化研究 2019 年第 2 期

《水浒传》与《三国演义》创作艺术比较/李永刚/菏泽学院学报 2019 年第 4 期

中西文化语境下的"桃园三结义"——以《甘加丁之路》为例/赵颖迪、苏蕊/咸阳师范学院学报 2019 年第 4 期

论《三国演义》与《红楼梦》中的梦境预叙/白晓雪/阜阳师范学院学报（社会科学版）2019 年第 6 期

叙事学视角下史学与文学之异同——以"三顾茅庐"在《三国志》与《三国演义》中的不同表现为例/杜芳/开封教育学院学报 2019 年第 8 期

论《平家物语》与《三国演义》中女性形象的相似性/杨楠/名作欣赏 2019 年第 18 期

《三国演义》与《三国志》中曹操与关羽的形象分析/陈立琛/西部学刊 2019 年第 21 期

《三国演义》与《水浒传》忠义观比较/孔德彬/现代职业教育 2019 年第 30 期

《三国演义》和《水浒传》忠义观的异同/邹玉沛/开封文化艺术职业学院学报 2020 年第 1 期

《歧路灯》与《三国演义》和《水浒传》/杜贵晨/山东师范大学学报（社会科学版）2020 年第 1 期

《博望烧屯》与《三国演义》相关情节及人物的比较研究/周文琪/淮北职业技术学院学报 2020 年第 2 期

《孙子兵法》与《三国演义》对谋攻思想的互助解读/颜震/孙子研究 2020 年第 2 期

对比《资治通鉴纲目》看《三国演义》的真实性问题/袁书会/吕梁学院学报 2020 年第 3 期

北大简《周驯》"周成王燔潜书"与《三国演义》曹操烧信关系考论/颜建真/明清小说研究 2020 年第 4 期

《三国演义》与《金瓶梅》中的道教灯仪研究/邢飞/中华文化论坛 2020 年第 6 期

两个甄氏——对比《三国志通俗演义》里的甄氏与真实的甄氏/郑世琳/湖北文理学院学报 2020 年第 6 期

《三国演义》与《水浒传》的英雄观比较/丁丹雅/百科论坛电子杂志 2020 年第 7 期

《冰与火之歌》中泰温公爵与《三国演义》中曹操的人物形象对比/杨树宇/散文百家 2020 年第 7 期

从人物形象塑造看《三国演义》对《水浒传》的影响/郑晓涵/新阅读 2020 年第 9 期

[十三] 比较研究

模仿与创新：《青史演义》与《三国志通俗演义》军师形象之比较/孙琳/学术交流 2020 年第 9 期

《三国志》与《三国演义》中无系词判断句的对比研究/黄吉帆/汉字文化 2020 年第 14 期

以《三国演义》《红楼梦》为例浅谈人物形象的缺陷美/任政娜/青年时代 2020 年第 31 期

英雄的咏叹　人性的拷问——略说《三国演义》与川剧《夕照祁山》里的诸葛亮/苏婷/文史杂志 2021 年第 3 期

英雄的变迁——《三国演义》与《水浒传》一个比较角度/李庆西/书城 2021 年第 5 期

从历史小说看中西文化价值观念差异——以《三国演义》和《艾凡赫》为例/王翔宇、张静/青年文学家 2021 年第 6 期

论《东周列国志》与《三国演义》中的刺客群像/高闯/品位·经典 2021 年第 15 期

《水浒传》与《三国演义》女性形象分析对比——"骁勇悍妇"与"命薄红颜"/刘雨蒙/今古文创 2021 年第 22 期

学位论文：

从《三国演义》到《红楼梦》看明清文学中空幻意识的演变/李涓/古典文学/首都师范大学 1998 年

《三国演义》、《水浒传》的叙事艺术/李哲洙/中国古代文学/北京大学 1998 年

《左传》与《三国演义》比较研究/陈莉娟/中国古代文学/江西师范大学 2003 年

《三国演义》《水浒传》《西游记》形象群体"主弱从强"组合模式研究/席红霞/中国古代文学/郑州大学 2003 年

虚与实的相克、相生——对《三国演义》、《水浒传》、《金瓶梅》、《红楼梦》这四部作品所体现的虚实观念的辨析/牛佳音/中国古典文献学/北京师范大学 2004 年

《三国演义》与《李自成》比较研究/朱家席/中国古代文学/安徽师范大学 2005 年

《平家物语》与《三国演义》儒家文化之比较/黄健平/比较文学与世界文学/

重庆师范大学 2006 年

《三国演义》与《平家物语》武人群像之比较/李芳/中国古代文学/曲阜师范大学 2007 年

《三国演义》嘉靖本与毛评本之比较/边翠芳/中国古代文学/兰州大学 2007 年

《三国演义》嘉靖本与毛评本比较研究：以人物形象为中心（C）/颜彦/中国古代文学/北京语言大学 2008 年

《三国演义》与《平家物语》人物形象之比较研究——从造型理念之差异谈起/王茜/日语语言文学/北京语言大学 2008 年

《平家物语》与《三国演义》无常观之比较/张淼/比较文学与世界文学/吉林大学 2009 年

英雄主义——比较《三国演义》中的关羽与《老人与海》中的圣地亚哥（C）/肖旭/英语语言文学/内蒙古大学 2010 年

电视剧《三国演义》与《三国》的比较研究（A）/刘丹/广播电视艺术学/辽宁大学 2011 年

《三国志》和《三国演义》中周瑜形象比较研究（D）/邱少成/专门史/华中科技大学 2011 年

《平家物语》与《三国演义》生死观之比较研究/葛利及/日语语言文学/苏州大学 2013 年

崇高与悲壮——《三国演义》与荷马史诗中英雄主义的比较/马丽娟/比较文学与世界文学/郑州大学 2013 年

《三国志平话》和《三国志演义》关系研究（B）/刘莉莉/中国古代文学/曲阜师范大学 2014 年

《三国演义》与《兴武王演义》比较研究/母秀丹/亚非语言文学/山东大学 2014 年

《三国志》与《三国演义》称谓词对比研究/王耀东/汉语言文字学/渤海大学 2014 年

《三国演义》与《平家物语》的英雄观之比较研究/吴岚南/日语语言文学/广西大学 2015 年

《青史演义》与《三国演义》之比较——以杭盖山之战与赤壁之战为例/萨仁娜/比较文学与世界文学/内蒙古大学 2015 年

[十四]"三国"与有关艺术

1. "三国"与戏曲

《单刀会》中的英雄形象（B）/陈志宪/四川大学学报（社会科学版）1958年第2期

读《单刀会》札记（B）/刘知渐/戏剧论丛1958年第2辑/《三国演义》新论（重庆出版社1985年6月）

三国戏曲与《三国演义》的关系及其他/木子/安徽史学通讯1959年第3期

三国戏简述——兼及三国戏与《三国演义》的相互关系/朱平楚/人文杂志1960年第1期

元代杂剧中的三国戏/陈抱成/郑州大学学报（哲学社会科学版）1982年第2期

《宋太祖龙虎风云会》与《三国演义》/陈铁民/文学评论丛刊第16辑（中国社会科学出版社1982年10月）

《关羽和貂蝉》读后/痴砚/重庆师院学报（哲学社会科学版）1983年第1期

《三国演义》与戏曲/孟苏/成都晚报1983年4月20日

元杂剧中的三国戏与《三国演义》/叶胥、冒炘/文学遗产1983年第4期

传统川剧中的三国戏/永康、田文/社会科学研究1983年第4期

浅谈元杂剧三国戏的艺术特征/郭英德/《三国演义》研究集（四川省社会科学院出版社1983年12月）

元代的三国戏及其对《三国演义》的影响/李春祥/《三国演义》研究集（四川省社会科学院出版社1983年12月）

试述《三国演义》成书前后的三国戏/彭飞/上海大学学报（社会科学版）

1985 年第 1 期

毛本《三国演义》对三国戏的影响/彭飞/《三国演义》论文集（中州古籍出版社 1985 年 11 月）

清初两部褒扬曹操的杂剧/王长友/江海学刊（文史哲版）1986 年第 1 期

先明三国戏考略/陈翔华/文献 1990 年第 2 期

京剧与《三国演义》/郭永江/戏曲艺术 1991 年第 3 期

《三国演义》与绵阳三国戏/李德书/《三国演义》与中国文化（巴蜀书社 1991 年 9 月）

《三国演义》与三国戏/胡世厚/古典文学知识 1994 年第 6 期

明代通俗文艺中的三国故事——以《风月锦囊》所选《精选续编赛全家锦三国志大全》为线索/［日］上田望/《三国演义》丛考（北京大学出版社 1995 年 7 月）

三国故事剧考略/陈翔华/《三国演义》丛考（北京大学出版社 1995 年 7 月）

《隔江斗智》杂剧与《三国志通俗演义》/钟林斌/明清小说研究 1996 年第 1 期

元杂剧艺术对《三国演义》的影响/罗斯宁/中山大学学报（社会科学版）1996 年第 2 期

《三国志》戏文考/黄仕忠/中山大学学报（社会科学版）1997 年第 5 期

元杂剧中三国戏艺术管窥/顾宇倩/扬州大学学报（人文社会科学版）1997 年第 6 期

元杂剧中三国戏题材探源/顾宇倩/扬州大学学报（人文社会科学版）1999 年第 1 期

明代戏曲中关羽形象的多种形态探析（B）/刘海燕/福建师范大学学报（哲学社会科学版）2001 年第 2 期

三国戏中的貂蝉故事及其性别文化透视/李祥林/成都大学学报（社会科学版）2005 年第 2 期

《川剧三国戏汇编》前言/李德书/四川戏剧 2005 年第 4 期

"三国戏"与《三国演义》的传播（A）/王平/齐鲁学刊 2005 年第 6 期

《三国演义》与戏剧曲艺渊源关系研究述要（A）/韩伟表/浙江师范大学学报 2006 年第 3 期

川剧三国戏形成初探/申文/戏曲研究 2007 年第 2 期

学术研究　贵在出新——评张生筠、魏春萍的《〈三国演义〉与中国戏曲》/张雪飞/牡丹江师范学院学报（哲学社会科学版）2007 年第 2 期

民间与经典的整合——论京剧三国戏的艺术特征（A）/包海英/齐鲁学刊 2007 年第 3 期

论《三国志演义》在戏曲系统的接受与传播（A）/关四平/厦门教育学院学报 2007 年第 3 期

明代戏曲选集中的《单刀会·鲁肃求谋》辨析——兼论《三国演义》对三国戏曲的影响（B）/胡莲玉/中华文化论坛 2007 年第 4 期

《三国志平话》与元杂剧"三国戏"——《三国演义》形成史研究之一（B）/黄毅/明清小说研究 2007 年第 4 期

浅谈元杂剧三国戏"孙夫人"形象对小说《三国演义》的影响（C）/徐彩云、徐金季/商业文化（学术版）2007 年第 8 期

近代传播视野中的三国戏曲考论（A）/李国帅/山东省农业管理干部学院学报 2009 年第 2 期

南阳大调曲中的三国人物形象（B）/马奇/南都学坛 2009 年第 3 期

浅谈川剧三国戏《上方谷》/[日] 田村彩子/四川戏剧 2009 年第 4 期

《鼎峙春秋》与京剧"三国戏"/李小红/剧作家 2011 年第 1 期

论元散曲中三国人物的文化形象（B）/赵义山/社会科学研究 2011 年第 3 期

从杂剧《风云会》看罗贯中与《三国演义》、《水浒传》的关系（B）/王前程、王怡/菏泽学院学报 2011 年第 4 期

中国戏曲与《三国演义》/张生筠/剧作家 2011 年第 5 期

试论元杂剧"三国戏"对三国人物定型的意义/张大圣/文学界（理论版）2011 年第 7 期

京剧与三国/肖彬/艺海 2011 年第 9 期

元杂剧三国戏与小说《三国演义》的主题思想浅析（B）/徐彩云/语文学刊 2011 年第 14 期

浅析祁剧北路《三气周瑜》中的【四门腔】（B）/王文龙/成功（教育）2012 年第 1 期

小说《三国演义》与元杂剧三国戏的故事情节比较（B）/徐彩云/语文学刊

2012 年第 2 期

卢胜奎之京剧《三国志》考论/包海英/艺术百家 2013 年第 1 期

人物描写与个性化形象塑造——论三国人物的戏曲脸谱与小说人物塑造的关系（B）/杨利群/语文学刊 2013 年第 2 期

川剧三国戏的文化成因/熊英/四川戏剧 2013 年第 5 期

浅析安顺地戏文本《三国地戏书》的叙事特色/兰桂/教育文化论坛 2014 年第 1 期

以仁德亲民为本的一统帝国的政治蓝图——罗贯中《风云会》杂剧对兴国治平谋略的艺术诠释（B）/张大新/戏曲艺术 2014 年第 1 期

漫谈三国关公戏/耿瑛/戏剧文学 2014 年第 5 期

说三分与三国戏：三国故事发展之形态及其关系（C）/涂秀虹/湖南科技学院学报 2014 年第 8 期

《三国演义》与日本戏剧——从文学名著到舞台艺术（A）/赵莹/名作欣赏 2014 年第 17 期

论汉中三国戏对《三国演义》的改编（A）/邵金金/陕西理工学院学报（社会科学版）2015 年第 3 期

浅析"空城计"的接受与再创造——以电视剧《三国演义》与京剧《失空斩》为例（B）/杨巍/赤峰学院学报（汉文哲学社会科学版）2015 年第 4 期

"京剧三国戏"研究综述（B）/郑春雨/唐山文学 2015 年第 5 期

俗吻之美：借鉴后的突破——关公戏经典作《新刻全像古城记》文本研究/杜鹃/戏剧文学 2015 年第 7 期

明清三国戏曲的翻案补恨/张红波/重庆理工大学学报(社会科学)2015 年第 7 期

善本戏曲丛刊中的关公戏著录研究/杜鹃/戏剧之家 2015 年第 16 期

元杂剧"三国戏"二题/关四平/戏曲艺术 2016 年第 1 期

黄梅戏《小乔初嫁》的奇思妙想/季翠霞/戏友 2016 年第 4 期

汉水流域戏曲中的三国戏/王建科/陕西理工学院学报（社会科学版）2016 年第 4 期

元刊杂剧中"关羽"的符号学解读/焦浩/宜宾学院学报 2016 年第 9 期

《三国演义》成书于"元泰定三年前后"新证——以明初周宪王《义勇辞金》杂剧为中心/朱仰东/内江师范学院学报 2016 年第 9 期

论程砚秋的一出"三国"戏——京剧《亡蜀鉴》/王琢珏/戏剧之家 2016 年第 18 期

神勇马超显南派功夫——观粤剧《虎将马超》有感/晓丹/南国红豆 2017 年第 3 期

《三国演义》卷首词《临江仙》的分析与评价/汪宁宁/青苹果 2017 年第 10 期

杨慎和《三国演义》卷首词/春晓/金秋 2017 年第 10 期

元杂剧《单刀会》与小说《三国演义》之关云长单刀赴会的对比研究/莫春娟/青年文学家 2018 年第 23 期

论元三国杂剧与《三国演义》女性形象之差异/曾奕渊/文学教育（下）2019 年第 5 期

从红袍到绿袍——古代戏剧关公着装递变探究/居鲲/四川戏剧 2019 年第 11 期

以章回体小说《三国演义》谈小说与戏曲的关系/吴思/汉字文化 2020 年第 20 期

三国戏中的蜀汉叙事/李庆西/读书 2020 年第 2 期

晋剧三国戏的整理和探析/薛雨欣、雷勇/湖北文理学院学报 2021 年第 4 期

写人似神　别出机杼——京剧《群英会》赏析/胡世铎/中国京剧 2021 年第 5 期

马谡缺失于"南征戏"的主要原因略论/刘砚秋/湖北文理学院学报 2021 年第 6 期

红光罩体困龙飞　丹气冲开长坂围——京剧杨派《长坂坡》解析/衣麟/中国京剧 2021 年第 11 期

学位论文：

清朝关公戏装扮和道具的研究（A）/蓝颖/中国古典文献学/广州大学 2010 年

元代三国戏与水浒戏的比较研究/胡玲霞/古代文学/河南大学 2010 年

从三国戏到《鼎峙春秋》关羽形象的演变研究（B）/潘琰佩/中国古代文学/河南大学 2011 年

明清三国戏曲研究（A）/张红波/中国古代文学/北京大学 2011 年

汉剧三国戏研究（A）/曾纯/中国古代文学/湖北大学 2011 年

元杂剧三国戏女性形象研究（A）/陆芳梅/中国古代文学/广西师范大学 2013 年

《全元散曲》三国文化研究/李帅/中国古代文学/重庆工商大学 2013 年

京剧关公戏研究/陈真一/中国少数民族语言文学/辽宁大学 2015 年

贵州安顺"三国"地戏文本研究（A）/兰桂/文艺学/贵州民族大学 2015 年

相看两不厌——元杂剧三国戏与《三国志》对比研究/朱明辉/中国语言文学/湖南科技大学 2015 年

2. "三国"与说唱艺术

《花关索传》对《三国演义》研究的启示/谭良啸/《三国演义》研究集（四川省社会科学院出版社 1983 年 12 月）

谈《三国志玉玺传》——给赵景深先生的信/童吉永/文献第 21 辑（书目文献出版社 1985 年 4 月）

明清以来三国说唱文学——兼说它与《三国志演义》的关系/陈翔华/《三国演义》论文集（中州古籍出版社 1985 年 11 月）

我说评话《三国》——演出之余的杂感/唐耿良/三国演义学刊第 2 辑（四川省社会科学院出版社 1986 年 8 月）

《三国志通俗演义》与《三国志玉玺传》/弦声/殷都学刊 1988 年第 1 期

《三国志演义》与《花关索传》（B）/[韩]金文京/《三国演义》丛考（北京大学出版社 1995 年 7 月）

宋元话本与张飞市民英雄形象的定型（B）/朱铁梅/河北学刊 2008 年第 4 期

扬州评话《火烧赤壁》对《三国演义》的因革（C）/魏佳/思茅师范高等专科学校学报 2010 年第 5 期

扬州评话《火烧赤壁》对《三国演义》的因革（D）/纪德君/中国俗文化研究第 6 辑（巴蜀书社 2010 年 5 月）

"长坂坡赵云救主"中的赵云形象在达斡尔族、锡伯族说唱中的变化——兼论人物形象民族化（B）/吴刚/明清小说研究 2015 年第 4 期

元杂剧中三国戏的英雄人物塑造——以刘、关、张为中心/陈劭龄/黎明职业大学学报 2016 年第 3 期

明清以来"三国"说唱文学编创经验综探/纪德君/文艺理论研究 2016 年第 5 期

经典故事之外的博弈场景——传统评书《三国·美髯公温酒斩华雄（选段）》赏析/鲍震培/曲艺 2018 年第 10 期

试论《孤本元明杂剧》对关公形象的塑造/张祎/四川戏剧 2019 年第 5 期

浅析福建地方戏曲中"关戏"剧目生成因素——以《关公挡曹》《单刀会》为例（A）/潘文芳/运城学院学报 2021 年第 5 期

试论元杂剧中诸葛亮形象的两种刻画/束强/名作欣赏 2021 年第 30 期

学位论文：

三国故事说唱文学研究/韩霄/中国古代文学/扬州大学 2012 年

3. "三国"与民族民间文学

民间文学与《三国演义》/江云、韩致中/民间文学论坛 1984 年第 4 期

论"三国演义"传说/董晓萍/民间文学论坛 1990 年第 6 期

关羽崇拜的塑成与民间文化传统（B）/刘永华/厦门大学学报（哲学社会科学版）1995 年第 2 期

民间视野话《三国》（B）/王昊/皖江侧畔论三国（黄山书社 2001 年 10 月）

简论《三国演义》与《平家物语》中武将的民族特征/毛成坤、李芳/现代语文（文学研究版）2006 年第 3 期

《三国演义》语言的民族特色——兼论中国古代小说的"诗体美"（B）/周雪霏/语文学刊 2006 年第 5 期

论《三国演义》与《平家物语》中武人群像的民族特征/李芳/湖北民族学院学报（哲学社会科学版）2006 年第 5 期

民间与经典的整合——论京剧三国戏的艺术特征（B）/包海英/齐鲁学刊 2007 年第 3 期

民间与文人视角下的刘备形象（B）/王会明/陕西教育学院学报 2008 年第 4 期

民间文化与张飞形象的演变（B）/蔡东洲/西华师范大学学报（哲学社会科学版）2008 年第 5 期

试析宋元民间叙事文体中的张飞形象（B）/符丽平/成都大学学报（社会科学

版）2008 年第 6 期

关羽崇拜与关羽文化（B）/王菊芹/河南商业高等专科学校学报 2009 年第 2 期

民间祭仪剧中的关羽形象（B）/刘海燕/宜春学院学报 2010 年第 9 期

论诸葛亮民族政策的启示意义/李小龙/丝绸之路 2010 年第 16 期

论张飞在阆中的民间形象（B）/陈倩/西华师范大学学报（哲学社会科学版）2011 年第 2 期

"西和诸戎，南抚夷越"——诸葛亮民族政策思想探析/唐建兵/西北民族研究 2011 年第 3 期

胡仁乌力格尔《三国演义》之《赵子龙大战长坂坡》对汉文化继承的剖析/秀云/西部蒙古论坛 2011 年第 3 期

《三国演义》满蒙译本比较研究/陈岗龙/民族文学研究 2011 年第 4 期

试论胡仁乌力格尔《三国演义》对蒙古族文艺、民俗的影响（A）/秀云、彭春梅/赤峰学院学报（汉文哲学社会科学版）2011 年第 8 期

民间审美情趣支配下的死亡叙事——以《三国演义》和《水浒传》为例/杨明贵/渭南师范学院学报 2011 年第 9 期

《三国演义》在明清时期的传播对民族精神的影响研究（A）/黄晋/中南林业科技大学学报（社会科学版）2012 年第 2 期

论满文译本《三国演义》在新疆锡伯族民间的流传及其影响（A）/贺元秀、曹晓丽/伊犁师范学院学报（社会科学版）2012 年第 4 期

《三国演义》的民族意识浅探（B）/汤加兰/中学语文 2012 年第 30 期

蒙古国所藏《三国演义》蒙译本述略(A)/聚宝/民族文学研究 2013 年第 1 期

特睦格图蒙译本《三国演义》诗词翻译研究（A）/格仁其木格/民族翻译 2013 年第 4 期

论《三国演义》在侗族北部地区的歌谣传播（A）/龙昭宝/怀化学院学报 2013 年第 6 期

《三国演义》中南蛮部落形象的研究——基于"话语——权力"理论的分析/胡进/青春岁月 2013 年第 14 期

《三国演义》中关羽的形象塑造与民间关帝信仰之心理接受探析（B）/舒耘华、黄儒敏/佳木斯大学社会科学学报 2014 年第 2 期

中希"民族英雄忠义主义"历史文化内涵比较研究——以《三国演义》和

《希腊神话》为例（B）/雷敏/湖北第二师范学院学报2014年第3期

助孔明南征的"夷帅"济火其人其事考/谭良啸、张祎/湖北文理学院学报2014年第3期

嘉靖本《三国演义》蒙译本述略（B）/聚宝/内蒙古师范大学学报（哲学社会科学版）2014年第5期

《三国演义》满文翻译考述（A）/秀云/中央民族大学学报（哲学社会科学版）2014年第6期

论《三国演义》中的南蛮"异域"形象/施彩云/青春岁月2014年第9期

中希"个人英雄主义"历史文化内涵的哲学解读——以《三国演义》和《希腊神话》为例/雷敏/湖北第二师范学院学报2015年第1期

论西南各族中的诸葛亮文化现象（B）/李照成/西华师范大学学报（哲学社会科学版）2015年第1期

"长坂坡赵云救主"中的赵云形象在达斡尔族、锡伯族说唱中的变化——兼论人物形象民族化（C）/吴刚/明清小说研究2015年第4期

单刀会的历史真相（B）/民间传奇故事（A卷）2015年第4期

毛评本《三国演义》蒙古文诸译本汇论（B）/聚宝/中国文学研究2015年第4期

《三国演义》"尊刘贬曹"思想倾向及成因（B）/陈咏贤、李理/赤峰学院学报（汉文哲学社会科学版）2015年第6期

明清通俗小说与中华民族传统典范人格塑造——以《三国演义》关羽忠义形象为例（B）/刘国红、张天翼/清远职业技术学院学报2015年第6期

论《三国演义》与关公信仰/徐薇/学习月刊2015年第22期

赤峰市民族委员会藏《三国演义》蒙古文译本研究——以额尔德尼特古斯抄本为例/秀云/满语研究2016年第2期

满译汉文小说《三国演义》的学术价值简论/秀云、澳丹/西部蒙古论坛2016年第4期

满译本《三国演义》研究述评/秀云/赤峰学院学报（汉文哲学社会科学版）2016年第12期

论《花关索传》的民间叙事艺术/吴汉平/神州2016年第20期

中国古代四大名著的维文翻译及研究现状/秦瑞英/兵团党校学报2017年第

4 期

文化传播视野下的《刘备占荆州》胡仁乌力格尔简析/海全、戴莉/内蒙古民族大学学报（社会科学版）2017 年第 5 期

论《三国演义》文化词语的满文翻译/石文蕴/满语研究 2019 年第 1 期

西晋以来云南永昌地区的诸葛亮崇拜/阳正伟/中华文化论坛 2019 年第 4 期

西南少数民族民间文学与汉族史料中的孟获形象摭谈/刘杰/文学教育（上）2019 年第 7 期

布仁巴雅尔胡尔奇说唱的《三国演义》中哲理性词句研究/齐勒格日/中国蒙古学（蒙文）2020 年第 2 期

胡仁·乌力格尔《三国演义》人物形象研究/齐勒格日/文化学刊 2020 年第 6 期

《三国演义》中的被动句汉维翻译策略/王姗姗/文学教育（下）2020 年第 10 期

四大古典文学名著少数民族译本传承与创新——基于合作模式的数据库建设/张晓彤/甘肃科技 2020 年第 16 期

《三国演义》中"之"字用法及维译浅析/谭洁/青年文学家 2020 年第 35 期

法国藏《三国志通俗演义》满文刻本考辨（B）/宝乐日、巴雅尔图/民族文学研究 2021 年第 1 期

浅析福建地方戏曲中"关戏"剧目生成因素——以《关公挡曹》《单刀会》为例（B）/潘文芳/运城学院学报 2021 年第 5 期

论明刊《三国志演义》中的少数民族收继婚风俗/杨波/哈尔滨工业大学学报（社会科学版）2021 年第 5 期

诸葛亮经营南中及相关史地与传说/楼劲/理论学刊 2021 年第 6 期

龙舟歌里的三国题材作品初探/夏小燕、陈新/湖北文理学院学报 2021 年第 12 期

学位论文：

明代关羽信仰及其地域分布研究（B）/包诗卿/中国古代史/河南大学 2005 年

《三国演义》在蒙古地区的传播研究（A）/聚宝/中国少数民族语言文学/内蒙古大学 2012 年

论三国故事从史传到小说到当阳民间传说的流传与变异/石易/中国古代文学/

中南民族大学 2012 年

《三国演义》满文翻译研究（A）/秀云/中国少数民族语言文学/中央民族大学 2013 年

贵州安顺"三国"地戏文本研究（B）/兰桂/文艺学/贵州民族大学 2015 年

《三国演义》文化负载词的维吾尔语翻译研究/景治强/中国少数民族语言文学（维）/新疆师范大学 2017 年

汉藏文学比较视域下的关云长与格萨尔王/赵婉婷/中国古代文学/西藏大学 2021 年

4. "三国"与电影电视广播剧

《三国志》·《三国演义》·《赤壁之战》/欧阳健/三国演义学刊第 1 辑（四川省社会科学院出版社 1985 年 7 月）

可贵的探索，良好的开端——评广播连续剧《辞曹归汉》/左云/三国演义学刊第 2 辑（四川省社会科学院出版社 1986 年 8 月）

十年磨一剑——《三国》改编的三大艺术工程（上）/沈伯俊/四川日报 1994 年 5 月 26 日/三国漫话（四川人民出版社 2000 年 9 月）

三国烽烟现荧屏——《三国》改编的三大艺术工程（中）/沈伯俊/四川日报 1994 年 6 月 2 日/三国漫话（四川人民出版社 2000 年 9 月）

电影：何日能圆三国梦——《三国》改编的三大艺术工程（下）/沈伯俊/四川日报 1994 年 6 月 16 日/三国漫话（四川人民出版社 2000 年 9 月）

我拍《三国》电视连续剧/王扶林/古典文学知识 1994 年第 6 期

为什么以"魏、蜀、吴"称三国？——《三国》电视剧中的为什么（一）/沈伯俊/四川日报 1994 年 11 月 3 日/三国漫话（四川人民出版社 2000 年 9 月）

为什么张角要以"黄天当立"为号召？——《三国》电视剧中的为什么（二）/沈伯俊/四川日报 1994 年 11 月 3 日/三国漫话（四川人民出版社 2000 年 9 月）

为什么要写"孟德献刀"和"杀奢"？——《三国》电视剧中的为什么（三）/沈伯俊/四川日报 1994 年 11 月 3 日/三国漫话（四川人民出版社 2000 年 9 月）

三晤王扶林/沈伯俊/成都晚报 1994 年 11 月 5 日/三国漫话（四川人民出版社 2000 年 9 月）

为什么要写貂蝉"化做了一片白云"?——《三国》电视剧中的为什么(四)/沈伯俊/四川日报 1994 年 11 月 10 日/三国漫话(四川人民出版社 2000 年 9 月)

为什么称陶谦为"府君"?——《三国》电视剧中的为什么(五)/沈伯俊/四川日报 1994 年 11 月 10 日/三国漫话(四川人民出版社 2000 年 9 月)

为什么"割发代首"有那么大的震慑力?——《三国》电视剧中的为什么(六)/沈伯俊/四川日报 1994 年 11 月 10 日/三国漫话(四川人民出版社 2000 年 9 月)

为什么袁绍要派淳于琼看守乌巢?——《三国》电视剧中的为什么(七)/沈伯俊/四川日报 1994 年 11 月 17 日/三国漫话(四川人民出版社 2000 年 9 月)

"荆州城"在哪里?——《三国》电视剧中的为什么(八)/沈伯俊/四川日报 1994 年 11 月 17 日/三国漫话(四川人民出版社 2000 年 9 月)

为什么称孙权为"吴侯"?——《三国》电视剧中的为什么(九)/沈伯俊/四川日报 1994 年 11 月 17 日/三国漫话(四川人民出版社 2000 年 9 月)

为什么写师勖其人?——《三国》电视剧中的为什么(十)/沈伯俊/四川日报 1994 年 12 月 1 日/三国漫话(四川人民出版社 2000 年 9 月)

为什么称"南阳诸葛亮"?——《三国》电视剧中的为什么(十一)/沈伯俊/四川日报 1994 年 12 月 1 日/三国漫话(四川人民出版社 2000 年 9 月)

为什么使用半文半白的语言?——《三国》电视剧中的为什么(十二)/沈伯俊/四川日报 1994 年 12 月 1 日/三国漫话(四川人民出版社 2000 年 9 月)

为什么武打显得不那么精彩?——《三国》电视剧中的为什么(十三)/沈伯俊/四川日报 1994 年 12 月 1 日/三国漫话(四川人民出版社 2000 年 9 月)

三不满足和一不懂——电视连续剧《三国演义》的遗憾/崔树人/文艺评论 1995 年第 1 期

《三国演义》电视剧面对的五大矛盾/沈伯俊/人民日报 1995 年 3 月 18 日/电视研究 1995 年第 4 期

对电视剧《三国演义》的一点思考/梅朵/文艺理论研究 1995 年第 3 期

《三国演义》卷首词不宜作主题歌/曾良/文史知识 1996 年第 2 期

评电视连续剧《三国演义》/郑铁生/《三国演义》新论(华中理工大学出版社 1999 年 5 月)

浅议电视连续剧《三国演义》中的战争场面描写/谭良啸/《三国演义》新论(华中理工大学出版社 1999 年 5 月)

《三国演义》电视连续剧成功背后之不足/曾良/《三国演义》新论（华中理工大学出版社 1999 年 5 月）

从三国电视作品热看三国文化的当代传播（A）/蔡尚伟、钟玉/中国电视 2005 年第 6 期

关于电视连续剧《三国演义》中的片头曲《滚滚长江东逝水》作曲分析/贾宏宇/电影文学 2006 年第 13 期

略论三国题材的影视改编/米文佐/中国古代小说戏剧研究丛刊 2008 年第 2 期

以历代咏诸葛亮的诗歌印证电视剧《三国演义》中诸葛亮形像（B）/曾毅/电影文学 2008 年第 5 期

赤壁之战与电影《赤壁》（B）/沈伯俊/成都大学学报（社会科学版）2008 年第 6 期

《三国演义》电视连续剧中《短歌行》主旨的偏离与悖误/冯传亭/电影文学 2008 年第 10 期

电影《赤壁》的审美价值类型及民族精神/赵楷/电影文学 2008 年第 17 期

古今多少事　都付笑谈中——从吴宇森的电影《赤壁》（上）谈起/余和生/电影文学 2008 年第 18 期

品《三国之见龙卸甲》/孟凡东/电影评介 2008 年第 23 期

昨日赤壁今又来——评电影《赤壁》/史玉丰、郭海玉/电影评介 2008 年第 23 期

忘记三国，《赤壁》就是部好电影/于德清/大众电影 2009 年第 3 期

《赤壁》：用史诗形态解读三国风云/魏然/四川戏剧 2009 年第 5 期

三问电影《赤壁》/沈伯俊/文艺研究 2009 年第 6 期

大型高清动画电视连续剧《三国演义》/袁志刚/电视研究 2009 年第 9 期

三国题材影视改编的文化魅力——从电影《赤壁》说起/米文佐/电影文学 2009 年第 11 期

浅析电影的跨文化传播——以《卧虎藏龙》和《赤壁》为例/杨颖/电影评介 2009 年第 18 期

演绎"三国"：影像的历程和语义的历史/赵彤/南方电视学刊 2010 年第 1 期

中国动画如何才能"走出去"——《三国演义》动画版给我们的启示/李三强/中国电视 2010 年第 1 期

粲溢古今　高风跨俗——浅谈电视动画片《三国演义》的创作理念/王鹏/中国电视 2010 年第 2 期

续貂并非皆狗尾——电影《赤壁》剀谈/何婧雅、谢丽娟/传奇·传记文学选刊（理论研究）2010 年第 3 期

新《三国》"大剧时代"的来临/刘杰/沈阳日报 2010 年 5 月 9 日

从历史到影视艺术——多维视角下的新《三国》解读/许俊妮、马玉林/山东行政学院山东省经济管理干部学院学报 2010 年第 6 期

文化消费品中三国题材的内涵转变——以《赤壁》网游和《赤壁》电影为例/姚成/消费导刊 2010 年第 7 期

周瑜打黄盖，一个愿打一个愿挨——新版《三国》遭遇板砖热浪/黄蕉风/观察与思考 2010 年第 7 期

论新《三国》人物形象对传统审美心理结构的挑战（B）/杨婷婷/山东文学 2010 年第 8 期

语言魔盒与影像狂欢——兼论《三国演义》新版电视剧/孙书文/山东文学 2010 年第 8 期

文学经典影视剧改编的不能承受之轻——论《三国演义》新版电视剧历史意蕴的匮乏/纪文光/山东文学 2010 年第 8 期

高希希：《三国·荆州》尽力还原历史/方一涵/中国电影报 2010 年 9 月 9 日

从《三国》热播看电视栏目的衍生策略/常华/电视研究 2010 年第 9 期

论现代历史剧的艺术真实性标准——兼评新版《三国》电视剧/王昕/中国电视 2010 年第 12 期

《三国》"整容不变性"/高希希/大众电影 2010 年第 12 期

史实与艺术虚构的异同——三国题材影视剧兵器道具设计特点研究/王刚/美术大观 2010 年第 12 期

名著改编的几个问题——以新版《三国》电视剧为例/沈伯俊/文艺研究 2010 年第 12 期

论新版《三国》的文化诉求与艺术品位/关四平/文艺研究 2010 年第 12 期

高红星　高希希联手打造电影《三国·荆州》/孔令首/绿色中国 2010 年第 13 期

由新版电视剧《三国》、《红楼梦》的改编引发的美学思考/汤旭丽、汤旭梅/

文艺争鸣 2010 年第 24 期

影视传媒对文学名著改编的当代性——以《三国》为例/张红/新闻世界 2011 年第 1 期

"好看"又"耐看"——简评新版《三国》电视连续剧/沈伯俊/中国西部 2011 年第 2 期

对曹操的再演义——浅析电视连续剧《三国》中曹操的荧屏形象（B）/宋健/聊城大学学报（社会科学版）2011 年第 2 期

论史诗笔法在电影《赤壁》中的成功运用/尚光辉/语文学刊 2011 年第 3 期

试论电视语言的创新——以新版电视剧《三国演义》为例/周曦/大舞台 2011 年第 3 期

《三国》：把英雄们拉下神坛——评电视历史剧《三国》/魏家文/写作 2011 年第 5 期

影视剧中关羽形象论（B）/齐学东、林佩璇/龙岩学院学报 2011 年第 6 期

港式三国演绎——从麦庄版《关云长》说起/刘辉/当代电影 2011 年第 7 期

《三国演义》影视改编的话语分析/袁晶/电影评介 2011 年第 13 期

浅析《关云长》对《三国演义》的颠覆性演绎/李娜/电影文学 2011 年第 23 期

著作与著作改编剧——评电视剧《新三国》/严觅/大舞台 2012 年第 2 期

动画片的跨文化传播探析——以《中华小子》《三国演义》为例/曹海峰/解放军艺术学院学报 2012 年第 2 期

浅谈影视歌曲的表演技巧及应用——以 87 版《红楼梦》和 94 版《三国演义》为例/张舒然/作家 2012 年第 4 期

从三国类文学作品的影视改编看文化快餐化/刘微娜、李占领/新闻世界 2012 年第 6 期

电视剧《三国演义》的人物对话赏析/吴学进、符章琼/电影文学 2012 年第 6 期

白云虽可偕风去，只是佳人数未然——电视连续剧《三国演义》中"貂蝉之隐"平章/谢永旭/课程教育研究 2012 年第 24 期

论音乐在影视剧中的地位和作用——鉴析历史题材电视剧《三国演义》中的音乐与歌曲（A）/王月/音乐时空 2013 年第 6 期

论新旧版电视连续剧《三国演义》的音乐差异（A）/范志龙/现代妇女（理论版）2013年第10期

中希"英雄忠义主义"的现代传承与创新——以电影《三国志之见龙卸甲》与《诸神之战》为例/雷敏/名作欣赏2013年第35期

游走于"写实"与"写意"之间——电影《赤壁》美术风格浅析/刘琤琤/电影评介2013年第Z2期

从吕貂爱情看电视剧《三国演义》的创作倾向/王莹雪/电影文学2014年第4期

从接受美学的维度看影视剧中曹操形象的塑造（B）/齐学东/广西师范学院学报（哲学社会科学版）2014年第5期

论电影《赤壁》与小说《三国演义》中"赤壁之战"的异同（B）/张艳、谭雯灵/赤子（上中旬）2014年第9期

电影《赤壁》对《三国演义》的传承解构/李艳婷/电影文学2014年第13期

探究电影《赤壁》及其音乐的艺术魅力/程瑞雪/电影文学2014年第18期

三国历史影视演绎探析——以《三国演义》《赤壁》《铜雀台》为例/李春艳/电影评介2015年第6期

论新旧版电视剧《三国演义》的曹操形象（B）/刘咏涛/四川戏剧2015年第7期

《三国志演义》影视改编的互文策略/王凌/西安工业大学学报2015年第9期

电影《三国之见龙卸甲》中皮影民俗事象的呈现及价值解码/邓辉/电影评介2015年第14期

论香港邵氏电影《神通术与小霸王》对《三国演义》的影像改编/王凡/西华师范大学学报（哲学社会科学版）2016年第1期

经典名著《三国演义》的"非经典"改编——评电影《关云长》/徐丕文、冯智强/电影评介2016年第2期

电视剧《三国演义》与《新三国》的音乐分析及对比/牛春雨/北方音乐2016年第9期

赤壁之战与电影《赤壁》（C）/王心怡/新闻研究导刊2016年第22期

结构转换与形象出入——电视剧《武神赵子龙》形象解析/艾军/当代电视2017年第1期

论当代影视文学中的关羽形象/刘保亮/洛阳理工学院学报（社会科学版）2017年第2期

论香港邵氏电影《貂蝉》对《三国演义》中貂蝉的形象重塑/王凡/湖北文理学院学报2017年第3期

浅析当代影视作品的改编及其语言艺术特点——以《三国演义》的电视剧改编为例/毛启凡/文化创新比较研究2017年第5期

新旧版四大名著改编电视剧的文化走势/彭利芝/现代传播（中国传媒大学学报）2017年第9期

半路英雄与最佳配角——试论94版电视剧《三国演义》与历史中袁绍的文艺形象/钟志强/电影评介2017年第22期

试比较韩国电影《武士》与明清小说《三国演义》中的英雄塑造/赵慧/汉字文化2018年第5期

由电影《赤壁》说三国人物/任梓仪/长江丛刊2018年第6期

三国题材电视剧改编面面观/王晓慧/当代电视2018年第6期

三国题材影视剧中对中国古典诗词的传承/霍晋峰、彭霞玲/山西能源学院学报2019年第1期

从《三国演义》的改编看文学经典"视觉转向"现象/彭玲/北方工业大学学报2019年第4期

新世纪《三国演义》影视改编现象研究——基于文化创意视域/彭玲/湖南工业大学学报（社会科学版）2019年第6期

新旧版电视剧《三国演义》蕴含的文化价值观研究/赵子茹/今日财富2019年第11期

从小说《三国演义》到电视剧《三国》——试论鲁肃形象的重塑及其意义/廖欣欣/中文信息2019年第11期

当代中国三国题材电影的改编策略探索/臧飞、蔡伟/电影文学2020年第12期

历史人物关羽的当代影视形象思考（B）/杨珂/艺术传播研究2021年第1期

《三国演义》的影视艺术阐释/张啸/电影文学2021年第8期

学位论文：

《三国演义》的现代传播——以小说文本的传播为例（A）/韩霄/中国古代文

学/武汉大学 2005 年

影视演绎中的《三国演义》/李元元/比较文学与世界文学/山东大学 2010 年

近二十年《三国演义》影视传播及价值实现研究（A）/左岩/古代文学/山东大学 2011 年

电视剧《三国演义》与《三国》的比较研究（B）/刘丹/广播电视艺术学/辽宁大学 2011 年

日本动漫中的"三国热"（A）/尚好婵/比较文学与世界文学/湘潭大学 2013 年

曹操影视形象研究（B）/宋健/广播电视艺术学/西北师范大学 2013 年

明清小说电视剧初次改编研究——以人物塑造为中心/王凡/中国古代文学/陕西理工学院 2014 年

三国题材电视剧研究/史辰翔/戏剧与影视学/山西师范大学 2015 年

三国题材电视历史剧与史学大众化/沈远鑫/史学理论及史学史/扬州大学 2015 年

1980 年代以来《三国演义》改编影视剧研究/高国靖/戏剧与影视学/西北师范大学 2021 年

5. "三国"与其他艺术

与《三国演义》有关的歇后语（A）/王廉官/新村 1983 年第 5 期

联语琳琅，《三国》千秋/冯全生/三国演义学刊第 1 辑（四川省社会科学院出版社 1985 年 7 月）

与《三国演义》有关的歇后语（B）/隋顺令/寿光报 1994 年 11 月 1 日

歇后语中的《三国演义》/谢涛/语文天地 2005 年第 2 期

《三国演义》人物楹联选析/谢涛、宫晋/青苹果 2005 年第 10 期

《三国演义》与戏剧曲艺渊源关系研究述要（B）/韩伟表/戏曲艺术 2006 年第 4 期

细节，脸谱化的油彩——曹操形象塑造艺术论之三/陈松柏/广东技术师范学院学报 2006 年第 5 期

《三国演义》诗词歌赋的艺术价值及其不足（B）/刘永良/浙江师范大学学报

（社会科学版）2006年第6期

理、味、趣、细、技、奇——《评书三国演义》简评/清平客/曲艺2007年第1期

有关"三国"的歇后语/崔金生/北京纪事2007年第11期

从歇后语看群众对《三国演义》的接受与理解/杨敬民/名作欣赏2008年第6期

漫画《三国演义》韩文版出齐/马春茂/中国新闻出版报2009年1月23日

中国原创新漫画《三国演义》封面设计招标揭晓/喻婷/出版参考2009年第6期

浅析大型动画片《三国演义》的艺术特色与造型/江山、张嘉秋/当代电视2009年第12期

漫画版《三国演义》走进日本/张维维/滨海时报2010年4月2日

后《三国》时代歇后语背景下形象重塑的文化阐释/陈小妹/齐齐哈尔大学学报（哲学社会科学版）2010年第5期

程十发《诸葛武侯造像》图轴赏析/张鸥/成都大学学报（社会科学版）2010年第6期

明代《三国》版画对曹操的褒与贬（B）/张玉梅、张祝平/乐山师范学院学报2011年第6期

明刻《三国演义》的插图流变（B）/张玉梅、张祝平/淮海工学院学报（社会科学版）2011年第9期

再论《三国志》书法的研读/李纯蛟/西华师范大学学报（哲学社会科学版）2012年第1期

论《三国演义》中的音乐描写及其功能（B）/于凯文、李桂奎/齐鲁学刊2012年第3期

明清绘画中的关羽形象鉴考——兼论明清时期关羽形象的发展衍变/尹恒/中华文化论坛2013年第2期

关于《三国演义》的歇后语/刘正清/学生之友（名师导学）2013年第4期

长篇动画《三国演义》中的君主形象及其文化内涵/田华/信阳师范学院学报（哲学社会科学版）2013年第5期

论音乐在影视剧中的地位和作用——鉴析历史题材电视剧《三国演义》中的音乐与歌曲（B）/王月/音乐时空2013年第6期

《全图三国》与三国文化（B）/沈伯俊/湖北文理学院学报2013年第7期

论新旧版电视连续剧《三国演义》的音乐差异（B）/范志龙/现代妇女（理论

版）2013年第10期

《三国演义》与日本动漫/赵莹/时代文学（下半月）2014年第3期

浅谈《三国演义》中诗词的重要作用/陈娜/名作欣赏2014年第24期

《官板大字绣像批评三国志》图赞初探（B）/李慧、张祝平/盐城工学院学报（社会科学版）2015年第1期

试论杜甫咏赞诸葛亮诗的影响和作用（B）/何红英/杜甫研究学刊2015年第2期

论汉中三国戏对《三国演义》的改编（B）/邵金金/陕西理工学院学报（社会科学版）2015年第3期

评书魅力现纸端——评书《三国演义》广播摘录/李晋/曲艺2015年第4期

周瑜图赞与《三国演义》赤壁之战及武成王庙赞的关联（B）/李慧、张祝平/九江学院学报（社会科学版）2015年第4期

古代小说语—图互文现象初探——以插图本《三国演义》为例/王凌/四川师范大学学报（社会科学版）2015年第5期

《三国演义》动画中的"七宗罪"/王群/戏剧之家2015年第5期

隐喻的纪实——《关羽擒将图》的主题与功用/邵彦/故宫博物院院刊2015年第6期

浅析明清之交小说图赞的发展及其艺术价值——以《三国演义》《水浒传》《西游记》为视角/李慧、张祝平/现代语文（学术综合版）2015年第11期

《三国演义》连环画是这样走出去的/徐捷/出版参考2015年第14期

从嘉义县寺庙彩绘看《三国演义》在台湾的传播/陈益源/文化软实力研究2016年第4期

谈三大名著改编东北二人转曲目类型/张琳琳/戏剧之家2016年第12期

诸葛亮影像形象的"二次元"化/谢周浦/传播与版权2017年第5期

二维动画中人物动作设计的研究与创作——以《三国演义》为例/阎延、张漪、王丽/数码世界2017年第5期

汉代音乐景象与《三国演义》中的"汉代音乐"/李建武、丁鹏、高书伦/楚雄师范学院学报2018年第2期

歌川国芳《关羽破五关图》文不对题与"破五关图"衍变之初探/范骞/美与时代（中）·美术学刊2019年第10期

袁阔成评书《三国演义》诸葛亮形象的塑造——细节改编和点评对人物个性特征的丰富与完善/张恒/大众文艺 2019 年第 19 期

民族文明的绵延与弘扬——话说原创晋剧《关公》的舞台艺术呈现/贺海鹰/戏友 2019 年第 S1 期

君臣鱼水百世师：明代三顾草庐主题绘画之意涵/李明、袁雯/美术学报 2020 年第 2 期

杨柳青戏出年画对三国故事的"误读"与"重构"/洪畅/文化艺术研究 2020 年第 4 期

诗风词韵助流芳——以《三国演义》为例浅谈古典小说中运用诗词的特点/李联川/名作欣赏 2020 年第 35 期

晋祠关帝庙壁画研究/乔鑫/天津美术学院学报 2021 年第 2 期

东北大鼓关公段搬演考/华云松/运城学院学报 2021 年第 3 期

从插图到连环画——《三国演义》两种图像艺术形态的比较/朱逸宁/江苏第二师范学院学报 2021 年第 6 期

图像的自觉审美——柯律格《中国艺术》封面图像《关羽擒将图》研究/符亚楠/美与时代（中）2021 年第 7 期

陈氏书院中的建筑木雕探析——以《三国演义》历史故事场景为例/水庆庆/美与时代（城市版）2021 年第 12 期

学位论文：

《三国演义》中诗词运用的艺术（C）/何东/中国古代文学/延边大学 2007 年

清朝关公戏装扮和道具的研究（B）/蓝颖/中国古典文献学/广州大学 2010 年

明清三国戏曲研究（B）/张红波/中国古代文学/北京大学 2011 年

汉剧三国戏研究（B）/曾纯/中国古代文学/湖北大学 2011 年

日本动漫中的"三国热"（B）/尚好婵/比较文学与世界文学/湘潭大学 2013 年

元杂剧三国戏女性形象研究（B）/陆芳梅/中国古代文学/广西师范大学 2013 年

移情视角下《三国演义》的诗词对比研究——以罗慕士和泰勒两个英译本为例/吴鸿俊/外国语言学及应用语言学/中南大学 2014 年

[十五] 续书与新作

陆士谔的奇想之一：三国的改革——《新三国》析评/欧阳健/明清小说研究 1989 年第 1 期

《三国志后传》考论/陈年希/明清小说研究 1990 年第 Z1 期

诸葛失策谁与辨——《反三国志演义》侧论/汪大白/阜阳师范学院学报（社会科学版）2001 年第 3 期/皖江侧畔论三国（黄山书社 2001 年 10 月）

降妖除魔的关圣大帝——《鸿魔传》中的关羽形象/张弦生/皖江侧畔论三国（黄山书社 2001 年 10 月）

旷世奇书《鸿魔传》与洛阳的关羽崇拜/张弦生/洛阳师范学院学报 2002 年第 3 期

天马行空——玄幻小说中的"三国"题材作品——兼论《三国演义》的续书/段春旭/长春理工大学学报（社会科学版）2009 年第 6 期

学位论文：

明末清初《三国演义》续书研究/肖艳丽/中国古代文学/辽宁大学 2011 年

[十六] 传播与影响

太平天国与《三国演义》/妙子/羊城晚报 1960 年 2 月 18 日

《三国演义》在日本（A）/周为民/羊城晚报 1964 年 6 月 15 日

《三国志演义》对韩国文学的影响/[韩] 李庆善/韩国汉阳大学校《论文集》5 号（1971 年 7 月）

《三国演义》在泰国（A）/栾文华/中国青年报 1978 年 11 月 9 日

《三国演义》在国外/王丽娜/文献第 12 辑（书目文献出版社 1982 年 5 月）

孔明故事在我国少数民族地区与国外的传播和影响/陈翔华/社会科学研究 1983 年第 4 期

《三国演义》在日本（B）/[日] 胜股高志/太原日报 1984 年 6 月 5 日

《三国演义》在泰国（B）/潘远洋/东南亚 1985 年第 2 期

试谈《三国演义》在中国小说史上的地位/盛瑞裕/《三国演义》论文集（中州古籍出版社 1985 年 11 月）

《三国演义》在亚洲/王丽娜/江海学刊 1986 年第 4 期

《〈三国演义〉在国外》补遗/王丽娜/三国演义学刊第 2 辑（四川省社会科学院出版社 1986 年 8 月）

《三国演义》的作用/慕雷/人民日报·海外版 1986 年 12 月 20 日

《三国演义》对龙泽马琴《八犬传》的影响/于振铎/文献 1987 年第 3 期

清朝开国与《三国演义》/蒋维明/明清小说研究第 5 辑（中国文联出版公司 1987 年 6 月）

接受中的《三国演义》/刘绍智/宁夏教育学院学报 1988 年第 1 期

论三国故事对《西游记》的影响/张强/明清小说研究 1989 年第 1 期

《三国演义》与中国文学/霁晨/社会科学辑刊 1991 年第 3 期

《三国演义》故事的流传/刘乃和/文史知识 1991 年第 4 期

《三国演义》在泰国（C）/李雨/杭州师范学院学报（社会科学版）1991 年第 5 期

书传佛国有新篇——《三国演义》在泰国的流传和影响/戚盛中/文史知识 1991 年第 8 期

爱新觉罗氏与《三国演义》/盛瑞裕/《三国演义》与中国文化（巴蜀书社 1991 年 9 月）

《三国演义》与明清演义小说批评/齐鲁青/《三国演义》与中国文化（巴蜀书社 1991 年 9 月）

《三国演义》在日本（C）/谭良啸/海南大学学报（社会科学版）1992 年第 1 期

汉末三国少数民族（上）/沈伯俊/民族杂志 1992 年第 2 期

汉末三国少数民族（下）/沈伯俊/民族杂志 1992 年第 3 期

刘蜀与少数民族（上）/沈伯俊/民族杂志 1992 年第 6 期

刘蜀与少数民族（下）/沈伯俊/民族杂志 1992 年第 7 期

从《三国演义》看文学作品对熟语的影响/贺建国/镇江师专学报（社会科学版）1993 年第 4 期

文化的积淀与再生——诸葛亮文化现象简论/胡世厚、卫绍生/《三国演义》与荆州（中州古籍出版社 1993 年 9 月）

诸葛亮文化现象浅论/张晓刚、刘霞/诸葛亮与三国文化（成都出版社 1993 年 9 月）

关索文化现象简论/谭良啸/诸葛亮与三国文化（成都出版社 1993 年 9 月）

听"老外"侃"三国"/刘永杰/诸葛亮与三国文化（成都出版社 1993 年 9 月）

《三国演义》在南洋/［法］克·苏尔梦著，刘新舞译/东方文化 1994 年第 1 期

《三国演义》《西游记》与天台山文化/洪显周、周琦/东南文化 1994 年第 2 期

青龙偃月刀与刀文化/陈伟/社会科学研究 1994 年第 4 期

《三国演义》与历史小说/熊笃/古典文学知识 1994 年第 6 期

海外的"三国热"及其成因/谭良啸/古典文学知识 1994 年第 6 期

《三国志》、《三国演义》与诸葛亮文化现象/于平/西南民族大学学报（人文

社科版）1994年第6期

  贺龙、彭德怀与《三国演义》/孙守芬/团结报1994年11月30日

  诸葛亮已成为一种文化现象/李兴斌/文汇报1994年12月4日

  江户时代后期《三国志演义》的受容——以酒落本《赞极史》为题材/［日］中川谕/日本集刊东洋学第71号（1994年）

  《三国》楹联丛谈/冯全生/古典文学知识1995年第2期

  泰国人爱读《三国》/韩伯泉/羊城晚报1995年4月2日

  论《三国演义》对中国文化的多方面渗透/陈午楼/职大学刊1996年第1期

  "三国现象"探源/张安峰/宝鸡文理学院学报（社会科学版）1996年第4期

  异域的反响：朝鲜李朝士人论《三国演义》摘评/陈大康/明清小说研究1997年第3期

  《三国演义》在泰国（D）/孙广勇/解放军外国语学院学报1999年第2期

  略论中国的"三国热"/谭良啸/成都大学学报（社会科学版）1999年第2期

  论《三国演义》的民族接受/王意如/民族艺术1999年第3期

  论《三国志演义》的创作与接受（B）/关四平、陈墨/求是学刊1999年第4期

  三国文化在台湾/沈伯俊/社会科学报2000年2月3日

  宝岛再掀《三国》热/沈伯俊/四川日报2000年2月16日

  三国文化熟语探析/李树新/内蒙古大学学报（人文社会科学版）2000年第4期

  宝岛归来话《三国》/沈伯俊/三国漫话（四川人民出版社2000年9月）

  日本的《绘本通俗三国志》/李庆/文汇读书周报2000年10月7日

  《三国漫谈》韩文版前言（A）/沈伯俊/社会科学研究2001年第1期

  《三国演义》在世界小说座标中的定位与描述——兼及中西方同类型小说之比较/宋培宪/烟台师范学院学报（哲学社会科学版）2001年第2期

  蒲松龄的三国题材著述/沈伯俊/聊斋学研究论集（中国文联出版社2001年3月）/中华文化论坛2001年第2期/《三国演义》新探(四川人民出版社2002年5月）

  《三国演义》对晚清岭南演义小说创作的影响——以黄世仲《洪秀全演义》为例/管林、余美云/皖江侧畔论三国（黄山书社2001年10月）

  二十世纪《三国演义》二度创作研究/宋培宪/新世纪《三国演义》论文集

（文教资料2001年增刊，2001年12月）

回眸与展望——中州古籍出版社关于《三国演义》图书的出版/张弦生/新世纪《三国演义》论文集（文教资料2001年增刊，2001年12月）

《三国演义》的英译问题：跨语种和跨文化翻译/洪涛/新世纪《三国演义》论文集（文教资料2001年增刊，2001年12月）

《三国演义》在泰国（E）/［泰］吴琼/明清小说研究2002年第4期

论《三国演义》罗译本中关于文化内容的翻译手法/张浩然、张锡九/上海大学学报（社会科学版）2002年第5期

《三国演义》与小说诗文渊源关系研究述略（A）/韩伟表/浙江海洋学院学报（人文科学版）2005年第4期

从三国电视作品热看三国文化的当代传播（B）/蔡尚伟、钟玉/中国电视2005年第6期

"三国戏"与《三国演义》的传播（B）/王平/齐鲁学刊2005年第6期

《三国演义》在明清时期的传播/全崴/成都大学学报（社会科学版）2006年第2期

论传播视野中的《三国演义》/王运涛、王锐/沈阳大学学报2006年第3期

《三国演义》对《封神演义》的影响/李建武、尹桂香/成都大学学报（社会科学版）2007年第3期

论《三国志演义》在戏曲系统的接受与传播（B）/关四平/厦门教育学院学报2007年第3期

明代戏曲选集中的《单刀会·鲁肃求谋》辨析——兼论《三国演义》对三国戏曲的影响（C）/胡莲玉/中华文化论坛2007年第4期

实录与虚拟——《三国志》对《三国志通俗演义》叙事模式影响初探（C）/姜开勇/现代语文（文学研究版）2008年第2期

论《三国演义》中智谋描写的历史影响和社会价值（B）/边勋/社会科学论坛（学术研究卷）2008年第3期

民国时期三国历史和演义的传播/朱慈恩/襄樊学院学报2008年第6期

近代传播视野中的三国戏曲考论（B）/李国帅/山东省农业管理干部学院学报2009年第2期

媒介视角下古典小说的当代传播/韩霄/新闻知识2009年第3期

从"四大名著"看中华文化的海外传播/李萍/对外传播 2009 年第 7 期

完美的缺憾与缺憾的完美——浅论关羽、赵云的历史影响与《三国演义》的关系（C）/冯建辉、熊岚/作家 2009 年第 22 期

十九世纪越南嗵剧中的三国戏/夏露/戏剧艺术 2010 年第 2 期

《三国演义》与韩国传统艺术盘骚俚/肖伟山/内蒙古民族大学学报（社会科学版）2010 年第 2 期

《三国演义》对越南汉文历史小说的影响/夏露/内蒙古师范大学学报（哲学社会科学版）2010 年第 3 期

《三国演义》的受众期待与接受效果/荆学义/文学与文化 2010 年第 3 期

《三国演义》与泰国的文学变革/金勇/内蒙古师范大学学报（哲学社会科学版）2010 年第 3 期

试论元祖竹田出云《诸葛孔明鼎军谈》对《三国演义》的接受/杨静、李简/内蒙古师范大学学报（哲学社会科学版）2010 年第 3 期

《三国演义》的非经典传播状况研究/唐棱棱/黔南民族师范学院学报 2010 年第 4 期

试论《三国演义》在泰国/赵美玲/电影评介 2010 年第 5 期

罗慕士对《三国演义》曹操形象的创造性阐释（B）/段艳辉、陈可培/沈阳大学学报 2010 年第 5 期

《三国志演义》在韩国的传入及出版之研究/闵宽东/现代语文（文学研究版）2010 年第 7 期

论《三国演义》日本传播的文化启示/王运涛/湖北广播电视大学学报 2010 年第 11 期

从汉语词汇"帻"的日译个案看译语文化对翻译的影响——以井波律子《三国演义》日译本为文本/刘齐文/时代文学（下半月）2010 年第 12 期

中国古典小说对泰国文学的影响——以《三国演义》为例/邓云川、杨丽周/文教资料 2010 年第 14 期

浅析《三国演义》在泰国广泛传播的原因/杨丽周、邓云川/东南亚纵横 2011 年第 1 期

《三国演义》与泰国现代文学/杨丽周/文学教育（中）2011 年第 3 期

文学经典《三国演义》的文本演变及启示（B）/杨光宗、邵旭飞/中南民族大

学学报（人文社会科学版）2011年第3期

《三国演义》在游戏中迅速传播的原因分析——以游戏"三国群英传"为例/陈刚/佳木斯教育学院学报2011年第4期

马礼逊与《三国演义》的早期海外传播/王燕/中国文化研究2011年第4期

日本历史小说家陈舜臣与《三国演义》的"变奏"/李勇/宝鸡文理学院学报（社会科学版）2011年第5期

论《三国志通俗演义》在朝鲜半岛的传播与接受/赵维国/学术界2011年第6期

基于《三国演义》在游戏中传播的利弊分析——以游戏"三国群英传"为例（A）/陈刚/吉林广播电视大学学报2011年第6期

从"三国演义"到鲁迅，中国文学在泰国的传播/何明星/济南大学学报（社会科学版）2011年第6期

《三国演义》的社会影响：一个历史主义或普遍主义的命题/鲁小俊/广东技术师范学院学报2011年第8期

试论胡仁乌力格尔《三国演义》对蒙古族文艺、民俗的影响（B）/秀云、彭春梅/赤峰学院学报（汉文哲学社会科学版）2011年第8期

从接受理论评《三国演义》两个译本的文化传播/张焰明/韶关学院学报2011年第9期

论吉川英治《三国志》对《三国演义》中人物形象的塑造（B）/谢立群、张永/北京第二外国语学院学报2011年第12期

杂合视角下文学作品中文化意象词的翻译——以《三国演义》两个英译本对比为例/胡伟华、李嘉博、李君/西安工程大学学报2012年第1期

论《兴武王演义》的创作及其与《三国演义》的文化渊源/赵维国/外国文学研究2012年第1期

《三国演义》在明清时期的传播对民族精神的影响研究（B）/黄晋/中南林业科技大学学报（社会科学版）2012年第2期

《三国演义》中的谋略描写及其对明清军事领域的影响（C）/黄晋/古籍整理研究学刊2012年第2期

《三国演义》在泰国的文化传播探究/刘莉/外语教育与翻译发展创新研究（四川师范大学电子出版社2012年3月）

《三国演义》在明清时期传播对文学领域的影响研究/黄晋/南方文坛 2012 年第 3 期

三国故事传播史述论/赵建坤/阴山学刊 2012 年第 3 期

阐释学视角下的典籍文化翻译——以《三国演义》两个英译本为例/林跃武、林长洋/东北师大学报（哲学社会科学版）2012 年第 4 期

三国故事的传播方式及与《三国演义》之关系/赵建坤/西华师范大学学报（哲学社会科学版）2012 年第 4 期

论满文译本《三国演义》在新疆锡伯族民间的流传及其影响（B）/贺元秀、曹晓丽/伊犁师范学院学报（社会科学版）2012 年第 4 期

泰勒对《三国演义》性别称谓体系的解构与重构/陈德用、张瑞娥/天津外国语大学学报 2012 年第 6 期

《三国演义》在明清时期的传播接受与反馈情况研究/黄晋、张恩普/学术论坛 2012 年第 10 期

试析《三国演义》在泰国的传播效果——从跨文化文学传播"反馈"的视角/金勇/东南亚研究 2013 年第 2 期

《三国演义》与日本江户文学/赵莹/石河子大学学报（哲学社会科学版）2013 年第 3 期

互文性视角下的罗译《三国演义》副文本研究——以跋及注释为例（B）/赵常玲/北京科技大学学报（社会科学版）2013 年第 5 期

论《三国演义》在侗族北部地区的歌谣传播（B）/龙昭宝/怀化学院学报 2013 年第 6 期

《三国演义》邓罗英译本的再评价/陈甜/中州学刊 2013 年第 9 期

论《八犬传》对《三国演义》的借鉴和模仿——以犬江亲兵卫和关羽的对比为中心（B）/吴蓉斌/名作欣赏 2013 年第 32 期

邓罗对《三国演义》的译介/郭昱/中国翻译 2014 年第 1 期

泰国"三国热"成因及其现代表征/刘莉、李学仙、蒋应辉/四川戏剧 2014 年第 1 期

《三国演义》与韩国文化/赵贤植/历史教学（下半月刊）2014 年第 2 期

《三国演义》在泰国的本土化及其重要价值/裴晓睿/国际汉学 2014 年第 2 期

近代来华传教士对《三国演义》的译介——以《中国丛报》为例/刘丽霞、

刘同赛/济南大学学报（社会科学版）2014年第3期

论道教发展对《三国演义》的影响及表现/董继兵/湖北科技学院学报2014年第4期

《三国演义》在朝鲜半岛的传播/王赫延/外国问题研究2014年第4期

《三国演义》满文翻译考述（B）/秀云/中央民族大学学报（哲学社会科学版）2014年第6期

《三国演义》在日韩的传播研究/郭勤、骆海辉/鄂州大学学报2014年第7期

《三国演义》与日本戏剧——从文学名著到舞台艺术（B）/赵莹/名作欣赏2014年第17期

《三国演义》在明清时期的传播方式及影响因素/张雅莉/芒种2014年第22期

论《南总里见八犬传》对《三国演义》战争场景描写的模仿（B）/吴蓉斌/名作欣赏2014年第32期

翻译伦理视阈下汉语典籍的文化英译与域外传播——以《三国演义》的译介为例/汪世蓉/学术论坛2015年第1期

学术性翻译的典范——《三国演义》罗慕士译本的诞生与接受/郭昱、罗选民/外语学刊2015年第1期

关公崇拜从中国到韩国的传播与演变/罗玲/广东第二师范学院学报2015年第2期

中川谕的《三国演义》版本研究——日本中国古代小说研究系列之二（B）/段江丽/明清小说研究2015年第3期

中国文化在马来西亚的传播——以《三国演义》为例/韩笑/国际汉学2015年第3期

《三国演义》对《说岳全传》的影响/胡伟/沈阳师范大学学报（社会科学版）2015年第5期

《三国演义》成书与传播的接受史解读（B）/张红波/重庆工商大学学报（社会科学版）2015年第6期

明清时期《三国演义》小说文本的"二级传播"探析——《三国演义》动态传播研究之一/郭素媛/山东青年政治学院学报2015年第6期

三国文化在东南亚的传播及其对我国文化软实力的启示——以《三国演义》在泰国的传播为例/李官/哈尔滨师范大学社会科学学报2015年第6期

论文学经典的青年亚文化传播文本、特征及启示——以《三国演义》为中心/范军、欧阳敏/西南民族大学学报（人文社会科学版）2015 年第 7 期

电视剧新《三国》的传播与叙事研究/李乔/现代装饰（理论）2015 年第 8 期

"三国"故事传播中的叙事结构流变（B）/王双腾/安徽文学（下半月）2015 年第 8 期

典籍英译对外出版的读者定位——以《三国演义》的英译为例/张晓红、刘金龙/中国出版 2015 年第 14 期

《三国演义》在明清村野小儿及江湖中的传播——兼论蜀汉接受链条的传承/荆学义/短篇小说（原创版）2015 年第 17 期

朝鲜文人对"四大奇书"的接受和批评/崔溶澈/中山大学学报（社会科学版）2016 年第 1 期

《韩国所见中国古代小说史料》补遗·《三国演义》篇/孙勇进/文学与文化 2016 年第 1 期

从翻译目的论角度看《三国演义》罗译本的敬谦语翻译/闫敏敏/黄冈师范学院学报 2016 年第 1 期

日本当代中国文学研究者对《三国演义》"三绝"的评价/陈卓然/陕西理工学院学报（社会科学版）2016 年第 1 期

《三国演义》在韩传播的若干问题/孙勇进/陕西理工学院学报（社会科学版）2016 年第 1 期

媒介融合视野下的网络三国小说研究/陈海/唐都学刊 2016 年第 1 期

巴黎藏孤本《汉满合璧〈三国演义〉人物图赞》考述/秀云/民族文学研究 2016 年第 1 期

清末民初《三国演义》英译研究/郭昱/外语与外语教学 2016 年第 3 期

澳大利亚中国通俗文学研究述评/杨正娟/华文文学 2016 年第 3 期

罗慕士英译《三国演义》风格之探析——以邓罗译本为对比参照/董琇/中国翻译 2016 年第 4 期

十九世纪西方人视野中的《三国演义》——以郭实腊的《三国志评论》为中心/王燕/中国文化研究 2016 年第 4 期

言语媒介系统与文本的经典化——以《三国演义》的传播路径为例/翁再红/天津社会科学 2016 年第 4 期

古典小说《三国演义》漫画的再创作现状剖析——以日本"三国"故事漫画发展为着眼点/陈曦子/明清小说研究 2016 年第 4 期

《三国演义》邓罗英译本：情景语境改写的功能与大众接受/张焰明/广东外语外贸大学学报 2016 年第 4 期

《三国演义》中占星文化的英译/郭昱/外语学刊 2016 年第 5 期

文化翻译学视角下古典名著历史文化词翻译研究——以《三国演义》维译本官职名称为例/景治强、胡毅/昌吉学院学报 2016 年第 5 期

文化转型期中国典籍翻译该何去何从——以《三国演义》英译本为例/华翔/英语教师 2016 年第 5 期

日本人与关帝信仰——以江户时代为中心/文静/史志学刊 2016 年第 5 期

关联理论视角下的中国文化负载词英译策略研究——以《三国演义》罗慕士译本为例/牛百文、李依畅/现代语文（语言研究版）2016 年第 7 期

近五年国内《三国演义》英译研究/王学功/中华文化论坛 2016 年第 7 期

《三国演义》两英译本在功能翻译理论下的评估/肖海、段成/语文建设 2016 年第 9 期

《三国演义》的当代传播/祁继芳/商业故事 2016 年第 32 期

《三国演义》英译重译现象中的自我指涉/彭文青/外语与外语教学 2017 年第 1 期

中国文学外译中"直译"表现形式的差异性及时代因素——以赛珍珠与罗慕士的翻译为例/董琇/同济大学学报（社会科学版）2017 年第 1 期

《三国演义》在汉语文化圈与英语文化圈的译介与传播比较研究/陈甜/湖南工程学院学报（社会科学版）2017 年第 1 期

中国古代科技的英译探究——以《三国演义》两个译本为例/王文强/华北电力大学学报（社会科学版）2017 年第 1 期

基于《三国演义》汉英平行语料库对"不计其数"的翻译研究/赵茫茫、刘小蓉/红河学院学报 2017 年第 2 期

《三国演义》中语义修辞翻译的对比分析/张志龙/东莞理工学院学报 2017 年第 2 期

《三国演义》与泰国文学融通的榕树模式/梁冬丽/百色学院学报 2017 年第 2 期

从《三国演义》英译看译者文化身份/董雨晨/淄博师专学报 2017 年第 2 期

译者翻译倾向研究——以邓罗和罗慕士英译《三国演义》为例/王文强、汪田田/燕山大学学报（哲学社会科学版）2017年第2期

艾约瑟《汉语会话》与《三国演义》的英译/王燕/明清小说研究2017年第2期

汤姆斯与《三国演义》的首次英译/王燕/文学遗产2017年第3期

论《三国演义》英译背后的操纵力量/陈甜/湖南工程学院学报（社会科学版）2017年第3期

精神分析批评视角下《三国演义》译者风格研究——以目的论为参照/江晓明/外语艺术教育研究2017年第4期

首部德文全译本《三国演义》出版/XU/国际汉学2017年第4期

19世纪英译《三国演义》资料辑佚与研究——以德庇时《三国志节译文》为中心/王燕/复旦学报（社会科学版）2017年第4期

"译者三维转换"视角下文化因素的传译——以罗译版《三国演义》中动物词汇英译为例/王文婧、郭畅、成天娥/赤峰学院学报（汉文哲学社会科学版）2017年第4期

游戏《三国杀》传播中互文性意义初探/王梵锦、朱丹红/新闻知识2017年第5期

从《三国演义》的两个英译本看典籍外译的理想译者模式/张焰明/广东外语外贸大学学报2017年第5期

古典小说英译中的人物形象建构——《三国演义》两个英译本中的貂蝉形象比较/贺显斌/外国语文研究2017年第5期

从《三国演义》英译本看副文本对作品形象的建构/贺显斌/上海翻译2017年第6期

《三国演义》译事之生态翻译学解读/成天娥、王文婧/宁夏社会科学2017年第6期

《三国演义》的英译比较与典籍外译的策略探索/朱振武/上海师范大学学报（哲学社会科学版）2017年第6期

《三国演义》曹操形象在朝鲜、日本文学作品中的转变——以盘索里《赤壁歌》和吉川英治《三国志》为例/郑栋辉、王彦琳/湖北文理学院学报2017年第7期

《三国演义》在泰国（F）/高美琪/文教资料2017年第8期

从目的论看译者的风格——以《三国演义》两个英译本为例/董雨晨/湖北经济学院学报（人文社会科学版）2017 年第 9 期

《三国演义》邓罗译本的出版发行/王学功/前沿 2017 年第 9 期

古典文学的海外传播及启示——以《三国演义》为例/陈甜/社会科学家 2017 年第 9 期

《三国演义》在泰国：一个经典跨文化文学传播个案/金勇/中国社会科学报 2017 年 11 月 14 日

"超越时代和地域的经典"——访《三国演义》首个德文全译本译者埃娃·舍斯塔格/田颖/中外文化交流 2017 年第 11 期

中国古典小说《三国演义》对泰国的影响/牟磊、刘维一/文化创新比较研究 2017 年第 12 期

典籍英译中比喻形象的取舍问题——以《三国演义》英译为例/张晓红、赵文薇、臧庆/文教资料 2017 年第 18 期

《三国演义》人物外貌描写英译研究/郭天骥/海外英语 2017 年第 18 期

《三国演义》中比喻型成语的应用及其英译简析/罗青梅/青春岁月 2017 年第 28 期

《三国演义》全译本比喻形象英译评析/张晓红、江颖/科教文汇（下旬刊）2017 年第 30 期

论《三国演义》俄译本中的不可译因素/马雅琼/北方文学 2017 年第 36 期

《三国演义》在美国的传播与研究/吴静/湖北文理学院学报 2018 年第 1 期

从功能主义看《三国演义》三个英译本/董雨晨/兰州工业学院学报 2018 年第 1 期

谢卫楼与曹操形象的海外建构/王燕/文学评论 2018 年第 1 期

《三国演义》中英雄人物所用兵器的文化解读与翻译探究/权继振/重庆交通大学学报（社会科学版）2018 年第 2 期

基于语料库的运动事件再词汇化研究——以《三国演义》中"走"类运动事件英译为例/赵欣欣/沈阳大学学报（社会科学版）2018 年第 3 期

目的论视角下《三国演义》两译本中寓意类成语翻译策略对比/李文鹏/海外英语 2018 年第 3 期

因果模型视角下的文学经典翻译——以《三国演义》虞苏美译本为例/董雨

晨/湖北第二师范学院学报 2018 年第 3 期

"三美"、"三化"和"三之"译论下的貂蝉风采——《三国演义》中一首诗歌的英译比较/李泽圆、王珑璋/攀枝花学院学报 2018 年第 3 期

论中国典籍英译的基本原则——以《三国演义》第 46 回两个英译本的比较研究为例/董秀静/吕梁学院学报 2018 年第 3 期

德国传教士郭实腊对中国古典小说的译介与阐释——以《中国丛报》为考察中心/李红满/外语与翻译 2018 年第 4 期

跨语际文学接受的典型样本——早期来华传教士《三国演义》评介研究/陈淑梅/中山大学学报（社会科学版）2018 年第 4 期

钻研中国文化　倾情翻译中国——《三国演义》英译者罗慕士访谈录/刘瑾、[美] 罗慕士/东方翻译 2018 年第 4 期

译者身份对翻译过程的影响——以罗慕士译本中的曹操形象为例/许多/外语教学 2018 年第 6 期

基于 CNKI 期刊和 COCA 语料库对《三国演义》在西方传播现状的研究/薛净、岑秀文/芒种 2018 年第 10 期

从译者主体性视角看罗慕士《三国演义》英译本中文化负载词翻译（A）/乔永卿/青春岁月 2018 年第 11 期

论谋士形象及海外文化传播——以《三国演义》"李儒"为例/肖家燕、尉舰、刘君/戏剧之家 2018 年第 30 期

基于语料库的《三国演义》翻译风格分析/李星/常州工学院学报（社科版）2019 年第 1 期

邓罗、罗慕士《三国演义》英译本形式美的再现/张志龙/广东农工商职业技术学院学报 2019 年第 1 期

《三国演义》英译本在美国的接受情况研究（上）/冉明志/译苑新谭 2019 年第 1 期

《三国演义》泰勒英译本词汇误译研究/秦雪、张顺生/翻译论坛 2019 年第 1 期

社会生产场域与《三国演义》泰译/李萍/中华文化论坛 2019 年第 2 期

跨语境视野下的中国古代小说插图叙事——以明清六大古典小说俄译本为中心/高玉海、罗炅/明清小说研究 2019 年第 3 期

目的论下归化对汉语典籍走出去的推动作用——以《三国演义》罗译本为例/李颜冰/校园英语 2019 年第 3 期

《三国演义》百年英译（1820—1938）：史实考辨与学理反思/郑锦怀/国际汉学 2019 年第 4 期

泰国曼谷建安宫《三国演义》壁画探讨/胡春涛/湖北美术学院学报 2019 年第 4 期

借鉴还是抄袭？——张亦文《三国演义》英文节译本存疑/彭文青、王金波/当代外语研究 2019 年第 6 期

罗慕士《三国演义》英译的"中国话语"策略分析/汪凡凡/信阳师范学院学报（哲学社会科学版）2019 年第 6 期

中华优秀传统文化之《三国演义》海外输出实证调查研究/陈甜/魅力中国 2019 年第 6 期

"传而不播"：《三国演义》在周边国家的传播与接受/李法宝/西部学刊 2019 年第 7 期

论《三国演义》回目翻译的形式美/刘瑾/作家天地 2019 年第 7 期

《三国演义》文化负载词英译研究——以《三国演义》罗慕士译本为例/吴晗/中外交流 2019 年第 10 期

日本浮世绘中的三国女性形象分析/徐慧/才智 2019 年第 15 期

"博弈论"视阈下译者主体性在术语翻译中的演绎——以《三国演义》罗慕士译本为例/徐鑫涛/外国语文研究 2020 年第 1 期

日本人为何着迷于三国文化/徐英瑾/党员文摘 2020 年第 1 期

中国古典文学传播与汉语国际教育——以《三国演义》在泰传播为例/王抒凡、曲景毅/古代文学理论研究 2020 年第 1 期

《三国演义》英译本在美国的接受情况研究（Ⅱ）/冉明志/译苑新谭 2020 年第 1 期

"三美原则"视角下《三国演义》罗慕士译本中的诗歌翻译研究/段雪晶/速读（上旬）2020 年第 2 期

解构主义翻译观与节译《三国演义》的文化负载词翻译/王艳霞/甘肃高师学报 2020 年第 3 期

《三国演义》在越南的传播及影响/余丽瑶/百色学院学报 2020 年第 3 期

三国戏的译介与译者行为阶段性特征研究/李鹏辉、高明乐/中国翻译 2020 年第 3 期

论越南汉文历史小说《皇越春秋》与《三国演义》的相似性/蓝慕昭/兰州文理学院学报（社会科学版）2020 年第 4 期

描写视角下《三国演义》译本评价研究/吕楠/辽宁工业大学学报（社会科学版）2020 年第 4 期

基于语料库的《三国演义》译者翻译风格之研究/陈江宏/速读（下旬）2020 年第 4 期

民国时期《三国演义》群体译者行为研究/李鹏辉、高明乐/外语研究 2020 年第 4 期

《三国演义》三个英译本中的酒文化词汇翻译对比分析/高朝阳/速读（中旬）2020 年第 5 期

《三国演义》古代科技文化的英译比较——以邓、罗两译本为例/侯瑞洋/海外英语 2020 年第 5 期

试论罗慕士的文化立场与跨语际言说特质/许多/上海翻译 2020 年第 6 期

《三国演义》对朝鲜汉文历史小说创作的影响/胡伟/辽东学院学报（社会科学版）2020 年第 6 期

创造性叛逆和《三国演义》英译本——以罗慕士和虞苏美两个全译本为例/傅琴/海外英语 2020 年第 6 期

基于语料库的《三国演义》中"举"的维译探讨/徐丹妮/科学咨询（教育科研）2020 年第 8 期

从框架语义学看《三国演义》中的文化负载词/赵雪晴/黑河学院学报 2020 年第 8 期

称谓语汉译英的信息缺失与路径补偿——以《三国演义》为例/王佳、肖雨妃/开封文化艺术职业学院学报 2020 年第 9 期

初探中国对泰译《三国》研究的现状/宋中杰/今传媒 2020 年第 12 期

论译者主体性对翻译过程与翻译策略的影响——以罗慕士《三国演义》译本为例/陈扬、赵亚珉、孙剑涛/海外英语 2020 年第 13 期

基于赖斯翻译批评模式浅析《三国演义》"草船借箭"两个英译本/任琳/海外英语 2020 年第 13 期

《三国演义》中四字格的英译研究/王斯甜/海外英语2020年第17期

翻译模因理论视角下的《三国演义》章名翻译研究/代呈/长江丛刊2020年第17期

基于自建《三国演义》平行语料库对"被"字句的英译分析/沈映梅、刘克强/环球市场2020年第21期

生态翻译学视角下字幕翻译研究——以电视剧《三国演义》中成语翻译为例/郝健/科学咨询2020年第26期

目的论视角下电视剧典故的字幕翻译研究——以《三国演义》英译版为例/郝健/青年文学家2020年第27期

中国文学作品中历史文化负载词的西译初探——以《三国演义》在西班牙的译介与传播为例/席悦/文化创新比较研究2020年第31期

17世纪朝鲜王朝口传艺术中的《三国演义》/孙勇进/南开学报（哲学社会科学版）2021年第1期

十九世纪英文报刊对《三国演义》的译介研究/李海军、李钢/中国翻译2021年第1期

英语世界的译介策略对比研究——以邓罗和罗慕士《三国演义》译本为例/陈亚俊/海外英语2021年第1期

探微《三国演义》法译第一版——从文化负载词出发/余力涵/法语国家与地区研究2021年第1期

法国藏《三国志通俗演义》满文刻本考辨（B）/宝乐日、巴雅尔图/民族文学研究2021年第1期

经典泰文版《三国》的文本传播研究/丁力/三峡大学学报（人文社会科学版）2021年第1期

论泰国文坛中的《三国演义》/丁力/菏泽学院学报2021年第1期

《三国演义》邓译本与罗译本战争军事术语英译策略对比研究/冉明志/译苑新谭2021年第1期

副文本视角下《三国演义》三个英文节译本研究/彭文青/明清小说研究2021年第2期

《三国演义》译介模式与中国文学典籍之"走出去"/韩名利、陈德用/哈尔滨学院学报2021年第3期

汉语成语的直译与意译——基于《三国演义》汉英平行语料库/吴青宁、张顺生/英语教师 2021 年第 3 期

《三国演义》在日本的传播及其文化内涵/林海清/怀化学院学报 2021 年第 4 期

英语世界《三国演义》与通俗文化研究之译评（2010—2019）/张月/长江学术 2021 年第 4 期

传播学视域下四大名著的当代传播——基于拉斯韦尔 5W 模式的分析/杨树明/新闻前哨 2021 年第 5 期

《三国演义》在日本近世的传播与接受——以《通俗三国志》和《太平记》的交涉为中心/张静宇/华文文学 2021 年第 6 期

译者行为批评视域下 19 世纪英译群体行为研究——以《三国演义》为例/李鹏辉、高明乐/外语学刊 2021 年第 6 期

论插图与建阳刊小说的传播及接受——以《三国志演义》为例/胡小梅/福建论坛（人文社会科学版）2021 年第 6 期

三国文化在日本的流传与嬗变/樊宁/中州学刊 2021 年第 8 期

基于语料库的《三国演义》罗慕士译本显化研究/张晓光/长春教育学院学报 2021 年第 8 期

典籍"走出去"之《三国演义》英译策略分析/于燕萍/英语教师 2021 年第 9 期

为什么有那么多外国人痴迷《三国演义》/SME/意林 2021 年第 10 期

《三国演义》影视改编在东南亚的跨文化传播/黄宇鑫/文学教育（上）2021 年第 12 期

维特根斯坦"语言游戏"视阈下译者主体性研究——以《三国演义》英译为例/丁梦颖/英语广场 2021 年第 12 期

《三国演义》对日本文学及其文化的影响/韩丽佳/时代报告 2021 年第 14 期

从语境顺应视角研究《三国演义》开篇词英译/李彩霞、曹慧芳/海外英语 2021 年第 19 期

从接受美学来看《三国演义》罗慕士译本中的官职翻译/张晓光/科教导刊 2021 年第 22 期

德国功能主义视角下的翻译批评与赏析——以《三国演义》第十三回邓罗和

虞苏美译本为例/沈屹文/长江丛刊2021年第27期

古典文学的海外传播探析——以《三国演义》为例/曾艳纯/青年文学家2021年第27期

学位论文：

中国古代通俗小说在古代朝鲜的传播和影响/[韩] 郑沃根/中国古代文学/华东师范大学1997年

《三国志演义》的成书、文本与传播研究/关四平/中国古代文学/上海师范大学1999年

文学翻译中译者的主体性——罗译《三国演义》研究/赵常玲/外国语言学及应用语言学/北京航空航天大学2004年

二十世纪《三国演义》传播研究/陈晓青/古代文学/山东大学2004年

互文性与翻译——《三国演义》罗译本评析/钱耘云/英语语言文学/上海外国语大学2005年

《三国演义》的现代传播——以小说文本的传播为例（B）/韩霄/中国古代文学/武汉大学2005年

从汉日语言对比看汉语的外向型文化传统/吴芳玲/汉语言文字学/福建师范大学2005年

《三国志演义》在明清时代的传播接受研究/张红波/中国古代文学/广西师范大学2005年

论译者主体性及其在《三国演义》英译本中的体现/张彩凤/外国语言学及应用语言学/内蒙古大学2006年

翻译目的——评价翻译质量的辅助标准——评《三国演义》两个英译本的翻译质量/张晓红/英语语言文学/上海大学2006年

《三国演义》汉英对照本疑问句对比分析——兼论汉英疑问表达方式异同/崔岩/外国语言学及应用语言学/中国海洋大学2006年

俄国形式主义对《三国演义》的解读/杜杰/文艺学/辽宁师范大学2006年

中国語日本語訳の文型とムード——日本語訳『三国演义』の前二十回をめぐって/刘玉燕/日语语言文学/首都师范大学2006年

《三国演义》传播中的经典化研究/马静/中国古代文学/上海财经大学2006年

从罗慕士《三国演义》译本看译者主体性/高华/外国语言学及应用语言学/

苏州大学2007年

从Moss Roberts《三国演义》英译本看翻译中的文化杂含/卢淑梅/英语语言文学/河北大学2007年

《三国演义》章回标题翻译之顺应性研究/张建丽/英语语言文学/哈尔滨工程大学2008年

《三国演义》与越南汉字历史小说/黄达士/中国古代文学/华中师范大学2008年

解构主义视角下汉语模糊性的英译处理——基于罗慕士译《三国演义》的个案研究/付臻/外国语言学及应用语言学/中南大学2008年

中国明代四大小说在日本的传播研究/[日]木村淳哉/中国古代文学/复旦大学2009年

《三国演义》罗译本与泰译本中职官名称英译研究/潘潇祎/英语语言文学/大连海事大学2009年

从罗慕士《三国演义》英译本看文化的可译性/董国栋/英语语言文学/哈尔滨工程大学2009年

罗慕士英译《三国演义》研究：聚焦文化映像/黄粲/英语语言文学/福建师范大学2009年

论《三国演义》罗译本中文化意象的翻译/孟丽/英语语言文学/宁夏大学2009年

韩礼德系统功能模式下引述动词翻译的制约因素——罗译《三国演义》人物会话典例分析/高磊/外国语言学及应用语言学/中南大学2009年

《三国演义》在泰国的传播模式及影响研究/金勇/亚非语言文学/北京大学2009年

《三国演义》在韩国的传播与影响/肖伟山/比较文学与世界文学/北京大学2009年

从互文性角度看《三国演义》英译本中文化内容的翻译策略/巫丹/英语语言文学/天津理工大学2009年

论《三国演义》的当代传播——以电脑游戏"三国群英传"为例/陈刚/中国古代文学/湖南师范大学2009年

《三国演义》在明清时期的传播研究/邹彬/中国古代文学/扬州大学2010年

试论《三国演义》在泰国的传播/郑淑惠/文艺学/重庆大学 2011 年

近二十年《三国演义》影视传播及价值实现研究（B）/左岩/古代文学/山东大学 2011 年

《三国演义》在蒙古地区的传播研究（B）/聚宝/中国少数民族语言文学/内蒙古大学 2012 年

《三国演义》在日本的译介与研究/赵莹/比较文学与世界文学/天津师范大学 2012 年

《三国演义》在明清时期的传播与影响研究/黄晋/中国古代文学/东北师范大学 2012 年

《三国演义》在泰国的传播及其本土化研究/韦春萍/亚非语言文学/广西民族大学 2012 年

《三国演义》文化专有项的描述性英译研究/汪世蓉/语言学与应用语言学/武汉大学 2013 年

《三国志》裴注对《三国演义》成书的影响（B）/和海超/中国古代文学/中南民族大学 2013 年

《三国演义》满文翻译研究/秀云/中国少数民族语言文学/中央民族大学 2013 年

鲁肃形象的演变与传播（B）/柯昌勋/中国古代文学/陕西理工学院 2014 年

《三国演义》在印尼的翻译与改编/李莉妹/中国语言文学/南京大学 2014 年

罗慕士英译《三国演义》典故研究——异化翻译理论的视角/李翊娜/英语语言文学/青岛大学 2014 年

明代历史演义小说在韩国的传播研究/金正恩/古代文学/东北师范大学 2014 年

《三国演义》对《壬辰录》的影响研究/王柏松/中国古代文学/延边大学 2015 年

《三国演义》在泰国的传播及文化教学/郭萌萌/汉语国际教育（专业学位）/兰州大学 2015 年

韦努蒂抵抗式翻译理论视域下《三国演义》罗慕士译本中的文化负载词英译研究/张俊佩/翻译（专业学位）/西华大学 2017 年

从《三国志》到《三国演义》——三国历史知识传播过程研究/王玉玺/史学

理论及史学史/河北大学 2017 年

目的论视角下《三国演义》军事术语英译研究——以罗慕士译本和邓罗译本为例/刘丽/英语语言文学/山东大学 2017 年

目的论视角下典故的字幕翻译研究——以电视剧《三国演义》的字幕英译为例/李玉丹/外国语言学及应用语言学/兰州交通大学 2017 年

从译者主体性视角看罗慕士《三国演义》英译本中文化负载词翻译（B)/乔永卿/英语语言文学/西北大学 2018 年

从吉川英治对《三国演义》的保留与重塑看日本民族文化/付蔷/日语语言文学/哈尔滨理工大学 2018 年

中国《三国演义》对越南《皇黎一统志》之影响研究/［越］阮富造（NGUYEN PHU TAO) /中国古代文学/广西师范大学 2019 年

《三国演义》中熟语的俄译问题/张世珠/外国语言学及应用语言学/哈尔滨工业大学 2020 年

《三国演义》的谋士文化形象及其海外传播研究——以罗慕士的英译本为例/尉舰/汉语国际教育/湖北工业大学 2020 年

文学翻译中的译者现身——以罗慕士英译《三国演义》为例/常莉莉/外国语言文学、外国语言学及应用语言学/兰州大学 2020 年

[十七] "三国"与名胜古迹

三国遗迹与《三国演义》/谭良啸/三国演义学刊第 2 辑（四川省社会科学院出版社 1986 年 8 月）

剑门何来邓艾墓/肖明远/四川日报 1986 年 10 月 25 日

在绵阳兴建"三国蜀汉旅游城"的必要性和可行性初探/高显齐/《三国演义》与中国文化（巴蜀书社 1991 年 9 月）

绵阳古史话三国/钟利戡/《三国演义》与中国文化（巴蜀书社 1991 年 9 月）

蜀汉在梓潼的遗迹考实/赵欣、陈万戎、敬永金/《三国演义》与中国文化（巴蜀书社 1991 年 9 月）

从国内外的"三国热"说起（上）——三国文化之旅（一）/沈伯俊/四川政协报 1992 年 5 月 9 日

从国内外的"三国热"说起（下）——三国文化之旅（二）/沈伯俊/四川政协报 1992 年 5 月 16 日

名垂千古武侯祠——三国文化之旅（三）/沈伯俊/四川政协报 1992 年 5 月 23 日/三国漫话（四川人民出版社 2000 年 9 月）

寻访子龙墓——三国文化之旅（四）/沈伯俊/四川政协报 1992 年 6 月 6 日/三国漫话（四川人民出版社 2000 年 9 月）

黄忠墓今昔——三国文化之旅（五）/沈伯俊/四川政协报 1992 年 6 月 20 日/三国漫话（四川人民出版社 2000 年 9 月）

马超墓前说孟起——三国文化之旅（六）/沈伯俊/四川政协报 1992 年 6 月 27 日/三国漫话（四川人民出版社 2000 年 9 月）

雒城怀古——三国文化之旅（七）/沈伯俊/四川政协报 1992 年 7 月 4 日/三国漫话（四川人民出版社 2000 年 9 月）

双忠祠的沉思——三国文化之旅（八）/沈伯俊/四川政协报1992年7月11日/三国漫话（四川人民出版社2000年9月）

细雨靖侯墓——三国文化之旅（九）/沈伯俊/四川政协报1992年7月25日/三国漫话（四川人民出版社2000年9月）

天下胜迹数三国/沈伯俊/社会科学报1992年8月6日/三国漫话（四川人民出版社2000年9月）

雄视天府的富乐山——三国文化之旅（十）/沈伯俊/四川政协报1992年8月8日/三国漫话（四川人民出版社2000年9月）

蒋琬与恭侯墓——三国文化之旅（十一）/沈伯俊/四川政协报1992年12月12日/三国漫话（四川人民出版社2000年9月）

梓潼卧龙山——三国文化之旅（十二）/沈伯俊/四川政协报1992年12月19日/三国漫话（四川人民出版社2000年9月）

翠云廊与张飞柏——三国文化之旅（十三）/沈伯俊/四川政协报1993年1月2日/三国漫话（四川人民出版社2000年9月）

《三国演义》与邳州市/宣啸东/明清小说研究1993年第1期

略谈"三国文化之旅"/沈伯俊/文汇报1993年2月14日

剑门天下雄/沈伯俊/社会科学报1993年3月4日/三国漫话（四川人民出版社2000年9月）

荆州风采　隆中胜迹/吴新雷/古典文学知识1993年第4期

"三国之旅"与"三国文化"交相辉映——三国迷会聚富春江畔/沈以澄/文汇报1993年6月6日

襄阳的三国故事和历史遗迹/周达斌/《三国演义》与荆州（中州古籍出版社1993年9月）

钟祥三国遗迹考/冯道信/《三国演义》与荆州（中州古籍出版社1993年9月）

再谈赤壁与华容道/李儒科/《三国演义》与荆州（中州古籍出版社1993年9月）

《三国演义》与湖北旅游（A）/曹祥本/《三国演义》与荆州（中州古籍出版社1993年9月）

《三国演义》与荆州今昔/荣鸿乔/《三国演义》与荆州（中州古籍出版社1993年9月）

《三国演义》与荆州旅游资源/彭家伏/《三国演义》与荆州（中州古籍出版社

1993年9月）

曹军南下路线与三国旅游线/冯金平/《三国演义》与荆州（中州古籍出版社1993年9月）

诸葛亮与巴蜀古迹/陈明华/文史杂志1994年第3期

武侯祠堂柏森森/梅铮铮/古典文学知识1994年第6期

许昌灞陵桥/史友仁/古典文学知识1994年第6期

千古风流甘露寺/刘昆/古典文学知识1994年第6期

《三国演义》与蒲圻赤壁/吴新雷/古典文学知识1995年第4期

三国故地许昌行/沈伯俊/许昌三国大观（中州古籍出版社1996年12月）

三国胜迹万里行/沈伯俊/社会科学报1997年9月18日/三国漫话（四川人民出版社2000年9月）

再谈"三国文化之旅"/沈伯俊/四川日报1997年12月19日

访清徐罗贯中纪念馆/沈伯俊/人民日报·海外版2000年3月16日/三国漫话（四川人民出版社2000年9月）

初访许昌/沈伯俊/三国漫话（四川人民出版社2000年9月）

开发"三国文化之旅"之我见/沈伯俊/人民日报·海外版2001年9月6日

刘备墓在奉节吗？/沈伯俊/三国漫话——知识·轶闻·胜迹（台湾远流出版公司2003年1月）

"荆州"的演变/沈伯俊/三国漫话——知识·轶闻·胜迹（台湾远流出版公司2003年1月）

隆中三顾/沈伯俊/三国漫话——知识·轶闻·胜迹（台湾远流出版公司2003年1月）

受禅台与受禅碑/沈伯俊/三国漫话——知识·轶闻·胜迹（台湾远流出版公司2003年1月）

富春江畔，孙权故里/沈伯俊/三国漫话——知识·轶闻·胜迹（台湾远流出版公司2003年1月）

开发"三国文化之旅"的几个问题/沈伯俊/中华文化论坛2003年第2期

《三国演义》与湖北旅游（B）/苏敏/湖北经济学院学报（人文社会科学版）2005年第4期

努力打造川陕三国文化旅游精品线/沈伯俊/中华文化论坛2007年第4期

《三国演义》与镇江名胜/尹江/新语文学习（高中版）2007年第5期

试析成都部分三国遗迹的消亡/奚奕/成都大学学报（社会科学版）2007年第6期

《三国演义》近代地名校勘/李国帅/青年文学家2009年第5期

刘备在白帝城论析/谭良啸/成都大学学报（社会科学版）2010年第6期

"襄樊"重拾历史更名"襄阳"/钱忠军、于小龙/文汇报2010年12月4日

街亭位于陇关道西口献疑——兼论街亭在天水市东南的合理性/孙启祥/襄樊学院学报2011年第1期

蜀汉政权与罗江/沈伯俊/地方文化研究辑刊第4辑（巴蜀书社2011年3月）

论三国文化遗产保护/蒋英/中共成都市委党校学报2011年第4期

《水经注》中汉水流域的诸葛亮文化遗踪/张超、梁中效/陕西理工学院学报（社会科学版）2014年第3期

昭觉蜀汉军屯遗址应为诸葛亮"军卑水"的指挥部考论/梅铮铮/中华文化论坛2014年第6期

精心培育汉水流域三国文化带/沈伯俊/湖北文理学院学报2014年第12期

弥牟三国八阵图遗址沿革考略/陈芳、申雷/湖北文理学院学报2015年第9期

汉水流域三国文化旅游开发研究/梁中效/湖北文理学院学报2015年第12期

迷雾重重的诸葛亮与躬耕地/安立志/同舟共进2018年第6期

三方君主的"疑""信"与鼎足之势形成的多重矛盾——兼论《三国演义》"赤壁之战"发生地/石麟/湖北师范大学学报（哲学社会科学版）2019年第3期

襄阳文学名篇及遗迹研究——以《三国演义》及"马跃檀溪"遗迹为例/梁艳敏/襄阳职业技术学院学报2019年第5期

《三国演义》与镇江/顾梓莹/青年文学家2019年第18期

浅谈现代人造旅游资源的开发——无锡三国影视城与清徐三国演义城的得失比较/郭丽萍/北京印刷学院学报2020年第10期

《三国演义》与泰山/周郢/泰山学院学报2021年第1期

学位论文：

荆州文化遗产与文化旅游/余雷/区域文化史/华中师范大学2011年

"三国"文化资源的多维产业开发研究（A）/潘琪/文艺学/暨南大学2012年

湖北三国历史地名与文化遗存述考/李亮宇/专门史/华中师范大学2014年

[十八] 应用研究

日本企业界研究《三国演义》/梁旦/光明日报 1986 年 1 月 23 日

从"三国演义"看用人艺术/陈文云/企业管理 1987 年第 1 期

三国时代人才学管窥/曾白融/北京日报 1987 年 5 月 11 日

析"赤壁之战"中的心理思想及实践/赵德肃/四川心理科学 1988 年第 1—2 期

《三国演义》与人才学（B）/傅隆基/海南大学学报（社会科学版）1988 年第 2 期

兵书观止/剑锋/海南大学学报（社会科学版）1988 年第 2 期

《三国演义》中的军事心理学/鲁德才、陈洪/海南大学学报（社会科学版）1988 年第 3 期

《三国演义》的决策理论与实践/胡世厚、卫绍生/海南大学学报（社会科学版）1988 年第 3 期

《三国演义》人才观简论——兼谈改革开放时期之人才管理/王基/海南大学学报（社会科学版）1988 年第 3 期

诸葛亮领导心理初析/顾鸣塘/海南大学学报（社会科学版）1988 年第 3 期

诸葛亮智算华容与企业经营之道/温岱光/海南大学学报（社会科学版）1988 年第 3 期

从诸葛亮的谋略联想到海南的开发/吴志达/海南大学学报（社会科学版）1988 年第 3 期

形象化的"资治通鉴"——《三国演义》/徐君慧/海南大学学报（社会科学版）1988 年第 3 期

从现代管理的角度论诸葛亮曹操决策之得失/张静河/海南大学学报（社会科

学版）1988 年第 3 期

人才、谋略和胜利——漫论曹操的用人/胥惠民/海南大学学报（社会科学版）1988 年第 3 期

从杨修之死谈人才的整体效应/李汉秋、汤书昆/海南大学学报（社会科学版）1988 年第 3 期

改革开放的弄潮儿从《三国演义》所描写的用人艺术中可以借鉴些什么？/门岿/海南大学学报（社会科学版）1988 年第 3 期

论曹操用人之道/丘振声/海南大学学报（社会科学版）1988 年第 3 期

知人善任　胜利之本——论孙策的用人之道/刘昆/海南大学学报（社会科学版）1988 年第 3 期

《三国演义》谋略的渊源与应用——《〈三国演义〉谋略新探·前言》霍雨佳/海南大学学报（社会科学版）1988 年第 3 期

《三国演义》与人才学（C）/梁汉皋/中南民族学院学报（哲学社会科学版）1991 年第 2 期

攻心为上——《三国演义与现代商战》之三/霍雨佳/海南师范学院学报 1991 年第 2 期

《三国演义》与云南文化建设刍议/武显漳等/思茅师专学报 1991 年第 2 期

取胜三诀窍——《三国演义与现代商战》之五/霍雨佳/海南师范学院学报 1991 年第 4 期

《三国演义》公关语言初探/王基/海南大学学报（社会科学版）1991 年第 4 期

《三国演义》中的决策意识/冯子礼/《三国演义》与中国文化（巴蜀书社 1991 年 9 月）

古代民族智慧与现代领导意识的重合——《三国演义》用人谋略分析/秦德君/大庆社会科学 1992 年第 2 期

《三国演义》的处世智慧及其他——序《为人处世与〈三国演义〉》/黄家章/博览群书 1992 年第 4 期

论《三国演义》中决策系统与智囊系统的关系/宋志臣/绥化师专学报 1992 年第 4 期

从刘备取西川看尊重人才的重要性/高显齐/《三国演义》与荆州（中州古籍

出版社1993年9月)

《三国演义》中的人才思想/宋本竞/黄海学坛（盐城）1994年第2期

论《三国演义》的人才观/崔积宝/求是学刊1994年第5期

略论诸葛亮以弱胜强的思想方法/刘志刚/山东社会科学1995年第1期

《三国演义》——我国当前市场经济大潮的重要参照/董今昔/济宁师专学报1995年第1期

《三国演义》——商战的法宝/田无阡/中文自学指导1995年第2期

评诸葛亮的确定性思维——兼论现代科学思维的不确定性/姜念涛/群众1995年第3期

曹操领导行为浅探/马雄光/广西社会科学1995年第3期

论《三国演义》的现代市场竞争价值/周俊/明清小说研究1995年第3期

人才使用得失论——读《三国演义》/金望/明清小说研究1995年第3期

我劝天公重抖擞，不拘一格降人才——谈《三国演义》中曹操的用人观/殷其海/学理论1995年第4期

从《三国志》中学习智谋与计策/［日］狩野直祯著，沈伯俊译/明清小说研究1996年第2期

《三国演义》人才思想的历史启示/曾轶/福建学刊1996年第5期

《三国演义》决策探索/陈辽/南通师专学报（社会科学版）1998年第1期

谈《三国演义》所描写的公共关系/王建平/河南大学学报（社会科学版）1998年第5期

《三国演义》与领导心理学——从诸葛亮的领导活动谈起/赵庆元/皖江侧畔论三国（黄山书社2001年10月）

《三国演义》与"法"/张晓春/皖江侧畔论三国（黄山书社2001年10月）

三国领袖精神对当代管理的启示/冯立鳌/新世纪《三国演义》论文集（文教资料2001年增刊，2001年12月）

从孙吴政权施政启示谈西部大开发/仇昌仲/新世纪《三国演义》论文集（文教资料2001年增刊，2001年12月）

试论古典名著的现代价值——以《三国》、《金瓶》为例/宋培宪/零陵师范高等专科学校学报2002年第1期

首脑智慧的深层较量——《三国演义》的用人之道比较谈/刘敬圻/求是学刊

2002年第6期

《三国演义》对现代企业人才竞争的启示/汤铭镜/中共山西省委党校省直分校学报2005年第1期

《三国演义》人才思想管窥（B）/陈军/青海民族学院学报2005年第2期

三国演义的财富意义/蔡恩泽/管理与财富2005年第3期

从《三国演义》想到现代管理/刘小芳/西藏民族学院学报（哲学社会科学版）2005年第5期

《三国演义》的用人艺术（B）/周育平/船山学刊2006年第2期

《三国演义》与学校管理/孟祥礼/河北教育（综合版）2006年第3期

《三国演义》的财富意义/蔡恩泽/刊授党校2006年第4期

唯才是举　以德用才——试论《三国演义》中曹操的用人艺术/周仲强/黑河学刊2006年第4期

论《三国演义》中曹操的用人/章利民/昭通师范高等专科学校学报2006年第6期

《三国演义》与战略管理/关付安/决策探索（下半月）2007年第2期

电视剧《三国演义》语言运用指瑕/宋洪民、张红梅/语文建设2007年第4期

关于《三国演义》的几点悖论——从诸葛亮管理缺陷看蜀国的必然灭亡/白云/新西部（下半月）2007年第5期

《三国演义》中的管理哲学思想（B）/蒋红/云南行政学院学报2007年第6期

读《三国演义》　探究班级管理艺术/刘宇/小学教学参考2007年第24期

论人力资源管理——从《三国演义》谈起/辛笠/现代商贸工业2008年第2期

试析《三国演义》中曹操的"准公共关系"思想对现代管理的借鉴作用（B）/刘小芳/西藏民族学院学报（哲学社会科学版）2008年第3期

《三国演义》对教师人本管理的启示/赖春林/中小学校长2008年第5期

从《三国演义》看管理之戒/陈昕/刊授党校2008年第8期

评《三国演义》代表人物的用人艺术/潘建华/作家2009年第2期

《三国演义》现代启示录/沈伯俊/铜仁学院学报2009年第2期

简论《三国演义》中的易主现象/洪云/安徽文学（下半月）2009年第3期

《三国演义》中的领导艺术（B）/王洪义/企业改革与管理2009年第3期

浅析《三国演义》中的用人智慧/胡意利/青年文学家2009年第4期

论《三国演义》中曹操的用人思想/贺小玲/现代语文（文学研究版）2009年第5期

论《三国演义》的用人艺术及其对现代人力资源管理的启示（B）/苏阳、谢亭亭/现代商业2009年第23期

从《三国演义》看中小企业的用人之道/朱应召、李向宁/致富时代2010年第3期

《三国演义》应用研究综述（B）/曾秀芳/天中学刊2010年第4期

议《三国演义》中的用人智慧/韩继、胡倩茹/长城2010年第8期

《三国演义》与经营之道/沈伯俊/襄樊学院学报2010年第10期

人本视角探析《三国演义》刘备的管理艺术（B）/涂霖燊/中国证券期货2010年第11期

品《三国演义》 谈用才之道/马晓明/新长征（党建版）2010年第12期

《三国演义》双雄给企业领导干部的启示/陈永东/企业科技与发展2010年第14期

从桌游《三国杀》看中国经典文学作品的开发利用/苏海伦/西南交通大学学报（社会科学版）2011年第5期

基于《三国演义》在游戏中传播的利弊分析——以游戏"三国群英传"为例（B）/陈刚/吉林广播电视大学学报2011年第6期

结合SWOT分析法简述《三国演义》管理策略的利弊/丁丽敏/职大学报2011年第6期

企业领导者的集他能力——《三国演义》中刘备与曹操比较谈（B）/李茂平、戴春林/领导科学2011年第16期

浅析《三国演义》中的企业人力资源管理/钟峥/现代商业2011年第35期

《三国演义》与现代人力资本的开发和利用/张晨辉/科技与企业2012年第3期

三国礼仪的内容及特点/梁满仓/湖北文理学院学报2012年第7期

《三国演义》中的人才管理艺术（A）/李洋/企业改革与管理2012年第7期

《三国演义》中领导者的用人之道/财会学习2012年第8期

《三国演义》中的人才管理艺术（B）/吴奇文/中外企业文化2012年第10期

浅析《三国演义》中曹操的人才观/宋兴杰/青年文学家2012年第12期

人际关系为导向的新型领导体系的构建——以《三国演义》中刘备为例（B）/宋林霖/领导科学 2012 年第 15 期

成都饮食文化旅游探析——以三国文化元素为例/蒋英/中共成都市委党校学报 2013 年第 1 期

浅谈企业选人、用人策略——人力资源管理视角下的《三国演义》/邵晓军、余群建/人力资源管理 2013 年第 2 期

从人文角度分析《三国演义》中的人才管理艺术/许璺/芒种 2013 年第 3 期

《三国演义》中博弈思想对现代用人管理的启示（B）/孙艳丽、刘承宪、刘永健/沈阳建筑大学学报（社会科学版）2013 年第 4 期

品味《三国演义》中的管理启示/朱青长、许晓滨/北京市经济管理干部学院学报 2013 年第 4 期

良禽择木而栖　贤臣择主而事——从《三国演义》中的人才流动看"君臣遇合"/马瑞/鸡西大学学报 2013 年第 5 期

《三国演义》之人才思想三论（B）/阮云志/重庆科技学院学报（社会科学版）2013 年第 6 期

《三国演义》中的人才观（B）/犁侬/企业改革与管理 2013 年第 7 期

论《三国演义》中曹操的领导观——心态观、人才观的视角/魏可营、刘秀艳/学周刊 2013 年第 13 期

浅析《三国演义》中蕴含的人才学思想（B）/邓双荣/科教导刊（中旬刊）2013 年第 16 期

《三国演义》与《荷马史诗》人才开发比较研究（B）/申宝国/短篇小说（原创版）2014 年第 3 期

论析诸葛亮的规划才能与《隆中对》/吴娲、谭良啸/湖北文理学院学报 2014 年第 10 期

《三国演义》中的经典人物形象探析——以人力资源管理为视角（B）/周鹏/语文建设 2014 年第 11 期

谈《三国演义》中的人才、谋略与竞争/朱传书/芒种 2014 年第 16 期

《三国演义》中的人才观及其启示/张立新/企业改革与管理 2014 年第 23 期

《三国演义》中必学的领导艺术/叶明/农经 2015 年第 2 期

小议《三国演义》中曹操的用人之道/陈富松/中学语文教学参考 2015 年第

3 期

试论三国文化品牌形成对成都文化品牌建设的启示/符丽平、肖又尺/成都大学学报（社会科学版）2015 年第 6 期

是靠一人才智　还是众士互补——《三国演义》蜀、魏人才建构模式之比较（B）/关四平/学术交流 2015 年第 8 期

《三国演义》中的兵家权变管理思想探析/宋虹桥/新西部（理论版）2015 年第 20 期

循着课文渐进式导读《三国演义》的实践探索/袁远辉/教育与教学研究 2016 年第 2 期

《三国演义》中曹操的用人之道/周心怡、缪怡婷/牡丹 2016 年第 2 期

《三国演义》知识在《中医基础理论》教学中的运用刍议/刘玉良/成都中医药大学学报（教育科学版）2016 年第 3 期

从《三国演义》中品当代市场经济理论/钱丹丹/消费导刊 2016 年第 4 期

《以〈三国演义〉为例谈名著之一材多用》教学案例/蔡素华/作文成功之路（中）2016 年第 5 期

《三国演义》中的人才管理艺术（C）/王社民/现代企业 2016 年第 7 期

从曹操使用曹洪论人本管理/王丹阳/中外企业家 2016 年第 13 期

基于古典文本的大学生求职策略分析——以"诸葛亮出山"为例/张星/中国大学生就业 2016 年第 22 期

化整为零，精细探究——《三国演义》阅读教学实践/田富焊/考试周刊 2016 年第 58 期

《三国演义》中郭嘉的形象对秘书职业能力的启示/张宛青、刘淼/现代语文（学术综合版）2017 年第 2 期

论《三国演义》中人才观的古为今用/温美莲/学周刊 2017 年第 7 期

名著导读《三国演义》课例赏鉴/刘京平、秦洁/语文教学通讯·A 刊 2017 年第 7 期

《三国演义》名著导读教学设计/李文江/课程教材教学研究（中教研究）2017 年第 7 期

论《三国演义》管理艺术对当前中职学校管理的影响/柯玉华/农家参谋 2017 年第 16 期

《三国演义》中的人才管理艺术探析/许楚若/芒种 2017 年第 22 期

《三国演义》中荀彧的形象对秘书职业能力的启示/张宛青/品位·经典 2018 年第 1 期

识三国人之性　品古白话之韵——以《三国演义》为例谈名著导读课教学法/张学伟/湖北教育（教育教学）2018 年第 4 期

从《三国演义》到书院课艺/鲁小俊/广西职业技术学院学报 2018 年第 5 期

从《三国演义》看刘备用人策略的长与短/薛嘉珺/山海经：教育前沿 2018 年第 12 期

谁是英雄？——《三国演义》整本书阅读·主公·刘璋/余党绪/语文教学通讯·A 刊 2018 年第 12 期

新课程背景下初中语文经典阅读教学策略研究——以《三国演义》为例/曹红莲/语文课内外 2018 年第 15 期

《三国演义》整本书阅读实施案例探究/王红艳/读写算 2018 年第 18 期

《三国演义》课外阅读教学指导分析（A）/冉建凯/语文建设 2018 年第 27 期

《三国演义》对党员工作的实用价值研究/杨彬涵/神州 2018 年第 31 期

《三国演义》名著导读课例分析/高锦义/新教育时代电子杂志（学生版）2018 年第 33 期

引用《三国演义》著名典故辅助高中地理教学的研究/麦少娴/中外交流 2018 年第 43 期

抓住闲笔深度解读——《三国演义》中的道家人物对名著教学的启示/徐福敏/科学大众（科学教育）2019 年第 1 期

"泛谋略化"与"去诗心化"：以谋略学为中心的《三国演义》应用研究的理论误区/鲁小俊、哈亭羽/湖北师范大学学报（哲学社会科学版）2019 年第 3 期

《三国演义》中的进谏与当下秘书的参谋咨询工作/张晓敏/湖北开放职业学院学报 2019 年第 3 期

议论文观点提炼策略——以《三国演义》素材为例/李丽/七彩语文（中学语文论坛）2019 年第 4 期

文学经典游戏改编现象探究——以《三国演义》为例/彭玲/湖南人文科技学院学报 2019 年第 5 期

从"观其大略"到"文本细读"——以《三国演义》为例略谈整本书阅读策

略/吴奇/师道·人文 2019 年第 5 期

《三国演义》的人才格局/尚论聪/法人 2019 年第 6 期

论经典文学在九年义务教育教科书中的应用——以三国故事为例/任婕/文化产业 2019 年第 6 期

试析高中语文名著导读作品人物分析及教学策略——以《三国演义》为例（B）/李晓庆/国际公关 2019 年第 6 期

桌游《三国杀》的美学研究/宋鹏/艺术科技 2019 年第 8 期

整本书阅读的多样化研究——以三国演义为例/刘麦田、吴晟璇/语文教学与研究（下半月）2019 年第 9 期

品文读史论"三国"，触摸中华传统文化——小学高年级整本书阅读研究/陈萍/小学教学研究（理论版）2019 年第 10 期

整本书深度阅读与微专题学习设计——以《三国演义》为例/饶满林/语文教学与研究（下半月）2019 年第 11 期

古典长篇小说整本书阅读教学策略——以《三国演义》为例/李维民/语文天地（高中版）2019 年第 12 期

以《三国演义》为例谈整本书阅读的教学优化策略（A）/蒙骄杨/教育观察 2019 年第 15 期

看《三国演义》谈诸葛亮的用人之道/邱子瀚/考试周刊 2019 年第 19 期

全民阅读背景下中华经典著作接受的调查研究——以古典名著《三国演义》为例/许小荣、刘庆根、蒲江淮/北方文学 2019 年第 26 期

整本书阅读的相关意义与作用——以《三国演义》为例/黄鹏/中外交流 2019 年第 27 期

关于名著导读《三国演义》课例赏鉴的相关思考/吴娟/魅力中国 2019 年第 31 期

三国韵，经典情——古典名著《三国演义》阅读课程群建设简介/兰素珍、李楠楠、方攀、李希雷/语文课内外 2019 年第 35 期

思辨精神让整本书阅读更有广度与深度——《三国演义》之曹操的教学活动设计/李燕、张爱武/中学语文教学参考 2019 年第 36 期

"整本书阅读与研讨"的教学实践——探讨周瑜形象的悲剧性（B）/陈琦伶/教育观察 2019 年第 41 期

高中语文名著导读方法浅析——以《三国演义》为例/闫子强/新作文：中小学教学研究 2020 年第 1 期

浅谈如何引领小学生阅读《三国演义》/李云峰/科教导刊（电子版）（中旬）2020 年第 1 期

基于"唤醒体验"的教学设计——以名著《三国演义》为例/白慧洁/语文教学通讯·B 刊 2020 年第 1 期

如何有效阅读整本书——以《三国演义》为例/张春平/语文天地（高中版）2020 年第 1 期

《三国志》人力资源思想对现代企业管理的启示/丁钰媛/现代营销（信息版）2020 年第 2 期

跨媒介阅读在《三国演义》整本书阅读教学中的实践与思考/李维民、郑颖娜/语文教学研究 2020 年第 2 期

实践与反思：以问题引领整本书阅读——以《三国演义》整本书阅读为例/袁耀龙/语文教学通讯·A 刊 2020 年第 3 期

《〈三国演义〉：历史是由人书写的》目标叙写/杨进虎/中华活页文选（教师版）2020 年第 3 期

教学视角下《三顾茅庐》的文本解读/王赟/现代商贸工业 2020 年第 4 期

《三国演义》整本书阅读之教学实践与研究/高雅坤/中华少年 2020 年第 5 期

《三国演义》整本书阅读素养测评/兰莉娜、贾桂强/语文教学通讯·A 刊 2020 年第 7 期

整本书阅读方法：带着问题进行具体分析（上）——以《三国演义》为例/孙绍振/语文建设 2020 年第 7 期

浅谈小学生整本书阅读指导策略——以《三国演义》为例/彭永红/中华活页文选（教师版）2020 年第 9 期

整本书阅读方法：带着问题进行具体分析（下）——以《三国演义》为例/孙绍振/语文建设 2020 年第 9 期

让思维进阶——关于《三国演义》单价的讨论/吴欢/教育研究与评论（小学教育教学版）2020 年第 10 期

小学古典名著阅读推介课的教学策略——以《三国演义》阅读推介课为例/陈济斌/广西教育（义务教育）2020 年第 10 期

学习过程数据促进小学语文学科学生自主学习的研究——以"三国风云人物之曹操"语文综合实践活动为例/刘爽/中国现代教育装备 2020 年第 10 期

阅读经典名著提升语文素养——以《三国演义》的赏读为例（A）/詹耀平/高考 2020 年第 12 期

《三国演义》中衣带诏事件的保密学透视/莫顺斌/秘书之友 2020 年第 12 期

读古典名著 赏民族文化——以古典小说《三国演义》的整本书拓展阅读教学为例/何金带/教育界 2020 年第 15 期

以《三国演义》为例，借微格教学导读经典名著——基于单元主题相适应的阅读活动的设计与实施研究系列/孔凤莲/语文课内外 2020 年第 17 期

运用数学集合概念，实施整本书阅读中的人物群关系梳理的策略——从《三国演义》整本书阅读谈起/高源/新课程导学 2020 年第 20 期

基于核心素养的"整本书阅读"如何推进——以品读《三国演义》为例/张剑珠/语文课内外 2020 年第 21 期

"起点、原则、活动"在"整本书阅读"教学设计中的作用——以《三国演义》为例/孟连营/中华活页文选（教师版）2020 年第 23 期

从整本书阅读的多维度切入培养核心素养——以《三国演义》中的张松为视角展示/程红辉/名作欣赏 2020 年第 23 期

从《三国演义》中悟高中班级管理策略/信亦林/中学教学参考 2020 年第 30 期

思维可视化策略在高中语文"整本书阅读"中的运用研究——以《三国演义》为例/洪奕毅/年轻人 2020 年第 38 期

浅谈《三国演义》中的领导艺术对现代管理的启示/陈虎/文渊（中学版）2021 年第 2 期

以《三国演义》为视角的《短歌行》文本解读/张延水/语文教学与研究（上半月）2021 年第 2 期

《三国演义》课外阅读教学指导分析（B）/余颖/电脑爱好者（电子刊）2021 年第 3 期

以"中华美育精神"视域探索小学经典阅读——以阅读《三国演义》为例/赵琴/语文世界（教师之窗）2021 年第 3 期

《三国演义》导读课教学反思/赵文静/课外语文（下）2021 年第 3 期

三国题材在游戏作品中的应用研究/陶克彦、朱宗明、廖智/文化学刊 2021 年第 4 期

阅读经典名著提升语文素养——以《三国演义》的赏读为例（B）/谭石兰、曾平/互动软件 2021 年第 5 期

以《三国演义》为例谈整本书阅读的教学优化策略（B）/余颖/互动软件 2021 年第 5 期

探究关于诸葛亮家国情怀的群文阅读/王颖、闫龙凤/新课程导学 2021 年第 6 期

引导学生解读立体人物形象——《三国演义》教学例谈/谢琳/小学生作文辅导 2021 年第 7 期

PBL 教学法在《三国演义》名著复习中的运用与思考/林伟丽/科普童话·新课堂（中）2021 年第 9 期

项目化学习与整本书阅读教学——以《三国演义》为例/卜春富/江苏教育（中学教学版）2021 年第 9 期

"三国"魅力人物排行榜——基于学习任务群的《三国演义》教学设计/黄邵震/七彩语文（教师论坛）2021 年第 10 期

《三国演义》整本书阅读教学策略探讨——由一道诗歌鉴赏题说开去/易灿宇/广西教育（中等教育）2021 年第 10 期

《三国演义》阅读教学策略与实践/韩黎/语文教学之友 2021 年第 11 期

聚焦切口甄选材料构建主线——以《三国演义》为例探析小学高段名著阅读指导路径/杨海玲/语文教学通讯·C 刊 2021 年第 11 期

高效课外阅读复式考查题设计的实践探索——以拓展阅读《三国演义》为例/胡雪颖/小学教学研究（教学版）2021 年第 12 期

用名著教写作——《三国演义》读后感/魏曦/百科论坛电子杂志 2021 年第 18 期

《三国演义》之智能化高效阅读指导教学/陈梅/科学咨询 2021 年第 31 期

学位论文：

论《三国志演义》的心理战术描写/宋文翠/中国古代文学/曲阜师范大学 2002 年

用人决胜：现代人力资源管理语境中的《三国演义》/张云飞/马克思主义哲

学/苏州大学 2002 年

《三国演义》的人才学与现代企业管理/冉红卫/马克思主义哲学/华中科技大学 2004 年

《三国演义》的传统人力资源管理思想及其对现代企业管理的启示（B）/魏颖/工商管理/贵州大学 2006 年

基于 CRF 的古籍地名自动识别研究——以《三国演义》为例/王铮/语言学及应用语言学/广西民族大学 2008 年

"三国"文化资源的多维产业开发研究（B）/潘琪/文艺学/暨南大学 2012 年

《三国演义》的"忠义精神"对日本企业经营理念的影响研究/［日］柴田めい/中国语言文学/华侨大学 2018 年

高中长篇小说整本书阅读教学研究——以《三国演义》为例/涂倍倍/学科教学（语文）/扬州大学 2019 年

《三国演义》主题阅读教学设计研究/王银/学科教学（语文）/西北师范大学 2020 年

《三国演义》整本书阅读教学研究/邢倩/学科教学（语文）/天津师范大学 2020 年

高中语文《三国演义》整本书阅读教学研究/方明芝/学科教学（语文）/安徽师范大学 2020 年

三国争霸谋略的领地行为研究/邵鹏/科学技术史/中国科学院大学 2020 年

[十九]《三国演义》的数字化

《三国演义》数字化工程简论/沈伯俊、周文业、李东海/韩国中国小说研究会报第46号（2001年6月）

《三国演义》数字化和电脑研究/周文业、李东海/新世纪《三国演义》论文集（文教资料2001年增刊，2001年12月）

数字化与《三国演义》版本研究论（B）/欧阳健/东南大学学报（哲学社会科学版）2005年第3期

中国古代小说版本数字化和计算机自动比对/周文业/第一届中国古籍数字化国际学术研讨会论文集（五洲传播出版社2009年8月）

从动画片《三国演义》探究三维数字艺术中的工笔画效果/刘畅、李阳/装饰2011年第10期

[二十] 书评 序跋

批判董每戡《三国演义试论》/饶芃子/理论与实践1958年第1期

评"怎样阅读'三国演义'"/江水/文史哲1958年第11期

有益的尝试——简评《三国演义》改写本/吉翔/朝花1983年第4期

漫评《三国演义纵横谈》/冒炘/光明日报1984年5月22日

有益当世，嘉惠后学——评《三国演义资料汇编》/孟杰/三国演义学刊第1辑（四川省社会科学院出版社1985年7月）

《花关索传》校点记/朱一玄/三国演义学刊第1辑（四川省社会科学院出版社1985年7月）

评《三国演义学刊》第一辑/曲沐/贵州文史丛刊1986年第1期（四川省社会科学院出版社1985年7月）

在探索和争鸣中前进——评《三国演义学刊》第二辑/闻衡/海南大学学报（社会科学版）1986年第3期

愿《学刊》成为《三国演义》研究的百科全书/孟昭连/三国演义学刊第2辑（四川省社会科学院出版社1986年8月）

喜读《闲话三分》/周绍良/读书杂志1987年第2期

简评《三国演义学刊》第二辑/曲沐/贵州民族学院学报（社会科学版）1987年第2期

《〈三国演义〉试论（增改本）》整理后记/朱树人/晋阳学刊1987年第6期

评《三国演义学刊》第一、二辑/昆华、贵晨/明清小说研究第6辑（中国文联出版公司1987年12月）

《三国演义辞典》序/章培恒/明清小说研究1988年第2期

《竞争中的强者》序/祯祥/唐都学刊1989年第3期

喜读《三国演义辞典》/杨小石/成都晚报1990年1月31日

《三国演义辞典》简评/李晓晖/海南大学学报（社会科学版）1990年第1期

充分发挥辞书的多重功能——评《三国演义辞典》/刘文/湖南教育学院学报1990年第1期

别具一格的《三国演义辞典》/丘振声/明清小说研究1990年第2期

《诸葛亮形象史研究》序言/缪钺/明清小说研究1991年第1期

评《诸葛亮形象史研究》/沈伯俊/人民日报·海外版1991年5月24日

《三国演义》美学的新开拓——读霍雨佳《三国演义美学价值》/陈辽/海南师院学报1992年第1期

评《三国演义考评》/沈伯俊/北京大学学报（哲学社会科学版）1992年第2期

剔抉爬梳，学博识精——评陈翔华《诸葛亮形象史研究》/冯保善/明清小说研究1992年第2期

真实性·学术性·科学性——评沈伯俊《三国演义》校理本/陈辽/社会科学研究1992年第6期

《三国演义艺术欣赏》序/沈伯俊/三国演义艺术欣赏（中国国际广播出版社1992年7月）

《三国演义》研究的又一成果——读校理本《三国演义》/赵伯陶/古籍整理出版情况简报第263期（1992年10月）

《三国演义》版本史上的新里程碑——评沈伯俊对《三国演义》的校理/关四平/学术交流1993年第3期

辨伪匡误，功在千秋——读沈伯俊《三国演义》校理本/丘振声/明清小说研究1993年第3期

新的格局，新的贡献——读《三国演义》校理本/曹学伟/社会科学辑刊1993年第4期

智谋精粹古为今用——读《"三国"智谋精粹》/陈辽/海南大学学报（社会科学版）1993年第4期

《〈三国演义〉与荆州》前言/李悔吾/《三国演义》与荆州（中州古籍出版社1993年9月）

城野宏《战略三国志》读后/贺游/诸葛亮与三国文化(成都出版社1993年9月）

功在当代，泽被后世——评沈伯俊《三国演义》校理本/郑铁生/明清小说研究1993年增刊（1993年10月）

成功的尝试——读胡世厚、卫绍生的《〈三国演义〉与人才学》/吴光正/学术交流1994年第3期

《三国志通俗演义》重新整理出版/张根树/博览群书1994年第5期

霍雨佳的《三国演义》研究/王同书/明清小说研究1995年第2期

浅谈《三国志演义古版丛刊》首辑五种/刘燕远/古籍整理出版情况简报1996年第7期

《三国志演义》版本研究的新突破——评魏安《〈三国演义〉版本考》/李伟实/零陵师专学报1997年第1期/社会科学战线1997年第6期

《三国》今本，"沈本"为优/陈辽/中华文化论坛1998年第2期

功在当代，泽被后世——评沈本《三国演义》/郑铁生/中华文化论坛1998年第2期

真诚坚毅，务实创新——沈伯俊和他的《三国演义》研究/陈军民/中华文化论坛1998年第3期

笔酬三国，名播士林——评沈伯俊《三国演义》校理本/冯全生/中华文化论坛1998年第3期

中韩友好的精神桥梁——《三国演义辞典》韩文版前言/沈伯俊、谭良啸/中华文化论坛1999年第2期

《三国演义》论坛一瞥（代前言）/杨建文/《三国演义》新论（华中理工大学出版社1999年5月）

《联说三国》序/沈伯俊/联说三国（四川文艺出版社1999年10月）

略谈沈伯俊重新评校《三国演义》/郭平凡/晋阳学刊1999年第6期

《画说三国》前言/沈伯俊/画说三国（彩绘版画集）（台湾远流出版公司1999年12月）

《〈三国演义〉与罗贯中》前言/胡世厚/《三国演义》与罗贯中（中州古籍出版社2000年4月）

评《罗贯中新探》/张弦生/晋阳学刊2000年第4期

《三国漫谈》韩文版前言（B）/沈伯俊/社会科学研究2001年第1期

《三国》叙事学研究的开拓之作——评《三国演义叙事艺术》/沈伯俊/明清

小说研究 2001 年第 2 期

《三国》研究又一奇——沈伯俊与《三国漫话》/杜贵晨/中华文化论坛 2001 年第 3 期

《关羽崇拜研究》序/沈伯俊/四川师范学院学报（哲学社会科学版）2001 年第 6 期

关于《三国漫谈》——写在《三国漫谈》韩文版出版之际/沈伯俊/人民日报·海外版 2001 年 7 月 23 日

《皖江侧畔论三国》前言/沈伯俊/皖江侧畔论三国（黄山书社 2001 年 10 月）

《新时期〈三国演义〉论文集》前言/陈辽/文教资料 2001 年增刊（2001 年 12 月）

名符其实的《三国演义新探》/郑铁生/社会科学研究 2002 年第 6 期

三国文化大观　文献学术并重——评《三国演义》大辞典/郑铁生/社会科学研究 2008 年第 2 期

《诸葛亮与三国文化（三）》简介/陈芳/成都大学学报（社会科学版）2009 年第 6 期

明清文化视域下的《三国演义》序跋透视（B）/温庆新/广东技术师范学院学报 2010 年第 2 期

《三国演义探论》序/沈伯俊/中华文化论坛 2010 年第 3 期

评李福清对评话《三国》的研究/倪钟之/曲艺 2013 年第 2 期

"三国文化"的精神盛宴——评《智慧三国》/沈伯俊/许昌学院学报 2014 年第 1 期

《三国演义》研究的新尝试——评丘振声回评、沈伯俊校注的《三国演义（回评本）》/李建平/艺术探索 2014 年第 3 期

论沈伯俊《三国演义》研究的学术贡献/王国巍/内江师范学院学报 2015 年第 7 期

《从三国史到〈三国演义〉》序/沈伯俊/中华文化论坛 2016 年第 3 期

《三国演义》评点本前言/沈伯俊/内江师范学院学报 2018 年第 5 期

凝四十年之心血　铸经典《三国演义》版本——沈伯俊《三国演义》校评本读后/萧相恺/社会科学研究 2019 年第 1 期

通古今真假易辨　识中西三国不孤——读《周泽雄新批〈三国演义〉》/王夏

艺恋/全国新书目 2019 年第 1 期

文学批评与文化批判的错位——评孙绍振《〈三国演义〉：审美与道德的错位——兼与刘再复的商榷》/张静河/华文文学 2019 年第 1 期

难以自圆其说的闭门造"车"——《如何读懂诸葛亮的木牛流马》质疑/李凤能/文史杂志 2019 年第 3 期

评鲁迅对《三国演义》的看法/杨彪/文学教育（上）2019 年第 8 期

我与《三国演义》——《义胆忠肝数关羽》自序/李立仁/泉州文学 2019 年第 10 期

"三国"研究数百年　学术原创谱新篇——读吴直雄先生大著《习凿齿与他的〈汉晋春秋〉》/何世剑/嘉应学院学报 2021 年第 1 期

"后文本"研究的力作——评郭素媛教授《〈三国演义〉诠释史研究》/李永/今古文创 2021 年第 24 期

学位论文：

中国古典小说"六大名著"的序跋研究/张家红/古代文学/安徽大学 2013 年

《三国志演义》序跋集释考论（B）/刘璇/中国古典文献学/陕西师范大学 2014 年

[二一] 研究史

建国以来《三国演义》研究情况综述/沈伯俊/社会科学研究1982年第4期/新华文摘1982年第9期/《三国演义》研究集（四川省社会科学院出版社1983年12月）

鲁迅与《三国演义》——兼谈如何正确继承鲁迅研究古典文学遗产的问题/张国光/贵州社会科学1983年第6期

国外《三国演义》研究部分论著目录/王丽娜/《三国演义》研究集（四川省社会科学院出版社1983年12月）

鲁迅论《三国演义》/王永生/社会科学研究1984年第2期

美英澳学者对《三国演义》的研究/王丽娜/光明日报1984年6月19日

努力开创《三国演义》研究的新局面/谭洛非、胡邦炜、沈伯俊/三国演义学刊第1辑（四川省社会科学院出版社1985年7月）

建国三十五年《三国演义》研究的回顾/胡世厚/三国演义学刊第1辑（四川省社会科学院出版社1985年7月）

国外研究《三国演义》综述/王丽娜/《三国演义》论文集（中州古籍出版社1985年11月）

《三国演义》研究的发展与展望/胡世厚/殷都学刊1986年第2期

胡适的《三国演义》研究/刘绍智/宁夏教育学院学报（社会科学版）1989年第1期

现代中国的《三国演义》研究/陈年希/北方论丛1989年第5期

鲁迅评《三国演义》探考/徐涛/山西师大学报（社会科学版）1990年第4期

近年来《三国演义》研究漫评/钱华/社会科学动态1992年第10期

《三国演义》研究（C）/梁凯/社会科学争鸣大系（1949—1989）·文学·艺

术·语言卷（上海人民出版社 1993 年 5 月）

新时期的《三国演义》研究/胡世厚/中州学刊 1994 年第 4 期

建国以来《三国演义》主题研究综述/王东明/理论月刊 1995 年第 3 期

八十年代以来《三国》研究综述/沈伯俊/稗海新航（第三届大连明清小说国际研讨会论文集）（春风文艺出版社 1996 年 7 月）

新的进展，新的突破——新时期《三国演义》研究述评（上）/沈伯俊/诸葛亮与三国文化（卷一）（成都武侯祠博物馆、成都市诸葛亮研究会编 1996 年 12 月）

新的进展，新的突破——新时期《三国演义》研究述评（中）/沈伯俊/诸葛亮与三国文化（卷二）（成都武侯祠博物馆、成都市诸葛亮研究会编 1997 年 12 月）

实行八个"并举" 开创《三国演义》研究新局面/陈辽/汉中师范学院学报（社会科学）1998 年第 1 期

九十年代《三国演义》研究述评/刘凌凤/语文辅导 1998 年第 1 期

面向新世纪的《三国演义》研究/沈伯俊/社会科学研究 1998 年第 4 期

新的进展，新的突破——新时期《三国演义》研究述评（下）/沈伯俊/诸葛亮与三国文化（卷三）（成都武侯祠博物馆、成都市诸葛亮研究会编 1998 年 9 月）

新时期《三国演义》研究论争述评/沈伯俊/成都大学学报（社会科学版）2001 年第 2 期

《三国演义》研究的百年回顾及前瞻/梅新林、韩伟表/文学评论 2002 年第 1 期

《三国演义》作者及版本问题研究述评/张志和/高校理论战线 2002 年第 1 期

《三国演义》与小说诗文渊源关系研究述略（B）/韩伟表/浙江海洋学院学报（人文科学版）2005 年第 4 期

近六年来《三国演义》作者、成书与版本研究述要（C）/何红梅/河南教育学院学报（哲学社会科学版）2005 年第 6 期

百年来《三国演义》中曹操形象研究的回顾与思考（B）/纪德君/广州大学学报（社会科学版）2005 年第 6 期

《三国演义》与史志杂记渊源关系研究述评/韩伟表/中华文化论坛 2006 年第 3 期

中国和日本：《三国演义》研究的回顾与展望（B）/沈伯俊、[韩] 金文京/文艺研究 2006 年第 4 期

《三国演义》本事研究述评（B）/韩伟表/明清小说研究 2006 年第 4 期

毛本《三国》研究述评（B）/何晓苇/中华文化论坛 2006 年第 4 期

二十世纪 80 年代以来《三国演义》主题研究述评（B）/蒋正治/古典文学知识 2007 年第 1 期

二十年来《三国演义》研究中若干重要问题回顾（B）/蒋正治/陕西师范大学继续教育学报 2007 年第 1 期

《三国演义》人物塑造诸说述评（B）/王万鹏/甘肃联合大学学报（社会科学版）2008 年第 1 期

最近十年国内《三国演义》英译研究评述/骆海辉/文教资料 2009 年第 6 期

20 世纪关羽形象的诠释（B）/郭素媛/济南职业学院学报 2010 年第 5 期

近三十年《三国演义》《水浒传》比较研究述略（C）/许勇强、李蕊芹/江汉大学学报（人文科学版）2010 年第 6 期

近百年三国戏研究述评/许勇强、李蕊芹/戏剧文学 2011 年第 7 期

国内《三国演义》英译研究：评述与建议/文军、李培甲/北京第二外国语学院学报 2011 年第 8 期

十年来《三国演义》作者、成书与版本研究述要（C）/何红梅/菏泽学院学报 2012 年第 1 期

《三国演义》早期英译百年（1820—1921）——《〈三国演义〉在国外》订正补遗/郑锦怀/明清小说研究 2012 年第 3 期

《三国演义》在美国的学术讨论——《〈三国演义〉与中国文化》述评（B）/骆海辉、王海燕/中华文化论坛 2012 年第 6 期

近年来三国历史研究状况/梁满仓/中国三国历史文化国际学术讨论会论文集（湖北人民出版社 2012 年 8 月）

蒙古国所藏《三国演义》蒙译本述略（B）/聚宝/民族文学研究 2013 年第 1 期

建国以来孙权形象研究述论（B）/胡莲玉/明清小说研究 2013 年第 4 期

嘉靖本《三国演义》蒙译本述略（C）/聚宝/内蒙古师范大学学报（哲学社会科学版）2014 年第 5 期

现代学术体系中的"三国戏"研究回顾与展望/洪畅/淮北师范大学学报（哲学社会科学版）2016 年第 5 期

曹操故事研究综述及其前景展望——以中国叙事文化学为依据/李万营/天中学刊 2018 年第 1 期

2011—2017 年《三国演义》英译研究评述及启示/张志龙/东莞理工学院学报 2018 年第 2 期

近期韩国学者对蜀汉历史文化题材的研究评述/王冠蒽、李晓丽/韩国研究论丛 2019 年第 1 期

《三国演义》研究 70 年/李媛/文史杂志 2019 年第 5 期

论毛泽东与《三国演义》/李后卿、蒋庆、唐丽/文史杂志 2019 年第 5 期

毛泽东与《三国演义》（B）/陈思/共产党员 2019 年第 17 期

新中国七十年《三国演义》研究概述/郑铁生/内江师范学院学报 2020 年第 5 期

学位论文：

近现代三国学研究（B）/李国帅/中国近现代史/山东师范大学 2010 年

后 记

《〈三国演义〉研究论著索引（1950—2021）》（下简称《索引》）是一部《三国演义》研究的文献目录，其整理过程分为两个阶段：第一阶段由国内著名"三国"研究专家沈伯俊先生的夫人李洪老师整理完成，涵盖时段为1950至2005年，由于种种原因未能出版，李洪老师也没有继续此后每年相关著作和论文的搜集和整理工作。

2017年四川省社会科学重点研究基地——四川省诸葛亮研究中心（下简称"中心"）成立之后，推进四川省诸葛亮研究自然而然地成了"中心"的工作重心，整理出版《〈三国演义〉研究论著索引（1950—2021）》的工作随之提上日程。于是"中心"主任艾莲女士及秘书长李昊博士，重启了该书后续的整理工作，此为第二阶段。具体搜集整理工作则由"中心"工作人员张芷萱和邢飞完成，涵盖时段为2005至2021年。

本《索引》之分类应当是在沈伯俊先生指导下完成的，以沈老对"三国"研究的深入，此分类自有其理由，继任的整理者都非专业的"三国"研究者，且为学尚浅，故而对于沈老的分类唯有遵照执行，未敢增添新的类别。2005年之后的成果划分如若有不妥之处，当为后来整理者未能深入领会沈老分类初衷所造成的错误，为此给读者带来的不便，我们深感歉意。

《三国演义》作为四大名著之一，历来受古代文学研究者重视，故而自1950年以来，其研究成果就不断涌现，这些成果累积到今天确实需要一部目录类的工具书，帮助研究者"辨章学术，考镜源流"，否则研究者可能会在浩瀚的成果中迷失方向。即便是网络学术资源唾手可得的今天，《索引》这样的目录性作品，依然是学术研究的重要工具。它对于促进《三国演义》及三国文化研究的健康发展，具有不可低估的意义。

在中华人民共和国成立 70 年之际，学术界总结了"三国"研究的成果，于是有了李媛的《〈三国演义〉研究 70 年》和郑铁生的《新中国七十年〈三国演义〉研究概述》等论文，为读者勾勒了 70 年间，中国《三国演义》研究的概况，但远非全貌。学术界需要更为全面的总结全国《三国演义》研究的成果，《索引》可以算作是成果汇集的基础文献整理，借由这些文献整理的论文目录，我们才有可能达到《三国演义》研究之全貌。

《三国演义》是一部历史演义小说，因此它与历史文献、由《三国演义》衍生出来的二度创作文本，及与之相关的文化产品等都有千丝万缕的关系。所以《索引》虽以《三国演义》为名，但其收录的范围又有一定的越界，确有以《三国演义》为中心，兼收与之有相互关系的研究成果的情况。但纯历史的、《三国志》文献之类的研究成果，则不在收录之列。我们臆测沈老当年之所以设定这样的收录范围，就是注重以《三国演义》研究为中心的同时，又不失研究所需的宽阔视野，如此就很好地平衡了历史著作与文学作品，乃至《三国演义》衍生作品之间的关系。

在整理《索引》的过程中，我们也粗线条地看到了中华人民共和国成立以来《三国演义》研究的发展，其中以下这几个方面尤其突出，有必要在这里简单地提出来，以供专业研究者更为深入地研究。首先是随着研究不断深入，不断发展，《三国演义》研究取得了丰硕的成果，研究的领域也不断地拓展，形成了诸多研究分支。新的研究者如要研究《三国演义》，就需要借助《索引》去浏览前人已有的研究成果，并找出自己研究的方向。其次，20 世纪 90 年代开始，我国的研究生教育进入高速发展时期。《三国演义》的相关学位论文逐渐多了起来，且研究的范围不断扩展，故此我们增补了从 20 世纪 90 年代开始的学位论文，放在每个分类之后，如果说我们对沈老原有的分类有所扩展的话，主要就是在学位论文这个部分。其三，21 世纪以来，《三国演义》外语研究的论文呈蓬勃发展之势，且研究范围不仅限于日语、英语等传统外语研究方向。泰语、越南语等东南亚语言的《三国演义》相关研究也开始被研究者所重视。其四，21 世纪以来，《三国演义》中小学教学方法、课程设计等论文也多了起来，说明国家重视中小学生中国古代传统文化教育的政策，已经引起了教学第一线教师的热烈反应。中小学《三国演义》教学论文的内容比较分散，从人物分析到课程设计，从情节赏析到传统文化讲解，无法形成一个新的分类，只能将不同研究主题的文章，分散到沈老已有的分类中。但是中小学语文教学论文的这股力量，理应为研究者所重视，这是中国文化传承的重要途径，是我们国家培养下一代的伟大事业的重要组成部分。

第五，我国少数民族语言《三国演义》研究也在 21 世纪得到了长足发展，尤其是蒙、满等民族语言的研究成果较为突出。有的学者多年来坚持不懈；有的学者则不断成长，从攻读研究生开始就将民族语言《三国演义》作为自己的研究方向，直至工作之后一直深耕相关问题，取得了一系列成果。这些成果确实让我们看到了这些学者不断积累，深入研究的精神。

总之，整理《索引》的这段时间，也是我们不断学习的过程。在短短的时间之内，整理了中华人民共和国成立以来《三国演义》研究的诸多成果，作为一个刚开始踏入此研究领域的新人，我们也需要时间去消化这些内容丰富包含营养的研究成果，以上提出的几点粗疏的线索，也不足以涵盖《三国演义》研究的全部，我们只是将钻石上最为闪光的亮点提出来，与诸位研究者分享，还有诸多精彩之处有待各位研究者去发现。由于整理者的学识、眼界乃至水平的局限，《索引》中的疏漏与错误，敬请各位读者不吝赐教，我们将在此后的修订中，逐步完善。

在此，我们谨以《索引》的出版，去缅怀带领大家进入"三国"世界的长者——沈伯俊先生。

整理者

2023 年 6 月 20 日